SCIENCE FICTION

Herausgegeben
von Wolfgang Jeschke

Ein Verzeichnis der STAR TREK®-Serie
finden Sie am Schluß des Bandes.

JOHN PEEL

STAR TREK.
THE NEXT GENERATION

DRACHENJÄGER

Roman

**Star Trek®
The Next Generation™
Band 33**

Deutsche Erstausgabe

**WILHELM HEYNE VERLAG
MÜNCHEN**

HEYNE SCIENCE FICTION & FANTASY
Band 06/5415

Titel der Originalausgabe
HERE THERE BE DRAGONS
Übersetzung aus dem Amerikanischen von
HORST PUKALLUS

Umwelthinweis:
Dieses Buch ist auf chlor-
und säurefreiem Papier gedruckt.

Redaktion: Rainer Michael Rahn
Copyright © 1993 by Paramount Pictures
Erstausgabe bei Pocket Books/Simon & Schuster, Inc., New York
Copyright © 1996 der deutschen Ausgabe und der Übersetzung
by Wilhelm Heyne Verlag GmbH & Co. KG, München
Printed in Germany 1996
Umschlagbild: Pocket Books/Simon & Schuster
Umschlaggestaltung: Atelier Ingrid Schütz, München
Technische Betreuung: M. Spinola
Satz: Schaber Satz- und Datentechnik, Wels
Druck und Bindung: Ebner Ulm

ISBN 3-453-11891-x

Für meine Frau Nan

Historische Anmerkung:
Hinweis:
Die Handlung dieses Romans spielt vor der Episode ›Erwachsene Kinder‹ [Rascals] der sechsten TNG-Season.

1

Commander William Riker schlich vorwärts, schob dabei behutsam eine Handvoll Halme des hohen Sumpfschilfs zur Seite. Schon diese schwache Bewegung erzeugte auf dem dunkelgrünen Wasser Wellenringe und Luftblasen, die rings um seine Füße platzten. Stinkige Gase wurden frei. Riker unterdrückte den Drang zu husten; angestrengt lauschte er auf irgendwelche noch so leisen Geräusche, die anzeigen mochten, daß *sie* ihn gehört hatten.

Nichts.

Doch schließlich erzählte die Sage ja, daß man einen *'tcharian*-Krieger *nie* hörte, außer er wollte es so – und das war erst der Fall, wenn er den Todesstreich führte. Andererseits *konnte* das wirklich nur eine Sage sein. Wie sonst hätte jemand das herausfinden und überleben können?

Riker faßte den Griff seines zweischneidigen Schwerts fester, das er in den Fäusten hielt; dann setzte er erneut den Fuß nach vorn. Noch mehr ekelhafte Blasen platzten vor ihm auf der Wasserfläche. Nun bekam die Holodeck-Simulation für seinen Geschmack einen allzu scheußlich realistischen Charakter. Es fiel ihm zusehends schwerer, den Hustenreiz zu bezähmen, der seine rauh gewordene Kehle plagte.

Alexander folgte ihm mit deutlich weniger Mühe. Die Brühe reichte dem Klingonenjungen bis an den Bauch, darum verursachte er bei der Fortbewegung weniger Wellen. Allem Anschein nach störten die stinkigen Sumpfgasblasen ihn nicht. Für seine Klingonennase, überlegte Riker, riecht der Mief vielleicht sogar wie ein Parfüm.

Der Junge hielt seinen leichteren Stoßdegen über dem Kopf, damit die Klinge trocken blieb. In Alexanders dunklem Gesicht stand ein leichtes Lächeln. Ihm machte es Spaß.

Typisch, dachte Riker. Ausschließlich ein Klingone konnte so ein Abenteuer als Vergnügen empfinden. Zwar war Alexander praktisch noch ein Kind, aber er war ein *Klingonenkind*. Klingonen wurden zum Kämpfen geboren. Riker selbst war schon vor langem zu der Einsicht gelangt, daß er ein liebevoller Mensch war, keine Kämpfernatur. Aber in diesem nächtlichen Sumpf gab es absolut nichts Liebenswertes.

Er tat noch einen Schritt und verhielt abermals, um zu lauschen. Noch immer bemerkte er nichts als den widerlichen Gestank, der ihm allmählich auf den Magen schlug, und das eiskalte Wasser, das ihm bis über die Knie schwappte.

Trotzdem *wußte* er, die *'tchariani* mußten irgendwo in der Nähe lauern. Es konnte unmöglich sein, daß sie drei erfahrene Krieger so leicht abgeschüttelt hatten. Riker rief sich nochmals in Erinnerung, was er über diese Spezies an Kenntnissen hatte, während er durchs Schilf glitt.

Er mußte einen Bogen um die dicken, Bäumen ähnlichen Gewächse machen, die an vielen Stellen aus der Sumpflandschaft ragten. Er hatte den Eindruck, daß an buchstäblich jedem Ast eine klebrige Liane hing; diesen Gewächsen auszuweichen, bedeutete eine große Schwierigkeit. Doch er durfte an keiner von ihnen klebenbleiben. Dadurch entstünde in den Wipfeln eine Bewegung, und die *'tchariani* würden unzweifelhaft aufmerksam.

Diese Männer zählten zu einem wüsten Kriegerorden, der den Kampf mehr als alles andere schätzte. Sie betrachteten es als netten Abend, am Lagerfeuer zu sitzen und jemandem die Füße zu rösten. Sollte der Betroffene etwa schreien, tötete man ihn wegen unkriegerischen Betragens sofort. Andernfalls mußte er eben lernen, ohne Füße durchs Leben zu gehen. Die *'tchariani* kannten so wenig Humor, daß im Vergleich zu ihnen sogar die Borg wie eine Gruppe Pausenclowns wirkten.

Die Lieblingsleckerei der *'tchariani* gab das Herz eines *ichkhari* ab – eines mit Knochenplatten gepanzerten, löwenähnlichen Ungetüms. Nicht nur verzehrten sie das Herz roh, sie schlangen es frisch hinab, unmittelbar nachdem sie es aus der Brust eines pünktlich zur Essenszeit eigenhändig getöteten *ichkhari*-Exemplars gerissen hatten.

Und jetzt sind drei dieser Krieger hinter mir her, vergegenwärtigte sich Riker. Vielleicht hat Beverly Crusher recht. Kann sein, ich sollte mich wirklich einmal einer mentalen Vorsorgeuntersuchung unterziehen lassen.

Flüchtig blickte Riker sich über die Schulter um, vergewisserte sich, daß Alexander nicht bummelte. Diese geringfügige Ablenkung – dies leichte Nachlassen der Konzentration – mußte es gewesen sein, auf das die Krieger gewartet hatten.

Neben Riker knickten die Halme nach allen Seiten, als ein *'tcharian* durchs Schilf sprang. Aus seiner Doppelkehle heulte der Kriegsschrei, die Waffe hatte er erhoben, um Riker zu durchbohren.

Der Schrei hatte nicht nur den Sinn, seinen Gegner zu erschrecken, sondern auch den Zweck, den anderen Kriegern mitzuteilen, daß er ihn entdeckt und sie sich zurückhalten sollten, bis einer von ihnen beiden den Tod gefunden hatte.

Ungeachtet des Gestanks und des eiskalten Wassers warf Riker sich nach links. Gleichzeitig schwang er das Schwert mit einem Rückhandschlag aufwärts und dem Abwärtsstoß des *'tcharian*-Speers entgegen. Die Wucht des Zusammenpralls brach ihm fast den Arm.

Indem der Krieger vor Wut auffauchte, sprang er mehrere Schritte zurück, um es mit einem anderen Angriff zu versuchen. Riker war halb im Wasser versunken, in dem dünne, schlammgrüne Gräser ihn umschlangen. Er stemmte die Füße in den zähen Morast, um sich aufzurichten. Auf dem Wasserspiegel des Sumpfs zerplatzte ein neuer Schwarm von Blasen. Ihr Gestank verätzte Riker schier die Nasengänge, während er um Atem rang.

Der *'tcharian* hatte sich auf seinen vier Beinen ins Gleichgewicht gebracht und hielt den Speer mit beiden Händen in der Waagerechten. Bei dem Speer handelte es sich keineswegs lediglich um einen Schaft mit aufgesetzter Spitze; am oberen Ende glänzte eine krumme Schneide, die stark an eine Sichel erinnerte. Man hieb sie dem Gegner in den Leib und drehte sie dann, um ihm die Eingeweide zu zerfleischen. Das machte den Tod erheblich qualvoller und deshalb für den *'tcharian*-Krieger unterhaltsamer.

Jetzt achtete Rikers Widersacher auf eine Lücke in der Abwehr des Commanders, um diese beliebte Methode bei ihm anzuwenden.

Und was nun? überlegte Will. Sollte er die nächste Attacke abwarten und hoffen, daß er es schaffte, auch sie zu parieren? Oder sollte er selbst angreifen und versuchen, seinem Gegenspieler keine Blöße zu bieten? Was war das bessere Vorgehen?

Während Alexander aufholte, platzte hinter Riker ein weiterer Schwarm Blasen. Der Gestank erleichterte Riker die Entscheidung. Vor dieser Gaswolke *mußte* er ganz einfach die Flucht nach vorn ergreifen. Er wirbelte das Schwert um seinen Kopf und stürmte auf den Krieger zu.

Für ein Geschöpf seines massigen Körperbaus tänzelte der *'tcharian* mit erstaunlicher Behendigkeit beiseite. Verfluchte Vierbeinigkeit! schoß es Riker durch den Kopf. Während er seinen Ansturm bremste, merkte er, daß er in eine ziemlich nachteilige Position geriet. Und genau in diesem Moment schlug der *'tcharian* zu.

Er hatte keine Zeit, den Speer umzudrehen und die Schneide zu benutzen, aber er verstand die Waffe auch auf andere Weise anzuwenden. Der harte Holzschaft traf Rikers Rippen, kippte ihn von den Füßen und rücklings gegen einen senkrechten, noch härteren Baumstamm. In Wills Körperseite glühte heißer Schmerz, wie von einem Dolchstich. Zudem brannte ihm der Rücken, als stünde er in Flammen. Kraftlos sank ihm die Schwerthand hinab. Große, rote Kleckse trübten seine Sicht.

Der *'tcharian* war von seinem Sieg und der Niederlage des Gegners überzeugt. Er bog das Echsenmaul zurück und trillerte das Todeslied.

Mit aller ihm verbliebenen Kraft riß Riker den Arm zurück und schleuderte das Schwert.

Der Krieger hatte noch Gelegenheit zu einem Blick der Verblüffung, als die Klinge ihm die Gurgel zerfetzte. Er hustete Blut. Im Todeskampf zuckten seine Beine. Dann sackte er leblos ins Wasser.

Das war ein guter Erfolg. Weniger gut war der Umstand, daß das Schwert mit lautem Klatschen in ein Gewirr von Baumwurzeln flog. Riker hatte wohl kaum eine Chance, es rasch bergen zu können.

Der zweite Krieger schnellte sich aus dem Schilf, den Speer zum Stoß bereit. Riker wollte zur Seite ausweichen, stolperte aber über irgend etwas auf dem Grund der lehmigen Fluten. Beim Stürzen verrenkte er sich die Knochen, neuer Schmerz schoß durch seine verletzte Körperseite. Doch das Ausrutschen rettete ihm das Leben.

Die Speerspitze fuhr nur durch seine Jacke und hinterließ eine bestimmt dreißig Zentimeter lange, blutige Schramme auf seinem Rücken.

Riker rang darum, bei Bewußtsein zu bleiben. Die Gestalt des ersten *'tcharian* zuckte nicht mehr, aber sein Blut strömte noch ins dreckige Sumpfgewässer. Es mußte unweigerlich heimische Raubtiere anlocken, in deren Mäulern es meistens von langen, scharfen Zähnen strotzte... Daß der Commander sie rechtzeitig kommen sah, war unwahrscheinlich...

Er mißachtete die Schmerzen, packte den Speer des toten Kriegers, entwand die Waffe den starren Fäusten. Dann drehte er sich so schnell und flink um, wie er es noch konnte, hatte die Absicht, noch einmal den Kampf aufzunehmen.

Doch Alexander kam ihm zuvor. Der Warnruf, den Will hatte ausstoßen wollen, erstickte in seiner Kehle. Dafür war es zu spät; der Ruf würde den Klingonen nur ablenken. Den Stoßdegen fest und stolz in der Faust, griff Alexander ein, ehe der *'tcharian* Rikers ungünstige Situation ausnutzen und ihn aufspießen konnte.

Der Krieger fuhr herum, kehrte sich dem neuen Gegner zu. Er holte mit einer Hand aus, um mit dem Speer Alexanders Kopf zu attackieren.

Möglicherweise mangelte es dem Krieger darin an Übung, nach einem so kleinen Gegner zu schlagen. Oder vielleicht war Alexander in der Fußarbeit schneller, als Riker es sich vorstellen konnte. Jedenfalls vollführte Alexander geduckt einen Vorwärtssatz und tauchte in dem brackigen Sumpfwasser unter. Die sichelgleiche Speerspitze verfehlte ihn um mehrere Mikrosekunden.

Anscheinend verdutzte das Manöver den *'tcharian*, denn er wich ein wenig zurück. Weil Alexander nicht mehr auftauchte, ging der Krieger dazu über, mit der scheußlichen Speerspitze ins Wasser zu stechen.

Riker nutzte die Chance, rammte das untere Ende des erbeuteten Speers in den schlickigen Grund und stützte sich ab, zog sich daran hoch. Wie ein Blitz schoß der Schmerz durch seine verwundete Körperseite. Er hatte ein Gefühl, als wäre ihm in mindestens zwei Abschnitten die Wirbelsäule gebrochen. Indem er einen Schwindelanfall überwand, schwankte er einen Schritt vorwärts. Das Blickfeld verschwamm ihm vor Augen. Es verlangte ihm jedes Quentchen Konzentration ab, das er aufzubringen fähig war, um den anderen Fuß durch Schlamm und Wasser zu schleifen.

Bei dem Geräusch, das er dabei verursachte, wandte

sich der Krieger ruckartig wieder ihm zu. Mitten im Zustoßen stockte er, fragte sich vermutlich, mit welchem der zwei Gegner er sich als erstes abgeben sollte. Diese Sekunde der Verunsicherung genügte Alexander.

Wie ein Delphin beim Luftsprung sauste Alexander aus dem dreckigen Sumpf an die Oberfläche, den Degen entschlossen vor sich ausgestreckt. Die Waffe war zu einer Verlängerung seines Körpers geworden. Er unterlief den Speer des *'tcharian*. Seine Klinge traf den Krieger unterhalb des Brustbeins. Stahl kratzte über Knochen, der Krieger torkelte rückwärts, seine vorderen Beine strampelten wild. Der Speer entfiel seinen plötzlich entkräfteten Fingern und platschte ins Wasser. Nachdem der Krieger einen Aufschrei ausgestoßen hatte, sank er tot in die dunkle Brühe.

Jetzt gab es nur noch...

Und da gellte schon ein fürchterlicher Kampfschrei durch die Luft, als der letzte *'tcharian*-Krieger aus seinem Versteck hervorbrach. Diesmal war Alexander zu überrascht, um schnell genug zu reagieren. Der zweite getötete Krieger hatte ihm im Zusammensacken den Stoßdegen aus der Faust gerissen, so daß er nun dem Ansturm des dritten *'tcharian* wehrlos entgegenblickte.

Riker zwang sich zum Eingreifen. Indem er selbst einen urtümlichen Schrei von sich gab, sprang er vor. In grimmiger Entschlossenheit ignorierte er jeden Schmerz. So kraftvoll, wie er dazu imstande war, stieß er mit dem Speer zu. Die Spitze bohrte sich in die Seite des *'tcharian*. Blut sprudelte aus der Wunde. Will biß die Zähne zusammen und bot alle noch vorhandene Kraft auf, um die sichelartige Speerspitze zu drehen.

Der Krieger brüllte, während die Waffe ihn zerfleischte. Riker brüllte auch, weil die Anstrengung ihm bestialische Schmerzen bereitete. Vollkommen erschöpft sank er vornüber in die nasse Umarmung des kalten, widerlichen Gewässers.

»Programm beenden«, ertönte wie aus dem Nichts Worfs Stimme.

Anstatt stinkendes Sumpfwasser zu schlucken, füllte unversehens frische Luft Wills Lungen. Sein Gesicht prallte auf den gepolsterten Fußboden des Holodecks. Den zusätzlichen Schmerz, den ihm das Hinfallen bereitete, spürte er kaum noch. Mit der Beendigung des Programms verschwanden auch alle physischen Aspekte des Kampfs. Fort war das Sumpfgebiet; an seiner Stelle sah man ringsum die dunklen Wände des Holodecks sowie die goldenen Vierecke, die in Wänden und Decke schwach glommen. Der Gestank des Sumpfs wich der gefilterten Innenatmosphäre der *Enterprise*. Die Geräusche des Wassers und des Kampfes wurden vom unterschwelligen Summen der Maschinen abgelöst.

Bedauerlicherweise waren jedoch Will Rikers Erschöpfung und Muskelbeschwerden nicht verschwunden. Solange ein Programm lief, war es nahezu unmöglich, zwischen dem Milieu des Holodecks und der Realität einen Unterschied zu erkennen. Doch nach der Rückkehr in die Wirklichkeit stellte man fest: Man hatte tatsächlich Körperkräfte verbraucht.

Riker fühlte sich vollständig ausgelaugt. Er schaffte es gerade noch, sich auf den Rücken zu wälzen. Währenddessen schnappte er nach sauberer, kühler Luft.

»Hast du mich gesehen, Vater? Hast du mich gesehen?« Vor lauter Eifer hüpfte Alexander beinahe auf und nieder.

»Ja, mein Sohn«, bestätigte Worf mit grimmigem Lächeln auf den Lippen und unmißverständlichem Stolz in der Stimme. »Ich habe alles mitbekommen. Du bist sehr tapfer gewesen und hast gekämpft, wie es sich für einen Klingonen gehört.« Danach blickte er fast verlegen Riker an. »Sie haben sich auch wacker geschlagen, Commander.«

»Das war mein erster Sieg im Nahkampf.« Alexander strahlte aus Stolz und Selbstvertrauen. »Ich habe ihn glatt erledigt.«

»Ja, wirklich tüchtig«, bekräftigte Worf. »Du machst gute Fortschritte. Aber jetzt ist es Zeit, daß du dich für den Schulunterricht fertigmachst.«

Alexanders Miene wurde mürrisch. »Puh, *muß* das sein? Ich würde lieber noch 'n paar Fechtübungen betreiben.«

»An der Schule führt nun einmal kein Weg vorbei.« Worfs strenger Tonfall konnte die offenkundige Zuneigung zu seinem Sohn nicht verbergen. »Ein Klingone hat sich sowohl geistig wie auch körperlich auf seine Pflichten vorzubereiten. Geh dich jetzt duschen. Ich komme gleich nach.«

»Alles klar, Vater.« Alexander schenkte Riker ein breites Grinsen und eilte hinaus.

Über Riker ließ das scheinbare Kreiseln der Decke langsam nach. Der Schmerz in seiner Körperseite unterschritt allmählich die Grenze der Unvorstellbarkeit und beschränkte sich aufs Unerträgliche. Voraussichtlich würde er in einem der nächsten Jahre wieder aufstehen können.

Riker kniff die Augen zusammen, als ein düsterer Fleck durch sein Blickfeld schwebte. Sobald er etwas besser sah, erkannte er Worfs Gesicht. Der Sicherheitsoffizier schaute auf ihn herunter.

»Ich bin Ihnen sehr verbunden, daß Sie meinem Sohn bei dieser Simulation ausgeholfen haben, Commander«, sagte der Lieutenant. »Normalerweise könnte Alexander an einer klingonischen Schule eine Kampfsportexkursion dieser Schwierigkeitsstufe mit anderen Jugendlichen seines Alters durchführen. Aber leider ist er auf der *Enterprise* der einzige Klingonenjunge ...«

»Keine Ursache, Worf«, schnaufte Riker mit erheblicher Mühe. »Hat mich gefreut, behilflich sein zu dürfen.«

»Vielen Dank, Commander.« Worf verzog ein wenig das Gesicht; *vielleicht* deutete er ein Schmunzeln an. »Mir wäre es überaus peinlich gewesen, bei diesem Programm als Partner mitzuwirken. Dieser Schwierigkeitsgrad ist eigentlich für Kinder konzipiert. Damit will ich Sie keineswegs herabsetzen, Commander.«

Es genügt ja auch, wenn du mich mit der Nase in den Dreck stößt, dachte Will. »Ich fühle mich durchaus nicht beleidigt«, beteuerte er lasch.

Knapp neigte Worf den Kopf. »Soll ich Ihnen beim Aufstehen helfen?«

»Nein, nein...« Schwach winkte Riker ab. »Ich möchte ganz gerne noch 'n bißchen hier liegen.«

»Wie Sie wünschen.« Worf wandte sich um und verließ das Holodeck.

Der Commander verdrehte die Augen. Ausschließlich ein Klingone brachte es fertig, aus einem *Dankeschön* eine Kränkung zu machen. Riker half Worf gerne bei Alexanders Ausbildung. Ob er allerdings der geeignete Mann für solch kriegerische Simulationen war, erachtete er als zweifelhaft. Die Klingonen legten großen Wert aufs Nahkampftraining, aber an sich handelte es sich um eine veraltete Kampfmethode.

Heutzutage waren Phaser die am häufigsten angewandten Waffen. Eine mit einem Phaser bewaffnete Person konnte einen *'tcharian*-Krieger paralysieren, ohne sich schmutzig zu machen. Weshalb sollte sich da jemand mit überholten Waffen wie Schwertern und Speeren abplagen? Riker seufzte. Wie sehr er sich auch bemühte, so richtig gelang es ihm nicht, die klingonische Denkweise zu verstehen.

Der Bordcomputer machte mit einem leisen Gong auf sich aufmerksam. »Brauchen Sie ärztliche Hilfe?« erkundigte er sich mit angenehmer, jedoch gefühlloser Stimme.

»Wie kommst du denn darauf?« stöhnte Riker.

Irgendwie hatte er den Eindruck, heute nicht gerade den besten Tag zu haben...

2

Captain Jean-Luc Picard saß entspannt im Kommandosessel, die Finger nur wenige Zentimeter von einer Tasse Tee entfernt, einem heißen Earl Grey. Ein Gefühl tiefer Zufriedenheit erfüllte seine Seele. In solchen Augenblicken wußte er wieder, warum er sich für den Starfleet-Dienst entschieden hatte. Auf dem großflächigen Wandbildschirm, der auf der Kommandobrücke der *Enterprise* das Blickfeld beherrschte, bot sich ihm eine der schönsten Aussichten des ganzen Universums.

Mit aller erforderlichen Vorsicht näherte das Raumschiff sich einer interstellaren Wolke. Der Bildschirm zeigte den Anblick in voller majestätischer Pracht. Die immense Gaswolke ähnelte einer Ballung von Gewitterwolken mit einer Vielzahl von Ausläufern. Sie hätte eine Art kosmischer Rorschach-Test sein können, frisch vorgelegt von Gottes eigener Hand.

Aus Materie wie dieser wurden Sterne geboren, indem Gravitation und andere Kräfte auf die mikroskopisch kleinen Partikel einwirkten, aus denen die Wolke bestand. Die winzigen Staubteilchen zogen sich zusammen, bildeten Schichten, nahmen rohe Formen an; schließlich wandelten sie sich in einer plötzlichen grellen Explosion, der Mikrosekunde einer Sterngeburt, in Licht und Energie um. Picard war zumute wie einem Vater, der im Wartezimmer einer Entbindungsstation gespannt die Frist bis zur Niederkunft absaß.

Innerhalb der Wolke hatten schon Dutzende neuer Sterne ihr Leben begonnen. Diffus geisterte ihre Helligkeit durch die Gas- und Staubpartikel, verlieh der Wolke seltsame, nachgerade exotische Farbschattierungen.

Lachsrosa-Nuancen, knallige Fuchsienrot-Farbtöne, leuchtende Ockerfarben, dies und jenes regelrecht frappierende Hellgrün, da und dort lebhaftes Saphirblau – all das vermengte und verwirbelte sich zu Streifen. Selten fanden sich im Kosmos so urtümliche und gewaltsame Kräfte zusammen, um so viel Schönheit zu erschaffen.

Kraftfelder von gigantischer Stärke erfaßten die einzelnen Partikel der Wolke, zerrten sie aus ihrer Bahn und vereinten sie mit anderen, schon vorher angehäuften Teilchen. Im Rahmen des gesamten Kosmos war dieser Vorgang nicht mehr als ein kurzes Flackern. Doch Picard war sich dessen bewußt, daß der Anblick, den er momentan genoß, sich im Laufe der kommenden zehntausend Jahre kaum ändern sollte. Die Wolke hatte eine derartige Größe, die Kräfte, die darin walteten, arbeiteten so gemächlich, daß nur die feinsten Instrumente überhaupt eine Veränderung messen konnten.

Picard war nicht der einzige an Bord, auf den die Wiedergabe auf dem Wandbildschirm gehörigen Eindruck machte. Neben dem Captain stand Chefingenieur Geordi LaForge. »Mann, o Mann...«, murmelte er gedämpft vor sich hin. Picard fühlte sich zu einem Lächeln genötigt. Und er empfand gelinden Neid.

Geordi war ohne Augenlicht geboren worden, doch das VISOR, das er vor den blinden Augen trug, entschädigte ihn dafür überreichlich. Die Technik des Geräts ermöglichte es Geordi, weit mehr als das normale elektromagnetische Spektrum des menschlichen Auges zu ›sehen‹. Wenn die kosmische Wolke sich schon in Picards Augen durch ungeheure Pracht auszeichnete, wie beispiellos herrlich mußte sie dann erst in Geordis Wahrnehmung sein?

»Als ich ein Junge war«, sagte Picard leise, »hat mir eine Tante einmal ein Buch geschenkt.« Laut zu sprechen, wäre angesichts dieses interstellaren Wunders ein unverzeihliches Sakrileg gewesen. »Es enthielt einen wissenschaftlichen Text, von dem mein Vater sagte, er sei für ein Bürschlein meines Alters viel zu kompliziert. Damit hatte er auch recht. Aber in dem Band gab es eine Anzahl Farbfotos, an denen ich mich gar nicht sattsehen konnte. Immer wieder habe ich sie mir angeguckt und davon geträumt, eines Tages zwischen Phänomenen von so seltener Prächtigkeit durchs All zu kreuzen.« Sein Blick fiel zurück auf den Wandbildschirm. »Und jetzt bin ich genau da.«

An seiner vor Picard installierten Operatorstation schaute Data sich um; sein Gesicht zeigte einen Ausdruck kindlicher Unschuld. »Wir können in Position bleiben, Sir«, meldete er. »Die Sensorsondierung bestätigt, daß unsere Deflektoren den im hiesigen Raumsektor aktiven Energien gewachsen sind.«

»Danke, Mr. Data.« Kaum hörbar seufzte Picard auf. Man durfte sich darauf verlassen, daß Data selbst die großartigsten Naturerscheinungen im Handumdrehen auf ihre wissenschaftlichen Fakten reduzierte. Da ihm menschliche Emotionen fehlten, neigte der Androide gelegentlich zu für Menschen unverständlichen, nüchtern-sachlichen Reaktionen.

Versonnen schüttelte Geordi den Kopf. »Data«, meinte er halblaut, »es ist eine Schande, daß die Aussicht Ihnen gar nichts bedeutet.«

Data schaute auf den Bildschirm und dann Geordi an. Andeutungsweise runzelte der Androide die Stirn. »Sie bedeutet mir *durchaus* etwas«, behauptete er in vollem Ernst. »Die Bedeutung ist, daß protostellare Materie in ein unter wissenschaftlichen Gesichtspunkten interessantes Formationsstadium eintritt. Es bedeutet, daß wir hier hervorragende Voraussetzungen haben, um Zinglemans Theorie des Beta-Tachyonenverfalls zu überprüfen. Und es bedeutet, wir müssen die Deflektoren aktiviert lassen, solange wir uns in dieser Zone aufhalten. Ferner heißt es, daß ...«

»Mr. Data«, unterbrach Picard den Androiden, ehe er dazu kam, jede nennenswerte Tatsache aufzuführen. »Ich glaube, Mr. LaForge hat die *Schönheit* des Ausblicks gemeint.«

»Aha.« Nochmals schaute Data auf den Bildschirm. »Ja, er ist *auch* ästhetisch recht bemerkenswert.«

Fähnrich Ro Laren, die neben ihm am Navigationspult saß, prustete vernehmlich. »Mit einem Androiden über Schönheit zu reden«, äußerte sie, »ist das gleiche, als wollte man mit einem Ferengi Geschäftsmoral diskutieren. Es gibt einfach keine Gemeinsamkeiten.«

»Im Gegenteil«, widersprach Data. »Ich weiß alles Ästhetische hoch zu würdigen. Ich kenne lediglich keine emotionale Reaktion auf das Schöne.«

Weil Picard wußte, daß Ro einer hitzigen Debatte selten aus dem Weg ging, mischte er sich sofort ein. »Danke, Mr. Data. Mr. LaForge, seien Sie so freundlich und geben Sie den Forschungsteams Bescheid, daß sie nun ihre Sonden starten können, sobald sie soweit sind.«

»Aye, Sir.«

Mit einem Fauchen öffnete sich die Tür des Turbolifts. Picard hob den Blick. Will Riker, sein Erster Offizier, trat ein. »Ach, Will«, rief Picard zur Begrüßung. »Wollen Sie auch die Aussicht genießen?«

Riker heftete den Blick auf den Wandbildschirm und verzog die Miene zu einem Lächeln. »Es lohnt sich auf alle Fälle«, stimmte er zu, »einmal genau hinzugukken.« Er zuckte ein wenig zusammen, als er seinen Platz an Picards rechter Seite einnahm.

»Ihnen fehlt doch nichts, Nummer Eins?« erkundigte Picard sich besorgt.

Riker warf ihm einen gequälten Blick zu. »Es ist

bloß ... ein leichter Muskelkater«, gab der Commander zur Antwort. »Kein Grund zur Beunruhigung.« Ehe Picard nach Einzelheiten fragen konnte, widmete Riker seine Aufmerksamkeit Data. »Wie sind hier die Tachyonenstärken?«

»Im Rahmen der vorherberechneten Parameter«, lautete die Auskunft des Androiden. »Bei dieser Entfernung werden wir keine Schwierigkeiten bekommen. Die Belastungskapazität der Deflektoren liegt erst bei fünf Prozent.«

Riker nickte. »Und falls die Forscherteams eine Verringerung des Abstands beantragen?«

Data senkte leicht den Kopf, während er in seiner internen positronischen Matrix die entsprechenden Berechnungen durchführte. »Wir können uns um noch ein Lichtjahr nähern, bevor die Deflektoren einer ernsthaften Beanspruchung ausgesetzt werden«, antwortete er. »Erst eine Annäherung um zwei Lichtjahre würde ihre Kapazitäten überlasten.«

»Na, es ist unwahrscheinlich, daß wir uns darüber den Kopf zerbrechen müssen«, meinte Picard. »Uns steht nichts als eine geruhsame Routineforschung bevor. Die wissenschaftliche Abteilung muß mit dem zufrieden sein, was sie aus diesem Abstand kriegen kann.«

Riker unterdrückte ein Feixen. »Haben Sie denn gar keinen Ehrgeiz, endlich das Rätsel des Beta-Tachyonenzerfalls zu lösen?«

»Vielleicht wäre ich daran interessiert, wenn ich wüßte, was das ist.« Picard gönnte es seinem Ersten Offizier, auf Kosten des Captains seinen Spaß zu haben.

Riker strich sich durch den Bart. »Data hat es mir erläutert«, sagte er. »Anscheinend vertritt ein von Benica stammender wissenschaftlicher Außenseiter namens Zingleman die Theorie, daß die Kräfte im Kern einer derartigen stellaren Gaswolke stark genug sind, um nicht bloß Alpha-Tachyonen einzufangen, sondern auch die Beta-Version. Und dabei geraten die Beta-Tachyonen allem Anschein nach in eine Form des Zerfalls, den bisher niemand messen oder genau erklären konnte. An sich *hätten* diese Tachyonen schon zerfallen sein müssen, als der Kosmos halb so alt wie heute gewesen ist.«

Wider Willen regte sich bei Picard Neugier. »Und das ist nicht der Fall?«

»Data?« sagte Riker, indem er dem Androiden zunickte.

»Nein, Sir. Es gibt eine ganze Reihe von Hypothesen, die dafür Erklärungsmöglichkeiten anbieten. Aber von allen ist Professor Zinglemans These am bemerkenswertesten. Er vertritt den Gedanken, die Beta-Tachyonen könnten eventuell eine Art von Raumzeit-Tunnel erzeugen, der sich vom Moment ihres Entstehens bis zu ihrer letztendlichen Destruktion erstreckt... Eine Form lokaler Verzerrung, die es ihnen erlaubt, auch nach ihrem Zerfall noch weiterzuexistieren, obwohl sie theoretisch nicht mehr vorhanden sein dürften.«

Picard bemühte sich darum, dieses Denkmodell zu verstehen. »Sie meinen, sie bestehen in so etwas wie einer Zeitfalte weiter, die vom Augenblick des Urknalls bis zum Untergang des gesamten Universums reicht?«

»Genau, Sir.« Data wölbte die Brauen. »Eine faszinierende Überlegung, nicht wahr?«

»Man stelle sich nur einmal die Konsequenzen vor«, sinnierte Riker. »Falls solche Korridore durch die Zeit *wirklich* existieren, könnte es sich als möglich herausstellen, Sonden durch die Zeit bis zum Schöpfungsaugenblick zurückzuschicken... Und ebenso ans andere Ende der Zeit...«

Ro hatte länger geschwiegen, als es ihr behagte. Sie war eine praktisch denkende Person. Theoretische Erwägungen ödeten sie an.

»Allerdings ist ja allgemein *bekannt*, daß Tachyonen normale Materie in Sekundenschnelle annihiliert«, gab sie zu bedenken. »Sollte die *Enterprise* je in einen Tachyonenstrudel geraten, hätte das ihre sofortige Vernichtung zur Folge. Unsere Atome würden dann zeitlich vom Urknall bis zum letzten Flackern des Universums verstreut.« Plötzlich besann sie sich auf ihren niedrigeren Dienstgrad. »Sir«, fügte sie eilig hinzu.

Picard und Riker schmunzelten sich zu. Als Ro Laren auf die *Enterprise* versetzt worden war, hatte ihre Personalakte nachteilige Einschätzungen wie ›notorisch unzufrieden‹ und ›gewohnheitsmäßige Querulantin‹ enthalten. Doch Picard betrachtete sie als wertvolle Ergänzung der Crew. Sie verkörperte keineswegs das Problem, das frühere Vorgesetzte in ihr gesehen hatten.

Was bei manchen Offizieren als Schwäche galt – Nachdenken über Befehle, Aussprechen unerbetener Ratschläge, gelegentliches Handeln ohne ausdrückliche Erlaubnis –, stufte Picard als Vorzüge ein. Man mußte diese Eigenheiten lediglich in eine positive Richtung lenken. Ro hatte schon etliche Male bewiesen, daß sie etwas taugte.

»Dann achten wir lieber darauf, daß unsere Deflektoren während der jetzigen Forschungsaktivitäten auf volle Leistung geschaltet bleiben, was?« meinte Picard gutmütig. Da merkte er, daß Data sich umgedreht hatte und neue Meßwerte ablas. »Was gibt's Neues, Mr. Data?«

»Sir«, antwortete der Androide, ohne den Kopf zu wenden, »ich erhalte höchst anomale Sensormeßdaten.« Eilends machte Ro sich ans Überprüfen der eingehenden Informationen.

»Bitte klären Sie die Daten ab.« Picard beugte sich vor. Was mochte in dem Staub- und Gasnebel geschehen, auf das die Sensoren ansprachen? In derartigen stellaren Wolken spielten die Entwicklungen sich im Rahmen kosmischer Zeitspannen ab, nicht innerhalb von ein paar Minuten.

»Anscheinend orten wir ein anderes Raumfahrzeug, Sir«, meldete Data.

Riker furchte die Stirn. Starfleet hatte in diesem Sektor kein zweites Raumschiff; eben darum hatte ja die *Enterprise* die Aufgabe, hier Messungen vorzunehmen. »Wo befindet es sich, Data?«

»In der stellaren Wolke, Sir.«

»*Was?*« Picard sprang aus dem Kommandosessel. »Aber so etwas ist doch unmöglich.« Er trat hinter Datas Operatorstation, um sich die ersichtlichen Daten mit eigenen Augen anzuschauen.

»Trotzdem *ist* es innerhalb der Wolke«, beharrte der Androide.

»Visuelle Darstellung«, befahl Picard.

Data führte die Anweisung aus. Die Kameras der *Enterprise* zoomten auf einen bestimmten Abschnitt der Wolke zu. Außer den Partikelschwaden ließ sich nichts erkennen.

»Ortung korrekt, Sir«, rief Ro von ihrer Station herüber. »Ich messe auf zwo null drei Komma sieben eine Verzerrung des Raumzeit-Gefüges.«

»Aber den Wirkungsbereich eines solchen Phänomens kann doch nichts und niemand überstehen«, sagte Riker.

»Offensichtlich *doch*, Nummer Eins«, erwiderte Picard. »Verblüffend, wie?«

Inzwischen hatte Geordi sich zur übrigen Brückencrew gesellt. Die Blicke aller fünf Offiziere ruckten unablässig zwischen den Instrumentenanzeigen und dem Wandbildschirm hin und her. »Da ist es«, konstatierte Geordi.

Auf der Bildfläche erschien ein winziges Pünktchen. Es schoß aus einem Ausläufer der stellaren Gaswolke. Sofort vergrößerte Data die Darstellung. Das Objekt wurde in scharfer Deutlichkeit sichtbar.

Picard staunte. Es hätte ihn auch verdutzt, wäre die fremde Einheit ein klingonisches Kriegsschiff oder ein cardassianischer Wissenschaftskreuzer gewesen; darin jedoch wäre wenigstens ein Sinn zu sehen gewesen.

Daß man im geheimen ein neuartiges Raumschiff baute und in so einer stellaren Umgebung testete, *hätte* möglich sein können. Oder wäre das in der lebensgefährlichen Wolke geortete Raumschiff ein völlig neuer Typ gewesen, ein Raumfahrzeug eines bisher unbekannten Sternenvolks, ein Beispiel rätselhafter Technologie und Technik, hätte es Anlaß zur Faszination geliefert.

Aber was die Brückencrew da erblickte, ergab überhaupt keinen Sinn.

»Das *kann* doch nicht sein«, sagte Riker fassungslos.

»Ortung bestätigt«, meldete dagegen Data. Als einziger Anwesender konnte er nicht schockiert sein. »Bei dem Raumfahrzeug handelt es sich um eine Vergnügungsyacht der Damaskus-Klasse von Terra.«

»Es ist doch *ausgeschlossen*«, murrte Geordi halsstarrig, »daß diese Blechbüchse dort heil durchgekommen ist.«

»Ein gewöhnliches *Touristen*schiff?« brummte Picard. »Bei allen Kometen, jetzt habe ich aber einige Fragen. Wer sind diese Leute? Wie haben sie überlebt? Was treiben sie hier, zum Donnerwetter?«

»Wahrscheinlich besichtigen sie die Gegend«, sagte Ro mit ausdrucksloser Miene.

»Captain«, rief Worf an seiner Station im rückwärtigen Teil der Kommandobrücke. »Die Yacht feuert auf uns.«

3

»Wie bitte, habe ich Sie richtig verstanden?!« entfuhr es Picard ungläubig.

Ein grimmiges Lächeln im Gesicht, hob Worf den Blick von seinem Pult. »Die Yacht feuert auf uns«, wiederholte er. »Lediglich mit zwei Phaserkanonen.« Während er sprach, ging ein kaum spürbares Beben durchs Raumschiff, als die Phaserstrahlen die *Enterprise* trafen. »Deflektorkapazität unvermindert«, fügte der Sicherheitsoffizier hinzu.

»Das muß ja wohl ein dummer Witz sein«, mutmaßte Will. »Eine Vergnügungsyacht will sich mit einem Raumschiff der Galaxy-Klasse anlegen?«

»Ein dermaßen einseitiges Gefecht wird den Leuten kaum einen ruhmvollen Platz in den Geschichtsbüchern sichern«, bemerkte Ro halblaut. »Sie haben keine Chance.«

»Sehr richtig«, bekräftigte Picard, der mißmutigen Blicks den Wandbildschirm betrachtete. »Das wäre sogar einem denebischen Schleimbeutel klar. Warum also schießen sie auf uns?«

Geordi kratzte sich im Nacken. »Und wieso ist eine private Yacht überhaupt mit Phasern ausgerüstet?« Weitere Phasertreffer verpufften an den Deflektoren der *Enterprise*.

»Deflektorkapazität unvermindert«, meldete Worf ein zweites Mal.

Picard seufzte. »Ich glaube, wir können in diesem Fall die Effektivität der Deflektoren als Selbstverständlichkeit voraussetzen, Mr. Worf«, sagte er. »Die

Situation wird mit jedem Moment undurchschaubarer.«

In den Augen des Klingonen blitzte es auf. »Soll ich das Feuer erwidern, Sir? Die Phaser sind schon aufs Ziel gerichtet.«

»Würden wir zurückschießen, käme ich mir wie ein Weltraumrowdy vor«, erwiderte Picard. »Ein Starfleet-Raumschiff der Galaxy-Klasse, das auf eine Vergnügungsyacht ballert, ist das gleiche, als ob man mit Kanonen auf Spatzen schießt.«

»Andererseits können wir denen das nicht einfach so durchgehen lassen, Captain«, wandte Riker ein.

Picard nickte. »Da haben Sie recht.« Er drehte sich Worf zu. »Aktivieren Sie die Ruffrequenz, Mr. Worf«, gab er Befehl.

Worf nickte und machte sich an die Ausführung. »Auf keiner Frequenz kommt Antwort, Sir«, machte er einige Augenblicke später Meldung. »Man *empfängt* unseren Anruf, aber antwortet nicht.« Erneut ging ein schwacher Ruck durch das Raumschiff. »Deflektorkapazität un...« Der Klingone unterbrach sich mitten im Wort.

Aus lauter Ratlosigkeit schüttelte Picard verzweifelt den Kopf. »Also gut, Mr. Worf«, rief er. »Setzen Sie ihnen einen Warnschuß vor den Bug.« Er sah Riker an. »Vielleicht bringen wir sie damit zur Vernunft.«

»Phaser feuert«, meldete Worf. Auf dem Wandbildschirm sah man den glutheißen Phaserstrahl knapp an der Raumyacht vorbeizucken. Sofort änderte sie den Kurs, setzte aber den Beschuß fort.

»Na schön, Mr. Worf«, entschied Picard, »zerstören Sie die Triebwerke der Yacht. Wenn diese Flegel es nicht anders haben wollen...«

Voller Eifer lächelte Worf. »Aye, Sir.« Er tippte an seiner Tastatur einige Zahlen ein.

Man konnte auf dem Bildschirm beobachten, wie zwei Phaserstrahlen die Deflektoren des kleinen Raumfahrzeugs auf Anhieb durchschlugen und es aus der Flugbahn warfen. Die Strahlbahnen trennten beide Triebwerksgondeln ab und verdampften sie. Augenblicklich stoppten die Bremssysteme den Flug.

Trotzdem schoß die Yacht weiterhin auf die *Enterprise*.

»Captain«, sagte Data, »ich habe das Raumfahrzeug seit der Ortung unter Sensorsondierung. Anfangs sind an Bord neun Lebensformen feststellbar gewesen. Jetzt sind es nur noch sieben.«

»Haben wir etwa zwei getötet?« fragte Riker betroffen. Obwohl das andere Raumschiff die Feindseligkeiten eröffnet hatte, wäre es angesichts der Umstände unangenehm gewesen, jemanden umgebracht zu haben.

»Nein, Sir. Die zwei Todesfälle sind nicht im Bereich der Triebwerke, sondern der unteren Decks aufgetreten.«

Rikers Gesichtsausdruck widerspiegelte nicht weniger Verständnislosigkeit als Picards Miene. »Was geht dort drüben eigentlich vor?«

»Vielleicht kann der Captain keine Versager leiden«, vermutete Ro.

»Dann hätte er sich diesen irrsinnigen Angriff verkneifen sollen«, sagte Picard in ziemlich grobem Tonfall. »Mr. Worf, das dauernde Geballer fällt mir auf die Nerven. Können Sie die Phaserkanonen dieser Irren außer Gefecht setzen, ohne dabei Leben zu gefährden?«

»Ich glaube, ja, Captain.«

»Dann...«

»Sir«, rief Data dazwischen. »Ich orte neue Aktivitäten in den unteren Decks.« Er hob den Blick von den Instrumenten. »Eine Rettungskapsel ist gestartet worden. In der Kapsel befindet sich ein einzelnes Individuum.«

»*Was?*« Zum drittenmal in wenigen Minuten verlor Captain Picard die Fassung. »Die ganze Sache wird ja immer mysteriöser. Holen Sie die Kapsel, sobald sie von der Yacht genügend Abstand hat, per Traktorstrahl an Bord. Möglicherweise kann die Person, die in der Kapsel sitzt, uns ein paar Auskünfte erteilen.«

Vor den Augen der Brückencrew entfernte die kleine, tropfenförmige Rettungskapsel sich rasch von der lahmgeschossenen Raumyacht.

»Captain«, teilte Worf mit, »die Yacht hat das Feuer auf die *Enterprise* eingestellt.«

»Ach, was bin ich froh!« Ro kicherte.

Mit tiefem Stirnrunzeln blickte Worf von den Anzeigen hoch. »Statt dessen schießt sie jetzt auf die Rettungskapsel.«

Ruckartig fuhr Picard zu der in die Armlehne seines Kommandosessels integrierten Interkom-Anlage herum und aktivierte sie. »Mr. O'Brien«, rief er ins Gerät.

»Aye, Sir«, antwortete die Stimme des Transporterchefs. »Ich habe den Insassen der Kapsel schon angepeilt. Wir beamen die Person an Bord ... So, erledigt.«

»Sehr tüchtig, Mr. O'Brien.« Picard lenkte den Blick hinüber zu Worf. »Beordern Sie zwei Sicherheitswächter in Transporterraum drei«, gab er Anweisung. »Unser Gast ist ins Konferenzzimmer zu eskortieren.«

»Verstanden, Sir«, bestätigte Worf den Befehl.

Kaum hatte Picard sich wieder dem großen Wandbildschirm zugedreht, da erhellte ein kurzes Auflodern das All. Die Rettungskapsel war verglüht.

»Keine allzu guten Schützen«, vermutete Ro. »Sie haben die Kapsel erst mit dem achten Schuß erwischt.«

»Aber wieso haben sie eigentlich auf sie gefeuert?« wunderte Geordi sich laut. »Und weshalb ist sie überhaupt gestartet worden?«

»Das war eine Flucht«, zog Riker eine Schlußfolgerung. »Irgendwer an Bord der Raumyacht hat die Gunst des Augenblicks ausgenützt, um sich zu verdrücken.« Er kratzte sich im Bart. »Glauben Sie, sie haben gemerkt, daß die flüchtige Person zu uns transferiert worden ist?«

Ehe jemand dazu eine Meinung äußern konnte, ergriff Data das Wort. »Die Sensoren messen auf der Raumyacht ein Ansteigen des Energiepegels. Sie droht zu...«

Die automatischen Filter verdunkelten den Wandbildschirm, bis er nahezu schwarz wirkte – denn die Yacht explodierte in einem grellen Feuerball.

Bestürzt wandte sich Picard an seinen Sicherheitsoffizier. »Mr. Worf, haben *wir* das verursacht?«

»Nein, Captain«, entgegnete Worf grimmig. »Es ist auf der Yacht ausgelöst worden.«

»Es hat eine Selbstvernichtung stattgefunden«, stellte Data fest, obwohl es dieser Bemerkung nicht mehr unbedingt bedurfte.

Picard betrachtete den Bildschirm, auf dem sich jetzt wieder lediglich der Anblick des stellaren Nebels darbot. Der Vorfall war in der Tat völlig undurchschaubar.

»Ich wünsche Klarheit«, sagte er mit strenger Entschiedenheit. »Will, beordern Sie unverzüglich die Reserve-Brückencrew her. Mr. Data, Mr. Worf, Mr. La-Forge und Sie, Fähnrich« – er nickte Ro zu – »halten sich im Konferenzzimmer zur Verfügung.« Nochmals aktivierte er die Interkom-Anlage in der Armlehne seines Sessels. »Dr. Crusher, würden Sie sich bitte so schnell wie möglich im Konferenzzimmer einfinden?«

»Ich komme gleich, Captain«, antwortete die Stimme der Bordärztin.

»Ausgezeichnet. Picard Ende.« Der Captain wandte sich an Riker. »Will, ich glaube, Counselor Troi schläft momentan, oder?«

»Ich wecke sie, Captain«, versprach Riker. »Ich glaube, sie würde es uns nicht verzeihen, von diesem abenteuerlichen Vorgang ausgeschlossen zu werden.«

Als Jean-Luc Picard das Konferenzzimmer betrat, war Dr. Beverly Crusher schon anwesend. Über der blauen Uniform trug sie den Medo-Kittel. Ihre Miene bezeugte Befremden. Picard wußte, daß er mit einem ähnlichen Gesichtsausdruck umherlief.

»Was höre ich da über einen Angriff auf unser Schiff, Jean-Luc?« fragte sie. »Ich habe keinen Alarm mitgekriegt, und die Medizinische Station ist nicht benachrichtigt worden.«

»Weil es an sich auch gar nicht nötig war, Doktor«, beteuerte der Captain. »Es ist nicht mehr als eine läppische *Yacht* gewesen, die uns attackiert hat. Sie wollte sich quasi mit Knallerbsen gegen unsere Phaserkanonen behaupten. Es bestand bei uns keine Gefahr irgendwelcher Personenschäden.«

»Ist das ein Witz?« fragte Beverly. Im nächsten Moment beantwortete sie die Frage selbst. »Nein, natürlich nicht. Über solche Angelegenheiten machen Sie keine Scherze. Aber was Sie da erzählen, ist doch völlig unbegreiflich.«

»Das brauchen Sie mir nicht zu sagen, Doktor«, versicherte Picard voller Unmut. »Entschuldigen Sie, ich wollte nicht unhöflich sein ... Aber vor ein paar Minuten sind da draußen acht Menschen ums Leben gekommen, und ich habe nicht die geringste Ahnung, aus welchem Grund.«

Die Tür zum Konferenzzimmer öffnete sich ein weiteres Mal, und Deanna Troi trat ein. Sie sah müde aus.

»Captain ...« Zur Begrüßung nickte sie. »Doktor ... Ich wollte gerade zu Bett gehen, als Will mich angerufen hat. Was sind das für Gerüchte über einen *Angriff*? Ich habe gar nichts bemerkt.«

»Es gab auch nichts zu bemerken«, antwortete Picard. »Eine Person hat den Zwischenfall überlebt. Sie wird gerade zu uns gebracht.«

»Hoffen wir, daß wir von ihm einige Antworten erhalten«, meinte die Erste Medo-Offizierin. »Sonst trifft unseren Captain vor Frustration noch der Schlag.«

Darüber mußte Picard lächeln. »Tut mir leid, falls ich unhöflich geworden sein sollte.«

»Wir verzeihen Ihnen, Captain.«

Nochmals teilten sich die Türflügel. Die Brückencrew kam herein. Nur Worf fehlte noch. Gemeinsam mit Riker, Data, Geordi und Ro setzten Picard, Deanna und Beverly sich an den Konferenztisch. Wenig später wurde die Tür ein weiteres Mal geöffnet. Zwei Sicherheitswächter traten ein und postierten sich beiderseits des Eingangs. Danach folgte der Überlebende. Worf war der letzte Ankömmling.

Der Mann von der Raumyacht fühlte sich allem Anschein nach durchaus wohl in seiner Haut. Sein Blick huschte umher, verweilte zuletzt auf Picards Krageninsignien. »Hallo, Captain«, sagte der Mann, indem er die Hand ausstreckte. »Freut mich, Sie kennenzulernen.«

Picard sah über die angebotene Hand hinweg und musterte den Mann. Anscheinend war er knapp über vierzig Jahre alt und eindeutig terrestrischer Herkunft. Das dichte, braune Haar fiel über seine Schultern, und er hatte einen kräftigen, muskulösen Körperbau. In seinem langen, hageren Gesicht saß ein Paar blauer klarer Augen. Er trug legere Zivilkleidung, unter anderem auch etwas, das einer Anglerweste ähnelte; die zahlreichen Taschen waren alle leer.

»Bei allen Schwarzen Löchern, wer sind Sie«, erkundigte sich Picard, »und was hat das alles zu bedeuten?«

»Ich verstehe Ihre Verwirrung, Captain«, antwortete der Mann mit freundlichem Grinsen.

»Schön. Dann seien Sie mir dabei behilflich, sie zu beheben. Wie lautet Ihr Name?«

»Castor Nayfack«, gab der Mann Auskunft. Er senkte den Blick auf seine Hand und versteckte sie dann in einer Nachahmung von Picards Pose hinter dem

Rücken. »Wären Sie wohl so gütig, mir auch Ihren Namen zu nennen?«

»Ich bin Captain Jean-Luc Picard, Kommandant des Föderationsraumschiffs *Enterprise*«, schnauzte Picard. »Vielleicht lassen Sie sich nun endlich dazu herab, mir darüber Rede und Antwort zu stehen, was hier passiert ist, zum Teufel!«

»*Enterprise?*« wiederholte Nayfack nachdenklich. »Die Information, daß Sie in diesem Sektor sind, ist mir vorenthalten worden. Aber andererseits, je weniger ich weiß, um so weniger kann ich ausplaudern, was?«

»Wovon reden Sie da?«

»Es ist wohl besser, ich erläutere Ihnen, was Sache ist.« Nayfack tippte sich auf die Brust. »Ich bin Föderationsagent und mit verdeckten Ermittlungen beauftragt.«

4

Picard starrte Nayfack an. Schließlich rang er sich ein karges Lächeln ab. »Ich hatte erwartet, daß Sie uns über die Sachlage aufklären, anstatt sie noch konfuser zu machen.«

Worf beugte sich an seinem Platz vor. Unter dem zusätzlichen Gewicht seines Oberkörpers knarrte die Tischplatte. »Sie können Ihre Behauptung selbstverständlich beweisen?« fragte er Nayfack.

»Seien Sie doch nicht albern.« Nayfack warf dem Klingonen einen Blick voller Verdruß zu. »Was glauben Sie wohl, wie lange ich am Leben bliebe, hätte ich bei der Ausführung eines Auftrags meinen Dienstausweis in der Tasche?«

Der Sicherheitsoffizier lehnte sich in den Sessel zurück und verzog das Gesicht auf eine Weise, die man bei ihm als vielsagendes Feixen deuten konnte. Fast hörte man den Tisch aus Erleichterung aufseufzen. »Eine bequeme Ausrede«, sagte der Klingone.

»Es ist die Wahrheit«, erwiderte Nayfack.

Picard hob die Hand, um einer Fortsetzung des Wortwechsels vorzubeugen. »Man kann dem, was Sie behaupten, eine gewisse Logik nicht absprechen«, meinte er zu Nayfack. »Aber sicherlich bringen Sie Verständnis dafür auf, wenn wir Ihrer Aussage vorerst nicht blind glauben.«

Nayfack stöhnte reichlich theatralisch. »Leider bleibt Ihnen trotzdem keine andere Wahl, Captain Picard. Ich versichere Ihnen, daß Sie, haben Sie erst meine Gründe erfahren...«

»Bestimmt haben Sie einen Vorgesetzten«, fiel Riker ihm ins Wort, »dem Sie gelegentlich Bericht erstatten müssen, oder? Wir brauchen nur einen Namen, dann können wir mit Starfleet Rücksprache nehmen und ...«

»Nein!« Für einen Moment verschwand Nayfacks Nonchalance. Eindringlich wandte er sich an Picard. »Captain, Sie haben die Ereignisse doch wohl noch nicht Starfleet gemeldet!«

Für Picard ergab die gesamte Angelegenheit von Minute zu Minute weniger Sinn. »Nein«, sagte er sehr reserviert. »Ich wollte zuvor konkrete Ergebnisse vorliegen haben.«

Erleichtert seufzte Nayfack. »Den Sieben Dunklen Meistern von Polimedes sei Dank«, ächzte er. »Captain, ich beschwöre Sie, hören Sie mich an, ehe Sie entscheiden, ob Sie über den Vorfall Bericht erstatten. Glauben Sie mir, wenn ich Ihnen alles erzählt habe, sind Sie hundertprozentig meiner Meinung.«

Picards Brauen rutschten empor. »Ich werde Ihnen zuhören, Mr. Nayfack.« Seine Stimme klang irreführend umgänglich. »Aber die Befehle auf diesem Raumschiff gebe *ich*.«

»Natürlich«, lenkte Nayfack schleunigst ein. »Es liegt mir fern, Ihre Autorität als Kommandant dieses Schiffs in Frage zu stellen, Captain Picard. Ich bitte Sie aber um Verständnis dafür, daß die erfolgreiche Beendigung meines Auftrags mir ein dringendes Anliegen ist.«

»Es ist denkbar, daß ich Ihren Auftrag unterstützen werde, sobald ich hinlänglich darüber in Kenntnis gesetzt worden bin«, räumte Picard ein. »Also bitte ...«

Der Mann mit den langen Haaren überlegte für einen Moment; dann nickte er versonnen.

»Normalerweise bin ich bei der Föderationsbehörde für Artenschutz tätig«, erläuterte er. »Ich betreibe Ermittlungen in Fällen illegaler Jagden und sonstiger verwerflicher Aktivitäten, durch die das Wohlergehen der in der Föderationssphäre heimischen Spezies gefährdet werden könnten. Vor ungefähr einem Jahr wurden uns vertrauliche Informationen über eine Gruppe Krimineller zugespielt. Diese bietet neuerdings gewissen... *Sportjägern*, denen es an moralischen Skrupeln mangelt, die Gelegenheit zum Schuß auf wirklich außergewöhnliches Großwild. Unser Informant betonte, es sei sogar *ungeheuer* großes Wild. Man könnte es auf keiner bekannten Föderationswelt finden. Daraufhin bin ich mit der Aufgabe betraut worden, dieser Geschichte auf den Grund zu gehen. Es gelang mir, mit einem reichen Jäger Freundschaft zu schließen, von dem wir uns sicher waren, daß er zu der Bande Kontakte pflegt. Nach wenigen Treffen fanden wir unseren Verdacht weitgehend bestätigt. Der Kerl nahm mich mit in seine Bergfestung und zeigte mir den Trophäensaal. Dort hatte er die von ihm erlegten Tiere in Stasisfeldern zur Schau gestellt. Ich kann Ihnen gar nicht schildern, wie widerlich diese Ausstellung war, Captain. Er hatte mindestens dreißig ermordete Exemplare von hochgradig gefährdeten Spezies in dem Saal. Unter anderem einen irdischen Berggorilla, einen vulkanischen Nachtschwärmer, eine komplette Familie aldebaranischer Sandaale...« Nayfack zuckte die Achseln. »Das genügt wohl, um sich ein Bild zu machen...«

Kaum merklich neigte Data den Kopf. »Jede dieser Spezies steht, wie Sie angedeutet haben, auf der Liste der vom Aussterben bedrohten Arten. Das heißt, es gibt von jeder in der gesamten bekannten Galaxis weniger als fünfhundert Exemplare.«

»Genau.« Nayfack schenkte seine Aufmerksamkeit wieder Picard. »Ich mußte für das sogenannte *Jagdgeschick* des Halunken Anerkennung und für seine Sammlung Bewunderung vortäuschen. Und zum Schluß zeigte er mir die Beute, die dann bei unserer Behörde solche Aufregung verursacht hat. Das Exemplar war in einem gesonderten Saal untergebracht. Das Wesen war ungefähr achtzig Meter lang und rund dreißig Meter hoch. Und die größte Ähnlichkeit hatte es mit einem Drachen, wie man ihn aus den irdischen Sagen kennt.«

Riker beugte sich vor. »Einem *Drachen?*«

Nayfack hob die Schultern. »So was ähnlichem. Auf alle Fälle war es ein Reptil. Eine Art von Riesen-Dinosaurier, könnte man sagen. Er sah mehr oder weniger wie ein Triceratops aus. Vier klotzige Beine, ein langer Schwanz, dicke Haut mit grünen und braunen Tupfern, fast wie ein Tarnmuster. Dazu ein längliches, spitzes Maul mit Reißzähnen, Knochenkämme auf dem Schädel, dem Rücken und dem halben Schwanz. Das Vieh hatte Klauen, die wirkten, als könnten sie Duraluminum auseinandernehmen. Wäre mir erzählt worden, daß es Feuer speit, hätte es mich nicht gewundert... Na, es ist mir gelungen, dem Dreckskerl weiszumachen, ich sei auch ein wohlhabender Jäger und auf dicke Beute aus. Er fragte mich, ob ich an so einer Bestie Interesse hätte. Ich sagte ja, und tatsächlich hat er mir Kontakt zu der Bande vermittelt. Gegen Zahlung von mehreren Millionen Credits bot man mir die Gelegenheit, so einen Dino für meinen Trophäensaal zu schießen.«

Nayfack grinste. »Natürlich mußte die Behörde den Zaster herausrücken. Aber wir glaubten, es wäre diese Ausgabe wert, sollten wir festzustellen imstande sein, woher der Monstersaurier stammt, und gleichzeitig die Wilderer unschädlich machen können. Freilich hatte ich damit gerechnet, daß die Jagd nicht gerade vor der Haustür der Föderation stattfindet, aber *darauf* bin ich nicht gefaßt gewesen...« Er deutete durchs Sichtfenster auf den außerhalb des Konferenzzimmers erkennbaren Nebel aus kosmischer Materie. »Captain, im Innern der Wolke gibt es einen Planeten, auf dem diese Drachen heimisch sind.«

»Allen geläufigen Theorien zufolge«, erklärte Geordi, »kann es in einem derartigen Gebilde keinen Planeten und erst recht keine von Leben bewohnte Welt geben. Die Tachyonenströme würde jede lebende Zelle zerreißen.«

»Glauben Sie mir, dieser Planet *existiert*«, beharrte Nayfack auf seiner Aussage. »Ich habe genauso gestaunt wie Sie. Aber es ist eine Tatsache. Vor mehreren Wochen bin ich in die Wolke geflogen worden, und wir sind dort auf einem Planeten gelandet. Wie die Organisatoren es versprochen hatten, bekam ich eine Möglichkeit zum Schuß auf so einen Drachen. Es versteht sich, daß ich mich im entscheidenden Moment an der Phaserkanone... etwas täppisch angestellt und meine Gelegenheit verpaßt habe. Als wir danach die Gaswolke verließen, wurde die *Enterprise* gesichtet. Die Bande, von der diese Wilderertouren organisiert werden, besteht nicht gerade aus Schlauköpfen, Captain. Diese Figuren sind...«

»*Nicht* aus Schlauköpfen?« Geordi lachte und schüttelte den Kopf. »Mann, wenn sie einen Feldgenerator konstruieren können, der es ihnen gestattet, durch diese Tachyonenwolken zu fliegen, müssen sie allesamt von *Genies* abstammen.«

»Konstruiert haben sie überhaupt nichts«, entgegnete Nayfack. »Was sie brauchen, *klauen* sie. Nach meiner Ansicht verfügt die vollzählige Bande insgesamt über den Intelligenzquotienten eines Plumpbeutlers. Die Typen verstehen sich aufs geheime Klüngeln und Organisieren, aber helle sind sie kein bißchen. Sie haben sich total aufs Wilderergeschäft verlegt. Ihr Verdienst hängt völlig davon ab, den Jagdgrund geheimzuhalten. Deshalb haben die Kapitäne der beiden Sportyachten, die die Jäger zu der Drachenwelt befördern, strengste Auflage, bei drohender Verhaftung ihr Raumfahrzeug zu vernichten. Kaum war die *Enterprise* gesichtet worden, tippte der Kapitän der Yacht, auf der ich mitflog, dem Bordcomputer den Selbstvernichtungsbefehl ein. Dann hat er die *Enterprise* angegriffen, obwohl dies vollkommen idiotisch war. Es gibt Ihnen einen Begriff davon, aus was für Trotteln diese Bande besteht. Na, jedenfalls habe ich's gerade noch geschafft, mich in einer der Rettungskapseln zu verabschieden...«

»Und dabei haben Sie zwei Crewmitglieder getötet«, konstatierte Riker.

»Ich hatte keine Wahl, Commander. Wäre ich an Bord der Yacht geblieben, hätte niemand von meinen Erkenntnissen erfahren. Die beiden Männer sind von mir eliminiert worden, weil sie meine Flucht verhindern wollten. Nachdem ich die Kapsel gestartet hatte, ist die Yacht wenig später explodiert.«

Picard lehnte sich in den Sessel, musterte Nayfack nachdenklichen Blicks. »Ihre Darstellung ist sehr interessant«, sagte er mit merklicher Zurückhaltung. »Aber wenn wahr ist, was Sie erzählen, müßte Ihnen ja daran gelegen sein, schleunigst Ihre Behörde zu benachrichtigen. Nur dann kann die Bande schnellstens dingfest gemacht werden.«

»Nein, bloß das nicht!« Fast sprang Nayfack vor Bestürzung aus dem Sessel. »Die Bande überwacht den ganzen Funkverkehr. Die Drahtzieher sind so raffiniert, daß es ihnen gelungen ist, auf der Erde einen Agenten in die Kommunikationszentrale der Föderation einzuschleusen. Falls sie merken, daß wir auf sie aufmerksam geworden sind, werden sie das Geschäft einfach für eine Weile ruhen lassen. Sobald sie feststellen, daß keine Gefahr mehr droht, machen sie weiter. Wir können unmöglich ohne zeitliche Begrenzung in der gesamten Wolke Patrouille fliegen. Nein, wir müssen jetzt zuschlagen, sofort. Die Yacht wäre nach drei Wochen Flugzeit auf der Erde eingetroffen. Wenn sie ausbleibt, kann die Bande sich denken, daß irgend etwas schiefgelaufen ist. Also müssen wir die Bandenmitglieder, die sich in der Gaswolke auf dem Drachenplaneten aufhalten, vorher festnehmen.«

»Es ist mir peinlich, hier auf einen offensichtlichen

Sachverhalt hinzuweisen«, sagte Geordi zu ihm, »aber die *Enterprise* kann nicht in diese Wolke fliegen. Das Raumschiff würde zu Schrott zerfetzt.«

»Natürlich, normalerweise ist das der Fall«, pflichtete der Föderationsagent bei. »*Wenn* man einfach volle Pulle hineinbraust. Aber das muß nicht sein. Durch die Tachyonenstürme verläuft ein Tunnel, der bis mitten in die Wolke reicht.«

»Diese Behauptung stufe ich als wenig glaubhaft ein«, äußerte sich Data. »Daß ein derartiger Tunnel sich durch natürliche Umstände bildet, ist gänzlich ausgeschlossen. Und kein Raumfahrervolk der Galaxis verfügt über eine Technik, um Beta-Tachyonen in irgendeiner Form zu kanalisieren oder sonstwie zu beherrschen.«

Damit verunsicherte er Nayfack nicht im geringsten. »Ich bin sicher, daß Sie recht haben«, stimmte er zu. »Trotzdem ist der Tunnel vorhanden. Allein könnten Sie ihn selbstverständlich nie finden, aber ich habe mir die Koordinaten gemerkt. Ich kann Sie hindurchlotsen. Im Innern der Wolke gibt es eine Anlage, die den Tunnel generiert. Sollte die Bande unsere Anwesenheit bemerken, schaltet sie die Aggregate einfach ab. Ohne den artifiziell erzeugten Tunnel ist es nicht möglich, zum Drachenplaneten zu gelangen. Die Bande könnte in jeder beliebigen Richtung einen neuen Tunnel schaffen, sobald sie sich außer Gefahr fühlt, entweder um zu fliehen oder um ihre Schurkengeschäfte fortzusetzen.«

In seinem Sessel drehte Geordi sich Picard zu. »Wenn wahr ist, was er da redet, Captain, dann muß ich mir diese Maschinen ansehen. Ein Feld, das Tachyonen bändigt, ist theoretisch eine Unmöglichkeit.«

Ein Lächeln umspielte Rikers Mund. »Allerdings haben Sie selbst«, sagte er zum Chefingenieur, »schon manche theoretische Unmöglichkeit zustande gebracht.«

»So etwas nicht«, stellte Geordi klar. »Ich habe nicht die mindeste Ahnung, wie ich so was anpacken sollte.«

Picard hob die Hand. »Das mag ja alles ganz interessant sein«, meinte er bedächtig. »Ich bezweifle aber, Mr. Nayfack, daß wir auf Ihren Wunsch eingehen können.«

Der Agent schaute ihn tief betroffen an. »Captain, aber ...« Er raffte sich zum Widerspruch auf. »Ist Ihnen denn egal, was diese Kriminellen anstellen?«

»Keineswegs«, erwiderte Picard. »Ich verurteile die Selbstsucht jedes Menschen, der sich einbildet, die Schöpfung sei nur zu dem Zweck da, sie nach Lust und Laune abzuknallen. Ich weiß den Eifer, mit dem Sie beabsichtigen, diese Leute zu verhaften und ihrer Bestrafung zuzuführen, sehr wohl zu würdigen. Sie müssen aber berücksichtigen, daß wir hier rein wissenschaftliche Aufgaben erledigen. Wir sind keine Gesetzeshüter oder Vollzugsbeamten. Ich sympathisiere mit Ihrem Anliegen. Meine Verantwortung beschränkt sich allerdings darauf, die Vorgänge Starfleet zu berichten und Sie sicher auf Starbase dreihundertneunundzwanzig abzuliefern, die wir im Rahmen unserer Mission als nächstes anfliegen.«

»Captain ...!« Nayfack wirkte, als wollte er gleich auf die Knie fallen und Picard geradezu um Hilfe anflehen. »Sie *müssen* es sich anders überlegen! Wir haben die Pflicht, diese Mörder gefangenzunehmen.«

Knapp schüttelte Picard den Kopf. »Glauben Sie mir, ich wünschte, ich dürfte es einfach tun. Aber ich kann nicht das Raumschiff und die Besatzung bei dem Versuch riskieren, in eine kosmische Wolke vorzustoßen, nur um ein paar Gauner auszuheben. Das ist nicht die Aufgabe unseres Schiffs.«

»Captain«, ergriff Ro das Wort, »darf ich mir eine Bemerkung erlauben?«

»Durchaus, Fähnrich«, antwortete Picard. »Ihre Standpunkte sind immer beachtenswert.«

»Die Technik, deren die Bande sich bedient, ist eindeutig weit fortgeschritten. Wenn unser Chefingenieur sagt, sie überschreitet sein Verständnis« – Ro nickte in

Geordis Richtung –, »hat es sicherlich erhebliche Bedeutung, daß wir sie untersuchen. Vielleicht kommen die Gangster irgendwann zu der Ansicht, daß sie ihnen nichts mehr nützt und es klüger wäre, sie zu verkaufen? Stellen Sie sich einmal vor, was daraus entstünde, falls die Cardassianer oder die Ferengi einen solchen Feldgenerator in die Hände kriegten.«

»Das ist ein schwerwiegendes Argument«, lautete Rikers Meinung. »Früher oder später muß ihnen schlichtweg einfallen, daß diese Technik als solche eine Einnahmequelle verkörpert. Sie könnten sie an den Meistbietenden der Galaxis versteigern und dafür Unsummen verdienen.«

»Gelangten die Romulaner in den Besitz einer derartigen Technik«, ergänzte Worf den Ersten Offizier, »wäre es nicht undenkbar, daß in der Galaxis ein neuer Krieg ausbricht. Würden sie ihre Raumschiffe mit entsprechenden Feldgeneratoren ausrüsten, hätten sie die Möglichkeit, sich in jeder kosmischen Wolke zu verstecken, ohne daß die Föderation sie aufspüren könnte.«

»Vielleicht sogar im Innern eines Sterns«, spekulierte Geordi.

Es war offenkundig, daß Picard nochmals über seine Entscheidung nachdachte. Plötzlich knallte Nayfack die Faust auf den Tisch. »Kann sein, es gelingt mir doch, Sie zu überzeugen, Captain«, rief er. »Einiges habe ich Ihnen nämlich über den Drachenplaneten noch nicht erzählt.«

»Ich bezweifle, daß es meinen Entschluß auch nur im entferntesten beeinflussen kann«, gab der Captain zur Antwort. »Trotzdem, ich bin bereit, Ihnen zuzuhören. Daß ich naturgemäß auch daran interessiert bin zu erfahren, woher eine Wildererbande eine derart neuartige Technik hat, will ich nicht leugnen.«

»Da besteht ein gewisser Zusammenhang«, sagte Nayfack. »Der Drachenplanet ist bewohnt... Und zwar von *Menschen*.«

»Menschen?!« entfuhr es Riker. Er blickte den Captain an, den diese ungeheuerliche Behauptung offenbar genauso erregte. »Das ist ausgeschlossen. Erstens gibt es keine so weit entfernten menschlichen Siedlungen im All. Zweitens hätten gar keine Siedler in diese Tachyonenfelder vordringen können.«

»Ich stimme Ihnen völlig zu«, antwortete Nayfack gelassen. Es befriedigte ihn sichtlich, daß alle Anwesenden ihm jetzt ihre ungeteilte Beachtung schenkten. »Ich habe auch nicht behauptet, sie seien mit eigenen Mitteln hineingelangt. Verraten Sie mir eines, meine Damen und Herren: Haben Sie schon mal von den Bewahrern gehört?«

5

»Den Bewahrern?« Picard schaute verblüfft in die Runde. Riker, Geordi, Beverly, Deanna und Ro wirkten ebenso erstaunt. Worf zeigte lediglich – wie stets – eine finstere Miene. Data hatte leicht den Kopf geneigt – bei ihm ein deutliches Anzeichen von Überraschung. »Natürlich haben wir schon von ihnen gehört«, bestätigte der Captain. »Ganz Starfleet weiß von ihnen. Sie sind eines der größten Rätsel der Galaxis.«

»Hätten Sie Spaß daran, das Rätsel zu lösen, Captain?« Listig feixte Nayfack. »Nun haben Sie dazu Gelegenheit.«

Picard gab nicht sofort Antwort. Statt dessen wandte er sich an den Androiden, seinen Zweiten Offizier. »Mr. Data, vielleicht sind Sie so freundlich, für uns zu rekapitulieren, was über die Bewahrer bekannt ist.«

»Wünschen Sie eine vollständige Darstellung der vorliegenden Informationen, Captain?«

Picard schüttelte den Kopf. Er kannte Data zu gut: So ein Referat mochte Stunden dauern. »Eine Zusammenfassung des Wesentlichen dürfte genügen, wenn ich bitten darf.«

»Jawohl, Captain«, sagte der Androide. »Starfleet ist zum erstenmal im Jahre zweitausenddreihundertundzwei auf die Bewahrer gestoßen. Über das Volk der Bewahrer ist als solches wenig in Erfahrung gebracht worden. Auffällig ist die Beobachtung, daß sie sich anscheinend das Ziel gesetzt haben, kleine Gruppen von Angehörigen bedrohter Gesellschaften auf unbewohnten Welten anzusiedeln. Ihre Beweggründe für diese Politik konnten nicht geklärt werden. Der erste Bewahrer-Planet mit dem Namen *Miramanee* wurde durch Starfleet-Einheit NCC 1701 entdeckt... Also durch die Original-*Enterprise* unter dem Kommando von Captain James Tiberius Kirk.«

»Ach, Kirk«, murmelte Riker. »Das hatte ich vergessen.«

Data wartete ab, bis die Gewißheit bestand, daß die Unterbrechung beendet war; dann setzte er seine Ausführungen fort.

»Zur Ansiedlung auf der genannten Welt hatten die Bewahrer eine Gruppe nordamerikanischer Ureinwohner ausgesucht. Diese sogenannten Indianer konnten dort ungehindert ihre eigene Lebensweise entfalten. Zur Zeit der Entdeckung durch Captain Kirks *Enterprise* gefährdete der Einschlag eines großen Meteors den Planeten. Kirk unternahm Anstrengungen zum Schutze der Bewohner. Allerdings hatten die Bewahrer für ein derartiges Vorkommnis vorausgeplant. Dank ihrer Vorkehrungen konnte das Unheil abgewendet werden. Nach diesem Erstkontakt mit einem Bewahrer-Planeten sind noch zwei weitere ihrer Siedlerwelten entdeckt worden. Aber über die Bewahrer selbst wissen wir bis heute sehr wenig.«

»Danke, Mr. Data.« Picard wandte den Kopf und musterte von neuem Nayfack. »Läuft Ihre Aussage darauf hinaus, daß der Drachenplanet im Innern der hiesigen kosmischen Wolke ebenfalls eine solche Bewahrer-Siedlerwelt ist?«

»Ganz genau.« Nayfack zuckte mit den Schultern. »Mein Eindruck ist, die ursprünglichen Siedler stammten aus einer Anzahl kleiner, benachbarter Dörfer im Deutschland des dreizehnten Jahrhunderts. Die Ortschaften lagen in einer von der Pest verwüsteten Gegend, darum konnten die Bewahrer davon ausgehen, daß niemand die Einwohner vermißt. Sie sind auf dem

Drachenplaneten angesiedelt worden. Leider stagniert seither ihre Entwicklung.«

»Stagniert?« wiederholte Riker. »Haben Sie eine Ahnung, aufgrund welcher Ursachen?«

»O ja. Ich denke mir, die Bewahrer sind in diesem Fall etwas *zu* schlau gewesen. Sie hatten eine Gruppe von Menschen ausgesucht, die fest an die Existenz solcher Lebewesen wie Drachen glaubten. Deshalb hielten sie es wohl für sinnvoll, sie auf eine Welt zu versetzen, auf der es *tatsächlich* etwas Ähnliches wie Drachen gibt. Bedauerlicherweise sind die Drachen äußerst gefährlich, wenn man keine Phaserkanone hat, um sie sich vom Leib zu halten. Das anfängliche halbe Dutzend kleiner Dörfer mußte sich zum Schutz gegen die Ungetüme mit Mauern umgeben. Heute bleiben die Bewohner überwiegend in ihren Ansiedlungen. Es kommt kaum zu Kontakten, folglich zeigt sich auch kein echter Fortschritt.«

Einen Moment lang herrschte Schweigen. »Und wie sind die Wilderer, nach denen Sie gesucht haben«, erkundigte sich schließlich Deanna, »zu diesem Planeten gelangt?«

»Eine berechtigte Frage«, merkte Geordi an. »Sie werden ja wohl kaum auf den bloßen Verdacht hin, dort irgendeine bewohnbare Welt zu finden, sämtliche Tachyonenwolken abgeklappert haben.«

»Das hatten sie auch gar nicht nötig«, antwortete Nayfack. »Sie hatten eine Karte. Wissen Sie, anfangs war die Wilderei für diese Gaunerbande nur eine Nebenbetätigung. Es hat sich erst in letzter Zeit richtig ausgezahlt. Zunächst waren sie eine Clique von nur sechs oder sieben Leuten. Hauptsächlich beschäftigten sie sich als archäologische Raubgräber. Sie flogen Welten untergegangener Zivilisationen an, rafften zusammen, was sie an Artefakten finden konnten, und verscherbelten die Funde auf dem Schwarzmarkt an Sammler. An sich alles nur Kleinkriminalität, zu unbedeutend, als daß Starfleet sich damit hätte befassen müssen. Aber dann zogen diese Lumpen mit einem Mal wahrhaftig das große Los. Auf einer der Welten, die sie heimlich besuchten, standen ein paar Bewahrer-Ruinen. Offenbar war dort das Siedlungsexperiment gescheitert. Und in den Ruinen wurde eine Karte der übrigen Bewahrer-Planeten entdeckt.«

»*Was?*« Riker lehnte sich über den Tisch. »Eine Karte? Wie viele Welten sind es?«

»Das weiß ich auch nicht«, entgegnete Nayfack gereizt. »Man hat mir das Ding nicht gezeigt. Mein Geld haben die Gauner liebend gerne genommen, aber trauen wollten sie mir deswegen noch längst nicht.«

»Das kann ich mir kaum erklären«, spöttelte Ro halblaut.

»Ich weiß nur«, sagte der Föderationsagent, »daß der auf dem Drachenplaneten ansässige Bandenchef in seinem Besitz eine Karte hat, auf der die Position sämtlicher Bewahrer-Welten in der ganzen Galaxis verzeichnet ist. Anscheinend war er der Meinung, nur die Drachenwelt gewinnbringend vermarkten zu können. Der Bandenchef ist ausgebildeter Archäologe. Es ist ihm gelungen, anhand der Karte die Bewahrer-Sprache zu entziffern. Dafür hat er sechs Jahre gebraucht, aber letzten Endes hat's sich für die ganze Bande in beträchtlichem Umfang gelohnt.«

Langsam breitete sich in Nayfacks Gesicht ein verschmitztes Lächeln aus. Er wußte, daß er jetzt einen verlockenden Köder ausgeworfen hatte. »So, Captain, gestehen Sie nun ein, daß wir einfach hinfliegen *müssen?*«

Picard überlegte ein paar Sekunden lang. »Tja, Mr. Nayfack, ich gebe zu, infolge dieser zusätzlichen Information sieht die Sache jetzt anders aus. Wenn sich in der Wolke ein Bewahrer-Planet verbirgt, geht das uns sehr wohl etwas an. Diese Bande verstößt in ernstem Maße gegen die Erste Direktive.«

»Gar nicht davon zu reden, daß wir die Bewahrer-Karte, wenn sie wirklich dort ist, für Starfleet beschlagnahmen müssen«, sagte Riker. »Dann ließe sich nachvollziehen, welchen Weg sie durch die Galaxis genommen haben... Und wer weiß, vielleicht begegnen wir ihnen eines Tages...!«

Picard stand auf. Indem er seine Uniform glattstrich, senkte er den Blick auf Nayfack. »Wenn Sie so freundlich wären, mir zu ermöglichen, mich mit meinem Offiziersstab zu beraten, verspreche ich Ihnen eine endgültige Entscheidung binnen dreißig Minuten, Mr. Nayfack. Bis dahin melden wir die Angelegenheit nicht, so wie Sie es wollten.«

Mit lässiger Gemächlichkeit erhob der Föderationsagent sich von seinem Platz. »Das soll mir recht sein, Captain«, willigte er ein.

Picard wandte sich an die neben der Tür postierten Sicherheitswächter. »Zeigen Sie bitte Mr. Nayfack den Gesellschaftsraum im zehnten Vorderdeck«, wies er sie an. »Sobald unsere Entscheidung feststeht, werden Sie verständigt.«

»Aye, Sir.« Ein Sicherheitswächter forderte Nayfack mit einer Geste des Kopfs auf vorauszugehen.

Am Ausgang zögerte Nayfack. »Ich bin sicher, Sie fällen den richtigen Entschluß, Captain.«

»Ich wäre gern auch so zuversichtlich wie Sie«, antwortete Picard. »Aber auf alle Fälle werde ich die vernünftigste Entscheidung treffen, zu der ich imstande bin.«

»Um mehr bitte ich Sie nicht.« Mit einem Zischen schloß sich die Tür hinter Nayfack und dem Sicherheitswächter.

Picard kehrte an seinen Platz zurück und ließ den Blick durch die Runde schweifen. »Hat irgendwer zu alldem etwas zu sagen?« fragte er.

»Ich traue dem Mann nicht über den Weg.« Das war natürlich Worfs Kommentar. Sowohl als Klingone wie auch als Sicherheitsoffizier blieb Worfs Haltung von Argwohn geprägt.

»Ich auch nicht«, meinte Ro. Auch ihre Einstellung überraschte niemanden. Die Bajoranerin war eine gute Offizierin, neigte jedoch dazu, jedem zu mißtrauen. Angesichts ihrer Lebensgeschichte war das indessen nicht verwunderlich.

Verstohlen schmunzelte Riker. Auch er hatte mit diesen Stellungnahmen gerechnet. »Ich wüßte auch wirklich nicht, *weshalb* wir ihm Vertrauen entgegenbringen sollten«, erklärte er. »Der Bursche hat uns eine reichlich glatte Geschichte aufgetischt.«

»Vielleicht *zu* glatt?« sinnierte Picard.

Riker grinste breiter. »Er hat uns die Informationen stückweise zugeschoben«, sagte der Erste Offizier, »wie's ihm gerade paßte.«

Picard hob die Brauen. »Falls er ist, was er zu sein behauptet, gehört an Geheimnistuerei grenzende Diskretion zu seiner Tätigkeit.« Er wandte sich an Deanna. »Counselor?«

Als Halb-Betazoidin verfügte Deanna Troi über eine bestens geschulte, verläßliche empathische Begabung. Picard verließ sich ohne weiteres auf ihr Urteilsvermögen.

Troi wirkte besorgt. »Er ist *tatsächlich* ein unaufrichtiger Mensch«, bestätigte sie. »Allerdings muß man zugestehen, daß Zurückhaltung im Umgang mit der Wahrheit durchaus zu seinen beruflichen Pflichten zählt. Vorausgesetzt freilich, er ist wirklich Föderationsagent. Ab und zu habe ich gespürt, daß er lügt. Meistens hat er aber wenigstens teilweise die Wahrheit gesagt. Einiges von dem, was er uns erzählt hat, ist unmißverständlich wahr, auf jeden Fall, soweit er selbst informiert ist. Seine übrigen Angaben sind ein Mischmasch aus Übertreibungen bis hin zu direkten Lügen.«

»Können Sie nicht genauer differenzieren?« fragte Riker. »Ich meine, was an seinen Äußerungen ist reine Wahrheit?«

»Leider kann ich in dieser Hinsicht nicht sicher sein.« In Deannas Augen stand ein Ausdruck der Frustration. »Captain, eines steht fest: Er versucht uns zu manipulieren. Aber seine Grundeinstellung färbt auf alles ab, was ich bei ihm wahrnehme. Wäre ich Voll-Betazoidin, könnte ich vielleicht mehr erkennen. Aber seine grundsätzliche Unehrlichkeit beeinflußt seine gesamten Reaktionen dermaßen nachhaltig, daß ich die Emanationen nicht präzisieren kann. Er bedient sich der Wahrheit, um seine Absichten zu erreichen. Mit Gewißheit kann ich nur eines feststellen: Er will wirklich, daß wir uns um die Bande kümmern.«

»All das *könnte* erklärlich sein, falls er tatsächlich Föderationsagent ist«, faßte Picard zusammen. »Dann wäre es begreiflich, daß er uns nicht in mehr einweiht, als er für nötig erachtet. Geheimdienstmitarbeiter vertrauen sich in den seltensten Fällen auch nur gegenseitig. Mr. LaForge, wie denken Sie über seine Aussage, es gäbe mitten in diesem kosmischen Nebel einen Planeten?«

Geordi lachte. »Captain, unter normalen Umständen würde ich sagen, der Kerl hat eine Meise. Es ist nicht einmal eine Theorie vorstellbar bezüglich der Art von Energie, die man bräuchte, um einen Tunnel durch ein tachyonisches Emissionsfeld zu treiben...«

»Aber?« hakte Picard nach.

»Aber falls dahinter *wirklich* die Bewahrer stecken«, erklärte Geordi, »können wir unsere wissenschaftliche Fachliteratur getrost zur nächsten Schleuse hinauswerfen. Wir wissen, daß sie zu Leistungen fähig sind, die nach dem Stand unserer Wissenschaft und Technik unmöglich sein müßten. Wenn irgendwer den Nebel durchdringen kann, dann meines Erachtens am wahrscheinlichsten die Bewahrer.«

»Darf ich einen Vorschlag unterbreiten, Captain?« fragte Data. »Das Zustandekommen der fälligen Entscheidung kann auf einfache Weise erleichtert werden.«

»So, wahrhaftig?« brummelte Picard. »Na, dann werde ich überglücklich sein, Ihren Vorschlag zu hören.«

»Mr. Nayfack *kam* ja an Bord eines Raumfahrzeugs aus der Wolke geflogen«, rief der Androide den Anwesenden in Erinnerung. »Das deutet stark darauf hin, daß ein Tunnel der beschriebenen Art in der Tat existiert. Das Raumfahrzeug war eine Yacht aus irdischer Produktion und kann keinesfalls den Tunnel geschaffen haben. Daher müssen wir postulieren, daß ein anderes Sternenvolk den Tunnel erzeugt hat. Die Annahme, daß die Bewahrer eine hinlänglich leistungsfähige Technik kennen, ist nicht abwegig. Darum ist dieser Teil der Geschichte durchaus als plausibel zu bewerten.«

»Gewiß, das ist richtig«, gab Picard zu. »Aber inwiefern wird mir dadurch die Entscheidung leichter?«

»Wenn Mr. Nayfack den Tunnel für uns lokalisieren kann, ist es vorstellbar, daß es uns gelingt, ihn zu durchfliegen. Kann er es nicht, erledigt die Frage eines Flugs zum sogenannten Drachenplaneten und einer Untersuchung der dortigen Verhältnisse sich von selbst.«

»Aber wenn er lügt«, brummte Worf, »geraten wir eventuell in eine Falle. Durch ein Abweichen von der sicheren Flugschneise könnte unser Raumschiff von den Tachyonenfeldern zerstört werden. Wir dürfen nicht die Möglichkeit unbeachtet lassen, daß Nayfack nur zu einem Zweck zu uns an Bord gekommen ist: nämlich um zu verhindern, daß wir Starfleet den Vorfall melden. Um dafür zu sorgen, wäre es eine höchst wirksame Methode, uns in eine Todeszone zu lotsen.«

Damit sprach Worf keine sonderlich erfreuliche Vorstellung an. Picard beobachtete, wie seine restlichen Offiziere lange Gesichter zogen. Beta-Tachyonenpartikeln hatten auf lebendes Gewebe einen unschönen Effekt. Zwar *gab* es häßlichere Todesarten, aber nur wenige.

»Könnten wir nicht zuerst eine Sonde in den Tunnel schicken?« erkundigte Picard sich bei Geordi.

Der Chefingenieur zuckte die Achseln. »Das läßt sich im voraus schwer beantworten, Captain. Bei solchen Feldstärken sind wahrscheinlich keine aufschlußreichen Messungen über größere Entfernungen hinweg durchführbar.«

»Die ganze Angelegenheit hat noch einen Aspekt«, konstatierte Picard. Sein Offiziersstab schaute ihn an. »Selbst wenn Mr. Nayfack lediglich im Kern die Wahrheit erzählt hat, haben wir es offensichtlich mit einem sehr ernsten Verstoß gegen die Erste Direktive zu tun. Bestimmt brauche ich niemanden von Ihnen darauf hinzuweisen, woraus in so einem Fall unsere Pflicht besteht.«

Gewohnheitsmäßig untertrieb der Captain. Die Mienen ringsum zeigten deutlich, daß die Versammelten die vorliegende Problematik vollauf verstanden.

»Ich wünschte, es wäre so einfach, Captain«, meldete Beverly Crusher sich zu Wort. »Die Erste Direktive verbietet die Einmischung in die Abläufe einer lebensfähigen planetaren Gesellschaft.« Sie deutete auf die prachtvolle stellare Gaswolke außerhalb des Sichtfensters. »Aber es ist denkbar, daß der von Nayfack geschilderte Planet gar nicht unter die Vorschriften der Ersten Direktive fällt. Erstens ist er eine von außen besiedelte Welt. Und zweitens ist die erwähnte unfreiwillige Siedlergemeinschaft auf eine Welt versetzt worden, wo anscheinend die natürliche Evolution schon verändert worden ist. Offenbar richten die Bewahrer sich nicht nach der Ersten Direktive.«

Picard lächelte. Er hätte sich denken können, daß Beverly keinen wichtigen Gesichtspunkt übersah.

»Genau darauf wollte ich hinaus«, sagte er zu ihr. »Fällt dieser Planet unter die Erste Direktive, oder ist er davon ausgenommen? Falls ja, lautet die nächste Frage: Wirken die Aktivitäten der Bande sich dort wirklich schädlich aus? Ich neige dazu, mich Mr. Nayfacks Einschätzung ihrer intellektuellen Fähigkeiten anzuschließen. Alles erlaubt den Rückschluß, daß da ein paar kleine Spitzbuben in eine Situation hineingeschlittert sind, die sie völlig überfordert. Einen dermaßen kostbaren Fund wie die Bewahrer-Sternenkarte und den Anti-Tachyonen-Feldgenerator zu machen und dann damit nichts Besseres anzufangen zu wissen, als bei skrupellosen Großwildjägern Geld abzusahnen...! Das verweist ja nun wahrlich auf einen geradezu beispiellosen Mangel an Phantasie.«

»Aber sollte es der Bande einfallen, diese Technik an Feinde der Föderation zu verkaufen...« Zu beenden brauchte Geordi den Satz nicht; die Konsequenzen waren für jeden offen ersichtlich.

»Ich ersehe noch eine Schwierigkeit«, sagte Data. »Falls Mr. Nayfacks Darstellung mit den Tatsachen übereinstimmt, zählen diese Drachen, die er erwähnt hat, vermutlich zu den gefährdeten, vom Aussterben bedrohten Arten. Deshalb erlegt die Charta der Föderation uns die Verpflichtung auf, sie vor Nachstellungen außerplanetaren Ursprungs zu schützen.«

»Aber nicht vor *planetaren* Nachstellungen«, schränkte Geordi ein. »Wenn für den Planeten die Erste Direktive Gültigkeit hat, dürfen wir den Einheimischen nicht unsere Artenschutzgesetze aufzwingen.«

»Können wir eigentlich den Schutz einer Tierart beschließen, die Menschen frißt?« fragte Ro. »Darüber müßten doch wohl am ehesten die Betroffenen entscheiden, oder?«

»*Erwägen* dürfen wir so etwas durchaus, Fähnrich«, lautete Picards Antwort. »Diese... Drachen sind offenbar dort entstanden und waren schon vor den Menschen da. Einfach ihre Ausrottung zu dulden, ist keine Option, an die jemand von uns gerne denken sollte.« Picard stieß ein Seufzen aus. »Kurzum, meine Damen und Herren, wir stecken in einem gräßlichen Dilemma. Nach meiner Auffassung kann in dieser Klemme nur eine Vorgehensweise richtig sein. Wir brauchen weitere

Informationen. Also müssen wir Nachforschungen anstellen.«

Er stand auf und zeigte damit, daß er die Sitzung als beendet betrachtete. »Wenn Castor Nayfack uns durch einen Tunnel in die Gaswolke lotsen kann, müssen wir die Gelegenheit nutzen und auf dem Drachenplaneten die erforderlichen Ermittlungen vornehmen. Mr. Worf, bitte kontaktieren Sie den mit Mr. Nayfacks Beaufsichtigung betrauten Sicherheitswächter; er soll ihn auf die Kommandobrücke bringen. Es ist an der Zeit, daß er uns den ersten Teil seiner Geschichte beweist.«

Der klingonische Sicherheitsoffizier der *Enterprise* setzte eine noch düsterere Miene als sonst auf. »Sie haben doch nicht etwa vor, dem Mann Ihr Vertrauen zu schenken, Captain?« Man merkte ihm an, daß er keinesfalls beabsichtigte, vertrauensselig zu sein.

»Ich glaube, vorerst sollten wir so tun, als bestünde keine Veranlassung zu Zweifeln seiner Ehrbarkeit, Mr. Worf«, entgegnete der Captain. Er sah den Offizieren nach, während sie die Räumlichkeit verließen, um an ihre Posten auf der Kommandobrücke zurückzukehren.

Beverly zögerte an der Tür. Sie lächelte ihm zu; aber ihr Lächeln blieb freudlos. »Machen Sie sich irgendwelche Sorgen?« erkundigte der Captain sich gedämpft.

Kaum merklich zuckte Crushers Gesicht. »Haben Sie je die Auswirkungen von Tachyonenfeldern auf den menschlichen Körper gesehen, Jean-Luc?« fragte die Medo-Offizierin.

»Nein. Aber ich habe einmal etwas darüber gelesen.«

»Das mag sein«, meinte Beverly. »Ich hingegen mußte einmal dabeistehen und tatenlos mit anschauen, wie drei Personen infolge eines Laborunfalls an Tachyonenstrahlung den Tod fanden. Mir war es unmöglich, sie zu retten. *Niemand* hätte sie noch retten können. Die Tachyonen zerstörten ihre molekulare Struktur, rissen Partikel um Partikel auseinander. Sie starben unter entsetzlichen Qualen.«

Sachte faßte Picard die Bordärztin am Ellbogen. Er wußte, daß Beverly im Rahmen ihrer ärztlichen Tätigkeit jeden Todesfall als persönlichen Verlust empfand. »Ich verspreche Ihnen«, beteuerte er, »daß ich das Raumschiff erst in den Nebel steuere, wenn ich davon überzeugt bin, daß uns nichts zustoßen kann.«

»Das ist mir klar, Jean-Luc.« Diesmal gelang Beverly ein echtes Lächeln. »Und mir liegt jeder Versuch fern, Ihr Urteil irgendwie zu beeinflussen.«

»O doch, Sie sind eine ständige Mahnerin«, widersprach Picard gutmütig. »Und wäre es anders, hielte ich weniger große Stücke auf Sie. Möchten Sie das Manöver auf der Brücke oder in der Krankenstation mitverfolgen?«

Crusher hob die Schultern. »Auf der Brücke, glaube ich. Falls etwas passiert, nutzt es sowieso nichts, wenn ich in der Krankenstation herumsitze. Uns blieben höchstens dreißig Sekunden, bis wir allesamt einen grausamen Tod sterben.«

6

Auf dem großen Wandbildschirm der Kommandobrücke wirbelten prächtige Farbschleier. Die vielfältigen Muster und Schlieren der Gaswolke faszinierten Picard. Er saß in seinem Kommandosessel. Man versank so leicht im Anblick der Schönheit dieses Schöpfungsprozesses, daß man bisweilen die urtümlichen Gewalten vergaß, die ihm zugrundelagen. Diese Kräfte konnten das Raumschiff mitsamt der Crew innerhalb von Sekunden in subatomare Partikel aufspalten und im All zerstreuen.

Trotzdem war und blieb der Anblick des Nebels schön.

Fähnrich Ro hatte ihren Platz am Navigationspult wieder eingenommen. »Kurs berechnet und gespeichert«, meldete sie. »Fluggeschwindigkeit: zwei Drittel Impulskraft.«

»Sensoren zeigen bisher keine Anzeichen irgendeiner Art von Anti-Tachyonen-Tunnel an«, konstatierte Data.

Unter dem Blick des Argwohns, den Riker ihm zuwarf, zog Nayfack den Kopf ein. »Wäre der Tunnel aus dieser Entfernung sichtbar, Captain«, sagte der Föderationsagent, »hätte man ihn längst entdeckt, meinen Sie nicht? Glauben Sie mir, man kann ihn erst aus kürzestem Abstand erkennen.«

Ehrfürchtig betrachtete Beverly die Wiedergabe auf dem Bildschirm. »Um ehrlich zu sein, für mein Empfinden ist es schwer, daran zu glauben. Weshalb sollten die Bewahrer wegen eines einzigen, kleinen Planeten einen solchen Aufwand betreiben? Eine Wolke aus Protomaterie anbohren und einen Tunnel hindurchlegen?

Das klingt doch nach einer enormen Energie- und Zeitverschwendung.«

»Wer weiß schon, warum die Bewahrer dies oder jenes getan haben?« stellte Deanna eine Gegenfrage. »Vielleicht einfach, weil sie es *konnten*.«

»Oder um sicherzustellen, daß diese Welt vollkommen in Ruhe gelassen wird«, mutmaßte Riker. »Möglicherweise wollten sie ein Experiment unter streng kontrollierten Bedingungen durchführen, sozusagen unter Ausschluß des gesamten übrigen Universums.«

»Tja, damit ist es inzwischen vorbei«, meinte Nayfack unverblümt. »Sie werden's sehen.«

»Ja, das werden wir«, betonte Picard. Geduldig wartete er ab und beobachtete, während die *Enterprise* langsam die von Nayfack genannten Koordinaten anflog. Indem das Raumschiff sich näherte, veränderten sich ständig die Umrisse des Nebels. Die Farben durchliefen das ganze Spektrum.

»Keine neuen Ortungsergebnisse«, meldete Data.

In jeder Regung der Brückencrew konnte Picard Anspannung bemerken. Die einzige Ausnahme war der Androide. Datas Mangel an Emotionen immunisierte ihn gegen die Art unterdrückter Nervosität, die alle anderen plagte. Die Tachyonenstrahlung würde Data geradeso vernichten wie die aus Fleisch und Blut geschaffenen Besatzungsmitglieder. Doch im Gegensatz zu ihnen war er außerstande, sich darum Sorgen zu machen. Seine Bordkameraden hingegen hatten dazu die Anlage, und natürlich empfanden sie Beunruhigung.

Auch Picard selbst spürte, wie die Spannung ihm den Magen zusammenkrampfte. Ein Fehler beim Einflug in den Nebel ...

»Wir erreichen die Koordinaten«, meldete Ro. Ihre Stimme klang gleichmäßig, aber man merkte ihr den Streß an. Das Raumschiff wagte sich näher als jemals zuvor an eine Ballung solch urtümlich roher Gewalten.

»Deflektoren stabil«, rief Worf. Das hieß jedoch nicht,

daß das Raumschiff, falls Nayfacks Informationen falsch waren, Schwerkraft-Pulsationen überstehen könnte.

Langsam wanderte der kosmische Nebel über den Scannerschirm.

Plötzlich neigte Data geringfügig den Kopf. »Sensoren messen anomale Daten«, gab er bekannt.

»Abklären!« befahl Picard in scharfem Ton. »Vielleicht sind es erste Anzeichen ernster Schwierigkeiten, oder es...«

»Anscheinend handelt es sich um eine Ausdehnung in der Partikelsubstanz der Wolke.«

»Das ist der Tunnel«, sagte Ro, indem sie breit grinste.

»Genau das habe ich doch soeben festgestellt«, meinte Data.

Hörbare Seufzer der Erleichterung ertönten auf der Kommandobrücke, als der Wandbildschirm die von Data geortete Anomalie zeigte. Tatsächlich hatte sie die große Ähnlichkeit mit einem Tunnel. Es sah wahrhaftig so aus, als hätte jemand inmitten der farbenprächtigen Gasschleier einen langen, geraden Schacht durch die Partikelanhäufungen gebohrt.

»Tachyonenaktivitäten in der Anomalie laut Sensoren gleich Null«, meldete Data. »Allem Anschein nach ist eine Fortsetzung des Flugs ungefährlich.«

Picard zögerte noch einen Augenblick lang mit dem Befehl zum Weiterflug. Er ertappte sich dabei, wie er mit den Fingern auf die Armlehne des Kommandosessels trommelte. Bei starker psychischer Belastung brach diese schlechte Angewohnheit immer wieder bei ihm durch.

Vor dem Raumschiff lag tatsächlich eine Flugschneise ins Innere der Wolke. Aber wenn der Tunnel nun unversehens zusammenbrach? Picard hätte keinen Grund nennen können, weshalb so etwas ausgerechnet jetzt geschehen sollte; andererseits wußte er keinen Anlaß, warum es nicht passieren könnte.

Die *Enterprise* schwebte vor der Öffnung des Tunnels.

»Data«, fragte Picard, »läßt sich der Innenbereich der Anomalie mit den Sensoren scannen?«

Data schüttelte den Kopf. »Die Instrumente erfassen nur rund fünfundzwanzig Prozent der Strecke. Was dahinter ist, orten sie momentan nicht.«

»Hätte es einen Zweck, eine Sonde vorauszuschicken?«

»Leider nicht«, entgegnete der Androide. »Es ist unwahrscheinlich, daß dadurch die Fernwirkung unserer Scannerkapazitäten vergrößert wird.«

»Ist irgendwie erkennbar«, wollte Picard wissen, »was den Tunnel aufrechterhält?«

»Vermutlich so etwas wie ein Absaugemechanismus für die Tachyonen.« Data warf dem Captain einen tiefernsten Blick zu. »Selbstverständlich ist dergleichen nach der heutigen wissenschaftlichen Lehrmeinung undenkbar.«

»Natürlich«, bekräftigte Riker mit leichtem Lächeln. Er schaute Picard an. »Sollen wir das Undenkbare erforschen, Captain?«

»Fähnrich?« rief Picard hinüber zu Ro.

»Kurs errechnet«, meldete sie. »Kinderleichte Sache, direkter Geradeauskurs. Erwarte Ihren Befehl, Captain.« Ros Finger verharrten über der Tastatur.

Jetzt war der Moment der endgültigen Entscheidung da. Picard betrachtete den kosmischen Nebel und den rätselhaften Anti-Tachyonen-Tunnel. »Also gut«, sagte er. »Kurs voraus, ein Viertel Impulskraft.«

»Aye, Captain.« Ros Hände huschten über die Schalttasten. »Ein Viertel Impulskraft.«

Die Brückencrew sah den Tunnel größer werden, während das Raumschiff darauf zuflog. Es näherte sich einer riesigen, ausgedehnten stellaren Kinderstube. Die Naturkräfte, die sich hier am Werk befanden, waren vielleicht die stärksten aktiven Gewalten, seit der Urknall den Prozeß der Schöpfung in Gang gesetzt hatte. Und jetzt steuerte die *Enterprise* kühn mitten hinein.

»Wir überqueren den Perimeter der Wolke«, sagte Data. »Perimeter überschritten. Keinerlei Tachyonenaktivitäten im Umkreis des Schiffs.«

»Deflektoren volle Kapazität«, meldete Worf. »Schutzfelder halten.«

»Permanent in Flugrichtung sondieren«, ordnete Picard an. »Machen Sie sofort Meldung, wenn Sie voraus irgend etwas orten. Fähnrich, Geschwindigkeit auf halbe Impulskraft erhöhen.«

»Aye, Sir.«

»Das ist ja unglaublich«, erklang neben Picard Beverlys leise Stimme.

Der Tunnel erstreckte sich immer tiefer ins Innere des Nebels. Auf dem Wandbildschirm sah Picard, daß der Strudel aus Farben das Raumschiff jetzt auf allen Seiten umwirbelte. Rund um den Tunnel waberten Energiefelder in atemberaubend gewaltiger Stärke. Innerhalb des Tunnels jedoch blieb die *Enterprise* vor dem Wüten der wilden Naturereignisse geschützt.

Wenigstens hoffte Picard es.

Es schien, als flöge das Raumschiff durchs Rohr eines göttlichen Kaleidoskops. Keine andere Raumschiffsbesatzung hatte je ein derartiges Schauspiel erleben dürfen. Es verdroß Picard, daß ein hergelaufenes Häuflein mieser, kleiner Gauner etwas so Schönes der gesamten übrigen Föderation vorenthielt.

Mehrere Minuten verstrichen, bis er wieder ein Wort über die Lippen brachte. Trotzdem war er der erste auf der Kommandobrücke, der sich zu einer Äußerung durchrang. Jeder hing den eigenen Gedanken nach, während er das Naturwunder auf der Bildfläche betrachtete. »Mr. Data«, fragte Picard halblaut, »zeigen die Sensoren inzwischen irgend etwas an?« Es widerstrebte ihm, die Stimmung zu stören.

Data hatte lediglich geschwiegen, weil es keine Beobachtungen zu melden gab. Zwar verstand er die eindrucksvollen Formen und Farben des Nebels in ästhetischer Hinsicht zu würdigen; die Ehrfurcht dagegen, die die restlichen Anwesenden empfanden, konnte er nicht nachvollziehen.

»Nein, Captain«, antwortete er. »Die Sensorsondierung erbringt offenbar keinerlei neue Informationen.« Befremdet initiierte er eine Schnelldiagnose der Sensorgeräte. »Captain«, meldete er, »anscheinend beeinträchtigt eine Fehlfunktion die Effektivität der Instrumente.«

Erschrocken beugte Picard sich im Kommandosessel vor. Ein Ausfall der Sensoren war das letzte, was sie jetzt gebrauchen konnten. »Was für eine Fehlfunktion?«

»Unbekannt, Sir.«

»Verdammt noch mal, Data, äußern Sie wenigstens eine spekulative *Meinung!* Wir können uns keine Disfunktion der Sensorinstrumente leisten.«

Mit einem knappen Nicken gab der Androide zu verstehen, daß er sich des Problems bewußt war. »Meiner Ansicht nach stören die Tachyonenfelder die Geräte, Sir. Die tachyonischen Wellenströme haben ein außerordentlich hohes energetisches Niveau. Es ist nicht ausgeschlossen, daß in absehbarer Zeit die Sensoren als externe Informationsquelle gänzlich entfallen.«

Picard bemerkte Rikers sorgenvollen Blick. Der Captain schnitt eine düstere Miene. Ausgerechnet jetzt mußte so etwas eintreten... Sollte er Ro befehlen, auf Gegenkurs zu gehen? Ohne Sensoren bliebe jede Vorwarnung aus, falls der Anti-Tachyonen-Tunnel plötzlich instabil wurde und zusammenzubrechen drohte. Aber Picard war sich darüber im klaren, daß er keinen Rückzieher machen konnte; dadurch würde er erst recht eine Gefahr für das Raumschiff heraufbeschwören. Außerdem mußte er klären, ob es im Innern der Gaswolke wirklich einen Planeten gab.

»Melden Sie mir alle zwei Minuten den Status der Sensoren«, erteilte er in strengem Ton Anweisung. Dann widmete er seine Aufmerksamkeit erneut dem Wandbildschirm.

Mittlerweile waren sie schon ein beträchtliches Stück weit in den Nebel vorgedrungen. Er durchmaß mehrere Lichtjahre. Ein Drittel seines Durchmessers hatten sie inzwischen hinter sich gebracht. Diese Exkursion war ebenso furchterregend wie faszinierend.

»Ich erhalte sehr schwache Meßdaten, Captain«, sagte Data. Waren schon zwei Minuten vergangen? »Sie legen die Annahme nahe, Sir, daß sich direkt voraus ein Objekt befindet.«

»Ein Objekt?« Diesmal ergriff Riker als erster das Wort. »Was für eine *Art* von Objekt? Ein Raumflugkörper?«

»Unbekannt, Sir«, antwortete der Androide. »Störeinflüsse machen die Messungen ungenau, und das Objekt entspricht keiner geläufigen Konfiguration.«

»Ich kann Ihnen verraten, was es ist«, erklärte Nayfack. Die Darstellung auf dem Bildschirm beeindruckte ihn anscheinend wenig. »Es ist die Raumstation, die die Anti-Tachyonen-Felder des Tunnels generiert.«

»Interessant«, sagte Picard. Nun veränderte sich die Wiedergabe auf dem Wandbildschirm. Allem Anschein nach wartete am Ende *dieses* Tunnels mehr als Licht auf das Raumschiff.

Als die *Enterprise* den Tunnel verließ, befiel gebanntes Schweigen die Brückencrew. Nicht allzuweit entfernt schwebte voraus eine große Konstruktion, rotierte langsam durchs All. Die scheibenförmige Station hatte fast zwei Kilometer Durchmesser. Von der oberen Fläche ragte ein langer Mast empor. Das gigantische Gebilde erinnerte Picard an eine Sonnenuhr. Und dahinter ...

Dahinter lag das eigentliche Flugziel. In einer sphärischen, staub- und gasfreien Zone loderte ein Paar Sonnen. Der Doppelstern umfaßte eine riesige rote und eine kleinere bläuliche Sonne. Rings um sie sah man helle Lichtpunkte, die Planeten sein mußten.

»Mr. Data?« rief Picard.

»Wahrhaft ein Faszinosum, Captain.« Mitsamt dem Sessel drehte der Androide sich zu seinen Vorgesetzten um. »Offenbar wird der Tunnel von dieser Anlage erzeugt. Dagegen hat es den Anschein, als ob dieser Hohlraum inmitten des Nebels auf ein natürliches Phänomen zurückgeht. In dieser kosmischen Region fehlt es vollkommen an Tachyonenaktivitäten.«

Riker runzelte die Stirn. »Sie meinen, die Anlage garantiert die Existenz des Tunnels, hat aber mit der Blase nichts zu tun?«

»Richtig, Commander. Und das Sonnensystem, auf das wir zufliegen, ist offensichtlich gleichfalls rein natürlichen Ursprungs. Es ist ein Doppelstern, wie man ihn häufig findet. Der Blaue Zwerg hat sieben Planeten. Zwei umkreisen den Roten Riesen. Das Artefakt emittiert beachtliche Interferenzen, deshalb kann ich die Planeten vorerst nicht scannen. Allerdings unterstelle ich mit an Gewißheit grenzender Wahrscheinlichkeit, daß die zwei Planeten des Roten Riesen kein Leben tragen können. Beide haben ihre Umlaufbahn viel zu nah an der Korona und werden daher zu intensiver Strahlung ausgesetzt.«

Nayfack deutete auf die Bildfläche. »Die Welt, zu der wir fliegen müssen, ist der erste Planet des Blauen Zwergs.«

»Fähnrich«, befahl Picard, »steuern Sie den genannten Planeten an.«

Kurz blickte Ro auf. »Das ist leichter gesagt als getan«, meinte sie. »Wenn ich die Position nicht korrekt bestimmen kann...« Ihre Stimme verklang. »Aber zweifellos wünschen Sie Resultate, keine Ausreden.«

»Ich sehe, Sie verstehen mich«, sagte Picard, indem er sich ein Lächeln verkniff. »Also bitte.«

»Aye, Sir.« Während Ro ihr Bestes gab, um den Anforderungen zu genügen, murmelte sie in ihrer Muttersprache vor sich hin. Picard war darüber froh, daß er das Bajoranische nicht beherrschte; vermutlich betete Ro ihr gesamtes Schimpfwortvokabular herunter.

Geordis Stimme drang aus dem Interkom. »Captain, ich würde gerne dort hinüberbeamen und mir anschauen, wie dieses großartige technische Wunderwerk funktioniert.«

»Das glaube ich Ihnen, Mr. LaForge«, antwortete Picard. »Allerdings hält dies prächtige Wunderwerk uns den einzigen Rückweg aus dem hiesigen kosmischen Gebiet offen. Deshalb bezweifle ich, daß es klug wäre, blindlings daran herumzuexperimentieren.«

»Das ist mir klar, Captain. Aber daß ich den Wunsch verspüre, können Sie doch verstehen, oder? Die Sensoren liefern mir nicht einmal verwertbare Scanningdaten.«

»Jeder von uns hat ein Kreuz zu tragen, Mr. LaForge.« Picard vermochte zu ermessen, wie enttäuscht Geordi sein mußte. Das Artefakt eines fremden Sternenvolks war zum Greifen nah, und er bekam nicht den kleinsten Hinweis darauf, wie es funktionierte.

»Der Status unserer Sensoren ist unverändert schlecht, Captain«, meldete Data. »Wir müssen uns hier fast ausschließlich auf die visuelle Beobachtung verlassen.«

Versonnen rieb sich Picard das Kinn. »Ist zu befürchten, daß die Interferenzen die Kommunikation zwischen dem Schiff und einer Landegruppe stören?«

»Beinahe unzweifelhaft«, lautete Datas Auskunft. »Die Störfelder sind nicht konstant. Zwar wird eine Kommunikation möglich sein, aber nicht ständig.«

Beverly beugte sich vor. »Sie schicken eine Landegruppe hinunter, Captain?« fragte sie.

»Nein«, erwiderte Picard. Er wußte, seine Ankündigung würde bei allen Anwesenden lebhaften Widerspruch hervorrufen; aber er mußte seine Absicht aussprechen. »Ich werde die Landegruppe persönlich *anführen*.«

7

Wie Picard erwartet hatte, erhob Riker als erster Einspruch. »Captain, dagegen muß ich mit allem Nachdruck protestieren. Diese Welt ist völlig unbekannt. Es ist meine Pflicht, die Landegruppe zu befehligen.«

»Normalerweise wäre ich vollkommen Ihrer Meinung«, antwortete Picard. »Allerdings sind wir in keiner Standardsituation. Wir wissen von Mr. Nayfack, daß es sich um einen von Menschen besiedelten Planeten handelt. Folglich sind die planetaren Verhältnisse eindeutig für den menschlichen Organismus geeignet. Und Sie wissen so gut wie ich, Nummer Eins, daß nach den Starfleet-Vorschriften im Fall eines Vergehens gegen die Erste Direktive der Kapitän die Sachlage persönlich zu untersuchen und alles zu unternehmen hat, um sie zu bereinigen. Angesichts der von Mr. Data vorhergesagten Kommunikationsschwierigkeiten kann ich wohl kaum aus dem Orbit alle erforderlichen Informationen sammeln, oder?«

»Trotzdem bin ich der Überzeugung«, entgegnete Riker, »daß der Captain anläßlich eines Erstkontakts keine Risiken eingehen darf.«

Offenkundig sollte es ihm, schlußfolgerte Picard, nicht leichtgemacht werden. »Will«, fragte er, »könnten wir die Diskussion vielleicht in meinem Bereitschaftszimmer fortsetzen?« Er wandte sich an die restliche Brückencrew. »Bitte entschuldigen Sie uns für einen Moment.«

Riker kniff die Lider zusammen. Offenbar verwunderte ihn Picards Bitte. »Wie Sie wünschen, Captain.«

Beverly schaute den beiden Männern nach, während sie die Kommandobrücke verließen. Als die Tür sich mit einem Zischen schloß, drehte sie sich Nayfack zu. Mit einem unbekümmerten Gesichtsausdruck stand der Mann hinter der Operatorstation. »Sind Sie eigentlich geimpft worden, bevor Sie den Planeten zum erstenmal betreten haben?« fragte Crusher ihn.

»Natürlich. Dort kursieren wohl etliche Krankheiten, von denen manche tödlich verlaufen.«

»Das dachte ich mir.« Beverly schüttelte den Kopf. »Auf den meisten Prä-Techno-Welten sind ansteckende Krankheiten häufiger als warme Mahlzeiten. Wenn eine Landegruppe hinuntergebeamt wird, bereite ich mein Personal mal lieber auf die Verabreichung einiger Breitspektrum-Impfstoffe vor.« Sie berührte ihren Insignienkommunikator und gab dem diensttuenden Medo-Tech entsprechende Anweisungen durch.

Ro blickte sich um und seufzte theatralisch. »Typisch. Da vollbringe ich ein Wunder der Navigation, um diesen Planeten anzusteuern, und der Captain sagt kein Wort darüber, was für ein Genie ich bin.«

Data sah sie an. »Nach dem Wortwechsel, den ich zwischen Ihnen und dem Captain mit angehört habe, Fähnrich, erachte ich es als wenig wahrscheinlich, daß der Captain eine solche Einschätzung äußert.«

»Ich habe nur Spaß gemacht, Data.«

»Ach so.« Der Androide hatte sich schon längst damit abgefunden, die menschliche Eigentümlichkeit des Humors niemals verstehen zu können.

Die Tür des Bereitschaftszimmers öffnete sich. Picard und Riker kehrten auf die Kommandobrücke zurück. »Captain, Fähnrich Ro gibt an, beim Anflug auf den Zielplaneten in der Navigation überragende Leistungen erbracht zu haben. Sie erwartet, dafür von Ihnen als Genie eingestuft zu werden.« Er bemerkte den Ausdruck des Erstaunens in Picards Miene. »Ich glaube«, fügte der Androide hinzu, »sie hat damit Spaß gemacht.«

»Jetzt ist es keiner mehr«, nuschelte Ro. Ihr Gesicht war knallrot angelaufen.

Picard hatte offenbar nicht die geringste Lust, sich mit dieser Merkwürdigkeit zu befassen. »In Standardorbit einschwenken, Fähnrich«, lautete sein nächster Befehl. »Mr. Nayfack, bis jetzt haben Ihre Informationen sich als bemerkenswert korrekt erwiesen. Wären Sie wohl so freundlich, an einer Besprechung meines Offiziersstabs teilzunehmen, ehe die Landegruppe hinabtransferiert wird?«

»Natürlich«, willigte der Föderationsagent ein. »Darf ich nun davon ausgehen, daß Sie mir Vertrauen schenken?«

Picard lächelte. »Wie gesagt, bisher haben Sie sich verläßlich gezeigt. Bis auf weiteres bin ich geneigt, Ihnen ein gewisses Maß an Glauben entgegenzubringen.«

»Besser als gar nichts«, meinte Nayfack gutgelaunt.

»In Anbetracht der Umstände ist es viel.« Picards Blick glitt über die Kommandobrücke. »Mr. Riker, Mr. Data, Lieutenant Worf, Counselor, Dr. Crusher, Fähnrich Ro, bitte kommen Sie ins Konferenzzimmer.« Er tippte auf seinen Insignienkommunikator. »Picard an Maschinenraum. Mr. LaForge, bitte finden Sie sich im Konferenzzimmer ein.«

»Umgehend, Captain«, antwortete der Chefingenieur.

Aus dem rückwärtigen Bereich der Kommandobrücke kam die Reserve-Brückencrew, um die zur Besprechung beorderten Offiziere abzulösen. Der diensthabende Offizier setzte sich in den Kommandosessel. »Ihre Befehle, Sir?« fragte er den Captain.

»Halten Sie den Standardorbit, Mr. van Popering«, wies Picard ihn an. »Ich weiß, daß die Sensoren momentan nicht sonderlich nützlich sind, aber versuchen Sie trotzdem eine Sensorsondierung des Planeten. Falls Sie aufschlußreiche Beobachtungen machen, benachrichtigen Sie mich. Und informieren Sie mich sofort, sollten sich irgendwelche Veränderungen in der Tachyonenaktivität abzeichnen.«

»Alles klar, Captain.«

Picard hoffte sehr, daß keine bedrohliche Situation entstand. Zu dem Zeitpunkt, wenn das Raumschiff eine Steigerung der Beta-Tachyonenstrahlung messen konnte, wären sie wahrscheinlich alle schon so gut wie tot.

Als der Offiziersstab der *Enterprise* sich um den Konferenztisch versammelt hatte, war es van Popering wieder einmal gelungen, eine kleine technische Meisterleistung zu vollbringen. Trotz aller Probleme schaltete er eine holografische Projektion des Zielplaneten ins Konferenzzimmer. Einer der Kontinente war rot hervorgehoben. Rings an der Küste des Kontinents waren zwölf Lichtpunkte zu erkennen.

»Mehr ist im Moment nicht machbar, Sir«, entschuldigte sich van Popering. »Anzeichen intelligenten Lebens sind nur auf diesem Kontinent nachweisbar. Es gibt nur ein Dutzend Kleinstädte. Nirgends ist Industrie oder etwas Vergleichbares zu finden.«

»Ausgezeichnete Arbeit, Mr. van Popering«, lobte Picard ihn. Er wandte sich an Nayfack. »Was können Sie uns über den Planeten erzählen?«

Der Föderationsagent trat vor. Er deutete auf die Darstellung. »Wie die Sensoren anzeigen, hat der Planet fünf große Kontinente und eine Anzahl kleinerer Inselgruppen. Die meisten Landgebiete sind ziemlich öde und werden nur von kleinen Reptilienarten bewohnt, vermutlich Verwandte der Drachen. Die großen Ungetüme leben ausschließlich auf dem Hauptkontinent, auf dem auch die Ortschaften liegen. Die Drachen halten sich am liebsten in den dortigen Bergen auf, es gibt mehrere Gebirgsketten – hier und hier längs der Küste, und außerdem ein Zentralmassiv. Sämtliche menschlichen Ansiedlungen müssen eher als Wehrdörfer gelten, weniger als richtige Städte. Sie sind an der Küste oder an schiffbaren Flüssen errichtet worden. Zwischen den Ortschaften wird ein begrenzter Handel betrieben. Manchmal kommt es zu kriegerischen Auseinandersetzungen. Das Oberhaupt der Ortschaft ist jeweils ein Herzog. Örtliche Kriegsherren könnte man sie wohl nennen. Sie gehen andauernd Bündnisse ein und brechen sie dann recht bald.«

»Führen sie regelrechte Kriege?« fragte Ro voller Interesse.

»Das können sie nicht«, gab Nayfack Auskunft. »Sie sind dazu außerstande, zahlenmäßig stärkere Heere aufzustellen, weil die Drachen größere Menschenansammlungen sofort bemerken und über sie herfallen würden. Anscheinend haben sie eine wahre Vorliebe für Menschenfleisch entwickelt. Wenn sie Menschen wittern, lassen sie oft von leichterer Beute ab. Dadurch wird das Reisen, wie ich schon erwähnt habe, beträchtlich eingeschränkt. Die wichtigste Ortschaft liegt da an der Küste.«

Nayfack zeigte auf den östlichsten Lichtpunkt. »Sie heißt Diesen. Dort haben die Gauner ihre Operationsbasis. Sie arbeiten mit dem örtlichen Herzog zusammen und spielen offiziell die rechtschaffenen Händler, während sie im geheimen das Jagdgeschäft durchziehen.« Er deutete auf ein Gebiet, in dem nach seiner Beschreibung Berge sein mußten. »Hier steht im Vorgebirge, ziemlich weitab der Landstraße, ein Stützpunkt. Er dient sozusagen als Jagdhütte. Man quartiert dort die Jäger ein, also sicherheitshalber fern von den Ortschaften. Es hält sich niemand im Stützpunkt auf, wenn kein Kunde auf dem Planeten ist; gegenwärtig ist er natürlich leer. Deshalb müssen wir nach Diesen.«

Nachdenklich betrachtete Picard die holografische Projektion. »Mr. Data, was können Sie uns über das Deutschland des dreizehnten Jahrhunderts mitteilen, das in bezug auf die Bewohner des Drachenplaneten informativ sein dürfte?«

Der Androide senkte ein wenig den Kopf und besah sich die Planetenkugel. »Die damalige Feudalgesellschaft orientierte sich ausschließlich am Status«, erläuterte er. »Der Adel herrschte über alle anderen Stände. Die Fürsten hatten eigene Heere, die sie durch Steuereintreibung bei den Bauern und Händlern finanzierten. Als militärische Hauptmacht galt die deutsche Ritterschaft. Im Kriegsfall panzerte sich der Ritter mit aus Eisen geschmiedeter Schutzkleidung und ritt ein sogenanntes Schlachtroß, ein besonders ausgebildetes Pferd von beachtlicher Körperkraft und Kampftüchtigkeit. Der Terminus ›Ritter‹ geht auf das mittelniederländische Wort ›riddere‹ zurück, das wiederum eine Lehnübersetzung des altfranzösischen Begriffs *chevalier* ist, dessen Verwandtschaft mit der französischen Vokabel für ›Pferd‹, *cheval*, offensichtlich ist. Die Ritter hatten sich einer ›Ritterlichkeit‹ genannten Konzeption verschworen, die einen ethischen Kodex der Ehre und Stärke bezeichnete.«

Worf entblößte die Zähne zu einem Lächeln. »Das klingt nach einem hervorragenden Prinzip. Ich glaube, diese Menschen wären mir sympathisch gewesen.«

Knapp schüttelte Data den Kopf. »Leider beschränkte sich das Konzept der Ritterlichkeit überwiegend auf Lippenbekenntnisse«, erklärte er. »Im Laufe der Zeit mißachteten die Ritter ihre eigenen Prinzipien immer mehr und degenerierten zu Raubrittern. Sie nahmen sich, was sie haben wollten, weil sie wußten, daß ihnen niemand widerstehen konnte. Die Ritter waren ausschließlich ihren Lehnsherren verantwortlich. Allerdings zettelten sie manchmal Verschwörungen an, um schwache oder unbeliebte Oberherren zu stürzen und sich selbst an ihre Stelle zu setzen.« Kurz schwieg der Androide, ehe er den Blick auf Worf richtete. »Tatsächlich ähnelte das System erheblich den heutigen Zuständen auf der klingonischen Heimatwelt.«

»Das kommt mir auch so vor«, stimmte Worf zu. Unverändert lächelte er. Picard ahnte, daß der Klingone sich jetzt ausmalte, wie es drunten auf dem Planeten zugehen mochte.

»Der zweite gesellschaftliche Hauptfaktor war die katholische Kirche«, ergänzte Data seine Ausführungen. »Zumindest nominell gehörte die damalige Bevölkerung der deutschen Länder vollständig dieser Kirche an. Die städtischen Bischöfe hatten viel Macht und Einfluß. Häufig verfügten sie selbst über Heere. Die Kirche beanspruchte die unumschränkte geistliche Autorität und versuchte die Gesellschaft in ihrem Sinne zu prägen. Nach der katholischen Lehre wurde die adelige Obrigkeit von Gott eingesetzt, also erwartete man vom Adel, daß er sich den Bischöfen unterordnete. In Wirklichkeit jedoch mischten die Fürsten sich oft in die Angelegenheiten der Kirche ein, hievten ihnen ergebene Kleriker in die Ämter oder veranlaßten ihre Ernennung. Beide Parteien, Adel und Klerus, standen in dauerndem Ringen um die letztendliche Oberhoheit. Für die Masse der Bevölkerung hieß das nichts anderes, als daß sie dem Adel Steuern und der Kirche den Zehnten zahlen mußte. Von beiden wurde erwartet, daß sie den Untertanen halfen – der Adel auf Erden, der Klerus im Himmel. Es kam aber regelmäßig dazu, daß beide sich an Habgier überboten, jeder das größte Stück des Kuchens erlangen wollte. In diesen Zeiten war allgemeine Korruption eine Selbstverständlichkeit. Viele Personen in hohen Ämtern nutzten ihre Position aus, um sich auf Kosten der unteren Mitglieder der Gesellschaft zu bereichern, die gegen diese Situation kaum etwas unternehmen konnten.«

»Das hört sich ja schrecklich an«, bemerkte Beverly.

»Es ist völlig typisch«, meinte Ro. »Macht und Raffgier gehen überall in der Galaxis Hand in Hand. Die Starken mästen sich an den Schwachen.«

»Weiter bitte, Data«, sagte Picard dazwischen.

»Außer wenn der Konflikt zwischen Fürsten und Klerus zu offenen militärischen Feindseligkeiten ausartete«, referierte der Androide, »betrafen ihr Zwist und ihre Machtkämpfe den sogenannten gemeinen Mann wenig. Der Untertan arbeitete, um zu leben und Kinder aufzuziehen. Jeder glaubte an die Wirkung von Zauberei und Hexerei. Aberglaube, Unwissenheit, Analphabetentum, Gewalt und Tod waren weithin verbreitet. Es gab, begünstigt durch mangelhafte Hygienekenntnisse und reichlich vorhandenes Ungeziefer, zahlreiche Krankheiten.«

»Genau das ideale Urlaubsziel«, spöttelte Riker.

»Das wohl kaum.« Data stutzte und hob den Kopf. »Ach so, ein Witz.«

Andeutungsweise schmunzelte Picard. »Sehr richtig, Mr. Data.« Er betrachtete nochmals die Projektion. »Mr. Nayfack, offensichtlich verhält es sich so, daß unsere Landegruppe in diese Ortschaft namens Diesen hinabgebeamt werden muß. Wenn diese Ansiedlungen so klein sind, würden wir ohne Verkleidung wohl stark auffallen, allein durch unsere Sprache. Gibt es irgendwelche Personengruppen, die regelmäßig durchs Land reisen?«

Nayfack zuckte die Achseln. »Sehr wenig. Es ist den meisten Leuten ziemlich zuwider, von einem Drachen verschlungen zu werden.« Er überlegte einen Moment lang. »Musikanten und Sänger ... Schauspieler. Ab und zu Studenten.«

»Hmmm ...« Picard dachte nach. »Ich bezweifle, daß wir überzeugende Studenten abgäben«, befand er schließlich. »Wir wissen ja nicht einmal, welche Bücher wir gelesen haben müßten. Musikanten wäre besser, glaube ich.« Versonnen lächelte der Captain. »Ich spiele einigermaßen Flöte.« Die war das Ergebnis eines besonders merkwürdigen Fremdkontakts, den er gehabt hatte.

Worf starrte ihn an. »Sie haben also wirklich die Absicht, die Landegruppe persönlich zu befehlen, Sir?«

»Ja, Mr. Worf. Commander Riker hat eingewilligt, ausnahmsweise von seiner Auslegung der Vorschriften ein bißchen abzuweichen, um mir diese Aktion zu ermöglichen.«

»Und wer soll noch dabeisein?« erkundigte sich Geordi.

»Sie muß ich leider von vornherein ausnehmen, Mr. LaForge«, stellte Picard im Tonfall des Bedauerns klar. »Ich hätte Sie gern in der Landegruppe, aber mit Ihrem VISOR würden Sie zwangsläufig nichts als Aufsehen erregen.«

Breit grinste Geordi. »Tja, das hab ich mir schon gedacht.«

»Es dürfen nicht zu viele Leute sein«, sagte Picard. »Es soll kein Stoßtrupp werden, sondern lediglich eine Gruppe zur Schnellerkundung. Sobald wir wissen, wie die Lage ist, können wir etwaige Pläne zur Bereinigung der Situation diskutieren. Daß Mr. Nayfack mitkommen muß, ist klar; er muß uns ja zu den Kriminellen führen. Mr. Data wird uns ebenfalls begleiten.« Der Captain musterte den gelbhäutigen Androidenoffizier. »Vorher wird allerdings eine gewisse kosmetische Behandlung erforderlich sein«, konstatierte er. »Man darf uns nicht als Außenstehende erkennen.«

»Es ist meine Pflicht, Sie auch zu begleiten, Sir«, brummte Worf.

Picard schüttelte den Kopf. »Das ist völlig ausgeschlossen, Mr. Worf. Was ich über Geordi gesagt habe, gilt auch für Sie. Leider sind Sie so ziemlich der letzte, der sich in einer mittelalterlichen Kleinstadt unauffällig durch die Menge bewegen könnte.«

»Außerdem spielen Sie kein Musikinstrument«, meinte Deanna, indem sie lächelte.

»Dann muß der Captain die Landegruppe um einen oder mehrere Sicherheitswächter verstärken«, beharrte Worf. Er wirkte reichlich unzufrieden. Genau ließ sich das aber nicht feststellen; da er immer dreinschaute, als ob ihm gerade Dentisten im ersten Semester die Zähne zögen, konnte man seine Stimmung nur schwer einschätzen. »Er muß hinlänglichen Schutz haben.«

»Das ist auch meine Meinung«, betonte Riker.

Unwillkürlich mußte Picard lächeln. »Vielen Dank für Ihre Fürsorge, meine Herren. Aber ich gehe davon aus, daß keine Schwierigkeiten zu befürchten sind. Die Einheimischen verkörpern für uns keine echte Gefahr, und was die Verbrecherbande betrifft, wird sie wohl kaum unseren Transfer vorhersehen und uns bei der Ankunft auflauern. Das erste Mal hat die Landegruppe nur die Aufgabe, eine kurze Orientierung vorzunehmen, damit wir eine Vorstellung von den topographischen Verhältnissen erhalten. Den eigentlichen Schlag gegen die Wilderer wird eine zweite Landegruppe unter dem Befehl Commander Rikers führen.«

Der Blick des Captains schweifte durch die Runde. »Die zweite Landegruppe hat sich für den Transfer bereitzuhalten. Mr. Worf, kommandieren Sie dafür zwanzig Sicherheitswächter ab. Sobald wir den Unterschlupf der Bandenführung lokalisiert haben, wird die Landegruppe hinabgebeamt und die Kriminellen verhaften. Mr. Nayfack kann mich im voraus auf eventuelle Probleme hinweisen. Wenn Mr. Data dabei ist, brauchen wir meines Erachtens nur ein weiteres Landegruppenmitglied. Nummer Eins, ich dachte an Fähnrich Ro. Sind Sie beide einverstanden?«

Riker schaute die Bajoranerin an, die erfreut grinste. Aus persönlicher Erfahrung wußte der Erste Offizier, wie Ro agieren konnte, wenn sie in Zorn geriet. »Ich habe keine Einwände.«

»Sie ist keine Klingonin, Captain«, äußerte Worf. »Und sie ist keine Sicherheitswächterin. Zwar ist sie fähig, aber ich erachte es trotzdem als angebracht, daß jemand von meinem Personal Sie beschützt.«

»Na gut«, lenkte Picard ein. »Aber ich nehme nur einen Sicherheitswächter mit.«

»Unter diesen Umständen schlage ich Lieutenant Miles vor«, antwortete Worf. »Dann hätte ich keine Bedenken mehr.«

»Ich bin froh, mich der Landegruppe anschließen zu dürfen, Sir«, sagte Ro. Sie rieb sich den Nasenrücken. »Allerdings wird auch dafür eine kleine kosmetische Korrektur nötig sein. Ich glaube, daß bajoranische Schönheitsmaßstäbe dort unten schlecht ankommen.«

Beverly tätschelte beruhigend ihren Arm. »Es wird kein bißchen weh tun, mein Wort drauf.«

»Und welches Musikinstrument spielen Sie?« fragte Deanna mit verschmitztem Glitzern in den Augen.

»Gar keins«, gestand Ro. »Aber Sie sollten mich mal singen hören.«

»Damit ist die Landegruppe komplett«, stellte Picard entschlossen fest. »Fünf Personen genügen für eine rasche Vor-Ort-Besichtigung.« Er stand auf. »Das wär's. Fähnrich, Mr. Data, kommen Sie bitte mit Mr. Nayfack und mir in die Requisite, damit wir uns für den Ausflug ausstatten können.« Er wandte sich an seinen klingonischen Sicherheitsoffizier. »Mr. Miles soll sich bitte auch dort einfinden.«

Die Leiterin der Requisite, eine hochgewachsene, elegante Frau unbestimmbaren Alters, hieß Smolinske. Als Picard eintrat, hob sie den Blick von ihrem Tischterminal. Sie tippte den Speicherbefehl ein und musterte den Kommandanten voller neugierigem Interesse.

»Was darf's denn heute sein, Captain?« fragte sie. »Eine andorische Hochzeitsgewandung? Die Staffage für eine japanische Teezeremonie? Oder für ein klingonisches Todesritual?«

Smolinske hatte die Aufgabe, die Landegruppen nach dem jeweiligen Bedarf mit der richtigen Kleidung und den passenden Accessoires zu versehen. Sie erfüllte die Anforderungen außerordentlich gut. Es bereitete Picard bisweilen ein diebisches Vergnügen, sie vor schier unlösbare Herausforderungen zu stellen. Aber bisher ohne Erfolg. Noch nie hatte sie nur mit der Wimper gezuckt. Immer hatte sie geliefert, was er verlangte, egal wie abwegig sein Wunsch auch sein mochte.

»Deutsche Tracht, dreizehntes Jahrhundert«, sagte Picard. »Etwas für umherziehende Musikanten. Nichts zu Auffälliges.«

»Mit versteckten Kommunikatoren?« erkundigte sich Smolinske.

»Ja. Vielleicht als Schmuckstücke oder so was getarnt.«

»Na, wenn's sonst nichts ist.« Smolinske rümpfte die Nase. »Also *billiger* Schmuck, versteht sich. Sie möchten ja keine Diebe anlocken, oder?«

»Völlig richtig.« Picard mußte schmunzeln. »Außerdem brauche ich eine Flöte. Und für Mr. Data eine Geige.«

»Fürs mittelalterliche Deutschland?« entsetzte sich Smolinske. »Da müssen Sie sich wohl mit Brummtopf und Fiedel zufriedengeben.« Ihr Blick fiel auf Ro. »Und was wollen Sie haben?«

»Ich trete als Sängerin auf«, lautete Ros Antwort.

Die Tür öffnete sich, und Lieutenant Miles kam herein. Der große, schlanke Offizier hatte eine wahre Mähne schwarzen Haars. Picard war ihm bis jetzt nur einige Male begegnet, aber jedesmal von seiner Aufgewecktheit und seinem selbstverständlichen, effizienten Handeln beeindruckt gewesen. Da Worf ihn für die Landegruppe ausgewählt hatte, war er höchstwahrscheinlich ein außergewöhnlich tüchtiger Sicherheitswächter.

»Ah, da sind Sie ja, Mr. Miles«, begrüßte Picard ihn. »Ich nehme an, es macht Ihnen nichts aus, für ein Weilchen in unserer Landegruppe das Schlagzeug zu spielen?«

»Nein, Sir.« Miles griente. »Im Gegenteil, ich freue mich darauf.«

»Prächtig.« Picard wandte sich wieder an die Chefin der Requisite. »Mr. Miles braucht gleichfalls geeignete Kleidung und ein passendes Musikinstrument. Vielleicht eine Bodhran.«

Süffisant lächelte Smolinske. »Verzeihen Sie, Captain, aber das ist eine *irische* Trommel.«

»Dann eben etwas anderes«, sagte Picard.

Smolinske seufzte. »Und natürlich brauchen Sie alles schon gestern.«

»In einer halben Stunde würde es genügen«, entgegnete Picard. »Sollten Sie irgendwelche Probleme bei der Materialbeschaffung haben, wir sind zwischenzeitlich in der Krankenstation.«

»Probleme?« Die Empörung in Smolinskes Stimme war unüberhörbar. »Ich bin schneller als Sie fertig.«

In der Krankenstation maß Nayfack mürrischen Blicks die Medo-Offizierin. »Ich bin längst gegen alles geimpft, was da unten an Krankheiten vorkommt«, nörgelte er. »Glauben Sie mir, ich brauche nicht noch mehr Löcher im Oberarm... Oder Chemikalien im Blut.«

»Wenn diese Gangsterbande im Impfen so fähig ist wie bei ihren Machenschaften«, erwiderte Dr. Crusher, »haben Sie sich wahrscheinlich schon die Beulenpest zugezogen. Es wird mich beruhigen zu wissen, daß Sie die richtigen Antikörper erhalten haben. Außerdem wissen Sie *genau*, daß unsere Injektoren keine Löcher hinterlassen.«

»Es fühlt sich aber so an«, murrte Nayfack. Trotzdem ließ er die Impfung über sich ergehen. Anschließend widmete die Bordärztin sich den restlichen Landegruppenmitgliedern.

Um seiner Haut ein menschlicheres Aussehen zu verleihen, war Data mit Make-up geschminkt worden. Zudem trug er Kontaktlinsen, die seine gelben Augen braun färbten. Da er als Androide keine Impfungen benötigte, verabreichte Beverly sie als nächstes dem Captain, Miles und zuletzt Ro.

Ros Äußeres zu verändern, hatte wenig Aufwand erfordert. Beverly hatte ganz einfach Pseudofleisch benutzt, um die Nase zu korrigieren und die bajoranischen Nasenwülste zu verdecken. Zusätzlich hatte sie bei Ros Haar Schnellwachstum induziert, um es dichter, länger und weicher zu machen. Riker fiel auf, daß Ro in dem bescheidenen Kleid und Überwurf, die sie übergestreift hatte, recht attraktiv aussah.

Picard gab mit Wams und Hose in verblichenen Brauntönen, ergänzt um einen langen Mantel und einen beispiellos komischen Filzschlapphut, eine nahezu wildverwegene Erscheinung ab. Natürlich war er sich dessen nicht im mindesten bewußt.

Zärtlich lächelte Beverly. Vielleicht konnte sie ihn dazu überreden, diese Aufmachung einmal bei einer Exkursion auf dem Holodeck zu tragen. Und sie könnte sich dann etwas Ähnliches wie Ro anziehen... Indem sie aufseufzte, kehrte Crusher mit den Gedanken zurück in die Gegenwart.

»So, Nummer Eins, ich glaube, gleich sind wir soweit«, meinte Picard. »Denken Sie daran: Sie warten auf unseren Anruf. Unter keinen Umständen darf jemand uns vom Schiff aus kontaktieren. Falls irgendwer uns belauscht, hätte ich die ärgsten Schwierigkeiten damit, uns herauszureden.«

»Geht klar, Captain«, beteuerte Riker.

Picard trat vor den Androidenoffizier. »Mr. Data, bitte beachten Sie, daß Sie sich so menschlich wie überhaupt nur möglich benehmen müssen, sobald wir den Fuß auf den Planeten gesetzt haben. Ich rechne mit keinem Ärger. Aber die Erste Direktive schreibt vor, daß unsere wahre Natur vollständig vor den Einheimischen zu verheimlichen ist. Diese Menschen können sich nicht einmal im entferntesten vorstellen, daß es ein Wesen wie Sie gibt.«

»Ich werde diese Sachverhalte berücksichtigen, Captain«, versicherte Data.

»Schön«, sagte Picard, indem er sich zufrieden die Hände rieb. Er tippte auf seinen Kommunikator. Der Apparat war als Fibel getarnt, die vorn seinen Mantel schloß. »Mr. O'Brien, ist alles für den Transfer vorbereitet?«

»Aye, Captain«, ertönte die Antwort. »Wir sind bereit und warten nur noch auf Sie.«

»Wir kommen sofort. Picard Ende.« Der Captain lächelte Nayfack, Miles, Ro und Data zu. »Also, wenn Sie dann auch soweit sind...« Er wies auf die Tür und strebte voraus.

Beverly schmunzelte. Offensichtlich fand Jean-Luc an dem Ausflug Vergnügen. Er hatte wirklich ein wenig Abwechslung verdient. Viel Gelegenheit ergab sich für ihn nicht, einmal in eine andere Kluft zu steigen und sich mit Rollenspielen abzulenken. Trotz der Maßgaben der Ersten Direktive wunderte es die Ärztin, daß Riker allem Anschein nach keine Einwände gegen die Führung der Landegruppe durch den Captain hatte.

Als sie Anstalten machte, den Injektor wegzuräumen, spürte sie plötzlich Rikers Hand an ihrem Ellbogen. »Noch nicht«, sagte er. »Das Ding wird noch gebraucht.«

»Ach so?«

»Ja. Es wird eine zweite Landegruppe aufgestellt.«

Beverly wölbte die Brauen. »Besteht da ein Zusammenhang mit dem, was der Captain mich dem Injektionsmaterial hat hinzufügen lassen?«

Riker grinste die Bordärztin an. »O ja. Manchmal ist unser Captain ein ganz hinterlistiger Zeitgenosse.«

»Nur manchmal?«

8

Picard, der sich in seiner ungewohnten, fremdartigen Kleidung ziemlich komisch vorkam, führte seine kleine Landegruppe in Transporterraum drei. Chief O'Brien blickte von seinen Kontrollen auf; fast wäre es ihm gelungen, sein Feixen zu verhehlen. Aber Picard sah es.

»Alles fertig, Mr. O'Brien?« fragte der Captain streng.

»Im wesentlichen ja, Sir«, antwortete der Transporterchef. »Nur ein paar kleinere Komplikationen haben wir leider.«

»Irgend etwas«, erkundigte Picard sich in scharfem Ton, »das den Transfer verhindern könnte?«

»Schwer zu sagen, Captain«, entgegnete O'Brien. »Mit dem Transporter selbst ist alles in Ordnung. Die Schwerkraftfluktuationen machen uns keine Schwierigkeiten. Es sind die Sensoren, die uns Kummer machen.« Er tippte an der Tastatur einen Befehl ein, und überall an der Sensorkonsole fingen rote Lämpchen zu blinken an. »Normalerweise würde ich Ihnen für die Rematerialisation ein stilles Eckchen innerhalb der Ortschaft aussuchen. Aber bei diesen Störeinflüssen« – er deutete auf das Blinken – »kann ich nicht einmal unterscheiden, in welchen Innenräumen Leute sind und wo niemand sich aufhält.«

Picard wandte sich um Rat an Nayfack. »Das könnte wirklich heikel werden. Wie wird die Bande damit fertig?«

»Es sind in der Stadt unter falschem Namen zwei Häuser gemietet worden«, antwortete Nayfack. »Man weiß, wann die Raumyachten eintreffen, und stellt sicher, daß an diesen Zeitpunkten die Häuser leer sind.«

»So ein Problem habe ich nicht vorausgesehen«, murmelte Picard verdrossen. Wie ärgerlich, von so etwas aufgehalten zu werden!

»Darf ich einen Vorschlag unterbreiten?« fragte Data. »Wir sollten uns an eine Stelle nicht allzu weit außerhalb der Ortschaft beamen lassen. In der Nähe des Hafens ist ein kleiner Strand. Und dort dürften wir kaum jemanden antreffen.«

»Glänzende Idee«, sagte Picard. »Verfahren Sie so, Mr. O'Brien. Und achten Sie bitte darauf, daß wir keine nassen Füße kriegen. Wir wollen nicht auffallen.«

»Aye, Sir.« O'Brien machte sich daran, die entsprechenden Koordinaten einzugeben.

»Dann stellen wir uns am besten jetzt auf«, meinte Picard und erstieg die Transporterplattform. Data, Ro, Miles und Nayfack schlossen sich an. Ein paar Sekunden später spürte er ein Ziehen in der Magengegend – von dem Beverly ihm jedoch seit jeher versicherte, es müsse psychosomatischer Natur sein –, und für einen Moment verschwamm sein Blickfeld.

Dann standen sie plötzlich alle fünf an einem Meer auf einem Streifen Sandstrand. Ein bitterkalter Wind pfiff über die nahen Klippen, riß an Picards Mantel und Hut, verursachte ihm, wo seine Haut unbekleidet war, eine Gänsehaut. Er griff nach dem Saum des Mantels und wickelte sich zum Schutz gegen den kühlen Wind so fest wie möglich ein. Nayfack, Miles und Ro hielten es ähnlich. Data schaute nur in die Gegend.

»Mr. Data!« schnauzte Picard. Er versuchte zu verhindern, daß ihm die Zähne klapperten. »Denken Sie daran, daß Sie hier als Mensch auftreten! Sie müssen jetzt frieren, Mann.«

»Entschuldigung, Sir.« Data raffte den Mantel um seine Gestalt. »Ich werde es nicht wieder vergessen.«

»Gut.« Picard drehte sich nach Nayfack um, der nicht

vortäuschen mußte, erbärmlich zu schlottern. »Würden Sie wohl den Führer spielen, Mr. Nayfack.«

»Mit Vergnügen«, stimmte der Föderationsagent zu. Um die Hände nicht den eiskalten Böen auszusetzen, wies er die Richtung mit dem Kopf. »Dort hinüber.«

Die vier anderen Landegruppenmitglieder folgten ihm. Nayfack kletterte durch die zerklüfteten Küstenfelsen voran. Die Landegruppe mußte sich gegen den widerlich kalten Wind stemmen. Endlich sah sie, nachdem sie eine Landzunge umrundet hatte, voraus die Kleinstadt Diesen liegen.

Der Ort verfügte über einen natürlichen Hafen, den die Hügel ringsum glücklicherweise vor dem schlimmsten Wind bewahrten. Zudem strömte ein schmaler Fluß in die Bucht. Durch diese günstigen Gegebenheiten mußte sie sich regelrecht als Gründungsstätte für eine Niederlassung angeboten haben. Die Ortschaft war nicht groß, aber an der Landseite mit hohen, dicken Mauern umfriedet. Auf dem Wasser der Bucht dümpelten vertäut dreißig bis vierzig kleinere Fischerboote.

Da sich nun das Ziel in Sichtweite befand, beschleunigte die Landegruppe das Marschtempo. Wenig später hatte sie den Ort erreicht; hinter den Mauern war sie weitgehend gegen den rauhen Wind abgeschirmt.

Picard war fasziniert. An Geschichte hatte er immer großes Interesse gehabt. Aber das hier war geradezu, als wäre er in die Vergangenheit gereist. Wo die Gassen nicht lediglich aus festgetretenem Lehm bestanden, war bestenfalls Kopfsteinpflaster vorhanden. Die kleinen, dicht aneinandergebauten Häuser wirkten nicht sonderlich stabil. Mehrheitlich hatte man sie aus Holz gebaut und mit schmutzig-weißem Verputz getüncht. Glas sah man wenig. Überwiegend hatten die Häuser nur zwei Etagen.

Die Ortsbewohner waren meist kleiner als der Captain. Keiner schien in bester gesundheitlicher Verfassung zu sein. Manche litten unübersehbar an schweren Erkrankungen. Viele hatten von Pockennarben übersäte Haut. Sobald jemand lächelte, merkte Picard, daß Zähne fehlten; etliche Leute hatten nur noch faule Stümpfe im Kiefer. Die Bekleidung war ärmlich, ähnelte in den meisten Fällen derben Säcken. Die Männer trugen Hosen und Kittel, die Frauen schmucklose Kleider.

Kein Mensch würdigte die fünf Fremden eines Blicks.

Gehöriger Lärm herrschte: Leute riefen kreuz und quer durcheinander, Pferde zogen Karren mit quietschenden Rädern vorbei, Vögel zankten sich um irgendwelche Krumen, Hunde kläfften und rannten durch die engen Gassen. Doch am schlimmsten war der Gestank.

»Gütige Götter...!« ächzte Ro, indem sie mit der Hand vor dem Gesicht wedelte. »Ich begreife nicht, wie diese Menschen das aushalten. Ich weiß, daß ich eine empfindliche Nase habe... Aber dieser *Mief* ist ja unerträglich.«

Data blieb natürlich ungerührt. »Die intensive Geruchsmischung ist in der Hauptsache auf das hiesige Konzept der Entsorgung zurückzuführen«, erläuterte er. »Sämtlicher Abfall wird in die Rinne geworfen, die in Straßenmitte verläuft. Das gilt auch für menschliche Körperausscheidungen.«

Von nun an hielt Ro sich näher an den Häuserwänden. »Kein Wunder, daß es hier riecht wie in einer Jauchegrube. Es ist praktisch eine.«

Picard hatte Verständnis für die Bajoranerin. »Und ganz offensichtlich kursieren hier«, sagte er, »ziemlich viele Krankheiten.«

Data warf dem Captain einen seiner eigentümlichen Blicke zu. »Wenn die örtlichen Zustände den Verhältnissen im Deutschland des dreizehnten Jahrhunderts ähnlich sind, dürfte es noch mehrere hundert Jahre dauern, bis eine moderne Medizin entsteht. Angesichts des Tempos der Entwicklung auf dieser Welt könnten es sogar Jahrtausende werden.«

»Dann will ich froh sein, wenn wir nicht so lange bleiben müssen«, bemerkte Ro leise.

»Glauben Sie mir, ich bin auch dafür, daß wir möglichst bald umkehren.« Picard wandte sich an den Föderationsagenten. »Würden Sie uns wohl freundlicherweise verraten, wohin wir gehen?«

»Klar.« Nayfack deutete nach vorn. »Dort oben hat der Herzog seine Burg. Davor liegt der Marktplatz. Er hat den Markt gern in der Nähe, damit es wenig Aufwand verursacht, den Gewinn der Händler abzuschöpfen. Der Diesener Kontaktmann der Bande ist ein Mann mit Namen Graebel. Er führt eine Wein- und Gewürzhandlung. Weil er Weinlieferant des Herzogs ist, steht er mit ihm auf gutem Fuß. Ihn versorgt er mit dem guten Wein. Die gepanschten Reste und das Bier kriegt die Bevölkerung. Als Händler hat er einigen Einfluß auf den Herzog. Er wickelt die Bestechungen ab, die verhindern, daß irgend jemand die Aktivitäten der Bande genauer untersucht.«

»Das klingt logisch«, kommentierte Data.

Nayfack hob die Schultern. »Die Bande ist inzwischen recht gut etabliert. Zur Weinhandlung müssen wir den Markt überqueren. Da herrscht meistens Gedränge. Falls wir getrennt werden, treffen wir uns vor der Weinhandlung. Sie können sie nicht verfehlen. Über der Tür ist ein großes Schild befestigt. Darauf ist ein aufgerichteter Bär über zwei roten Streifen zu sehen.«

»Um so besser«, meinte Picard. »Gehen Sie vor.«

Die Gasse mündete auf einen nicht allzu großen Platz. Eines der dortigen Gebäude war offenbar eine Herberge für Reisende. Durch einen Torbogen konnte Picard einen Blick in den Innenhof tun. Gerade schirrte man zwei Pferde von einem höchst unbequem wirkenden, geschlossenen Reisegefährt ab.

»Anscheinend findet tatsächlich zwischen den Siedlungen ein gewisser Reiseverkehr statt«, konstatierte er. »Um in einem so kleinen Ort herumzukutschieren, würden sicherlich keine solchen Kastenwagen gebaut.«

»Hauptsächlich werden Waren und Post befördert«, erklärte Nayfack.

»Interessant«, sagte Data. »Die Bauweise des Fahrzeugs ist der Epoche geringfügig voraus. Ich sehe einen Versuch, eine Federung zur Verbesserung des Fahrverhaltens zu konstruieren. Offenbar sind seit der Zwangsansiedlung durch die Bewahrer doch gewisse, bescheidene Fortschritte erzielt worden.«

»Kleine, ja«, bestätigte Nayfack. »Vollkommen stehengeblieben ist die Zeit natürlich nicht.«

»Mir fällt auf«, äußerte Miles, »daß es hier viele Tiere irdischer Herkunft gibt.« Er zeigte auf einen zottigen Hund, der in der Toreinfahrt saß. Das Tier kratzte sich emsig das Fell, wohl um Flöhe loszuwerden. »Es macht ganz den Eindruck, als hätten die Bewahrer sie eigens aus Rücksicht auf die hierherversetzten Menschen mitgenommen.«

»Wahrscheinlich damit sie sich wie zu Hause fühlen«, schlußfolgerte Picard. »Ob diese Menschen überhaupt wissen, daß sie nicht mehr auf der Erde leben? Es dürfte sehr aufschlußreich sein, sich einmal mit einigen Einheimischen zu unterhalten... Aber erst, wenn wir unsere eigentliche Aufgabe erledigt haben.«

Nayfack führte die Landegruppe über den Platz und in eine weitere Straße. Durch diese Gasse wiederum gelangte man auf den Marktplatz. Dort waren das Gewimmel der Menschen dichter und der Lärm lauter; doch zumindest roch es nicht mehr gar so übel.

Auf dem Platz standen Dutzende von Marktbuden; die meisten waren bunt mit Fähnchen und Wimpeln geschmückt, um Käufer anzulocken. Die Leute umdrängten die Verkaufstische, wie es ähnlich auf Märkten ungezählter Planeten in der bewohnten Galaxis geschah. Krämer feilschten mit Kunden, Händler priesen lauthals die Vorzüge ihrer Waren. Picard fühlte sich von alldem fasziniert.

Es gab Händler, die Töpferwaren und einfache Metallprodukte verkauften, und ein recht geringes Angebot an Schmuck. Die Waffenschmiede handelten weniger mit Schwertern, sondern überwiegend mit kurzen Dolchen. Auf einigen Tischen lagen bronzene Schlagringe und andere unschöne Waffen, die man unter der Kleidung verstecken konnte. Selbstverständlich durfte das sogenannte gemeine Volk ritterliche Waffen und Rüstung nicht tragen; sie blieben dem Adel vorbehalten. An ein paar Buden wurden Kerzen verkauft, die für dieses Zeitalter häufigste Form künstlicher Beleuchtung. Manche hatten auch dickes, scharfriechendes Lampenöl im Sortiment.

Ein Großteil der Marktstände bot fertig zubereitetes Essen an. Zweifellos verdarben frische Nahrungsmittel selbst in diesem kühlen Klima ziemlich rasch. Pasteten und Gebäck, verschiedenerlei Brot und enorme Kuchen wurden feilgeboten. Ebenso gab es Würste aller Arten sowie geräuchertes oder gepökeltes Fleisch. Von Haken über den Ständen baumelten an den Füßen vielerlei Vögel herab, manche gerupft, die meisten ungerupft.

Andere Tierkadaver, die da und dort lagen, wußte Picard nicht einzuordnen. Manche hatten starke Ähnlichkeit mit Krabben. Andere kannte Picard lediglich von Illustrationen in Xenobiologie-Texten. Das Angebot an Fleisch umfaßte eine sonderbare Mischung aus irdischen und exotischen, wahrscheinlich heimischen Lebensformen.

Neben Möbeln und Werkzeug verkaufte man Nägel und Tuch. Fertige Kleidungsstücke gab es kaum auf dem Markt. Ferner handelte man an einigen Ständen mit diversen Sorten Nadeln sowie sonstigen Utensilien für das Nähen daheim.

Auf der anderen Seite des Markts stand die Burg des

Herzogs. Von dem Platz aus sah Picard nichts als Mauern und Türme. Die meisten Türme hatten Flachdächer, nur wenige spitze Giebel. Einige bewaffnete Soldaten bewachten die Mauerkrone. Picard vermutete, daß weitere Männer das Burgtor beaufsichtigten.

Sich durchs Gedrängel der Menschenmenge einen Weg zu bahnen, war nicht gerade leicht. Das ständige Geschiebe und Gerempel verdroß den Captain allmählich gehörig, als Data, der vor ihm ging, plötzlich mit einem Ruck stehenblieb. Infolge des Drucks, den die Menschenmasse ausübte, prallte Picard mit einiger Wucht gegen den Rücken des Androiden.

»Was ist denn los?« fragte Picard reichlich ungehalten.

»Ich bitte um Entschuldigung, Captain«, sagte Data. »Ich schlage Ihnen vor, sich einmal die Waren anzuschauen, die auf diesem Tisch zum Verkauf ausliegen.«

Verdutzt widmeten Picard und Ro ihre Aufmerksamkeit der Marktbude, vor der Data angehalten hatte. Die Produkte stammten offenkundig aus der Werkstatt eines Holzschnitzers von bemerkenswerter Kunstfertigkeit. Hölzerne Flöteninstrumente und geschnitzte Vögel waren in reicher Vielfalt vorhanden, ebenso mit Farn- und Blütenmustern ornamentierte Holzschüsseln. Hölzerne Flaschen und Trinkschalen zählten genauso zum Sortiment wie Kinderspielzeug. Picard sah Fußbänkchen in Gestalt liegender Hunde. Von den Seiten kleiner Kästchen grinsten lustige Fratzen ihn an. Ferner gab es eine Auswahl mit Schnitzereien verzierter Trinkhörner.

»Das ist ja alles ganz hübsch«, grummelte Picard. »Allerdings wüßte ich nicht, weshalb ich hier herumstehen und mir dies alles angucken sollte.«

»Captain, auf dem Nebentisch liegen einige interessante Schmuckstücke aus Silber.« Data zeigte auf die Artikel. »Kommt Ihnen davon nichts vertraut vor?«

»Nein. Wieso? Müßte ich das Zeug kennen?«

Kaum merklich senkte Data den Kopf. »Mir ist es relativ gut bekannt. Zufällig habe ich im vergangenen Monat eine Reihe kunstgeschichtlicher Werke studiert. Darin habe ich kunstgewerbliche Gegenstände gesehen, die eine höchst bemerkenswerte Ähnlichkeit mit den hier gehandelten Erzeugnissen aufweisen.«

»Daran ist doch nichts erstaunlich, Data«, entgegnete Picard. »Das hiesige Design ist eben seit fünfhundert oder mehr Jahren nahezu unverändert geblieben.«

»Ich stelle weitaus größere Übereinstimmungen fest«, erwiderte Data hartnäckig. »Einige dieser Produkte gleichen den Abbildungen, die ich in den Texten gesehen habe, vollkommen. Meines Erachtens berechtigt diese Tatsache zu dem Verdacht, daß man ein paar dieser Schmuckstücke zur Erde geschmuggelt und auf dem archäologischen Schwarzmarkt verkauft hat.«

Ro bewunderte einen sehr kunstvoll gefertigten Ohrring. Sie wünschte, etwas Geld in der lokalen Währung zu besitzen, um den Ohrring erwerben zu können.

»Das sollte uns nicht verblüffen«, meinte sie. »Die Bande hat ja zunächst einmal Schwarzmarkthandel mit Artefakten betrieben. Ursprünglich ist sie eine Clique illegaler Schatzgräber gewesen. Aber hätten die Stücke nicht als noch recht neu auffallen müssen?«

Data schüttelte den Kopf. »Unter Berücksichtigung der Tachyonenkonzentration in diesem interstellaren Nebel kann ich mir mehrere physikalische Vorgänge denken, die einen künstlichen Alterungsprozeß herbeiführen.«

Er wandte sich an Picard. »Captain, mit Ihrer Erlaubnis würde ich mich lieber noch ein wenig auf dem Markt umschauen und später bei dem Weinhändler Graebel zu Ihnen stoßen. Ich wüßte gerne, welchen Umfang das Geschäft hat... Man bezeichnet so etwas als ›Schwindelunternehmen‹, glaube ich. Außerdem könnte es durchaus sein, daß ich zusätzliches Beweismaterial gegen die Bande ausfindig mache.«

Picard nickte. »Na gut. Aber bummeln Sie nicht zu lang.« Als Data sich entfernte, um sich die nächsten Marktbuden anzuschauen, drehte Picard sich um. »Ist es noch weit, Mr. Nayfack?«

Ringsum wimmelte es von Menschen. Nur von dem Föderationsagenten war nichts mehr zu sehen.

9

Ros Blickfeld folgte dem des Captains. Ein humorloses Lächeln umzuckte die Lippen der Bajoranerin. »Glauben Sie, Sir, er hat uns aus den Augen verloren?«

»Wenn ja, dann wohl in voller Absicht, Fähnrich.« Picards Augen funkelten. Miles machte Anstalten, sich ins Gedränge zu stürzen und den Verschwundenen zu suchen; doch der Captain schüttelte den Kopf. »Sparen Sie sich die Mühe«, entschied er.

Ro lächelte breiter. »Aha. Gehe ich recht in der Annahme, Captain, daß Sie mit so etwas gerechnet haben?«

»Selbstverständlich.« Picard schnaubte. »Föderationsagent, pah! Der Mann war von Anfang an als billiger Betrüger durchschaubar. Ich wollte nur herausfinden, wie weit er mit seiner schäbigen Scharade geht.«

»Wodurch hat er sich denn verraten?« Von allen Vorgesetzten, unter denen Ro je gedient hatte, war Picard der erste, den sie respektieren konnte. »Um ehrlich zu sein, ich konnte mir kaum vorstellen, Sir, daß Sie auf jemanden wie ihn hereinfallen.«

»Darf ich das als Kompliment auffassen?« stellte Picard eine rhetorische Gegenfrage. »Ich bin zu der Einschätzung gelangt, daß Nayfack ein Halunke ist, weil er schlicht und einfach über die Bande viel zuviel wußte. Egal wie raffiniert er im Aushorchen sein mag, die Koordinaten des Anti-Tachyonen-Tunnels sind bestimmt das bestgehütete Geheimnis der Gangster. Wie unfähig sie auch sind, sie würden niemals dulden, daß ein Außenstehender sie erfährt. Also mußte ich logischerweise den Rückschluß ziehen, daß Nayfack kein Föderationsagent ist, sondern Mitglied der Bande. Und was seine lachhafte Behauptung betrifft, die Banditen hätten einen Spion in Starfleets Kommunikationszentrale...«

Verächtlich schnob der Captain. »Das war eine durchsichtige Lüge, um zu verhindern, daß wir den Vorfall mit der Raumyacht unverzüglich Starfleet melden.«

Ro nickte. Soviel hatte sie sich schon selbst zusammengereimt. »Und es erklärt seine überstürzte, lebensgefährliche Flucht von der Yacht«, äußerte sie. »Er *wußte*, daß die Gangster das Raumfahrzeug eher sprengen würden, statt sich verhaften zu lassen. Und er hatte keine Lust zu sterben.«

»Genau.« Picard wies mit einer Gebärde nach links. »Dort drüben stehen anscheinend ein paar Handelshäuser. Sollen wir da hinübergehen?« Das Trio setzte sich in diese Richtung in Bewegung. »Was mich beschäftigt, ist die Frage, warum er uns zu diesem Planeten gebracht hat«, fügte Picard unterwegs hinzu. »Ich meine, daß er eine Meldung an Starfleet vermeiden wollte, ist verständlich. Aber weshalb lag ihm daran, daß ein Raumschiff mit den Kapazitäten der *Enterprise* in den Nebel fliegt? Wenn die Bande nur wenige Raumyachten zur Verfügung hat, darf sie ja wohl kaum erwarten, uns etwas anhaben zu können. Dahinter muß doch irgend etwas anderes stecken.«

Inzwischen hatte Ro über das Verhalten des Captains nachgedacht und hinsichtlich seiner Planung ihre Schlußfolgerungen gezogen. »Sie sind also der Ansicht, er hat uns mit der Behauptung, Graebel sei ein Strohmann der Bande, die Wahrheit gesagt?«

»Nicht im geringsten.« Der Kommandant lächelte ihr zu. »Ich wette, Nayfack hat uns irgendeinen hier ansässigen Geschäftsmann genannt... Wahrscheinlich den erstbesten Namen, der ihm einfiel. Aber ein kurzes Gespräch mit dem Mann kann nicht schaden; es wird meinen Verdacht bestätigen oder widerlegen.«

»Sie haben damit gerechnet, daß Nayfack sich abseilt«, setzte Ro ihre Überlegungen fort. »Und es ist völlig klar, daß er nun den *echten* Kontaktmann aufsucht...« Sie schnippte mit den Fingern. »Diese Impfungen, die uns von Dr. Crusher verabreicht worden sind... Sie hat Nayfack einen subkutanen Sender injiziert.«

»Ich wußte, daß Sie es herauskriegen, Fähnrich.« Beifällig schmunzelte der Captain.

»Und Riker... äh... *Commander* Riker... Er hat sich damit einverstanden erklärt, daß Sie die Landegruppe befehligen, weil Sie ihn davon überzeugen konnten, daß keine Gefahr droht. Und er peilt jetzt Nayfacks Bewegungen an.«

»Sie verstehen sich wirklich glänzend aufs Schlußfolgern«, lobte Picard. »Sogar Data wäre stolz auf Ihren scharfen Verstand. Ja, Mr. Riker und Counselor Troi müßten inzwischen dabei sein, Nayfack zu der wahren Kontaktperson zu folgen. Sobald sie wissen, wer sie ist, beamt Mr. Worfs Sicherheitsgruppe nach unten und hebt die Verbrecherbande aus. Ich hoffe, es enttäuscht Sie beide nicht zu sehr, daß Sie beim Ausmisten des Saustalls nicht mitmachen können.«

»Ich bin nicht *allzu* enttäuscht«, antwortete Ro. »Es ist hochinteressant, Sie in Aktion zu erleben, Sir.«

Daß Ro für irgend jemanden offene Anerkennung zum Ausdruck brachte, kam selten vor. »Vielen Dank«, sagte Picard auf das Kompliment.

»Und meine Aufgabe ist es, Ihre Sicherheit zu gewährleisten, Sir, und nicht, irgendwen zu verhaften«, erklärte Miles. Er grinste. »Obwohl 'n bißchen Abwechslung vielleicht ganz lustig gewesen wäre...«

Picard lächelte. »Na, dann wollen wir hoffen, daß unsere kleine Stippvisite nicht zu langweilig wird, was?« Er blieb stehen und deutete auf ein großes, aus Stein errichtetes Gebäude. »Wenn ich mich nicht sehr irre, ist das Graebels Haus. Das Schild da oben stimmt genau mit Nayfacks Beschreibung überein.«

Zwar klapperte das Zunftwappen im Wind, doch hinsichtlich der roten Streifen und des Bärs war kein Mißverständnis möglich. Picard und seine Begleitung strebten auf das Gebäude zu. Vor der Weinhandlung herrschte weniger Gedränge. Das Erdgeschoß hatte keine Fenster, wahrscheinlich um etwaige Einbrecher zu entmutigen. Der Eingang bestand aus einer hohen Eichentür. Picard faßte den Bärenkopf-Türklopfer und pochte damit zweimal ans Holz. Nach einer Weile klappte jemand in der Mitte der Tür ein kleines, viereckiges Fenster auf.

»Ja?«

»Wir möchten zu Herrn Graebel«, sagte Picard. »Mein Name ist Lukas. Das sind Rosalinde und Martel.«

Hinter der Tür musterten argwöhnische Augen das Trio. Doch gleich darauf wurde sie entriegelt und ungefähr fünfzig Zentimeter weit geöffnet. »Tretet ein.«

Picard ging, gefolgt von Ro und Miles, ins Haus. Der Bedienstete knallte die Tür zu und schob den Riegel vor, ehe er sich den Besuchern zuwandte. Das Schwert, das an der Seite des stämmigen Pförtners hing, ließ sich kaum übersehen. Offenbar war er gleichzeitig Türwärter und Hauswächter. »Kommt herein«, forderte er die Gäste kurz angebunden auf. Noch einmal maß er sie mißtrauischen Blicks, bis er sich vollends vergewissert hatte, daß sie keine Waffen trugen.

»Danke«, antwortete Picard. Er gab Ro und Miles durch ein Nicken zu verstehen, daß sie sich ihm anschließen sollten.

Ganz wie Nayfack behauptet hatte, handelte Graebel offenbar mit Wein und Gewürzen. Der Raum, den die drei Landegruppenmitglieder betreten hatten, durchmaß etwa zwölf Meter. Dicke Steinsäulen stützten die

Decke. Wuchtige Regale, vorwiegend gefüllt mit Fässern, säumten die Wände. Zwischen den Reihen der Fässer hindurch gelangte man zu einer Treppe, die ins Obergeschoß führte. Der Duft von Gewürzen durchzog die Luft; es roch nach Thymian, Anis, Zimt und anderem, das Picard nicht sofort erkannte. Die Beleuchtung im Haus war äußerst spärlich. Im Erdgeschoß bestand der Fußboden lediglich aus festgestampftem, mit Stroh bedecktem Lehm.

Fürs dreizehnte Jahrhundert verkörperte das Gebäude eindeutig gehobenen Lebensstandard. Auf der Erde des vierundzwanzigsten Jahrhunderts hätte es als elende Bruchbude gegolten.

Die Treppe knarrte unter den schweren Schritten des Hausdieners. Picard, Ro und Miles hatten einen merklich leichteren Schritt. Sie erreichten einen Treppenabsatz mit drei geschlossenen Türen. Der Diener klopfte an die mittlere Tür. »Meister Graebel, Besuch.«

»Ei, sodann herein«, rief von drinnen eine Stimme. Nachdem der Diener die Tür geöffnet hatte, winkte er Picard und seine Begleiter hindurch. Der Captain ging hinein.

Das Zimmer war bedeutend kleiner als der Lagerraum im Erdgeschoß. Andererseits erwies es sich als besser beleuchtet und behaglicher. In der Fensternische und auf den Tischen brannten mit schwachem Ölgeruch Lampen. An den Wänden befanden sich Stoffgehänge, die verschiedenerlei Szenen abbildeten: manches eher Höfisches mit Rittern zu Pferd, aber auch Jäger auf der Hatz und Falkner beim Weidwerk. Ein Tisch mit vier Stühlen stand mitten in der Räumlichkeit; ein zweiter, höherer Tisch hatte seinen Platz neben dem Eingang. In einer hinteren Ecke konnte man eine schwere, mit einer Art von Teppich bedeckte Truhe sehen. Das gesamte Mobiliar war sehr sorgfältig geschreinert und hatte vermutlich eine gehörige Stange Geld gekostet.

An dem Tisch bei der Tür saß auf einem hochlehnigen Stuhl Graebel. Daß er tatsächlich ein wohlhabender Mann war, merkte man ihm auf den ersten Blick an. Hose und Wams hatten einen schlichten Zuschnitt, waren aber aus bestem Stoff gewoben und ausgezeichnet verarbeitet. Seine Stiefel hatten Kniehöhe und waren frei von Schrammen oder sonstigen Verschleißspuren. Am rechten Handgelenk trug Graebel ein Goldarmband, an der rechten Hand einen großen Siegelring.

Er neigte ein wenig zur Verfettung, und die Adern seiner Nase hatten sich blaurot verfärbt. Offenbar war er kein Verächter der eigenen Weine. Das schwarze, säuberlich gestutzte Haar fiel ihm ordentlich bis auf die Schultern. Auf dem Kopf hatte er, vielleicht um eine kahle Stelle zu verbergen, ein kleines Käppchen.

Während Picard sich den Weinhändler ansah, betrachtete Graebel seinerseits ihn. Daß es ihn enttäuschte, offenkundig keine zahlungskräftigen Kunden vor sich zu haben, ließ sich nicht übersehen. »Guten Tag, Meister Graebel«, grüßte Picard, indem er sich knapp verbeugte. »Entschuldigen Sie die Störung, aber wenn Sie einen Augenblick Zeit haben, hätte ich an Sie ein paar Fragen.«

»Potzblitz, du redst mir gar sonderlich darher, Kerl.« Graebel verkniff die Lider. »Fragen? Was soll's geben mit den Fragen?«

»Sie betreffen einen Mann namens Castor Nayfack.«

Graebel dachte nach. »Den Namen, glaub ich, hab ich nimmer vernommen. Doch sei's drum...« Mit einem Aufseufzen stemmte er sich vom Tisch hoch und legte die Schreibfeder, die er in der Hand hielt, zur Seite. »Ein wenig Kurzweil soll mir, so ich ehrlich reden will, ganz rechtens sein. Verzeichnisse zu sudeln, strenget mir alleweil die Augen übel an.« Er blickte den Diener an, der noch an der Tür wartete. »Bring uns Wein.«

Da er aus einer Winzerfamilie stammte, machte die

Gelegenheit, den hiesigen Wein zu kosten, Picard naturgemäß sehr gespannt. Weil Graebel mitzutrinken beabsichtigte, vermutete der Captain, daß ihnen nicht der schlechteste Tropfen serviert werden sollte. Auf jeden Fall konnte ein bekömmlicher Schluck Wein die Befragung Graebels sicherlich etwas auflockern.

Picards Auffassung, daß er, Ro und Miles einer falschen Spur nachgingen, verfestigte sich immer mehr; aber der Captain war der Meinung, sich ruhig eine Ablenkung gönnen zu dürfen, während Riker die Aktion gegen die Bande zu Ende führte. Also nahm er die Einladung an, als Graebel die Gäste mit einem Wink zum Platznehmen aufforderte. Ro setzte sich neben Picard, Miles neben Ro. Graebel ließ sich in dem Lehnstuhl gegenüber Picard nieder.

»Nun wohl, Lukas«, sagte Graebel in freundlichem Ton. »Welches Gewerbe ist's, dessen selbiger Nayfack sich befleißigt?«

»Soviel ich weiß, ist er Jäger.«

Graebel lachte und schlug sich auf den Schenkel. »Ei, daß ich ein Jägersmann kennte, tätst glauben? Schau mein Wanst, welcher Gaul müßt nicht unter mir in die Knie gehn?«

Höflich lächelte Picard. »Sicherlich übertreiben Sie, Meister Graebel. Aber ich muß zugeben, ich hatte mir gleich gedacht, daß Herr Nayfack Ihren Namen nur genannt hat, weil Sie ein angesehener Geschäftsmann sind und in dieser Stadt einen guten Ruf genießen. Ich vermute, er wollte damit bei mir Eindruck schinden.«

Der Diener kehrte mit einem Silbertablett zurück. Er stellte es auf den Tisch. Mit einer knappen Geste schickte Graebel ihn hinaus. Der Händler nahm den Weinkrug und schenkte Wein in vier Zinnbecher, von denen er drei Picard, Miles und Ro reichte und den letzten selbst in der Hand behielt. Miles blickte in den Becher, ohne Anstalten zum Trinken zu machen.

Graebel war nicht beleidigt. »Ein mißtrauischer Geselle, hm?« meinte er zu Picard. Er hob den eigenen Becher und trank einen tüchtigen Zug. »Ah, Gustav hat vom leckern Wein kredenzt.« Er wies mit dem Kinn auf Ro. »Ist sie dein Weib, Lukas?«

»Ich kann für mich selbst sprechen«, sagte Ro. »Ja, wir sind verheiratet.« Sie schenkte Picard ein verschmitztes Lächeln. »Sehr glücklich.«

Es gelang Picard, seine friedlich-freundliche Fassade beizubehalten. Man konnte sich wirklich darauf verlassen, daß Ro originelle Einfälle hatte. »Ja, sehr«, bekräftigte der Captain.

Sinnig nickte Graebel. »Man möcht gar wohl meinen, du hast bei ihr ein allzu weiches Herz, Lukas. Einem züchtgen Weib gebührt's nicht, so frech das Wort zu führn.«

Zu Picards tiefer Erleichterung bewahrte Ro die Ruhe. »Wir sind Wandermusikanten, Meister Graebel«, gab er eine diplomatische Antwort. »Vielleicht haben wir andere Gewohnheiten als die Bewohner dieser... berühmten Stadt.« Er trank ein Schlückchen Wein. Wie er erwartet hatte, war eine ausgezeichnete Sorte serviert worden. »Oh, ein edler Tropfen, Meister.« Er schmeckte den Wein mit der Zunge. »Gelungener Körper, weich, nicht zu süß. Ich glaube, ich bemerke eine Spur Rosmarin und einen fruchtigen Anflug von Apfel.«

Graebel wirkte beeindruckt. »Mit Wein kennst du dich aus, guter Mann.«

»Meine Familie hat ein Weingut«, erklärte Picard. »Meine Jugend habe ich zwischen Reben verbracht.«

»Ach... Hatte ich dann wohl schon mit dein Sippschaft zu schaffen?«

»Das bezweifle ich«, entgegnete Picard. »Ich stamme aus Bronnenmoos.« So lautete der Name der von Diesen am weitesten entfernten Ortschaft des Planeten. »In diese Gegend haben wir nie geliefert.«

»So hast du mit dein Genossen lange Fahrt bestanden.« Graebel lächelte. »Heut schaust nicht wie ein Winzer aus.«

Picard trank nochmals aus seinem Becher. »Nein. Ich trinke zwar gerne guten Wein, habe aber schon früh gemerkt, daß ich mich als Weinerzeuger nicht eigne. Ich sehe mir lieber die Welt an.«

»Du ziehst stets mit den zween da durch die Lande?« fragte der Weinhändler, indem er Ro und Miles anblickte. Ro lächelte reizvoll und schlürfte einen großen Schluck Wein. Unwillkürlich krampfte Picard sich zusammen. Das war die falsche Weise, um einen hervorragenden Tropfen zu genießen. Miles nippte mit erheblicher Zurückhaltung am Inhalt seines Bechers.

»Ja, stimmt. Wir sind erst seit kurzem in Diesen. Hier sind wir Herrn Nayfack begegnet. Er hat uns geraten, uns an Sie zu wenden.«

Graebel nickte. »Nun, wenn's euer Wunsch ist, eine Frist lang hie im Städtl zu verweilen, mag's sein, ich find euch ein paar Häuser, da ihr mit eurem Spiel ein Scherflein euch erlangen könnt. Singt dein Weib, Lukas, oder macht's Musike?«

»Sie singt«, antwortete Picard.

»Vortrefflich. Einer wohlklingend Stimme Schalle lauscht man allerorten gern.« Graebel lächelte breit. »So versteh ich dann ihr kühnes Gebaren. Gewißlich ist sie alle Tag ein gerüttelt Maß an Liebedienerei und Schmeichelei gewöhnet.«

Als Picard nickte, mußte er plötzlich an sich halten. Ihm war leicht schwindelig geworden. Geschah ihm nur recht, wenn er auf leeren Magen Wein trank. Schließlich wußte er es besser.

Um die Versuchung zu vermindern, sich noch mehr von dem ausgezeichneten Getränk einzuverleiben, wollte er den Zinnbecher abstellen. Doch seine Hand verfehlte den Tisch, er verschüttete Wein auf den Fußboden. »Entschuldigung«, nuschelte Picard und beugte sich vor, um nachzusehen, wieviel er ausgegossen hatte.

Der Captain konnte die Abwärtsbewegung seines Oberkörpers nicht bremsen. Er kippte vornüber, prallte auf die Tischkante und sackte nieder. Das Zimmer schien um ihn zu kreisen. Er fühlte sich, als schwebte er rücklings in einen langen, von Licht durchfluteten Tunnel. Verschwommen hörte er, wie Ro sich unsicher aus dem Lehnstuhl hochraffte. Ihr Zinnbecher fiel auf den Boden und rollte fort. Miles brabbelte irgend etwas, während er aus dem Stuhl emporschwankte.

»Sie ...« Picards Stimme klang sogar für seine eigenen Ohren reichlich gequetscht. »... haben etwas in den Wein ...«

Ro sank zusammen und plumpste auf Picard.

»Nicht doch, Ro«, lallte er. »Was soll denn die Crew denken?« Im nächsten Moment stürzte er am Ende des Tunnels ins Nichts.

Voller Genugtuung betrachtete Graebel die besinnungslosen Fremdlinge. Für einen Augenblick war die Sache recht haarig geworden, als der Anführer des Dreigespanns gewisse Weinkenntnisse offenbarte und die Zutaten herausschmeckte; doch zum Glück hatte das Gespräch ihn abgelenkt, und der betäubende Saft war unbemerkt geblieben.

Der Weinhändler hatte keinerlei Ahnung, aus welcher Veranlassung Nayfack die beiden Mannsbilder und das Weib zu ihm geschickt hatte. Vermutlich stellten sie für ihn ein Ärgernis dar, dessen er sich zu entledigen gedachte. Und genau darauf verstand Graebel sich aufs beste ...

Er rief seinen Knecht, dann bückte er sich und besah sich die Bewußtlosen näher. Dem Aussehen zufolge hatte der Ältere die Blüte seiner Jahre überschritten; aber dank des Wanderlebens verfügte er noch über gesunde, kraftvolle Glieder. So ein Sklave mochte ihm ein nettes Sümmchen einbringen. Der Jüngere taugte vorzüglich für das Bergwerk. Und die Dirn ...

Graebel erachtete sich als bewährten Kenner weiblicher Zierde. In den Händen drehte er der Maid Angesicht von einer zur anderen Seite. Makellose Haut. Er klappte ihr das Mäulchen auf. Noch trefflicher – ein tadelloses Gebiß hatte sie, und zudem keinen üblen Brodem, der einem Manne den Kuß verleiden könnte. Ein wahrlich wunderbares Weibsbild!

Der Hausknecht und sein Gehilfe kamen herein. Graebel deutete auf Lukas, und das Paar packte wacker zu. Ohne Mühsal stellten sie ihn auf die Füße und schleiften ihn hinaus.

Abermals fiel Graebels Blick auf die Maid. Er faßte den Saum des Kleids und lüftete es, um sich voller Lüsternheit ausgiebig am Anblick ihrer Beine zu weiden. Flüchtig fühlte er höchste Verlockung, das Weib in seine Schlafkammer schaffen zu lassen, bevor er sie zum Verkauf vorführte. Aber zu seinem Kummer mußte er einsehen, daß sich ihm dringlich Verzicht gebot. Diese Evastochter empfahl sich für den Herzog selbst, und Seine Hoheit schätzte es nicht, pflügten zuvor Untertanen bei seinen Liebchen die Bresche.

Wie sehr sein brünstiger Leib auch dagegen aufbegehrte – Graebel wußte, daß er gut daran tat, diese Stute nicht zu reiten. Indessen verblieb ihm die Aussicht, die Wollust an seiner trauten Gemahlin auszutoben.

Mit einem Aufstöhnen des Bedauerns ließ er das Kleid sinken. Welche Opfer er für seine Käufer darbrachte...!

10

»Darf ich mich ein wenig zu Ihnen setzen?« fragte Guinan.

Worf hob den Blick von seinem Glas auf Körpertemperatur erwärmter *Tagaak*-Milch. »Ich möchte allein sein.« Der Blick, mit dem er seine Feststellung unterstrich, hätte nahezu jeden an Bord der *Enterprise* fortgescheucht. Guinan dagegen rutschte zu dem Klingonen in die Nische. »Ich möchte allein sein«, wiederholte der Sicherheitsoffizier, indem er diesmal seine Zähne entblößte.

»Ich habe Sie schon das erste Mal verstanden«, sagte Guinan. »Und normalerweise dürften Sie hier ohne weiteres herumhocken und vor sich hinschmollen. Aber Sie vergraulen mir die Kunden.« Sie wies rundum: Der Gesellschaftsraum des zehnten Vorderdecks war fast leer. »Das ist schädlich für den Umsatz.«

»Ich schmolle nicht«, widersprach Worf knurrig.

»Vielleicht wollen Sie lieber mal darüber reden?« Guinan warf ihm ihren typischen Blick zu, der sagte: Ich höre Ihnen zu, was immer Sie zu erzählen haben.

Abgehackt schüttelte Worf den Kopf. »Da ich nicht schmolle, haben wir auch nichts, worüber wir reden könnten, oder?«

Guinan maß ihn nun forschenden Blicks. »Man merkt Alexander immer deutlicher an, daß er zusehends reifer wird«, meinte sie. »Manchmal erweckt er den Eindruck, reifer als sein Vater zu sein. Sie schmollen *sehr wohl*. Ich kenne diese Miene. Also, wollen Sie sich mit mir unterhalten, oder muß ich sechs bis sieben Kampfsportler holen, die Sie hinausschmeißen?«

Worf starrte sie an; offensichtlich überlegte er, ob sie im Ernst sprach. Ihm war gerade so richtig nach einer kleinen Rangelei zumute. Doch sobald er erkannte, daß die Wirtin lediglich Sprüche klopfte, lenkte er ein. »Es ist eben einfach ungerecht.«

»Jetzt hören Sie sich ja noch mehr wie Ihr Sohn an. Was soll ungerecht sein?«

Worf zeigte auf den Planeten, den man außerhalb des großflächigen Sichtfensters im All schweben sehen konnte. »Das da ...« Er nahm sein Getränk und umklammerte das Glas beinahe gewaltsam genug, um das unzerstörbare Gefäß doch zu zerbrechen. »Das ist die erste von Menschen bewohnte Welt«, fügte er hinzu, »die auf mich einen unbestreitbaren Reiz ausübt. Dort glaubt man an die Stärke der Waffen, an den Wert von Kampfritualen, an Ehre und Ruhm. Aber wegen der Ersten Direktive bin ich die einzige Person an Bord, die den Planeten nicht betreten darf.«

»Sie sind keineswegs der einzige, dem's nicht erlaubt ist«, stellte Guinan in umgänglichem Ton richtig. »Geordi ist es zum Beispiel ebensowenig gestattet.«

»Darum geht's doch überhaupt nicht«, brummte Worf muffig. »Für einen Besuch auf dieser Welt wäre ich fast alles einzutauschen bereit. Es ist eine Welt, wo Menschen die leidenschaftliche Hingabe an den Kampf zu würdigen wissen!«

Guinan betrachtete die trostlos trübe Kugel des Planeten. Der Anblick rief ihr in Erinnerung, daß sie keine Heimat hatte; darunter litt sie wie an einer alten, nur schwach verheilten Wunde. »Meistens wächst man heutzutage über so viel Kampfeslust hinaus«, äußerte sie. »Bei meinem Volk verhält es sich so. Auch die Menschen sind beinahe soweit.«

»Dann begreifen Sie die wahre Bedeutung des Worts *Hingabe* nicht«, behauptete Worf. »Und es gibt dafür gute Gründe, in ständiger Kampfbereitschaft zu bleiben. Ihr Volk hatte den Sinn vergessen, der darin steckt. Darum ist es den Borg kampflos unterlegen.«

»Gegen die Borg wäre auch jeder Kampf sinnlos gewesen«, erwiderte Guinan. »Einen derartigen Gegner kann man nicht mit Waffen besiegen.«

»Anders kann man ihn gar nicht bezwingen.« Worf musterte die Wirtin mit einem langen, festen Blick. »Wir Klingonen haben ein Sprichwort: ›Frieden zu schließen, braucht es zwei, Krieg führt einer allein herbei.‹ Solange irgendwo noch irgendwer die Neigung hat, einen Krieg anzuzetteln, müssen wir die Bereitschaft haben, für den Frieden zu kämpfen. Das ist die Einstellung der Klingonen. So ist das Dasein.« Noch einmal deutete er auf den Planeten. »Den Menschen dort unten ist das vollkommen klar. Ich gäbe alles, könnte ich sie einmal besuchen.«

Matt schüttelte Guinan den Kopf. Sie hätte wissen müssen, daß es keinen Zweck hatte, mit Worf zu diskutieren. Es wäre spaßiger gewesen, statt dessen mit dem Schädel gegen die Wand zu rennen. »Bei den Menschen kennt man auch eine Redensart, nämlich daß man den Teufel nicht beim Namen nennen soll. Das heißt, man soll nichts Fragwürdiges leichtfertig heraufbeschwören.« Sie stand auf. »Darf ich Ihnen wenigstens einen Vorschlag machen?«

»Wenn's sein muß...«

»Gehen Sie in den Maschinenraum zu Barclay.«

»Zu Barclay?« Worf schnitt eine finstere Grimasse. »Weshalb?«

Guinan tätschelte ihm den Arm. »Tun Sie's einfach mal«, riet sie. »Erklären Sie ihm Ihr Problem. Mr. Barclay weiß, was Enttäuschung bedeutet. Ich glaube wirklich, daß er Ihnen helfen kann.«

»Ich denke darüber nach«, versprach Worf. Jetzt sah er ein wenig besser gelaunt aus. Zumindest hatte nun die Wahrscheinlichkeit abgenommen, schlußfolgerte

Guinan daraus, daß er jemandem den Arm ausriß und ihn damit totprügelte.

Während Riker durch die Hintergassen Diesens stapfte, versuchte er beharrlich, durch den Mund zu atmen. Sein letztes Holo-Deck-Abenteuer hatte ihn immerhin in einigem Umfang auf den allgegenwärtigen Gestank einer mittelalterlichen Stadt vorbereitet.

Erneut checkte Will den Detektor; das Peilinstrument war von Smolinske in den Schwertknauf eingebaut worden. »Anscheinend ist er unterwegs zum Hafen«, rief der Commander über die Schulter.

Hinter ihm bemühte Deanna Troi sich um ein möglichst würdevolles Auftreten, obwohl sie dauernd den Saum des Kleids raffen mußte, damit er ein paar Zentimeter über dem der Gesundheit abträglichen Schlick blieb. Sie war wie eine für hiesige Verhältnisse ziemlich wohlhabende Frau gekleidet, nämlich in ein langes, blaues Kleid mit Spitzenbesatz, mit einer kleinen Haube in gleicher Farbe.

Smolinske hatte ihr versichert, so sei sie für das europäische dreizehnte Jahrhundert modisch korrekt gekleidet; und tatsächlich mußte Deanna einräumen, nichts sprach dafür, daß sie damit in dieser Stadt fehl am Platz gewesen wäre. Doch das Kleidungsstück war unbequem und unpraktisch, vor allem angesichts des scheußlichen Zustands der Straße. Die Haube war einerseits zu klein, um gegen den Nieselregen nützlich zu sein, andererseits zu groß, um nicht zu stören.

»Hast du Smolinske irgendwie bestochen«, fragte Deanna, »um zu erreichen, daß ich diese Klamotten tragen muß?«

Riker grinste. Er hatte bei der Einkleidung etwas besser abgeschnitten. Seine Ausstattung bestand aus Stiefeln, Hose, einer Art von Kittelbluse und Gürtel. Er spielte die Rolle des Leibwächters, der seine Herrin während ihres Einkaufsgangs beschützen mußte. Dadurch hatte er einen Vorwand, um ein Schwert zu tragen und die Faust am Griff der Waffe zu lassen.

Natürlich gehörte es zu seiner Aufgabe, ihr den Weg durchs Gedränge zu bahnen, falls nötig mit Gewalt. Insofern erleichterte es ihn, daß die Einheimischen sich mit dem herrischen Benehmen Höherstehender auskannten und freiwillig auswichen.

»Nein«, antwortete Will. »Sie ist allein für die Auswahl verantwortlich.«

»Und ich dachte, sie mag mich«, meinte Deanna leise.

»Sei froh, daß sie nicht auf die Idee gekommen ist, dich als Prostituierte loszuschicken.«

Deanna schenkte ihm einen unterkühlten Blick. »Na, wenigstens hätte ich dann praktischere Sachen anziehen können.«

Riker schmunzelte und deutete verstohlen auf den Schwertknauf mit dem integrierten Detektor. »Anscheinend ist unser Freund am Ziel. Es dürfte nicht mehr weit sein.«

»Ich könnte auch nicht mehr lange durchhalten«, stöhnte Deanna. »Warum müssen immer wir uns mit derartig verrückten Angelegenheiten herumschlagen?«

»Weil der Captain uns so gut leiden kann.«

»Wenn alle uns so gut leiden mögen, warum muß ich dann diesen abartigen Trödel tragen?«

Riker feixte. »Weil ich darin total albern aussähe. Komm, wir sind bald da.«

Zum hundertsten Mal blickte Nayfack über die Schulter zurück. Nach wie vor war von dem Trottel Picard nichts zu sehen; und ebensowenig von Ro oder dem Androiden. Wie er vermutet hatte, eilte den Starfleet-Angebern ein völlig übertriebener Ruf voraus. In Wahrheit hatten sie bloß Spatzengehirne. Sie waren ihm glattweg auf den Leim gegangen. Nun brauchte er nur noch dafür zu sorgen, daß sich die Falle für die *Enterprise* schloß; danach war er wieder frei für neue Pläne.

Das Holzhaus in der nahe am Hafen gelegenen Seitengasse erregte rein äußerlich keinen Verdacht. Aufgrund seiner Funktion sollte es auch möglichst unauffällig bleiben. Trotzdem kannte man das Haus überall in der Stadt. Viele Menschen bekreuzigten sich im Vorbeigehen, um Böses abzuwehren. Die meisten Leute mieden es, und nur Verzweifelte waren bereit, es zu betreten.

Nayfack belustigte der Aberglaube der Einheimischen. Bei aller christlichen Frömmigkeit glaubten sie genauso fest an den Teufel und die sogenannten Schwarzen Künste.

Und das wußte Dr. Hagan auszunutzen. Ein bißchen importierte Technik, etwas Hokuspokus und reichlich Einschüchterung wirkten beim unwissenden Pöbel Wunder. Auf dergleichen verstand sich Hagan bestens. Die ganze Stadt hegte die Überzeugung, er hätte Umgang mit Dämonen; gleichzeitig jedoch fürchtete man sich zu sehr vor seiner Macht, um ihn bei den örtlichen Kirchenbonzen anzuzeigen. Dank seines Rufs ließen sich alle Patzer, die der Bande unterliefen, als Hexerei kaschieren.

Zusätzlich hatte Hagans Position einen zweiten Vorteil. Der hiesige Herzog war ein begeisterter Anhänger der Astrologie und rief ihn regelmäßig zu sich in die Burg, um sich von ihm beraten zu lassen.

Nayfack schlüpfte in Hagans kleine Lokalität im Erdgeschoß des Holzbaus. In der Räumlichkeit war es eng und finster. An den Wänden standen Regale, alle gefüllt mit Flaschen und sonstigen Glasbehältern. In der Luft hing der scharfe Gestank von Konservierungsmitteln, überlagerte fast den Geruch des Öls, das auf dem Tisch in einem Lämpchen brannte. Die Flaschen enthielten verschiedenerlei Chemikalien, Medikamente und Körperteile von diversen Tieren. Hagan brauchte den gesamten Krempel für seine vorgebliche Zauberei.

Neben der rückwärtigen Tür ruhte auf einem hohen

Pult eine große, gegenwärtig mit einem Samttuch verdeckte Kristallkugel. Daraus las Hagan angeblich die Zukunft. Winzige Leuchtelemente im Innern der Kristallkugel machten seine sogenannten Wahrsagereien gelegentlich zu recht spektakulären Ereignissen.

Beim Eintreten hatte Nayfack ein Signal im Obergeschoß des Gebäudes aktiviert. Während seine Augen sich an die Dunkelheit gewöhnten, wurde von der Tür zur Treppe der Vorhang beiseitegehoben. Schwungvoll kam Hagan herein.

Nayfack konnte nicht bestreiten, daß der Mann eine sehr eindrucksvolle Erscheinung abgab. Er trug eine lange, pechschwarze Robe und einen schwarzen Hut. Mit der Rechten stützte er sich auf einen knorrigen Stock aus Eschenholz, der einen Silberknauf in Form einer zähnefletschenden Wolfsfratze aufwies; die beiden Rubine, die die Augen darstellten, glänzten im Lampenschein. An der Linken hatte er am Zeigefinger einen großen Totenkopfring. Der Ring war aus massivem Silber; in den Augenhöhlen glommen zwei kleine Smaragde.

Hagan selbst war von großer, gutgewachsener Statur. Er hatte ziemlich helle Haut, so daß der schwarze Vollbart um so düsterer wirkte. In seinen kohlschwarzen Augen glitzerte Ärger, als er den Besucher erkannte.

»Nayfack! Sie sollten doch mit der Yacht fliegen. Was ist schiefgegangen? Haben Sie wieder einen über den Durst getrunken und den Starttermin verpaßt?«

»Nein.« Trotz allem ließ Nayfack sich durch den Popanz, den Hagan betrieb, nicht beeindrucken. Er wußte, daß Hagan ihn nicht ausstehen konnte. Allerdings mochte Hagan *niemanden* ausstehen. Doch es blieb abzuwarten, wie großmäulig und hochnäsig er noch war, sobald er erfahren hatte, was jetzt vorging. »Die Yacht ist vernichtet worden.«

Der Schwarzhaarige maß ihn mit einem scharfen, durchdringenden Blick. »Was soll das heißen? Wenn Sie mir hier wieder einmal ein Ammenmärchen aufbinden wollen, enden Sie stückchenweise in meinen Gläsern, das schwöre ich Ihnen. Sie sind der mieseste Organisator, mit dem zusammenarbeiten zu müssen ich je das Pech hatte.«

»Sparen Sie sich die Drohungen. So was läßt mich kalt.« Nayfack fand Vergnügen an der Situation. Er hatte nur äußerst selten eine Gelegenheit, Hagan die Zähne zu zeigen und gleichzeitig dem Chef die eigene Tüchtigkeit zu beweisen. Nayfack versprach sich von seinen Maßnahmen ernsthaft eine Beförderung in den oberen Hierarchiebereich der Bande. Es würde ihm sehr gefallen, zur Abwechslung künftig Hagan die Befehle zu erteilen, statt sie von ihm entgegenzunehmen. »Die Yacht ist futsch. Beim Flug aus dem Nebel sind wir einem Föderationsraumschiff begegnet.«

»Sie unfähiger Idiot!« Wütend starrte Hagan ihn an, dann schüttelte er seinen Stock. »Wenn ein Raumschiff Sie abgefangen hätte, wären Sie ja wohl jetzt tot.«

»Nun glauben Sie mir schon, wir sind einem Raumschiff direkt in die Arme geflogen. Einem Forschungsraumer. Er kartografiert den Nebel, vermute ich. Halten Sie sich fest. Es war wirklich und wahrhaftig die famose *Enterprise*.« Als eifriger Konsument der populären Medien hatte Nayfack schon zahlreiche Vid-Dokumentationen gesehen, in denen man das berühmte Forschungsschiff erwähnte. Seine Kenntnisse hatten ihm dabei geholfen, den Captain über den Tisch zu ziehen. »O'Leary hat die Selbstzerstörung eingeleitet.«

Hagan betrachtete ihn voller regelrechtem Abscheu. »Sie dreckiger Lügner!« schnauzte er. »Also müßten Sie doch erst recht tot sein. Wieso kommen Sie dann quicklebendig hier herein und fallen mir auf die Nerven?«

»Ich habe der Aussicht auf meine Atomisierung absolut nichts abgewinnen können. Darum habe ich O'Leary und Tanaka mit meinem Messer gekitzelt und mich in der Rettungskapsel abgesetzt.«

»Es ist ausgeschlossen, daß Sie in der Rettungskapsel zurückgeflogen sind«, konstatierte Hagan. Offensichtlich kostete es ihn erhebliche Anstrengung, seine Erbitterung zu mäßigen.

»Selbstverständlich. Ich bin an Bord der *Enterprise* umgekehrt.«

Wie Nayfack erwartet hatte, verursachte diese Mitteilung dem alten Hochstapler beinahe einen Herzinfarkt. »Sie sind *was?!*«

»Ich habe das Raumschiff hergelotst.«

Jetzt widerspiegelte der Blick des ›Magiers‹ offenen Haß. »Sie schwachsinniger, nichtsnutziger Blödian! Was außer Ihrer angeborenen Idiotie hat Sie denn dazu verleitet, uns die *Enterprise* auf den Hals zu holen?« Ihm zuckte wild die Faust, die den Stock hielt.

»Ich habe verhindert, daß der Vorfall Starfleet gemeldet wird«, erklärte Nayfack. »Außer uns weiß bisher nur die *Enterprise*-Crew von der Existenz dieses Planeten.«

»Wunderbar!« schrie Hagan. »Dann brauchen wir uns ja um nichts als ein schwerbewaffnetes Föderationsraumschiff Sorgen zu machen. Ein Raumschiff, das Sie hergebracht haben. Gegen ausdrückliche Weisung!«

»Ja, entgegen einer nach meiner Auffassung hirnrissigen Weisung«, antwortete Nayfack gelassen. »Wir müssen die *Enterprise* lediglich eliminieren, und schon sind wir wieder voll im Geschäft. Sonst hat niemand die geringste Ahnung, daß wir hier tätig sind.«

»Ein Sternenschiff eliminieren! Na, da haben wir ja wirklich glänzende Erfolgsaussichten.«

Nayfack lachte. »Kommen Sie, Sie wissen doch selbst, was der Chef in seiner Bewahrer-Basis auf Lager hat. Es wird bloß ein Fingerschnippen erforderlich sein, um die *Enterprise* loszuwerden. Sie brauchen ihn nur zu kontaktieren und ihm Bescheid zu geben. Und vergessen Sie nicht zu erwähnen, daß es *meine* Idee gewesen ist. Hätte ich Captain Picard nicht eingeredet, ich wäre Geheimagent einer Föderationsbehörde, wäre die Konfrontation mit der Raumyacht längst Starfleet gemeldet worden. Dann würd's jetzt schon im Nebel von Raumschiffen wimmeln, und wir könnten den Laden dichtmachen.«

»Ohne Sie hätte der Captain doch überhaupt nie den Tunnel gefunden, Sie Vollidiot!« Nochmals schüttelte Hagan seinen Stock. »Sie haben diesen Wahnsinn nur angerichtet, um Ihr eigenes, lumpiges Leben zu retten. Und hätte Picard Ihnen nicht geglaubt, hätten Sie garantiert alles ausgeplaudert, um sich ein milderes Strafmaß zu erschachern.«

»Niemals«, widersprach Nayfack. »Ich doch nicht!« Rundheraus einzugestehen, daß er ersatzweise genau diese Absicht gehabt hatte, war er nicht dumm genug. Insgeheim war er allerdings der Überzeugung, daß Informationen ihm notfalls die Freiheit erkauft hätten.

»Bilden Sie sich etwa ein, Starfleet wird es einfach ignorieren, wenn wir die *Enterprise* vernichten?« Inzwischen hatte Hagan seine Wut gemeistert. »Man wird diesen Raumsektor absuchen. Was ein Starfleet-Raumschiff annihilieren kann, ist für die Föderation unbedingt von allerhöchstem Interesse. Es wird ohne jeden Zweifel alles darangesetzt, um so ein Vorkommnis restlos aufzuklären, darauf können Sie sich verlassen. Durch Ihren blödsinnigen Versuch, Ihr eigenes Leben zu retten, sind wir alle in größte Gefahr geraten.«

»Meine Bemühungen zielen darauf ab, für uns eine günstigere Verhandlungsgrundlage herzustellen«, argumentierte Nayfack. »Hören Sie, wir wissen genau, daß die Scherzartikel, die dem Chef in der Bewahrer-Basis zur Verfügung stehen, völlig genügen, um die *Enterprise* auszulöschen. Wenn das erledigt ist, können wir das Zeug den Ferengi, den Romulanern und der Föderation anbieten. Wir verkaufen es zum Höchstpreis und für unsere Freiheit dem Meistbietenden.« Er verschwieg, daß ihm erst das Gespräch mit Picards Offizieren diese Idee eingegeben hatte. »Dann können wir uns zur Ruhe setzen und im Luxus schwelgen. Wir brauchen keinen Finger mehr zu rühren.«

»Sie debiler Hohlkopf!« schnob Hagan. »Über die Möglichkeit, unsere Entdeckungen zu verkaufen, ist schon vor langem gründlich nachgedacht worden. Aber den Ferengi oder den Romulanern könnten wir niemals trauen. Sie würden uns massakrieren und alles kostenlos einsacken. Und seitens der Föderation ist nicht damit zu rechnen, daß sie mit einer Personengruppe, die sich außerhalb des Gesetzes gestellt hat, Geschäfte macht... Nicht einmal, wenn es um solche Funde geht.« Der Blick, mit dem er Nayfack jetzt maß, bezeugte Ekel. »Aber wir wissen ja alle, wie sehr Arbeit Ihnen zuwider ist, nicht wahr?«

Nayfack hatte sich keineswegs erhofft, Hagan könnte über die Ereignisse erfreut sein; doch allmählich ärgerte ihn die Weigerung des ›Magiers‹, seine Leistung anzuerkennen.

»Kontaktieren Sie doch erst mal den Chef und richten Sie ihm aus, was ich gemacht habe«, verlangte Nayfack. »Wir werden ja sehen, was er dazu sagt.«

»Ich weiß, was er sagen wird.« Hagan drehte den Knauf seines Stocks. Ein leises Klicken ertönte. Der Holzstab fiel zu Boden, aus dem Griff ragte plötzlich eine lange, dünne Klinge. Mit überraschender Flinkheit hob Hagan die Waffe und stieß kraftvoll zu.

Ungläubig stieß Nayfack ein schmerzvolles Ächzen aus und krampfte sich zusammen, als der Stahl sein Herz durchbohrte. »Er wird sagen, ich hätte einen Nichtsnutz wie Sie schon längst liquidieren sollen.« Ruckartig drehte Hagan die Klinge in Nayfacks Leib, ehe er sie zurückzog.

Noch immer einen Ausdruck fassungslosen Staunens im Gesicht, fiel Nayfack vornüber. Er war tot, bevor er auf den Fußboden prallte. Hagan kniete nieder, wischte die Waffe sorgfältig an Nayfacks Kleidung ab und schob die Klinge in ihr Behältnis zurück.

»Du Mistkerl hast uns von Anfang an nur Scherereien eingebrockt«, sagte Hagan zu dem Toten. »Nun muß ich deine häßliche Leiche beseitigen. Und obendrein bleibt uns keine andere Wahl, als die *Enterprise* zu vernichten.« Er versetzte Nayfack einen wuchtigen Tritt. Dabei wurde ihm etwas wohler zumute, und er trat den Erstochenen ein zweites Mal. »Du taube Nuß...!« Er drehte sich dem Vorhang an der Rückseite der Räumlichkeit zu, da öffnete plötzlich jemand die Vordertür.

Seine erste Reaktion, als er den Waffenknecht eintreten sah, bestand aus Verdruß. Nun mußte er den Kerl *bestechen,* um die Leiche verschwinden lassen zu können. Alle Stadtknechte hatten permanent leere Taschen. Er löste den mit Münzen gefüllten Beutel vom Gürtel, um sich die erforderlichen Dienste zu erkaufen. Seine zweite Reaktion war Panik.

»Nayfack!« Sobald der Bewaffnete den Leichnam auf dem Fußboden erblickte, blieb er wie angewurzelt stehen. Hinter ihm überquerte eine relativ vornehm gekleidete Frau die Schwelle und stolperte gegen seinen Rücken.

Dr. Hagan erkannte, daß Nayfacks Dummheit selbst die weiten Grenzen gesprengt hatte, die er ihm zuzubilligen gewillt gewesen war: Diese zwei Personen konnten nur von der *Enterprise* stammen. Sie mußten Nayfack gefolgt sein – bis zu ihm! Dank Nayfacks Unvermögen drohte das gesamte Unternehmen aufzufliegen.

Mit einem Fluch ließ Hagan den Geldbeutel fallen und machte einen Satz rückwärts. Seine Hände packten den Krug, der griffbereit am Hinterausgang stand, und er schleuderte blitzartig das Gefäß dem Schwertträger vor die Stiefel.

Als der Krug explodierte, wirbelte Riker herum, sprang vor Deanna, um sie zu schützen. Vom Fußboden schossen grüne Flammen empor. Rasch drängte er Deanna zurück in die Gasse.

Während sie ins Freie taumelten, züngelten die Feuer schon durchs ganze Erdgeschoß des Gebäudes. Die Holzwände waren völlig trocken, doch angesichts des schlagartigen Auflodens der Flammen erachtete der Commander es als wahrscheinlich, daß der Bewohner die Balken und Bretter zusätzlich mit einer leicht entzündlichen Substanz imprägniert hatte. Offenbar war von dem Mann für eine eventuelle Flucht lange im voraus geplant worden.

Rasend schnell stob die Glut durchs Gebäude. Das Feuer verfärbte sich, flackerte schließlich hellgelb und in düsterem Rot, während das Haus vollständig in Flammen aufging.

In der ganzen Nachbarschaft stimmten die Bewohner ein lautes Geschrei an und kamen herbeigerannt. Bei so dicht aneinander gebauten Häusern bestand in der Tat die Gefahr, daß der komplette Straßenzug abbrannte, wenn nicht sogar die gesamte Stadt.

Riker nahm Deanna am Arm und drängte sich mit ihr durch die Menschenmenge, die sich ringsum zügig sammelte. Eilig entfernten sich die beiden, schauten sich noch einige Male betroffen über die Schulter um, während das Haus im Tosen der Flammen prasselte.

Deanna seufzte. »Ich glaube, so was nennt man eine Sackgasse.«

»Stimmt.« In einem menschenleeren Gäßchen hielt Riker an. Anscheinend war jeder Bewohner dieses Viertels sofort zum Brandort gehastet, um beim Löschen zu helfen, bevor das Feuer sich ausbreiten konnte. Sobald er sicher war, daß kein Fremder ihn beobachtete, aktivierte er den in seinen Schwertgriff eingebauten Kommunikator. »Riker an *Enterprise*. Geordi, nun melden Sie sich schon.«

Nur das Knistern von Statik antwortete ihm. Er versuchte es ein zweites Mal. Wieder ohne Erfolg.

»Es hat wohl keinen Zweck, Will«, meinte Deanna. »Geordi hat ja erwähnt, es gäbe eine hohe Wahrscheinlichkeit, daß die Gravitationsfluktuationen den Funkverkehr beeinträchtigen. Ich nehme an, wir sind bis auf weiteres von der *Enterprise* abgeschnitten.«

»Ja, du hast recht...« Riker drosch die Faust gegen die nächstbeste Mauer. »Verdammt noch mal!« Zu guter Letzt schenkte er Deanna ein schwaches Lächeln. »Tja, dann will ich mal hoffen, daß der Captain mehr Glück als wir hat.«

11

»Oh, das ist wirklich sehr beruhigend...« Die Lider fest geschlossen, wühlte Lieutenant Reg Barclay die Finger tiefer in die Erde. »Ja, was Sie gesagt haben, ist vollkommen richtig... Man spürt geradezu urtümliche Regungen tief in der Seele, nicht wahr?« Er schlug die Augen auf und lächelte Keiko O'Brien fröhlich zu. »Ja, also... Ein echt therapeutisches Erlebnis, was?«

Keiko verzog das Gesicht zu einem Schmunzeln. »Reg, ich glaube, Sie übertreiben ein bißchen. Ich weiß, daß ich gesagt habe, der sinnliche Kontakt mit Erde hätte eine spürbare Entspannungswirkung. Aber *so* einen Knalleffekt hat er nun auch wieder nicht.«

»Ach...« Barclay hob die Finger aus dem Lehm und wischte sie an der Uniformhose sauber. Sein Gesicht nahm erneut den Ausdruck vager Besorgtheit sowie eine leichte Rötung der Verlegenheit an. »Dann habe ich mich wohl etwas zu sehr ins Wunschdenken hineingesteigert, oder? Aber ich möchte wirklich zu gerne die aufregende Erfahrung machen, gewissermaßen zum Ursprung der Menschheit zurückzukehren...«

Diesmal konnte Keiko sich nicht beherrschen, sie mußte lachen. Kürzlich hatte ihr Ehemann, Transporterchef Miles O'Brien, den bis zum Extrem begeisterungsfähigen, allzu leicht erregbaren Systemanalytiker kennengelernt. Miles hatte Keiko vorgeschlagen, Barclay in die stillen Freuden der Gartenarbeit einzuweihen, sie allerdings davor gewarnt, daß Regs Reaktionen bisweilen an der Realität vorbeigehen.

Jetzt verstand Keiko, was Miles meinte. Barclay versuchte viel zu angestrengt, genau die Empfindungen zu haben, die sie ihm geschildert hatte.

»Sie müssen dabei einfach völlig locker bleiben«, empfahl Keiko ihm. »Es herbeizwingen zu wollen, hat keinen Zweck. Erledigen Sie einfach, was zu tun ist, die Emotionen stellen sich dann von selber ein. Sie brauchen sich nicht etwa hineinzustürzen. Eine der großen Wohltaten der Gartenarbeit liegt darin zu sehen, daß man sie ohne viel bewußtes Nachdenken verrichten kann. Darum entspannt sie so, auch wenn man dabei schwitzt und müde wird.«

Reg schluckte und nickte. »Also gut, ich werd's mir merken und es auf die richtige Weise versuchen. Nichts erzwingen. Ganz locker bleiben und die Wirkung kommen lassen. Gut, ich hab's kapiert.« Er lächelte nervös. »Was ist als nächstes dran?«

Keiko lachte noch einmal und reichte ihm eine Schale mit Sämlingen. Sie arbeitete gern in der Botanikabteilung, und es bereitete kaum Umstände, ihren Gefallen an dieser Tätigkeit Barclay weiterzuvermitteln. Bei aller Nervosität, die ihn nicht nur in ihrer Nähe, sondern in der Gegenwart buchstäblich jeder Person überfiel, sehnte er sich in nahezu bemitleidenswerter Selbstaufopferung danach, es jedem recht zu machen. Zwar war er überdurchschnittlich gescheit, jedoch mehr in der eher sterilen Atmosphäre des Intellekts daheim als auf der Ebene des zwischenmenschlichen Verkehrs. Er fühlte sich in Anwesenheit anderer Leute unwohl, bemühte sich aber unaufhörlich, sie zufriedenzustellen.

Keiko konnte gut nachvollziehen, wieso Miles annahm, Pflanzen seien das richtige für Barclay. Ihre Betreuung belastete emotional weit weniger als der Umgang mit Menschen.

»Ihre nächste Aufgabe ist es, diese andorianischen Glitterling-Sämlinge in die Erde zu setzen«, sagte Keiko. »Diese Pflanze wächst schnell; Sie können schon innerhalb von Wochen Resultate sehen. Trotzdem müssen Sie sie gut pflegen. Es sind sehr empfindliche Gewächse.«

»Oh, ich gebe auf sie acht, verlassen Sie sich drauf«, beteuerte Barclay mit fast leidenschaftlichem Nachdruck. Er beugte sich über die Schale und lachte die Samenschoten an. »Hallo, ihr kleinen Sämlinge.«

Keiko lächelte nochmals und reichte ihm einen Handcomputer. »Da sind alle erforderlichen Instruktionen gespeichert, Reg«, erklärte sie ihm. »Legen Sie sich einen konkreten Arbeitsplan fest und halten Sie ihn genau ein.« Mit weiter Gebärde wies sie auf den Innengarten. »Ich muß noch eine Menge anderer Sachen erledigen, also lasse ich Sie nun damit allein. Einverstanden?«

»Alles klar«, versicherte Reg. »Und ... vielen Dank, Keiko.« Er schaute ihr nach, während sie sich entfernte, und seufzte vor sich hin. O'Brien konnte von Glück reden, eine so schöne Frau wie Keiko geheiratet zu haben. Barclay wünschte, er hätte auch so viel Glück. Doch gerade bei Frauen hatte er unweigerlich Hemmungen. Er fürchtete sich so sehr davor, sich zum Narren zu machen, daß genau das geschah.

Er gab sich innerlich einen Ruck und konzentrierte sich auf die ihm übertragene Aufgabe. Jetzt trug er die Verantwortung für die Glitterling-Sämlinge; folglich mußte er die größte Sorgfalt darauf verwenden, sie sachgemäß aufzuziehen.

Barclay schob den Handcomputer neben die Schale auf den Tisch und senkte sachte die Fingerspitzen auf die Oberfläche der Pflanzenerde. Ihm lag daran, durch Erfühlen die Erde kennenzulernen, die seinen winzigen Schützlingen zur Heimat werden sollte. Indem er die Lider schloß, versuchte er, sich quasi mit den Sämlingen zu identifizieren. Er atmete langsam und tief, merkte dabei, wie er sich allmählich entkrampfte. Zweifellos, es hatte einen therapeutischen Effekt, wenn man ...

»Lieutenant Barclay!«

Barclay riß die Augen auf, als er hörte, wie jemand seinen Namen brüllte. Auf der anderen Seite des Tischs stand Lieutenant Worf. Unwillkürlich entfuhr Barclay ein Laut des Entsetzens, er schrak zurück und prallte gegen einen anderen Tisch mit weiteren Sämlingen. Der Tisch wackelte. Wild griff Reg hinter sich, um zu verhindern, daß er umkippte und die Schalen übers ganze Deck verstreut wurden. Der Herzschlag pochte ihm in den Ohren.

Was hatte er angerichtet, daß der Sicherheitsoffizier persönlich ihm nachstellte? Aus lauter Schrecken vermochte er keinen klaren Gedanken zu fassen.

»Sind Sie wohlauf, Lieutenant Barclay?« erkundigte sich Worf. »Sie wirken... leicht überspannt.«

»Überspannt?« krächzte Barclay. »Ich?« Mühsam schluckte er. »O nein, Sir. Überhaupt nicht. Mir geht's gut. Mit mir ist alles vollkommen in Ordnung. Alles steht prima.«

Mißtrauisch verkniff Worf die Lider. »Sind Sie sicher?«

»O ja, jawohl, Sir, völlig sicher«, antwortete Barclay nervös. »Im ganzen Leben habe ich mich nie wohler gefühlt.«

»Gut.« Worf ließ es dabei bewenden. »Ich bin hier, weil ich eventuell Ihre Hilfe brauche.«

Barclay sackte der Unterkiefer abwärts. »Meine... Hilfe?« Jetzt fühlte er sich vollends ratlos. »Ähm... Ich verstehe Sie nicht recht, Sir. Meine Hilfe... wobei? Momentan habe ich dienstfrei... Aber wenn es etwas Wichtiges betrifft, könnte ich selbstverständlich eine Änderung meiner Diensteinteilung beantragen...«

Worf blieb es völlig unbegreiflich, weshalb Barclay so konfus daherschwafelte. »Mein Anliegen gilt keinem dienstlichen Vorgang, Lieutenant, sondern einer Angelegenheit, an der ich privates Interesse habe. Es handelt sich also gewissermaßen um einen Fall von Freizeitdisziplin. Guinan ist der Ansicht, Sie könnten mir behilflich sein.«

»So, Guinan?« Barclay verstand nach wie vor gar nichts. »Na, wenn sie das gesagt hat, muß sie ja wohl recht haben, glaube ich. Selbstverständlich kann ich Ihnen behilflich sein. Guinan hat immer hundertprozentig recht.« Er blinzelte mehrmals. »Äh... Aber wie denn eigentlich?«

Worf erweckte den Eindruck eines gewissen Mißbehagens. »Was mich quält, ist... Neid«, gab er schließlich zu. »Ich bin neidisch auf die Personen, denen es erlaubt worden ist, auf den Planeten dort unten hinabgebeamt zu werden. Mich fasziniert nämlich die Kultur dieses Planeten außerordentlich.« Barclay sah aus, als müßte er jeden Moment in Ohnmacht fallen. Worf erübrigte für ihn ein Lächeln der Aufmunterung. »Kennen Sie sich mit deutschen Rittern und ihrem Ehrenkodex aus?«

»Rittertum?« Nachdem er jetzt endlich wußte, um was es ging, hörte Barclay auf zu schlottern. »O ja, von Rittern verstehe ich allerhand... Von König Arthur, den Rittern der Tafelrunde und den ganzen Rittersagen. Davon bin ich nämlich selber total begeistert...!«

Freundschaftlich legte Worf ihm eine Hand auf die Schulter. Barclay sackte unter dem Gewicht fast zusammen. »Hervorragend, Mr. Barclay. Dann hat Guinan anscheinend tatsächlich recht. Sie können mir wirklich helfen.«

»Was soll ich denn für Sie tun, Sir?«

»Ich möchte mich mit diesen Rittern im Kampf messen...«

Als Picard die Besinnung wiedererlangte, stöhnte er auf. Er wollte sich herumwälzen, um einen Blick auf das Chronometer zu werfen, das er mitgenommen hatte; doch ein heftiges Rucken an seinen Handgelenken vereitelte sein Vorhaben. Er stöhnte noch einmal, als er die Augen zu öffnen versuchte. Sein ganzer Schädel fühlte sich grauenvoll an. Bei allen Schwarzen Löchern der Galaxis, was mochte nur geschehen sein?

Seine Lider gehorchten ihm nicht. Ersatzweise bemühte er sich mit seinen übrigen Sinnen um eine gewisse Orientierung. Er lag auf etwas sehr Kratzigem ausgestreckt. Die entblößten Bereiche seiner Haut schienen wundgescheuert zu sein. Als er sich zum zweitenmal herumrollen wollte, bemerkte er wieder, daß er irgendwo mit den Händen festgebunden war. Beide Handgelenke umschloß etwas, das bei jeder Bewegung rasselte. Und wo er auch sein mochte, auf alle Fälle stank es. In seinem Quartier an Bord der *Enterprise* befand er sich jedenfalls nicht.

Dann kehrte allmählich seine Erinnerung zurück. Er, Miles und Ro hatten dem Weinhändler einen Besuch abgestattet... Wie lautete doch wieder sein Name? Graebel. So hieß er. Sie hatten sich mit ihm unterhalten. Plötzlich hatte er, Jean-Luc Picard, die Gewalt über sich verloren. Er verschüttete...

»Wein«, röchelte Picard. »Er hat wahrhaftig was in den Wein gemischt...!« Miles' Argwohn war berechtigt gewesen. Aber alle drei waren sie direkt in die Falle getappt.

Wie hatte er derartig einfältig sein können? Ihm war *klar* gewesen, daß man Nayfack nicht trauen durfte. Wieso hatte er gedankenlos unterstellt, der Mann hätte ihn zu einem harmlosen Weinhändler geschickt? Harmlose Leute betäubten ihre Gäste nicht. Er war sich dermaßen sicher gewesen, Nayfack überlistet zu haben, daß er den Einfallsreichtum der Einheimischen unterschätzt hatte.

»So hat wohl Niedertracht dich übertölpelt?«

Picard machte Anstalten, sich hochzustemmen, um festzustellen, wer die Frage an ihn gerichtet hatte. Ein Paar Arme griffen ihm unter die Schultern, zogen ihn in eine unbequeme Sitzhaltung empor. Einen Moment lang stützten ihn die Arme, ehe sie von ihm abließen. Von ihnen ging ein ähnliches Gerassel wie von Picards Händen aus.

»Da, nimm«, sagte der Unbekannte. »Labe dich.«

Picard spürte, wie der Rand irgend eines Gegenstands seinen Mund berührte. Wenn nun dies Getränk auch ein Betäubungsmittel enthielt? Aber seine Kehle brannte wie Feuer. Das Wasser, das ihm gegen die Lippen schwappte, verdrängte seine Vorsicht. Er trank. Obwohl das Wasser ziemlich bitter schmeckte – vermutlich war es nicht unbedingt sauber –, befeuchtete es seine Kehle. »Vielen Dank«, brachte er gepreßt heraus.

Nun endlich gehorchten die Lider seinem Gehirn. Mit einiger Mühe schaffte er es, sie zu öffnen. Anfangs blieb seine Sicht verschwommen. Er zwinkerte. Danach sah er merklich besser. Daraufhin bereute er es fast, die Augen geöffnet zu haben.

Er steckte in einer Kerkerzelle. Das kratzige Zeug auf dem Fußboden war dreckiges Stroh. Offenbar diente es als Unterlage zum Schlafen – allerdings nicht nur für die menschlichen Insassen des Kerkers, sondern zudem für etliche Insekten. Seine Hände klirrten ständig, weil man ihm Ketten angelegt hatte. Der Gestank und die Düsternis ließen sich darauf zurückführen, daß es für Licht und Luftzufuhr ausschließlich ein kleines Fensterchen hoch oben in der Decke des Gewölbes gab.

»Dir wird sogleich wohler werden. Dann aber wird's dir dein liebes Leben lang vollauf übel ergehn. Doch in einem finde Trost. Es wird nit lang mehr währn.«

Picard drehte sich seinem Leidensgenossen zu, um ihn zu betrachten. Der Mann hatte eine überdurchschnittliche Körpergröße und einen Schopf schwarzen Haars. Wie Picard war er bis zu den Hüften nackt und trug an den Händen Ketten. Er hatte den irdenen Becher, aus dem Picard getrunken hatte, in den Kübel schmutzigen Wassers zurückgeworfen, der an der Tür stand.

Als er zu Picard zurückgeschwankt kam, sah der Captain, er hatte ein zernarbtes Gesicht. Wahrscheinlich infolge einer Pockenerkrankung. Der Mann mußte erhebliches Glück gehabt haben. Im dreizehnten Jahrhundert waren zahlreiche Menschen daran gestorben.

»Was ist mit mir passiert?« fragte Picard. Er merkte, daß seine Kräfte langsam wiederkehrten. Zu Taten jedoch fühlte er sich noch nicht imstande.

»Bergknappe bist du worden, guter Freund. Just so wie ich und die zweenmal zehn andren Mannen hier in diesem Loch.«

»Bergknappe?« Picard schüttelte den Kopf. »Da muß ein Irrtum vorliegen.«

»Fürwahr, mein Freund. Da du irrtest, bist du hie. Was sagst, ein Mittelchen im Wein war's?«

»Ja... Bei einem Händler namens Graebel.« Picard hätte sich für seine überhebliche Achtlosigkeit selbst in den Hintern treten können.

»Graebel?« Bitter lachte sein Leidensgefährte auf. »Mit dem größten Sklavenhändler Diesens trankst du Wein? Ich hoffte, in dir einen Mann erlesnen Geistes zu finden. Nun jedoch dünkt mich, auch du bist nur ein thumber alter Tropf.«

»Ich habe seinen Ruf nicht gekannt«, verteidigte sich Picard. »Ich stamme nicht aus dieser Gegend.«

»So will's mich deuchen.« Der Mann streckte dem Captain beide Hände entgegen. »Kirsch tu ich heißen. Michael Kirsch.«

»Lukas«, antwortete Picard, indem er ihm die Hand drückte. »Weshalb hat man Sie hier eingesperrt?«

»Der Ketzerei halber.« Kirsch lächelte. »Freilich war's erstunken und erlogen. Allein zum Vorwand ward's genommen. In Wahrheit bin ich Gelehrter. Des Studierens wegen fuhr ich von Bittel gen Diesen. Meine Thesen aber erregten Ungnade. Vor die Obrigkeit ward ich bestellt, und...« Er klirrte mit den Ketten. »Man möchte, so wie die Ding nun stehn, wohl befürchten, 's bleibt mir gar verwehrt, Verfasser kluger Schriften zu werden. Und was hat's mit dir für ein Bewenden?«

»Ich bin Musikant«, sagte Picard, hielt sich an seine Tarnidentität. »Meine Begleiter und ich ...« Unvermittelt unterbrach er sich mitten im Satz. »Ro!«

»Um Vergebung, was meinst du?«

»Ich hatte zwei Begleiter«, erklärte Picard. Er versuchte aufzustehen, doch dazu fehlten ihm noch die Kräfte. »Einen Mann und eine Frau. Martel und Rosalinde.«

»Himmlischer Heiland, was bist du doch für ein Tor ...!« Kirsch schüttelte den Kopf. »Wahrlich, auf Knien wird Graebel dem Belzebub Danksagung gezollet haben für den Gewinnst, den du ihm zugeführt.«

Furcht um Ro und Miles packte Picard. »Wieso? Was kann er mit ihnen gemacht haben? Hat er sie auch ans Bergwerk verkauft?«

»Den Burschen ja, will's mich dünken. Aber die Maid ... Nur so ihr Antlitz der Fratz eines Affen gleicht. Ist das der Fall, mein Freund?«

»Nein.« Schwächlich wackelte Picard mit dem Kopf. »Im Gegenteil ... Sie sieht sehr hübsch aus.«

»Ei, das wird nit mehr lang so sein.« Kirsch seufzte. »Ich will hoffen, sie war dein Liebchen nit. Sie mag sich glücklich schätzen, vermittelt er sie als Hudelmetz.«

Ein Stöhnen entrang sich Picard. »Und wenn sie Pech hat?«

»Folget das Unglück ihr auch auf künftgem Wege, Lukas, verkauft er sie dem Herzog.«

Picard sah keinen Anlaß, um darauf zu bauen, daß Ro Glück hatte. Berücksichtigte man die Unglückssträhne, unter der die Aktion bisher litt, hielt er es für wahrscheinlich, daß Ro mittlerweile in großer Gefahr schwebte.

Ohne sich um seine Mattigkeit und die Beschwerden zu kümmern, raffte er sich, verkrampft aus lauter Anstrengung, mühselig empor. »Ich muß hier raus«, keuchte er.

»Ach, Geduld, Geduld, in Bälde solln wir ziehn.« Kirsch stützte ihn mit der Hand. »Wir alle dürfen ziehn... Fort von hier und stracks in die Schachten.«

»Was? Schachten?« Langsam atmete Picard tief durch, um sich gegen das Schädelbrummen und das Schwindelgefühl zu behaupten, die ihn zu überwältigen drohten. »In eine Mine, meinst du?«

»In die Goldgruben«, erteilte Kirsch Auskunft. »Im Gebirg findet man sie. Zur Straf für unsre Sünden müssen wir dem Herzog zur Fron placken... Ihm Gold ausgraben, auf daß der alte Hundsfott sich nit allein im Unflat, nein darzu auch im Gelde suhlen mag.«

»In den Bergen?« Baff wackelte Picard nochmals mit dem Kopf. »Aber dort leben doch die Drachen.«

»Oho, sieh einer an, fast scheint's, als wärst du doch ein bisserl helle. Ich sagt's dir schon, fortan wird das Leben dir gar übel schmecken. Doch lang wird's nit währn. So du nit in den Schachten verreckst, verschlingen dich die Drachen. Drum müssen stetig neue Sklaven heran.« Erneut klirrte Kirsch mit den Ketten. »Narren wie unsereins.«

Prächtig, dachte Picard. Er hatte es nicht nur fertiggebracht, geradewegs in eine primitive Falle zu gehen; obendrein lag er jetzt in Ketten und hatte alle Aussicht, entweder in einer Mine das Opfer eines Unfalls oder der Entkräftung zu werden, oder den Frühstückshappen eines hungrigen Sauriers abzugeben.

Den Mantel hatte man ihm weggenommen; damit fehlte ihm auch jede Möglichkeit zur Kommunikation mit der *Enterprise*. Die Vermutung lag nahe, daß man Miles ebenfalls in dies Kerkergewölbe gesperrt hatte. Und offensichtlich war Ro ein noch häßlicheres Schicksal zuteil geworden.

Er konnte nur hoffen, daß günstigere Umstände es wenigstens ihr ermöglichten, an ihren Kommunikator zu gelangen und das Raumschiff zu kontaktieren.

Schlagartig erwachte Ro. Es dauerte ein paar Sekunden, bis sie sich daran entsann, was geschehen war; anschließend schimpfte sie sich für ihr Versagen eine Idiotin. Sie hatte Graebel mißtraut und war trotzdem auf einen uralten Trick hereingefallen.

Sie hatte gesehen, wie er allen, auch sich selbst, Wein aus demselben Krug einschenkte; und nachdem er getrunken hatte, waren ihre Bedenken verflogen gewesen. Doch natürlich war das Betäubungsmittel schon in den Bechern gewesen, bevor er Wein eingoß. Wie hatte sie nur *so* naiv sein können? Und der Captain hatte sich auf sie verlassen!

Aber ihre jahrelange Existenz am Rande der Gefahr hatte sie einige Tricks gelehrt. Sich einmal schnappen zu lassen, war Dummheit. Zweimal die Dumme zu sein, wäre ein Verbrechen.

Obwohl sie wach war, rührte sie keinen Muskel. Gleichzeitig ließ sie ihren Atemrhythmus unverändert. Falls irgendwer sie beobachtete, blieb ihm dadurch verborgen, daß ihr Bewußtsein zurückgekehrt war. Ihre Vorsicht mochte sich vielleicht auszahlen.

Im übrigen konzentrierte Ro ihr gesamtes Wahrnehmungsvermögen auf ihre anderen Sinne. Indem sie ihre Atmung ganz allmählich verlangsamte, lauschte sie auf irgendwelche in der Umgebung hörbaren Geräusche. Obwohl sie angestrengt die Ohren spitzte, hörte sie nichts. Allerdings bemerkte ihr feiner Geruchssinn eine Vielfalt von Gerüchen, darunter nach Stoff und Kerzen, Räucherwerk und Holz. Aber außer dem eigenen nahm sie keinen Körpergeruch wahr.

Weitere Informationen erhielt sie über ihre Haut. Erstens, daß sie in einem Bett lag. Die Matratze unter ihr war zweifelsfrei mit den Federn irgendeines Vogels gestopft. Das gleiche galt für das Kissen unter ihrem Kopf. Zwar war das Bettzeug aus ziemlich grobem Gewebe, aber gerade noch erträglich. Zweitens war sie vollkommen nackt.

Wundervoll. Mit jeder Sekunde erwies die Situation sich als noch unerfreulicher.

Ro öffnete die Lider zu einem Schlitz, gerade so weit, daß sie sich von der Richtigkeit ihrer bisherigen Feststellungen überzeugen konnte. Schließlich schlug sie die Augen vollends auf, ohne den restlichen Körper zu bewegen.

Sie lag in einem recht geräumigen Zimmer in einem großen Bett. Das Zimmer hatte steinerne Mauern, an denen Gobelins hingen. Am Fußende des Betts standen ein kleiner Tisch, mehrere Stühle und eine Truhe. Kerzenleuchter auf dem Tisch und unterhalb eines schmalen Fensters erhellten die Räumlichkeit. Das Fenster war kaum breiter als eine Schießscharte. Es stellte keinen Fluchtweg dar, selbst wenn sie angezogen gewesen wäre. Zumindest war sie allein.

Ohne Zuschauer hatte es keinen Sinn, Bewußtlosigkeit vorzutäuschen. Sie setzte sich auf die Bettkante und schaute sich im Zimmer um.

Die Wandteppiche ließen kaum einen Zweifel daran, welches Schicksal man ihr zugedacht hatte. Rein technisch gesehen, waren es nicht die gelungensten Webarbeiten, die sie zu Gesicht bekam. Allerdings nahm sie gar nicht an, daß man bei der Fertigung in erster Linie auf Qualität Wert gelegt hatte. Es gab drei Wandbehänge, einen an jeder der Wände seitlich des Betts und gegenüber dem Fußende.

Auf allen dreien waren nackte Frauen abgebildet, die den sexuellen Gelüsten nackter Männer dienten. Offenbar sollten die Darstellungen eine anregende Wirkung ausüben. Bei Ro erzeugten sie nur frostähnliche Kälte in der Seele.

Sobald sie sicher war, wieder einigermaßen bei Kräften zu sein, stand Ro auf und schlich über den Teppich, der den Fußboden bedeckte, lautlos zur Tür. Sie war groß und sah solide aus. Vorsichtig faßte Ro den Türgriff. Es überraschte sie nicht, daß die Tür sich nicht öffnen ließ. Wer sie hier untergebracht hatte, erwartete wohl nicht, daß sie freiwillig blieb.

Eines nach dem anderen. *Kleidung.* Ro hoffte, welche in der Truhe zu finden, doch sie war leer. *Verdammt!*

An der Tür ertönte ein Geräusch. Sofort spannte Ro die Muskeln, um die Person anzuspringen, die sich einzutreten anschickte; doch dann zwang sie sich zur Ruhe. Sie hatte sich noch nicht ausreichend von den Folgen des Betäubungsmittels erholt, um einen Nahkampf gewinnen zu können. Vorerst mußte sie sich darauf verlassen, daß es ihr gelang, den Hausherrn bei guter Laune zu halten, ohne daß er ihr zu dicht auf die Pelle rückte.

Die Tür wurde einen Spaltbreit geöffnet, und eine junge Frau schlüpfte herein. Sie trug ein Bündel. Hinter ihr schlug jemand die Tür zu und sperrte sie wieder ab. Also stand draußen jemand Wache.

Durch schmale Lider musterte Ro das Mädchen. Es hatte sehr einfache Kleidung an und machte einen zutiefst eingeschüchterten Eindruck. Offensichtlich zählte es nicht zur Herrschaft des Hauses, sondern gehörte zu den Bediensteten. Es hatte schwarze Haare und war recht hübsch, aber irgendwie ziemlich scheu. Allerdings wies die Haut stellenweise Anzeichen einer dem Äußeren abträglichen Erkrankung auf; möglicherweise war es infolgedessen vor der Art von Schicksal bewahrt worden, von dem Ro wußte, daß man es ihr bestimmt hatte.

Das Mädchen streckte Ro das Bündel entgegen. »Da – das soll dich kleiden«, stammelte die Dienerin.

Also durfte sie, schlußfolgerte Ro, zumindest etwas anziehen. Vielleicht klapperten ihr dann wenigstens nicht die Zähne. »Danke.«

Sie nahm das Bündel und rollte es auf dem Bett auseinander. Das schlichte Kleid war eindeutig zu kurz, um in der Stadt als anständig zu gelten. Unterwäsche fehlte. Ro seufzte. »Bettler haben keine Wahl.«

Sie merkte, daß das Mädchen sie beobachtete, während sie das Fähnchen überstreifte. Immerhin hatte man beim Aussuchen die Größe einigermaßen richtig erraten. Am Busen war das Kleid etwas zu eng, an der Hüfte dagegen zu weit. Erst anschließend begriff Ro, daß sich dahinter Absicht verbarg. Das Kleid fiel nur fast bis zum Knie. Ro wünschte, es wäre länger, denn jetzt fror sie an den Beinen.

»Und nun?« fragte sie das Mädchen.

»Nun hast du des Herzogs zu harren. Er kommt, wann er bereit ist.« Unvermittelt packte das Mädchen Ros Hände und drückte sie. »Sei tapfer.«

Ro erkannte, daß Grauen die Dienerin erfüllte. Wahrscheinlich wußte sie genau, was für ein Mann der Herzog war, während Ro in dieser Hinsicht lediglich Mutmaßungen anstellen konnte. Diese Vermutungen gaben jedoch zu keiner Gemütsaufheiterung Anlaß.

»Äh... Danke. Sag mal... Kann man hier irgendwie raus?«

Die junge Frau schüttelte den Kopf. »Alles wird streng bewacht. Vom Herzog warst du erworben... für...« Sie deutete auf die Wandteppiche.

»Ja, das habe ich schon erraten.« Ro nickte. »Hör mal, ich war mit zwei Männern unterwegs. Weißt du, was aus ihnen geworden ist?«

»Nein, nit.« Traurigen Blicks betrachtete das Mädchen Ro. »War's Sippschaft?«

»Nein, meine...« Ro unterbrach sich gerade noch rechtzeitig, ehe sie vor dem Mädchen fremdartige Wörter benutzte. »Begleiter.«

»Gewißlich schickt man sie in die Schachten. Der Sklaven meister Teil front in den Gruben.«

Von Minute zu Minute entpuppte die Situation sich als immer schlimmer. Anscheinend befanden sich auch der Captain und Lieutenant Miles bis zum Hals in Schwierigkeiten.

»Hör zu, weißt du, wo meine Kleider sind?« Ro

mußte an ihren Kommunikator gelangen; dann konnte sie das Raumschiff kontaktieren.

»Du trugst kein Kleid, als man dich brachte. Ich denk mir wohl, die andern Mägd han sie stibitzt.«

»Oh!« Ro stöhnte auf. »Wie heißt du?«

»Martina. Der Herzogin dien ich als Magd.«

»Es gibt eine Herzogin?« Ro wies auf sich und rundum. »Weiß sie über all das hier Bescheid?« Unter Umständen konnte sie ein wenig Ärger anstiften...

»Freilich.«

»Und sie duldet es?«

Andeutungsweise nickte Martina. »Die Herzogin freut's, dieweil sie nit dem Lustjoche sich beugen muß. Grad so wie mich. Den Herzog fürcht ich arg.«

»Wahrscheinlich hätte ich an deiner Stelle auch vor ihm Angst«, räumte Ro ein. »Was ist aus der letzten Frau geworden, die er in diesen Puff geholt hat?« Martina wurde blaß. »Na egal... Du brauchst nichts zu sagen.«

Jemand hämmerte gegen die Tür. Bleich schaute Martina sich um. »Fort muß ich nun«, flüsterte sie eindringlich. »Die Herzogin begehrt meiner Dienste. Wahre Mut!« Sie eilte zur Tür und klopfte zweimal dagegen. Sobald die Tür geöffnet worden war, huschte das arme Mädchen hinaus.

Ro kauerte sich auf die Bettkante. Die Situation machte wirklich keinen besonders erbaulichen Eindruck. Offenbar war Graebel eine Art von Sklavenhändler und hatte sie als Sexualobjekt an den Herzog der Stadt verkauft. Und anscheinend wurde der Herzog seiner Spielzeuge ziemlich schnell überdrüssig...

Normalerweise genoß Dr. Hagan es, mit gebieterischem Gehabe durch Diesens Straßen zu stolzieren, und kostete es aus, wie der unwissende Pöbel vor ihm zur Seite wich und sich aus Furcht vor seinen angeblichen Zauberkräften duckte. Heute jedoch hatte er zum Stolzieren keine Zeit; vielmehr rannte er beinahe. Und er hatte unterwegs keinerlei Spaß. Statt dessen schäumte er vor Wut, und er war mehr als nur leicht beunruhigt. Zum erstenmal fühlte er sich erniedrigt.

Dieser verfluchte Vollidiot Nayfack! Der gesamte, so sorgfältig ausgearbeitete Plan war ins Wanken geraten. Alles drohte zusammenzubrechen. Es mochte sein, daß die *Enterprise* noch keine Meldung an Starfleet geschickt hatte; aber der Schwachkopf war auf direktem Weg zu ihm, Hagan, verfolgt worden. Hagan wünschte sich, Nayfack wäre noch am Leben, so daß er ihn ein zweites Mal hätte umbringen können.

Zum Glück hatte er für nahezu jeden Eventualfall vorausgeplant. Die Starfleet-Offiziere würden in dem abgebrannten Haus keinerlei verräterische Spuren entdecken. Es wäre vorteilhaft, hätte das Feuer sie auch verbrannt, doch Hagan hielt dies für unwahrscheinlich.

Aber wenn sie an Bord des Raumschiffs zurückbeamten, würde sie bei dessen Untergang der Tod ereilen. Er mußte nur den Chef verständigen. Der Chef verfügte über die Mittel, um die *Enterprise* zu vernichten.

Hagan gelangte zum Hafen. Dort hatte er als Ausweichstützpunkt ein kleines Schiff liegen. Schon allein seine Reputation genügte, um die Einheimischen davon fernzuhalten.

Er eilte zu der Stelle, wo es vertäut lag, und sprang aufs Deck. Der kastenförmige Aufbau des Schiffleins sah von außen völlig harmlos aus. Das Innere jedoch hatte Hagan ganz anders ausgestattet.

Er beugte sich vor und preßte die Hand auf den getarnten Abtaster. Der Computer verifizierte seine Identität. Geräuschlos teilte sich das Deck und gab einen Niedergang frei. Hagan schwang sich hinab. Hinter ihm schloß sich die Luke.

Drinnen entsprach das Schiff in bezug auf Komfort und technische Ausstattung vollauf dem modernen Standard. Dr. Hagan wußte keinen Grund, weshalb er in der jämmerlichen Armut leben sollte, die die Einheimischen mit Zivilisation verwechselten – um so weniger, als er durch das Unternehmen mehr Geld einstrich, als sogar er ausgeben konnte.

Während er sich in den Sessel sinken ließ, befahl er dem Replikator, ihm einen Whiskey mit Eis zu liefern. Das Getränk materialisierte innerhalb von Sekunden, und er nahm einen langen Zug. Der Whiskey brannte wohlig warm in seiner Kehle. Gleich darauf fühlte er sich merklich besser. Sobald der Alkohol in seinen Magen rann, beruhigten sich seine Nerven.

Dr. Hagan drehte sich dem Kommunikator zu und tippte die Codenummer des Chefs ein. Dann wartete er auf Antwort. Es ließ sich nicht vorhersehen, wie lange der Chef brauchen würde, um sich der lästigen Gegenwart Einheimischer zu entziehen und nachzufragen, was passiert sei; aber um das Zustandekommen des Kontakts möglichst zu beschleunigen, hatte Hagan auch den Zusatzcode für Notfälle eingegeben.

Zwei Minuten später wurde der Bildschirm hell. »Was ist los?« brummte eine tiefe Stimme. Das Konterfei auf der Bildfläche blieb verschwommen. Die Gravitationsfluktuationen beeinträchtigten die Elektronik auf der Planetenoberfläche genauso, wie es im Orbit an Bord der *Enterprise* zutreffen mußte. Leider konnte man das Problem nicht beheben. Inzwischen hatte Hagan sich daran gewöhnt. Die Audio-Übertragung war nicht ganz so schlecht.

»Wir haben einen Riesenärger. Das Raumschiff *Enterprise* ist um den Planeten in die Kreisbahn gegangen.«

»Was?« Der Chef lehnte sich vor. »Das müssen Sie mir erklären!«

Hagan schluckte. »Als unsere Raumyacht zum Tunnel hinaussteuerte, kartografierte die *Enterprise* dort gerade den Nebel. Die Yacht wurde gesprengt, aber Nayfack ist vorher von Bord entwischt. Er hielt sich für ganz besonders schlau. Er hat dem Captain weisgemacht, er sei Geheimagent der Föderation, und anschließend das Raumschiff durch den Tunnel gelotst.«

»So ein Volltrottel! Mir springt der Draht aus der Mütze!« Der Chef hieb eine Faust auf seinen Tisch. »Dem Idioten drehe ich den Hals um!«

»Diesen durchaus vernünftigen Entschluß fassen Sie zu spät«, entgegnete Hagan. »Ich bin Ihnen zuvorgekommen. Er ist von Starfleet-Leuten zu meinem Haus verfolgt worden, so daß ich dazu gezwungen war, es abzufackeln. Bedauerlicherweise ist zu bezweifeln, daß die beiden mitverbrannt sind. Der einzige Trost an der ganzen Pleite ist, daß Nayfack den Captain überreden konnte, noch keine Meldung an Starfleet abzusetzen, bevor er in den Nebel flog. Wenn wir umgehend handeln und die *Enterprise* vernichten, bleiben wir für eine Weile in Sicherheit.«

»Nicht lange...« Der Chef dachte nach. »Also gut, ich knöpfe mir das Raumschiff vor. Damit schinden wir genug Zeit heraus, vermute ich, um vom Planeten zu verschwinden. Aber sobald Starfleet merkt, daß das Schiff verloren ist, wird man den gesamten Raumsektor durchkämmen. Dann wird der Tunnel früher oder später entdeckt.«

»Soll ich hier inzwischen alles dichtmachen?«

Hagans Gesprächspartner schüttelte den Kopf. »Noch nicht. Es wird eine Zeitlang dauern, bis ich die Verteidigungsanlagen zum Funktionieren gebracht habe. Momentan kann ich nicht ins Operationszentrum. Als nächstes müssen Sie unbedingt schleunigst diese zwei Starfleet-Schnüffler aufspüren und aus dem Weg räumen. Erst danach packen Sie zusammen und kommen zu mir. Ich veranlasse die Annihilation der *Enterprise*, und dann können wir abhauen. Die Bewahrer-Sternenkarte nehme ich mit. Vielleicht finden wir eine andere Welt, die uns genauso gute Möglichkeiten zum Reichwerden bietet.«

»Besteht dafür eine gewisse Wahrscheinlichkeit?«

Hagan hatte die Karte noch nie gesehen; nur der Chef kannte sie. Daß er niemanden die Nase hineinstecken ließ, war verständlich; die einzige Person zu sein, die darüber verfügte, gab die Grundlage seiner Führerschaft ab. »Dieser Planet ist für uns eine wirklich überragend ergiebige Geldquelle gewesen.«

»Ich weiß es auch nicht. Die Bewahrer-Texte sind verdammt schwer zu verstehen. Aber wir haben noch genug Zeit, um daran zu knobeln. So, und jetzt putzen Sie die zwei Störenfriede weg.«

»Geht klar.« Hagan schaltete den Apparat aus. Er öffnete einen kleinen Schrank und entnahm ihm einen Stock, der fast völlig dem bisher benutzten Stock glich. Nur war der Griff dieses Exemplars nicht mit einem Dolch versehen. Statt dessen enthielt der Wolfskopf einen miniaturisierten, aber außerordentlich leistungsstarken Phaser.

Die Starfleet-Offiziere waren im Nachteil, weil ihre dämliche Erste Direktive es ihnen verbot, auf Welten mit primitiven Kulturen Waffen mitzunehmen. Hagan kannte keine so läppischen Skrupel. Darum gaben sie für ihn leichte Ziele ab. Er brauchte sie nur ausfindig zu machen und dann einfach niederzuschießen.

12

»So«, sagte Barclay, indem er Worf einen nervösen Blick zuwarf. »Jetzt müßte alles stimmen.« Er trat von der Computerkonsole des Holodecks 4 einen Schritt zurück. »Ich habe... äh... ein Szenario einprogrammiert, das den Verhältnissen unten auf dem Planeten entsprechen dürfte. Das heißt, *sicher* ist es nicht, daß das Programm stimmt... Wir haben ja von den Landegruppen noch keine Nachricht. Eigentlich ist es ein Szenario, das auf den wahrscheinlichsten Annahmen beruht. Und weil ich über die Epoche der teutonischen Ritter nicht so genau informiert bin, habe ich mich am Hof König Arthurs orientiert...«

»Sicherlich eine adäquate Analogie«, antwortete Worf.

»Oh, von Ritterlichkeit hatte man dort auf alle Fälle viel Ahnung«, meinte Barclay. »Ich bin der Überzeugung, daß Ihre Erwartungen erfüllt werden... Na, ich bin *fast* überzeugt. Und...«

»Mr. Barclay«, sagte Worf mit Nachdruck.

»Ja?« krächzte Barclay.

»Vielen Dank für Ihre Mühe. Ich gehe davon aus, daß Ihr Programm meinen Ansprüchen vollauf genügt.« Er zeigte auf die Tür. »Wollen wir nun hinein?«

»Von mir aus«, willigte Barclay ein. »Äh, ich meine, ja, Sir.« Er trat vor die Tür. »Ähm... Computer, Programm *Arthur Rex* aktivieren.«

»Programm aktiviert«, meldete der Computer nach einer kaum merklichen Pause. »Sie können das Holodeck nach Belieben betreten.«

Worf näherte sich der Tür, die sich sofort mit einem Zischen öffnete. Der Klingone stapfte aufs Holodeck. Nervös folgte Barclay ihm. Kaum hatten beide Männer die Schwelle überquert, schloß sich die Tür und verschwand, überließ Worf und Barclay der holografischen Illusion.

Sie schienen das Innere einer Burg betreten zu haben. Ringsum ragten steinerne Mauern empor. In Wandnischen befestigte Fackeln flackerten und sprühten Funken. Es roch nach gebratenem Fleisch. Irgendwo voraus ertönte heiteres Gelächter einer ganzen Anzahl von Personen.

Worf blickte an sich hinab. Er trug eine blitzblank polierte, eiserne Rüstung und darüber einen knielangen Kittel in Weiß. Darauf waren in Rot die Umrisse eines aufgerichteten Löwen zu sehen. Unter dem Arm hatte Worf einen Helm, der groß genug für seinen Kopf war; in Augenhöhe befand sich ein hochklappbares Gitter. Ein wehender roter Federbusch zierte den Helm.

Barclay hatte eine grüne Hose, einen ähnlichen weißen Kittel und Ledersandalen an. Sein roter Löwe war allerdings kleiner als bei Worf.

»Jetzt bin ich einer dieser Ritter, nehme ich an?« vergewisserte sich der Sicherheitsoffizier.

Barclay nickte und deutete den Korridor hinab, in dem sie standen. »Die anderen Ritter warten im Rittersaal auf uns«, erklärte er. »Ich bin Ihr Knappe. Es ist meine Pflicht, Ihre Waffen und die Rüstung zu pflegen und zu reparieren, mich um das Pferd zu kümmern, und so weiter.«

»Gut.« Worf strebte durch den Gang in den Saal.

Man konnte den Ursprung der Gerüche und der Geräuschkulisse auf den ersten Blick erkennen: Offenbar handelte es sich um eine großräumige Festhalle. Zwei lange, einander gegenüber aufgestellte Tafeln bogen sich unter der Last der verschiedensten Speisen. Als Hauptgericht stand auf jeder Tafel ein ganzes, gebratenes Schwein mit einem Apfel im Maul. Diener schnitten Scheiben dampfenden Fleischs heraus und servierten sie den Anwesenden. Zusätzlich gab es sonstiges gebratenes Geflügel, gekochte Schwäne, riesige Würste, große Pasteten, Laibe noch warmen Brots, Schüsseln voller Suppen und Gulasch, diverse Sorten Gemüse, dicke Soßen, Äpfel, Feigen, Birnen sowie ein Dutzend Beerenarten.

Ebenso reichlich waren bauchige Krüge voll schweren, roten Weins vorhanden; daraus füllten Diener den Gästen, die an den Tischen saßen, unaufhörlich die immer wieder hingestreckten Becher.

Am unteren Ende der Tische bemühte eine Gruppe Musiker sich vergeblich, ihre Darbietung trotz des Lärms hörbar zu machen. Gegenüber befand sich an der Mauer ein gewaltiger Kamin, in dem mit munterem Lodern ein Stapel Holz brannte. Ein junges Bürschlein drehte einen Spieß, an dem ein formidabler Eber steckte, der beim Schmoren knisterte und Fett verspritzte.

Die Männer an den Tischen waren ähnlich wie Worf gekleidet, doch hatte jeder ein anderes Wappen auf der Brust. Ein blauer Adler war dabei, ein aufgebäumtes Einhorn, etliche der Natur nachempfundene sowie der Phantasie entsprungene Tiere; aber man sah auch Schwerter, Pfeile und Schilde. In offenbar prächtiger Laune aß und trank jeder nach Leibeskräften.

Am oberen Ende der beiden Tafeln saß an einem eigenen Tisch ein schon an gewissen Äußerlichkeiten als königlich erkennbares Paar. Worf kniff die Lider zusammen, während er es musterte. Der Mann war eindeutig der König; ein Goldreif auf seinem üppigen, braunen Schopf ließ keinerlei Zweifel. Außer der Kopfbehaarung hatte er einen Vollbart und lächelte ständig breit; doch die Gesichtszüge hatten unverkennbare Ähnlichkeit mit Captain Picards Gesicht.

Die Frau an seiner linken Seite war natürlich die Königin. Sie trug ein Seidenkleid, das ihre Figur eng umschmiegte und bis auf den Fußboden reichte. Ein goldenes Diadem krönte ihre feuerroten Haare. Die Königin ähnelte unübersehbar Dr. Crusher.

Sobald er Worf erblickte, sprang der König auf. »Ah! Sir Worf, endlich gesellt Ihr Euch zu uns! Willkommen, seid willkommen.« Lautstark schlossen sämtliche Anwesenden sich der Begrüßung an. Der Sicherheitsoffizier bemerkte unter den Rittern Personen, die auffällig an Commander Riker, Lieutenant O'Brien und andere *Enterprise*-Crewmitglieder erinnerten.

»Einen Stuhl«, rief der König. »Einen Stuhl für meinen treuen Vasallen!« Er wandte sich an den Ritter, der an seiner rechten Seite saß. »Rückt hinüber, werter Recke, Sir Worf braucht Euren Platz!« Der Ritter lachte, nahm seinen überfüllten Teller und den Weinbecher, entfernte sich an einen freien Platz weiter unten an der Tafel. Der König winkte dem Klingonen zu, wies auf den freigewordenen Stuhl. »Kommt, Sir Worf, setzt Euch zu mir!«

»Mit dem größten Vergnügen«, brummte Worf und ließ sich auf dem Lehnstuhl nieder. Unverzüglich stellten zwei Diener einen vollgehäuften Teller und einen randvollen Becher Wein vor ihm ab.

»Eßt!« krakeelte der König heiter. »Trinkt! Am heutigen Festtag, an dem wir die Geburt unseres Heilands begehen, soll jeder lustig sein.« Er trank einen gehörigen Schluck von seinem Wein und wischte sich danach den Mund am Ärmel trocken. »Ach ja...! Guter Wein, schmackhaftes Essen, erlesene Gesellschaft... und eine schöne Frau.« Glücklich lächelte er Königin Beverly an. »Was kann ein Mann mehr vom Leben verlangen?«

»Tja, was wohl?« fragte Worf. Langsam wurde ihm dieses Programm zu langweilig.

Die Augen des Königs funkelten. »Oh, Ihr scherzt, Sir Worf. Ihr wißt die Antwort so gut wie jeder hier in der Halle, wenn nicht besser.« Er riß den Becher mit ausgestrecktem Arm in die Höhe. »Meine Ritter!« grölte er in den Saal. »Was brauchen wir mehr?«

Alle Ritter erhoben sich unter donnerähnlichem Gepolter von den Plätzen. »Ein Abenteuer!« röhrten sie wie aus einem Munde.

»So ist es«, bekräftigte der König. »Und wenn ich mich nicht irre, fängt das nächste Abenteuer hier in unseren eigenen Mauern an.«

Worf schaute in die Richtung, in die der Arm des Königs deutete. Eine Gestalt betrat den Saal. Sie war, genau wie die Anwesenden, mit einer Rüstung gepanzert. Bei ihm schimmerte sie jedoch nicht silbern, sondern war von glänzendem Schwarz. Auch sein Helmbusch war schwarz wie Ebenholz. Am Arm hatte er einen großen Schild, und an seiner Hüfte hing ein langes Schwert.

Der Ritter neben Worf schlug die Faust auf die Tafel. »Meiner Treu, der Schwarze Ritter!« knurrte er. »Hat er etwa die Unverfrorenheit, persönlich vor den König zu treten und ihn zu beleidigen?«

Allmählich merkte Worf, in welche Richtung das Programm sich entwickelte. »Was wollt denn *Ihr* hier, dreister Schuft?« rief er, indem er forsch aufstand, dem Eindringling in bedrohlichem Tonfall zu.

Die schwarze Gestalt blieb stehen, drehte sich um und betrachtete Worf. »Ich komme, um jeden Ritter, der seines Standes würdig ist, zum Zweikampf herauszufordern«, lautete seine Antwort. Seine Stimme hallte durch den Saal. »Von jedem, der den Kampf nicht wagt, verlange ich vollständige Unterwerfung.«

»Sir, Ihr habt die Frechheit, mich vor meinem eigenen Hof offen zu schmähen!« brüllte der König. »Es ist Euer Glück, daß ich geschworen habe, an diesem Feiertag kein Blut zu vergießen, sonst würde ich Euch eigenhändig den Kopf abschlagen!« Mit der Hand deutete er in die Runde. »Aber hier sind nicht weniger als achtundachtzig tüchtige Ritter, von denen jeder einzelne tapferer und achtbarer als Ihr ist. Vielleicht nimmt einer von ihnen die Herausforderung an, die Ihr so kaltblütig ausspricht.«

Wüst schrien die Ritter durcheinander, daß sie die Ehre des Zweikampfs freudig anzunehmen bereit seien. Worf hatte den Vorteil, direkt neben dem Herrscher zu sitzen, und wandte sich an ihn. »Mein König«, sagte er, »ich bitte Euch, laßt mir die Ehre.«

In den Augen des Monarchen glitzerten Dankbarkeit und Anerkennung. »Ich wußte, Sir Worf, daß ich auf Euch bauen kann. Ihr sollt die Ehre haben.« Er packte sein Schwert und hämmerte laut mit dem Knauf auf den Tisch. »Silentium!« schrie er. Die Ritter verstummten, schauten ihren Herrscher erwartungsvoll an. »Sir Worf hat mich um die Gunst gebeten, zum Zweikampf gegen den Schwarzen Ritter antreten zu dürfen. Und ich habe ihm seinen Wunsch gewährt.«

Daraufhin brach im Saal kolossaler Jubel aus. Der Schwarze Ritter drehte sich um und sah Worf ein zweites Mal an. »Es wird mir eine große Genugtuung sein«, tönte er markig, »Euch um einen Kopf kürzer zu machen.«

»Also hinaus auf den Turnierplatz«, rief der König. »Diesen Kampf wollen wir nicht aufschieben.«

Alle drängelten aus dem Saal. Viele Ritter klopften Worf herzhaft auf die Schulter und ermunterten ihn mit kernigen Worten zu einem heldenhaften Einsatz.

»Sie hatten völlig recht«, meinte der Klingone, indem er die Zähne bleckte, zu Barclay. »Das ist ein Programm, wie es mir Spaß macht.« Dann schüttelte er den Kopf. »Wäre ich doch tatsächlich drunten auf dem Planeten... Wären die anderen doch nur wirklich an diesem Abenteuer beteiligt...!«

Data hätte jetzt, wäre er ein Mensch gewesen, aufgrund seines ausgezeichneten Ermittlungserfolgs bestimmt freudige Erregung und vielleicht Selbstgefälligkeit verspürt. Da ihm jedoch sämtliche Emotionen fehlten, war er lediglich zufrieden darüber, keine Zeit verschwendet zu haben.

Im Laufe eines gemächlichen Spaziergangs über den Markt hatte er zweihundertunddreiundsiebzig Objekte entdeckt, die mit sogenannten Antiquitäten, die während der vergangenen achtzehn Monate auf verschiedenen Planeten versteigert worden waren, weitgehende Übereinstimmung aufwiesen.

Da er im Gegensatz zu den übrigen Besatzungsmitgliedern der *Enterprise* keinen Schlaf benötigte, hatte Data sich zur Beschäftigung in seiner Freizeit auf eine ganze Reihe von Hobbys verlegt. Dazu gehörte auch die Angewohnheit, sämtliche Verlautbarungen der Museen in der gesamten Föderation zu sichten. Infolgedessen wußte er, daß mehrere Artikel sich kritisch mit der erstaunlichen Zunahme angeblich echter Antiquitäten aus dem Mittelalter der irdischen Weltgeschichte auseinandergesetzt hatten. Mutmaßungen bezüglich der Hintergründe waren laut geworden, aber keine einzige Vermutung konnte bewiesen werden. Data war der Ansicht, daß er das Rätsel jetzt gelöst hatte.

Die zweihundertdreiundsiebzig durch Data erfaßten Stücke konnten vor Gericht als Indizien dienen und mußten vollauf ausreichen, um die Gangsterbande ihres einträglichen Schwindelunternehmens zu überführen und deswegen zu bestrafen.

Data stufte es als bedauerlich ein, daß man eine solche Gaunerei betrieben hatte. Er wußte gelungene Kunstwerke unter rein ästhetischen Kriterien sehr wohl zu schätzen; und einiges von dem, was man auf diesem Markt an Handwerksprodukten aus Holz und Metall handelte, zeichnete sich in der Tat durch höchste Qualität aus. Unter diesen Gesichtspunkten waren die Teile, die man fälschlich als Antiquitäten verkauft hatte, sicherlich die für sie gezahlten Preise wert gewesen.

Der Androide zog die Schlußfolgerung, jetzt in diesen Aspekt der Aktion genug Zeit und Aufwand investiert zu haben. Er erachtete es als angebracht, nun wieder zu Captain Picard zu stoßen und ihm seine Feststellungen zu berichten.

Sorgfältig suchte sein sensorverstärkter Blick den Marktplatz ab. Rasch entdeckte er Graebels Zunftschild. Eifrig darum bemüht, vollauf wie ein Mensch zu wirken, hielt Data auf die Weinhandlung zu.

Der Captain, Lieutenant Miles und Fähnrich Ro waren mittlerweile seit über drei Stunden fort. Sie mußten eine Spur gefunden haben. Andernfalls wären sie längst zurück. Sorge war Datas positronischem Verstand fremd, aber er bewertete das lange Ausbleiben der drei anderen Landegruppenmitglieder als leichte Anomalie. So etwas war für das Verhalten des Captains untypisch.

Konnte der Captain irgendwelchen Schwierigkeiten begegnet sein? Data wußte, daß auf jeder fremden Welt das Risiko unvorhergesehener Probleme bestand. Es ließ sich unmöglich berechnen, mit welcher Wahrscheinlichkeit solche Komplikationen eintreten mochten, doch mußten sie ihrer Natur nach mit unbekannten Faktoren zusammenhängen.

Allerdings waren sowohl Captain Picard wie auch Fähnrich Ro für hominide Lebensformen außergewöhnlich umsichtige Personen und vollständig auf sich achtzugeben fähig. Von Lieutenant Miles mußte man das gleiche annehmen; andernfalls hätte Worf ihn dieser Landegruppe nicht zugeteilt. Trotzdem empfahl es sich vermutlich, in Graebels Haus vorsichtig zu sein.

Als er vor der Weinhandlung stand, pochte Data an die Haustür, um Einlaß zu erlangen.

Geordi LaForge saß vorgebeugt im Kommandosessel der *Enterprise*. Es kostete ihn äußerste Überwindung, sich vom Wandbildschirm abzuwenden. Für den Chefingenieur bot die interstellare Partikel- und Gaswolke einen buchstäblich blendenden Anblick. Schon zweimal hatte er die Sensorleistung seines VISOR herunterschalten müssen, um eine Überlastung zu vermeiden.

Selbst die Naturkräfte, die sich in der antitachyonischen Blase innerhalb des kosmischen Nebels entfalteten, entwickelten eine beispiellose Stärke. Es verdroß Geordi, daß es ihm nicht gelang, die Methode zu durchschauen, durch die man im Innern des Nebels eine derartige Blase geschaffen hatte und aufrechterhielt.

»Mr. van Popering«, erkundigte er sich, »werden die Kommunikationsstörungen allmählich schwächer?« Seit Commander Riker und Counselor Troi auf den Planeten hinabtransferiert worden waren, hatte er die gleiche Frage alle zwanzig Minuten gestellt.

»Nein, Sir.« Und van Popering hatte ihm alle zwanzig Minuten die gleiche Auskunft erteilt.

»Verdammt noch mal«, murmelte Geordi. Wenn er lediglich herumsaß und abwartete, fühlte er sich stets nervös und hilflos.

»Nur die Ruhe, Geordi.« Beverly Crusher berührte sanft seinen Arm. Sie hatte den Platz links des Kommandosessels eingenommen, den sonst Deanna Troi belegte. »Die Landegruppe besteht aus Erwachsenen, die ohne weiteres selbst auf sich aufpassen können.«

Geordi nickte. »Ich weiß, daß Sie recht haben, Doktor. Aber wie sollen wir's erfahren, falls sie *doch* Ärger hat? Oder falls sie an Bord zurückgebeamt werden will?«

»Sie muß eben warten. Genau wie wir.«

»Ja.« Geordi seufzte. »Geduld war nie eine meiner Tugenden, ich geb's zu. Am wenigsten, wenn ich keine Gelegenheit zur Verständigung habe.«

»Die Interferenzen müssen doch irgendwann aufhören, oder?«

»O ja, klar. Leider wissen wir nicht, *wann* es dazu kommt.«

Beverly lächelte ihm zu. »Dann ist es wohl am besten, wir bereiten uns auf den Moment vor, in dem es soweit ist, nicht wahr?«

Geordi nickte. Er lehnte sich in den Kommandosessel und versuchte sich zu entspannen. Aber es wollte nicht klappen.

Was mochte dort unten nur vor sich gehen?

Wie sich zeigte, war Kirsch der richtige Mann für eine anregende Plauderei. Unter anderen Umständen hätte Picard der Unterhaltung beträchtlichen Gefallen abgewonnen. In der gegenwärtigen Situation jedoch beeinträchtigte es den Genuß erheblich, daß die Ketten, die seine Bewegungsfreiheit einschränkten, ihn bei jeder Geste behinderten. Zudem ließ sich nur schwer darüber hinwegsehen, daß er nackt bis zur Hüfte in einem ziemlich stinkigen Kerkergewölbe festsaß.

Kirsch hingegen blieb anscheinend von alldem unbeeindruckt. Man hätte meinen können, er fühlte sich pudelwohl.

»Vermindern diese lästigen Ketten eigentlich gar nicht Ihr Denkvermögen?« fragte Picard ihn.

»Wie das?« lautete die Gegenfrage des Gelehrten. »Unser Lebtag lang trägt unser Geist Ketten, ist's nit so?« Er rasselte mit den geschmiedeten Fesseln. »Dran zu gemahnen, sind diese Eisen nur, ein anders gelten's nit.«

»Sie bedeuten«, erwiderte Picard, indem er seinerseits mit den eigenen Ketten klirrte, »daß wir den Rest unseres Daseins in den Minen zubringen werden. Oder haben Sie dazu auch eine abweichende Meinung?«

Kirsch lachte. »Ich grüble mir zu allem Ding eigne Gedanken aus. Bisweilen mag ich zu einer Sach gar mehr als eine Meinung han. So wird denn wohl eine zumindest das Rechte treffen.«

»Ist das der Grund, weshalb Sie hier sind?« Picard hatte das Empfinden, daß er den jungen Mann allmählich besser verstand.

»Gewiß. Töricht zur Genüge bin ich gewest, das Wort zu künden, wie ich der feilen Lehr vom Schwund nit glaub, ja sie als dummes Zeugs anseh.«

Aufgrund der Art, wie Kirsch ihn anschaute, während er diese Äußerung machte, nahm Picard an, daß der junge Gelehrte damit ein Thema von entscheidender Wichtigkeit anschnitt. Nun mußte er nur noch die Begründung erfahren. Um seine Ahnungslosigkeit zu verheimlichen, drückte er sich bei der nächsten Frage sehr allgemein aus. »Sie lehnen die... äh... offizielle Darstellung ab?«

»Freilich doch. Wie sollt, wer nur ein knäpplich Quentchen Hirn im Haupte hat, ihr Glauben schenken und nit zweifeln?«

»Ja, völlig richtig...« Picard wünschte, er wüßte, wie die ›offizielle Darstellung‹ aussah und um was es sich beim ›Schwund‹ handelte. Direkt danach zu fragen, wäre wohl unklug gewesen. »Aber was genau hat Sie eigentlich zu Ihrer abweichenden Haltung gebracht?«

Offenbar hatte er damit die richtige Frage ausgesprochen. Kirsch grinste. »Zween der Erwägungen sind's gewest. Zum einen, ich konnt's nit glauben, Gott der Herr ließ jedermann auf Erden vom Schwarzen Tod dahinraffen und verschonet allein zwölf Weiler. Mich dünkt, nur dieweil's zwölf Stämme Israel und desgleichen zwölf Apostel gab, wird's nit wahr sein, daß auf aller Erd nit mehr denn zwölf Städtl erhalten blieben. So schwerlich sind wir Gerechte, als 's die andern warn. Und wär's dennoch die Wahrheit, so müßten's gar wohl, will mich deuchen, weithin der alten Trümmer viele sein, denkst du nit? Die Heilge Schrift nennt mit Namen viel Schock mehr denn zwölf Städtl. Niemand aber weiß Antwort zu sag'n auf die Frag, welchenorts wohl nur eins derselben heut wär zu finden.«

So erklärten sich also die Bewohner dieser Welt ihre heutige Situation! Picard mußte die Logik dieser Vorstellung bewundern. Seit sie entdeckt hatten, daß sie sich nicht dort befanden, wo sie einmal gelebt hatten, nahezu alle ihre früheren Nachbarn verschwunden waren, vertraten sie die Auffassung, die gesamte restliche Welt sei von der Pest ausgerottet worden. Auf ihre Art, ersah Picard, war das eine tröstliche Erklärung. Doch Kirsch hatte erkannt, daß sie erhebliche Mängel aufwies.

»Und der zweite Grund?« hakte Picard nach.

»Ein Buch fiel mir in die Händ, welches von Sternen erzählet. Drin sah ich Bildnisse, vom Schreiber ›Sternbilder‹ benannt.« Der junge Mann lachte. »Derlei indes, so weißt du ja, ist am Himmel nimmermehr zu schaun. Einst aber, scheint's, prunkten sie am Firmament. Es spricht ja auch die Heilge Schrift von Sternen und der Nacht. Drum sind beide zween, sag ich, einst pure Wirklichkeit gewest. Und es mag sein, fern andernorts sind sie's bis auf den heutgen Tag.«

Picard begriff, was Kirsch meinte. Hier im Innern der protostellaren Partikel- und Gaswolke gab es keine Nacht. Auf jeder Seite des Planeten schien eine Sonne. Und selbst bei Konstellationen, in denen das einmal nicht der Fall war, leuchtete im Hintergrund die Helligkeit des Nebels selbst. Darum konnte es auf dieser Welt nie Nacht werden.

»Und wie«, erkundigte der Captain sich bedächtig, »lautet *Ihre* Erklärung dafür, daß die Welt so und nicht anders ist?«

»Ah, sieh an, ein wackrer Mann mit wachem Geist«, äußerte Kirsch in beifälligem Ton. »Ich glaub, Freund Lukas, das Zeitalter der Offenbarung ist's, drin wir leben.«

»Der was?«

»In der Offenbarung steht's zu lesen«, antwortete der Student, »daß Gott der Herr wird schaffen einen neuen Himmel und eine neue Erde. Und daß die Nacht ein End soll han. Wahrlich, lang schon darhin ist sie. Indessen, hausten wir dann auf einer neuen Erd, so wüßten wir, will's in der Tat mich dünken, für mancherlei Erklärnis.«

»Hmmm...« Picard brachte dem jungen Mann immer mehr Wohlwollen entgegen. Auch wenn er falsche Schlußfolgerungen zog, durchdachte er das Problem wenigstens auf logische Weise. »Dann glauben Sie also, daß wir im Himmel sind?«

Erneut lachte Kirsch. »Potzwetter, nein nimmer, das nit«, entgegnete er danach in sofort wiedergekehrtem Ernst. »Uns tut die Offenbarung künden, im Himmel wird's kein Meer nit han, kein Leiden und nit Weh.« Er rasselte mit den Ketten. »Doch han wir von allem reich, ist's nit so? Nichtsdestotrotz, ich halt in Treuen fest darfür, das magst du wahrhaftig glauben, wir wandeln nimmermehr auf dem Weltkreis unsrer Ahnen.«

Picard lächelte. »Ich habe den Eindruck, daß an Ihren Worten etwas Wahres ist.«

»Hüte dich wohl vor eilfertigem Zustimmen«, riet ihm Kirsch. »Du möchtest dir gar argen Verdruß einhandeln.«

Picard schüttelte seine Ketten. »Schlimmer als das da?«

»Wohl kaum. Aber...«

In diesem Moment wurde geräuschvoll die Tür zum Kerkergewölbe geöffnet. Zwei Männer in dunkler Kleidung kamen herein. Jeder hatte ein Schwert in der Faust. Keiner von beiden wirkte, als hätte er hinsichtlich der Benutzung auch nur die geringsten Skrupel.

»Auf, auf mit euch!« schnauzte der eine Mann. »Von hinnen!«

»Wohin soll's denn gehen?« fragte Picard.

Der Kerl schlug ihn mit dem Handrücken ins Gesicht. Picard zuckte zusammen, hielt aber nun den Mund.

»Wag du nit zu maulen«, fuhr der Grobian ihn an. »Hinab in die Schachten steigst du, just wie dies Gsindel all. Nun hurtig, Bursch! Ein Widerred noch, so wirst ein Ohr du lassen.«

Das war, überlegte Picard, ein überzeugendes Argument. Er rappelte sich hoch. Die zwei Flegel trieben ihn und Kirsch aus der Zelle. Aus Nachbarzellen wurden weitere Sklaven gescheucht, alle mit Ketten gefesselt. Gemeinsam führte man sie in einen Hof.

Viele der anderen Gefangenen sahen aus, als wären sie mißhandelt worden; etliche hatten Schnittwunden und Prellungen. Einem fehlten die Ohren; an ihrer Stelle wucherte häßliches Narbengewebe.

Entweder zählten diese Männer zum Abschaum der hiesigen Gesellschaft, oder sie hatten sich ganz einfach bei den Herrschenden unbeliebt gemacht. Deshalb waren sie zu einem langsamen Tod in den Bergwerken verurteilt worden. Picard hatte sich gewundert, warum in den Straßen keine Bettler lungerten; jetzt wußte er den Grund. Wer nichts zu tun hatte, dem verschafften die Autoritäten eine Tätigkeit.

Die Häftlinge wurden geschubst und geprügelt, bis sie eine Zweierreihe abgaben; es waren mindestens dreißig. Eine zahlenmäßig fast so starke Gruppe von Wächtern stand bereit. Sobald die Zweierreihe gebildet war, brachte man zwei lange Ketten, zog sie durch einen Ring an den Handschellen jedes Gefangenen und kettete dadurch die Männer aneinander; jeweils vorn und hinten an den Reihen schloß man die Kette ab. Der Zweck war offenbar, dem einzelnen die Flucht unmöglich zu machen.

Picard wurde ziemlich weit vorn in der einen Reihe an Kirsch gekettet. Am Ende der anderen Reihe bemerkte er flüchtig Miles. Der Captain erachtete es als momentan wenig ratsam, mit seinem Crewmitglied ein Wort zu wechseln. Er konnte nur hoffen, daß der Mann sich nicht unterkriegen ließ.

Nachdem sie die Häftlinge zusammengekettet hatten, traten die Wächter beiseite. Ein weiterer Mann trat vor; seine besser geschnittene Kleidung, der Helm sowie der im Wind flatternde Umhang verwiesen auf einen höheren Rang. Er hatte einen überaus buschigen Bart und blickte durch schmale Lider düster in die Welt.

»Merkt auf und höret mein Worte«, brummte er, allerdings so leise, daß man ihn kaum verstehen konnte. »Dies einzige Mal allein sag ich's euch. Verstimmt ihr mich, so wird's euch gar bitterlich reuen. Doch keinen Tod sollt ihr nit leiden. So wähnet nimmer, dies Glück sei euch beschieden. Vielmehr will ich euch schinden, daß ihr von Herzen gern verrecktet. Schaut her, auf daß kein Trug euch blende, kein müßig Drohn sprech euch zur Kurzweil ich, und mein harsches Fell, 's birgt kein weich Gemüte nit...«

Er holte unter dem Umhang eine Peitsche hervor, entrollte sie und ließ sie knallen. Picard sah, daß ein Metallgewicht an der Peitschenspitze befestigt war; dadurch mußte jeder Hieb um so scheußlichere Folgen haben. Der Offizier knallte ein zweites Mal mit der Peitsche. Dann schlug er unvermutet zu.

Der Peitschenstrang sauste an Picards Ohr vorbei. Der Mann hinter ihm in der Reihe schrie laut auf, als die Metallspitze ihm die Haut aufriß. Blut spritzte aus der Verletzung auf Picards Rücken. Es kostete ihn Überwindung, sich nicht umzudrehen und nach dem Zustand des Betroffenen zu schauen. Falls er es tat, wurde er das nächste Opfer.

Offenbar enttäuschte es den Offizier, daß Picard ihm keinen Vorwand zum Zuschlagen bot, denn er schnitt eine böse Miene. »So erseht ihr dann ohn Zweifeln, wer hie als Meister waltet«, erklärte er. »Ihr tätet klug dran, vergäßt ihr's nimmer.« Er schnippte mit den Fingern. Im Laufschritt brachte einer seiner Untergebenen ihm ein Pferd. Der Offizier schwang sich in den Sattel und wickelte die Peitsche um den Sattelknauf.

»Sputen wir uns zum Aufbruch. Viel Plackerei harrt eurer, und erreichen wir die Schachten bald, so mögt ihr um so früher vom Himmel euren Tod erwinseln.«

Die beiden Reihen setzten sich in Bewegung, und Picard mußte wohl oder übel mit. Sechs Wächter begleiteten die Kolonne; der Offizier ritt hinterher.

Picards Mut drohte zu schwinden. Hatte man ihn erst einmal aus der Stadt verschleppt, mochte es für seine Besatzung sehr schwierig sein – wenn nicht sogar ausgeschlossen –, ihn zu lokalisieren. Stets unter der Voraussetzung allerdings, daß er in diesen Verhältnissen lange genug überlebte, um gefunden zu werden.

Nachdem Martina das Zimmer fluchtartig verlassen hatte, blieb Ro noch etwa zwanzig Minuten lang allein. Ob sich dahinter die Überlegung verbarg, genügend Zeit abzuwarten, bis sie in Panik verfiel, oder um ihr Gelegenheit zu geben, sich von den Bildern auf den Wandteppichen sexuell anregen zu lassen, konnte sie nicht beurteilen. Tatsächlich jedoch trat keine der beiden Wirkungen ein. Statt dessen saß sie auf dem Bett – der Fußboden war trotz des Teppichs zu kalt – und konzentrierte sich auf ihre Gedankengänge.

Höchstwahrscheinlich befand sie sich in einem entlegenen Teil der Burg, die man vom Marktplatz aus sehen konnte. Sicherlich hatte der Herzog sein Spielzimmer nicht in der Nähe der belebteren Räumlichkeiten eingerichtet. Zudem hörte sie so gut wie keine Geräusche hereindringen. Diese Umstände sprachen nach Ros Ansicht sehr dafür, daß das Zimmer weitab der bewohnteren Bereiche der Burg lag.

Sollte es ihr gelingen, aus dem Zimmer zu entweichen, würde sie nur in die übrigen Räume der Burg gelangen; dort wäre sie der großen Gefahr ausgesetzt, umgehend wieder geschnappt zu werden. Außerdem stand wenigstens eine Wache vor der Tür. Und überdies war das Zimmer wahrscheinlich deshalb vom Herzog ausgesucht worden, weil die Lage des Raums seinen Opfern die Flucht erschwerte.

Aus alldem leitete Ro die Einsicht ab, daß sie voraussichtlich die günstigste Gelegenheit zum Entkommen erhielt, wenn jemand sie hinausbegleitete. Sie bezweifelte stark, daß es ihr weiterhelfen könnte, eine Erkrankung vorzuspiegeln. Abgesehen davon, daß das wirklich einer der ältesten Tricks war, mochte sie nicht recht glauben, daß der Herzog, sobald er eintraf, sich viel um ihr Wohlergehen scherte. Womöglich erhöhte sie damit nur ihre Gefährdung.

Sollte sie in der Hoffnung, daß man sie in Kürze rettete, einfach Zeit zu gewinnen versuchen? Diese Taktik erachtete sie aus mehreren Gründen als wenig sinnvoll. Erstens war sie kein hilfloses Weibchen irgendeiner alten Holo-Fortsetzungsserie, das in jeder Folge neu gerettet werden mußte. Zweitens entsprach bloßes Warten nicht ihrem Stil. Drittens deutete nichts an, daß der Captain oder Lieutenant Miles sie ausfindig machen konnten, selbst wenn sie selbst dazu noch die Möglichkeit haben sollten.

Ausschließlich Data war so etwas zuzutrauen. Er war äußerst erfindungsreich und entschlossen, und kein anderes Crewmitglied der *Enterprise* wußte, daß sie Graebels Weinhandlung aufgesucht hatten; also blieb die Wahrscheinlichkeit für einen von Bord aus initiierten Rettungseinsatz gering.

Und auf Zeitgewinn hinzuarbeiten, hätte obendrein erfordert, sich auf die gewiß ziemlich widerwärtigen Spielchen des Herzogs einzulassen; und das wiederum wäre ein höchst lebensbedrohliches Spiel. Schon beim Gedanken daran befiel Übelkeit Ro.

Folglich stand ihr in der jetzigen Situation nur eine Option offen. Auch sie war, gelinde ausgedrückt, recht riskant. Aber was hatte sie sonst für eine Wahl?

Aus dem Flur ertönte ein metallisches Klimpern. Die Wache nahm Haltung an. Also war es wohl der Herzog, der da kam. Ro sprang auf. Sie hörte die Riegel schnappen, dann schwang die Tür einwärts. Der Herzog trat ein. Hinter ihm wurde die Tür sofort wieder abgeschlossen. Während der Herzog Ro angaffte, musterte sie ihrerseits ihn.

Er war ein stark angegrauter Mann mittleren Alters. Er hatte einen mit Grau durchsetzten Schnauzbart, aber keinen Kinnbart. Das Haar fiel ihm bis auf die Schultern. Außer der sexuellen Begehrlichkeit sah man ihm den übrigen Appetit genauso offensichtlich an: Er hatte einen Schmerbauch und Hände mit dick geschwollenen Adern. Um das kostbare, grüne, mit goldgelben Blättern verzierte Gewand trug er locker einen Gürtel geschlungen. In der protzig mit Ringen überladenen Rechten hielt er einen übervollen Becher, aus dem Wein schwappte. Er nahm einen langen Zug und stellte den Becher auf den Tisch.

»Ei guck da«, sagte der Herzog schließlich. »Dies eine Mal sprach Graebel wahr. Was bist du für eine gar schmucke Schneck! Mein Geld ward nit vertan in dem Erwerb.«

»Da irren Sie sich«, erwiderte Ro unverblümt. »Ich bin keine Ware, die man kaufen und verkaufen kann.«

Aus Ärger lief dem Herzog die Visage rot an. »Was hör ich da für Flausen? Ich bin's, der hie die Herrschaft übt. Sein Eigentum nannte Graebel dich, und was gält's mir, Zweifel zu han an seim Worte?«

»Bloß weil es Ihnen in den Kram paßt.«

»Fürwahr, belieben tut's mir so«, gab der Herzog unumwunden zu. »Und weißt du, was dir frommt, du dreiste Dirn, wirst du dich weislich fügen.«

Verächtlich schnaubte Ro. »So wie sich die vorherige Bewohnerin dieses Zimmers gefügt hat?«

Der Herzog schlurfte heran. Es glitzerte in seinen Augen, während er Ros Figur beglotzte. »Sie fand kein Freud dabei«, sagte er leise. »Dir aber kann's hie wohl ergehn. Just leg getrost dich nieder, den Rest vom Werke tu ich als ein Mann allein.«

»Davon bin ich überzeugt«, schnurrte Ro verführerisch. Sie schenkte dem Herzog ein Lächeln, das ihn erst recht zum Näherkommen ermutigte.

Dann schien sie plötzlich zum Blitz zu werden. Sie wirbelte in engem Kreis um ihre Achse und stieß mit dem rechten Fuß zu. Mit der vollen Wucht ihres Schwungs trat sie den Herzog in den Unterleib.

Mit lautem Japsen stieß er die Luft aus den Lungen, und sein Gesicht wurde kalkweiß. Er preßte die Hände auf die getroffene Körperstelle, die Augen drohten ihm aus dem Kopf zu quellen. Er ächzte und sackte zusammen.

Von dem Tritt schmerzte Ro der Fuß, doch das war ihr gleich. »Sie haben recht«, meinte sie zum Herzog, der nur noch schnaufte. »Allmählich macht's mir echten Spaß.« Sie lief zur Tür und klopfte zweimal, so wie Martina es getan hatte. Wie erwartet, glaubte die Wache, der Herzog hätte einen Wunsch. Ziemlich rasch knarrten die Riegel.

Indem sie ihr ganzes Körpergewicht ausnutzte, rammte Ro die Tür mit der rechten Schulter. Die Tür flog auf und warf den Wächter gegen die steinerne Wand. Ehe der verdutzte Mann sich regen konnte, sprang Ro zu ihm und knallte kräftig seinen Kopf gegen die Mauer. Sie ließ ihn niedersinken und griff sich sein Schwert. Schon fühlte sie sich weniger wehrlos.

Sie befand sich in einem kurzen Korridor. Eine Treppe führte in andere Räume der Burg hinab. Mit drei weiteren Wächtern hatte Ro allerdings nicht gerechnet. Als Waffen hatten die Kerle kurze Spieße.

Im ersten Augenblick neigte Ro dazu, den Kampf aufzunehmen. Aber es stand außer Zweifel, daß sie keine Chance hatte. Die Gegner konnten die Spieße schleudern und sie damit durchbohren, bevor sie sie erreichte.

Langsam ließ sie das Schwert fallen. Es schepperte auf den Steinboden. »Soviel zu meinen tollen Plänen«, murmelte sie bei sich.

Zwei Wachen drängten sie mit den Spießen rücklings an die Wand. Dort mußte sie abwarten, die Speerspitzen auf ihren Bauch gerichtet, während der dritte Wächter in das Zimmer rannte. Einen Moment später kam er wieder zum Vorschein, stützte den Herzog, der mühevoll herauswankte. Befriedigt beobachtete Ro, daß der Herzog jetzt einen unverkennbaren Watschelgang hatte. Offenbar hatte er zwischen den Beinen beträchtliche Beschwerden. Sein Gesicht war fahl, und er rang noch immer um Atem.

»Schmeißt mir die wilde Hexe ins Verlies«, gab er zwischen stets neuen Japslauten Befehl. »Dort soll sie sehn, ob sie's wohler leiden mag denn ein warme Bettstatt.« Bösartig sah er Ro an. »Morgen will ich's wissen, ob du mir nicht kirre wirst.«

»Träume süß von sauren Gurken, alter Drecksack!« fauchte Ro. Die zwei Wachen zerrten sie fort. Der dritte Mann half dem Herzog zu seinen Wohnräumen zurück.

Im großen und ganzen war Ro mit sich recht zufrieden. So weit, so gut. Sie saß nicht mehr in dem Zimmer fest und war bis auf weiteres vor dem Herzog sicher. Nun brauchte sie sich nur noch darüber den Kopf zu zerbrechen, wie sie aus dem Kerker entwischen konnte ...

13

Wenige Schritte nach Verlassen des Saals gelangten die Holo-Ritter zu einer Eichentür. Durch diese Pforte betrat man ein ausgedehntes, freies Gelände. In der Mitte des Grundstücks war ein kreisförmiger Turnierplatz angelegt. Sitze unter einem Baldachin waren offenbar für den König und die Königin bestimmt; die beiden strebten darauf zu. Die übrigen Ritter, eine Anzahl von Hofdamen sowie etliche Diener und sonstiges Personal versammelten sich rings um den Kampfplatz. Worf ließ sich von Barclay zu einem von zwei bei dem Platz aufgebauten, kleineren Zelten bringen.

Neben dem Zelt stand ungeduldig ein Schimmel mit einem großen, schweren Sattel auf dem Rücken. An den Flanken des Tiers flatterten farbenfrohe Decken im Wind. Zur Vorbeugung gegen Verletzungen war der Schädel des Pferds mit einem Metallschutz gepanzert. Von der Stirnplatte ragte eine lange Eisenspitze empor, so daß das Tier wie ein mythisches Einhorn aussah.

»Sie und der Schwarze Ritter tragen nun ein Duell aus«, erklärte Barclay. Inzwischen wirkte er weniger nervös, weil er merkte, daß die Holodeck-Exkursion bei Worf Anklang fand. »Sie reiten von entgegengesetzten Seiten aufeinander los.«

»Gut.« Worf ergriff die farbenprächtigen Zügel des Pferds und schwang sich in den Sattel. Er fühlte sich durch das Gewicht seiner Rüstung nicht im geringsten behindert.

»Nein, nicht, halt«, rief Barclay. »Sie brauchen Ihren Schild und die Lanze.«

»Die was?«

»Die Lanze.« Barclay huschte ins Zelt und kehrte einen Moment später mit einer sehr langen Stange zurück. Am vorderen Ende glänzte spitzes Metall, und im hinteren Drittel befand sich eine Art von Griff. »Das ist die zu verwendende Waffe«, erläuterte Barclay. »Man benutzt sie, um nach Möglichkeit den Kontrahenten aus dem Sattel zu befördern. Hat man das geschafft, springt man ab. Dann dürfen Sie den Zweikampf mit dem Schwert fortsetzen, bis der Opponent kapituliert oder Sie ihn töten.«

Worf besah sich die Waffen. »Eine passable Ausstattung.« Er packte die Lanze mit fester Faust und hob sie über den Kopf. »Ist es erlaubt, sie zu werfen?«

»Nein.« Anscheinend empörte der bloße Gedanke Barclay. »Dafür reicht die menschliche Körperkraft nicht aus. Sie müssen sich an die Regeln halten.«

»Schon gut, ich bin einverstanden«, willigte Worf ein. »Wann fangen wir an?«

»Wenn der König ein Zeichen gibt. Meistens erschallen dann Posaunen.«

»Na schön.« Worf spähte zur anderen Seite hinüber und sah, daß der Schwarze Ritter mittlerweile auf einem kohlschwarzen Pferd saß. Seine Faust hielt eine pechschwarze Lanze. »Ich freue mich gewaltig auf diesen Kampf.«

Der König beugte sich seitwärts und sagte etwas zur Königin. Sie nickte und stand auf, hob ein kleines, viereckiges Tuch in die Höhe.

»Ist es meine Aufgabe, mit der Lanze das Läppchen dort zu treffen?« fragte Worf. »Falls ja, wäre es vielleicht besser, ich übe vorher eine Zeitlang. Sonst besteht Gefahr, daß ich die Dame verletze.«

»Nein«, antwortete Barclay. »Diesmal gibt die Königin das Zeichen. Wenn sie das Tuch fallen läßt, fängt das Duell an.«

»Ach so. Alles klar.« Worf schenkte seine volle Beachtung dem Stück Stoff, mußte währenddessen das Pferd zügeln, um es daran zu hindern, vorzeitig loszurennen. Offenbar war das Tier ebenso kampfesdurstig wie der Klingone. Jetzt lernte er allem Anschein nach eine menschliche Kultur kennen, die seine Achtung verdiente.

Da ließ die Königin das Tuch los. Es flatterte und segelte davon.

Mit den Knien trieb Worf das Pferd an. Ruckartig rannte das Tier vorwärts. Worf beugte sich vor, hielt mit einer Hand leicht die Zügel, mit der anderen Faust die Lanze umklammert. Auf dem Rappen preschte der Schwarze Ritter ihm entgegen. Beinahe übertönte das Donnern der Hufe das Jubelgeschrei der Ritter und übrigen Zuschauer.

Worf konzentrierte sich auf den Herausforderer und zielte mit der Lanzenspitze auf den Schild des Gegners. Der Schild bot ein recht großflächiges Ziel und deshalb die höchste Wahrscheinlichkeit, den Schwarzen Ritter aus dem Sattel zu stoßen. Worfs Schild deckte locker seinen linken Arm. Ein Nervenkitzel äußerster Erregung durchrieselte den Sicherheitsoffizier. Das war Leben!

Und da prallten sie auch schon aufeinander. Worf spürte einen wuchtigen Knall gegen seinen Schild, merkte gleichzeitig, wie seine Lanzenspitze etwas Hartes traf. Ihm entfuhr ein wüstes Aufknurren. Trotz des gewaltsamen Aufpralls, der ihn aus dem Sattel zu hieven drohte, gelang es ihm, auf seinem Pferd zu bleiben. Er fühlte, wie die Lanze in seiner Faust zersplitterte und in Stücke barst.

Im nächsten Moment rasten er und sein Gegner in entgegengesetzter Richtung aneinander vorüber.

Während Worf den Galopp seines Pferds zügelte, zog er eine vorläufige Bilanz. Die Lanze war abgebrochen, also warf er sie fort. Sein Schild war zerschrammt, aber noch verwendbar. Der Sicherheitsoffizier wendete sein Tier. Auch der Schwarze Ritter riß gerade sein Pferd herum. Sein Schild war dermaßen verbeult, daß er ihn auf den Erdboden geworfen hatte. Aber seine Lanze war noch intakt.

Der Schwarze Ritter hob die Lanze kurz zu einem Salut an. Dann sprengte er ein zweites Mal auf Worf zu.

Worf ließ den Schild fallen. Ohne auf Barclays Schreie der Panik zu achten, jagte der Klingone sein Tier dem Schwarzen Ritter entgegen. Dessen Lanzenspitze war direkt auf Worfs Herz gerichtet.

Im letzten Augenblick vor dem Todesstoß nahm Worf die Hände von den Zügeln. Ehe die Lanzenspitze ihn durchbohren konnte, packte er sie und riß sie kraftvoll beiseite.

Der völlig überraschte Schwarze Ritter wurde aus dem Sattel gehebelt und stürzte ins Gras. Flink sprang Worf mit einem lauten Aufbrüllen des Triumphs vom Pferd. Er zückte das Schwert und stapfte zum Schwarzen Ritter, der ausgestreckt auf der Erde lag.

»Gebt Ihr auf?« herrschte er ihn an.

»Niemals!« schnauzte der Schwarze Ritter zurück. Er raffte sich hoch und zog das eigene Schwert aus der Scheide. »Wir kämpfen bis zum Tod!«

»Bis zum Tod«, stimmte Worf fröhlich zu.

Nachdrücklich schüttelte Graebel den Schopf. »Um Vergebung, Dieter, du mußt mir traun«, sagte er zu seinem Besucher. »So leid's mir ist, nimmer war hie wer mit Namen Lukas, Martel oder Rosalinde.«

Data neigte geringfügig den Kopf. »Als wir uns auf dem Marktplatz trennten«, entgegnete er, »haben sie sich auf den Weg zu Ihnen gemacht. Was vermuten Sie, wenn sie hier nicht angekommen sind, wohin sie gegangen sein könnten?«

Der Weinhändler zuckte mit den Schultern. »Allein mein Zunftschild kannten sie, sagst du? Ei, so mag's sein, sie wandelten irre und besuchten einen andern Handelsmann.«

»Das ist unwahrscheinlich«, lautete Datas Antwort. »Lukas war in bezug auf Ihr Firmenschild ganz sicher. Ich habe auch keines gesehen, das mit Ihrem Ähnlichkeit hat und eine Verwechslung erlaubt hätte.«

Noch einmal hob Graebel die Schultern. »Dann haben ihn wohl Räuber angefalln. Wie's mich auch wurmen tut, im Städtl hie sind nit all so ehrbar und rechtschaffne Leut wie du und ich.« Er klatschte in die Hände. »Vernimm mein Wort, Dieter, und hör auf mich. Laß einen Schoppen Wein uns süffeln, derweil min Knecht tut sich umhörn bei andern Handelsleuten. Es will mich nit unmöglich dünken, daß er uns sodann Kunde zuträgt von der Weggefährten Los.«

»Danke schön.« Gemessen nickte Data. »Ich bin Ihnen für die versprochenen Nachforschungen sehr verbunden. Was den Wein angeht, bedanke ich mich für das Angebot, aber ich trinke nicht.«

»Bah, was für Grillen, Dieter, sei kein schnöder Klotz«, erwiderte Graebel. »Allein ein blöder Rüpel trinket nit mit andern Mannen. Bedenk's dir wohl, ich biet dir Hülf und einen wahrlich leckern Tropfen.«

Data überlegte sich den Vorschlag. Er benötigte zum Existieren weder Nahrung noch Getränke, konnte aber erforderlichenfalls essen und trinken. Der Captain hatte ihm die Anweisung erteilt, vollständig den Anschein eines Menschen zu erwecken. Data erachtete die Logik des Weinhändlers als etwas verschroben, doch auf was es dem Mann ankam, war völlig klar. »Dann nehme ich an«, erklärte der Androide sich schließlich einverstanden.

Graebel ging zur Tür und unterhielt sich im Flur halblaut mit seinem Diener. Mit einem Tablett, auf dem Wein und Becher standen, kam er wieder herein. »Es sollt gewißlich kein Stündchen nit mal währen, Dieter. Und wie denn könnt man wohliger das Harren sich verkürzen als bei dem Kruge bekömmlich guten Weins?«

Das war eindeutig eine rein rhetorische Frage. Mittlerweile erkannte Data diese Art von Fragen. Er gab keine Antwort. Statt dessen nahm er den angebotenen Becher Wein und trank ein Schlückchen. Graebel schmunzelte und schlürfte einen herzhaften Zug aus dem eigenen Becher.

»Bist du ein Kenner feinen Weins, Dieter?« erkundigte sich Graebel. »Was sagst du, he, wie mundet dir hie der köstlich Trank?«

Data nippte noch einmal am Wein und ließ seine internen Sensoren die Flüssigkeit analysieren. »Über den selbstverständlichen Alkoholgehalt hinaus stelle ich eine Spur Apfelsaft, einen minimalen Prozentsatz Zimt sowie einen vierten Bestandteil fest.« Dessen Identifizierung erwies sich als etwas schwieriger. Zu guter Letzt ordnete Datas Positronenhirn die Zutat als Form einer Atropin-Variante ein. Nichts legte die Schlußfolgerung nahe, daß sie als normale Ingredienz zur Aromatisierung von Weinen galt. Gewonnen wurde sie aus dem Hahnenfuß, einer *Ranunculus*-Abart, einem in ganz Europa verbreiteten Gewächs, aus dem man früher, bis ins neunzehnte Jahrhundert, Medikamente fabriziert hatte.

Aha. Das konnte die Erklärung sein. Die Substanz war dem Wein als Betäubungsmittel beigemischt worden. Interessant, denn auf der Erde hatte man Atropin erst 1833 isoliert und ...

Plötzlich fiel Data auf, daß Graebel ihn anstarrte. Der Androide fragte sich, ob er von den Parametern seines Auftretens als Mensch abgewichen war und mit seinem Betragen den Händler mißtrauisch gemacht hatte. Da erkannte er das Problem: Ein Mensch wäre inzwischen von dem Mittel besinnungslos geworden. Vielleicht war es dem Captain und seinen Begleitern so ergangen. Sofort desaktivierte Data seine motorischen Reaktionen.

Graebel gab einen Ausruf der Verblüffung von sich und schrak mit für einen Mann seines Körpergewichts überraschender Schnelligkeit zurück, als sein Gast schlagartig von Kopf bis Fuß steif wurde und auf die Dielen kippte. »Alle Wetter«, murmelte er vor sich hin. »Fürwahr, so hab ich das Pülverchen noch keinen fällen sehn.« Er beugte sich über Data und betastete sein Handgelenk.

Offenbar fühlte er den Puls. Datas inneres Versorgungssystem erforderte keinen Pumpvorgang der Weise, wie das normale Herz Blut pumpte; darum hatte er keinen Puls. Allerdings war es ihm möglich, durch Strömungssteuerung seiner chemischen Emulsionen Pulsschlag zu simulieren. Weil Data ohnmächtig sein sollte, täuschte er dabei einen unterdurchschnittlich langsamen Pulsschlag vor.

»So mag ich's leiden«, nuschelte Graebel. Dann richtete er sich auf. »Sigfrid!« schrie er. Der Diener eilte zur Tür herein. »Hie han wir abermals ein Sklaven für die Schachten.«

»Der letzte Hauf ward just hinfortgeführt, Meister Graebel«, gab Sigfrid zur Antwort. »Heut wird kein Sklav uns mehr genommen, dieweil er zu verköstgen wär.«

»Ha, so bin ich geäfft!« schimpfte Graebel. »Elendigs Ungemach, mich deucht, ich han ihn einzukarzern über Nacht.« Er seufzte. »Welch Jammer ... Wie's steht, ist er ein Gesell des kahlen Fahrensmanns mit Namen Lukas, der uns hie aufgesuchet. Mag sein, sie hätten gerne Seit an Seit geplackert in den Schachten. Ja gewiß doch, ja, Sigfrid, ich weiß ... Ein allzu zart Gemüte hab ich, das leicht gerühret wird von solchem Grübeln.«

Data schlußfolgerte, daß Graebel gelogen hatte, als er behauptete, dem Captain nie begegnet zu sein. Offenbar war Picard als Arbeitssklave in die in den Bergen gelegenen Minen verkauft worden. Vorerst beließ der Androide es dabei, Besinnungslosigkeit vorzutäuschen;

davon versprach er sich, weitere informative Gespräche belauschen zu können.

»Was fang ich an mit ihm, Meister?« wollte der Diener erfahren.

»Es will mich rätlich dünken, wir schließen ein ihn in den Keller«, sagte Graebel. »Ich wünscht, er fiel uns nit zur Last, jedoch seh ich kein andre Abhilf.«

Data war klar, daß sich seine Aussicht, nützliche Erkenntnisse zu gewinnen, sehr verringerte, falls man ihn einsperrte. »Erlauben Sie mir, Ihnen diese Unannehmlichkeit zu ersparen«, äußerte er, indem er aufsprang.

Es ließ sich schwer beurteilen, wer fassungsloser war, Graebel oder Sigfrid. Beide wurden bleich und wichen zurück. Data griff zu und packte jeden der zwei Männer am rechten Handgelenk.

»Wie geht dies zu?!« zeterte Graebel. »Du müßt ohn Sinnen liegen...!«

»Im Prinzip bin ich der gleichen Meinung.« Data durchdachte die Situation. Einerseits hatte er jetzt gegen den Befehl des Captains verstoßen, uneingeschränkt wie ein Mensch zu wirken. Andererseits mochte gegenwärtig das Überleben des Captains – und ebenso Fähnrich Ros und Lieutenant Miles' – von Datas Freiheit und seiner Fähigkeit abhängen, ihnen zu Hilfe zu kommen. »Zum Glück bin ich aufgrund eines angeborenen Defekts gegen Atropin immun.«

Eigentlich war das nicht die Wahrheit, aber auch keine regelrechte Lüge. Er hatte lediglich impliziert, er sei geboren, nicht konstruiert worden.

Sigfrid versuchte, sich Datas unerschütterlich festem Griff zu entwinden, aber ohne Erfolg. »Er ist ein magrer Wicht, Meister«, sagte der Mann zu Graebel, »aber an Leibeskräften stärker, denn man glauben möcht.«

»Ich treibe regelmäßig Sport«, klärte Data ihn auf. »Nun will ich von Ihnen wissen, was Sie mit Lukas, Martel und Rosalinde gemacht haben.« Sigfrid schaute seinen Herrn an, dann schüttelte er den Kopf.

Offenbar fürchtete er Graebels Zorn zu sehr, um zu reden.

»Wie Sie wünschen.« Flüchtig ließ Data den Weinhändler los und verpaßte dem Diener einen hinlänglichen Kinnhaken, um ihn bewußtlos zu schlagen. Bevor Graebel die Gelegenheit nutzen und fliehen konnte, hatte Data ihn schon wieder am Handgelenk gepackt. Sigfrid sackte auf den Fußboden.

Graebel zitterte. Offensichtlich rechnete er mit Tätlichkeiten. Data wußte, es war relativ einfach, eine furchtsame Person zum Reden zu bringen. Sie mußte nur entsprechend ermuntert werden.

Um des Effekts willen lächelte Data. Damit rief er bei dem Weinhändler anscheinend noch tieferen Schrecken hervor. »Vielleicht sind Sie nun so freundlich, mir mitzuteilen, was ich wissen will. Falls Sie dies ablehnen, bin ich bedauerlicherweise gezwungen, Ihnen Schmerzen zu verursachen. Ich darf Ihnen jedoch versichern, daß ich bei der Anwendung solcher Maßnahmen keine Lustgefühle verspüre. Ich bin weitgehend der Überzeugung, daß es sich bei Ihnen durchaus ähnlich verhält, sobald Sie diesen Zwangsmaßnahmen unterzogen werden.«

»Halt ein, nit solche Hast, Freund Dieter«, krächzte Graebel. »Wir sind verstandeskluge Leut, wähn ich, gewißlich finden wir ein Einvernehmen.«

»Das ist eine denkbare Möglichkeit.« Andeutungsweise neigte Data den Kopf. »Eine andere Möglichkeit ist, daß Sie darauf bestehen, mir zu verschweigen, wo meine Freunde sind. Die Folge wird leider ein gebrochenes Handgelenk sein.« Um seine Drohung zu unterstreichen, übte Data leichten Druck auf die Hand aus, die seine Faust umklammert hielt.

Graebel schrie laut, allerdings mehr aus Furcht als aus Schmerz. »Halt ein! Ich sag's!« Data lockerte den Griff ein wenig. »Zu Gehülfen verdingt ich selbges Dreigespann Bindern, dem Glasbläser in der Hohen Straat.«

»Das ist eine Lüge«, konstatierte Data. Abgesehen von der Tatsache, daß er Graebel erwähnen gehört hatte, Lukas in die Minen verkauft zu haben, bemerkte er an den körperlichen Reaktionen des Weinhändlers, daß er log. Ungefähr wie ein Lügendetektor spürte Data die Veränderung des elektrischen Leitvermögens der Haut und sah die kaum merkliche Verengung der Augen. »Wenn Sie noch einmal lügen, bin ich dazu genötigt, Ihnen einen Knochen zu brechen. Also verraten Sie mir die Wahrheit. Wo ist Lukas?«

»Ich verkauft ihn in die Schachten«, krakeelte der Händler. Er schlotterte vor Entsetzen. »Er ward schon von dannen geführt, zugleich mit Martel gen die Gruben.«

»Auf welcher Straße?«

»Ich weiß nit recht«, sagte der Weinhändler. »Hör, Dieter, ich sprech wahr. Aber deuchen will's mich, man zog hinaus zum Zolltor und den Bergweg hinan. Glaub's mir, mehr tu ich nit wissen.«

Data glaubte ihm. Diesmal hatte er keine Anzeichen für eine Lüge beobachtet. »Und Rosalinde?« fragte er.

»Sie mußt mit ihnen ziehn.«

»Das ist eine neue Lüge.« Knapp schüttelte Data den Kopf. »Ich bitte Sie, sich darauf zu verlassen, daß ich bei der Durchführung der bevorstehenden Maßnahme keinerlei persönliches Vergnügen verspüre.« Er aktivierte den Servomotor seiner Faust und drückte zu.

»Haaaaa, nit, nit!« brüllte Graebel und fiel auf die Knie. Data stoppte den Servomotor, verringerte aber den Druck nicht. Inzwischen war die Hand des Weinhändlers schneeweiß; die Durchblutung war vollständig unterbrochen. Datas Faust glich einer unerbittlichen Schraubzwinge. »Die Maid verkauft ich dem Herzog als Dienstmagd«, röchelte Graebel und hieb dabei mit der freien Hand auf Datas Arm ein.

Rasch machte Data sich Gedanken über die Lage. Daß der Captain und Miles in große Gefahr geraten waren, stand außer Zweifel. Höchstwahrscheinlich gaben die Minen für humanoide Lebensformen keinen gefahrlosen Aufenthaltsort ab; andernfalls würde man für die Bergwerksarbeit keine Sklaven einsetzen. Nicht ausgeschlossen werden konnte auch die Möglichkeit, daß der Sklaventransport unterwegs einem der hiesigen Drachen begegnete.

Ro dagegen befand sich wahrscheinlich in der Burg relativ in Sicherheit, obwohl die Annahme berechtigt war, daß sie Überstunden leisten mußte und man ihr vielleicht sexuelle Belästigung am Arbeitsplatz zumutete. Durch schlichte Arithmetik wurde klar, daß Data, folgte er dem Sklaventransport, zwei Bordkameraden retten konnte, hingegen nur eine Person, wenn er sich zuerst um Ro kümmerte.

Der Androide beschloß, zunächst den Captain und Miles aus der Gefangenschaft zu befreien. Zu dritt hatten sie anschließend bessere Aussichten, auch Ro Rettung zu bringen.

Data merkte, daß während seiner Sachanalyse Graebel die ganze Zeit lang an ihm gezerrt und auf ihn eingedroschen hatte, um sich dem Klammergriff zu entwinden. Er widmete seine Aufmerksamkeit diesem Problem. Falls er das Handgelenk des Weinhändlers noch eine Weile länger in so fester Umklammerung behielt, drohte ihr ernsthaft die Gefährdung eines dauerhaften Schadens. Ohne Vorankündigung gab er die Hand frei. Mit einem Aufschreien sackte Graebel vollends zu Boden, plapperte konfus vor sich hin und rieb sich die gequetschte Hand.

Daß er sich nicht einfach von Graebel verabschieden konnte, war dem Androiden bewußt. Er hätte es vorgezogen, den kleinen Sklavenhändlerring des Weinhändlers ein für allemal zu zerschlagen; doch die Erste Direktive verbot das Einwirken auf innere Angelegenheiten eines bewohnten Planeten. Aber ließ er den Mann bei Bewußtsein zurück, würde er unzweifelhaft den

Herzog vor Datas Interesse an seinem neuen Dienstmädchen warnen. Dadurch wurde Ros Befreiung möglicherweise erschwert.

Um diesem etwaigen Ärger vorzubeugen, gab es eine naheliegende Problemlösung. Data nahm den mit dem Betäubungsmittel gefüllten Becher und schenkte aus dem Krug Wein nach. Dann hielt er den Becher dem Händler hin, der vor sich hinbebte und -ächzte. »Trinken Sie«, forderte er Graebel auf. »Dann kann ich mich in meinem Handlungsspielraum bedeutend freier fühlen.«

»Nein, ich tu's nit.« Soviel konnte Data zwischen Graebels ständigem Gejammer verstehen.

»Falls Sie nicht trinken«, erklärte Data ihm, »zwingen Sie mich dazu, Sie durch physische Gewalt in den Zustand der Besinnungslosigkeit zu versetzen. Den Kraftaufwand zu schätzen, der dafür erforderlich sein dürfte, ist keine leichte Aufgabe. Ihr hoher Prozentsatz an Körperfett dämpft einen erheblichen Teil der Schlagkraft. Es könnte sein, daß ich Ihnen lediglich Schmerzen zufüge. Allerdings ist es ebenso denkbar, daß Sie durch die erhöhte Kraft, deren es bedarf, um Ihre Korpulenz auszugleichen, einen Knochenbruch erleiden.«

Graebel langte nach dem Weinbecher und trank ihn in einem Zug leer. Wenige Sekunden später fiel er in völliger Erschlaffung vornüber zu Boden.

Zufrieden nickte Data. Er ging davon aus, daß das Betäubungsmittel stark genug war, um den Weinhändler für den Rest des Tages zu betäuben. Diese Zeitspanne sollte genügen, um den Captain zu befreien und nach Diesen umzukehren. Data berührte den Kommunikator, der in die Spange integriert war, die auf seiner Brust den Umhang schloß. »Data an *Enterprise*.«

Trotz seines außergewöhnlich sensitiven Gehörs bereitete es dem Androiden Schwierigkeiten, Geordi zu verstehen, als der Chefingenieur sich meldete. Während des gesamten Gesprächs zirpte und rauschte Statik. Allerdings war es möglich, daß man an Bord des Raumschiffs mit seinen wesentlich leistungsstärkeren Kommunikationsanlagen einen besseren Empfang als Data mit seinem winzigen Gerät hatte. Wohl oder übel mußte Data darauf bauen.

»Der Captain, Lieutenant Miles und Fähnrich Ro sind gekidnappt und als Sklaven verkauft worden, Geordi«, gab er der Kommandobrücke durch. »Ich beabsichtige als erstes, die Befreiung des Captains und Lieutenant Miles' auszuführen, weil man sie aus der Stadt verschleppt hat und ihnen daher potentiell die größte Gefahr droht. Data Ende.«

Data schloß seinen Umhang, verließ das Haus und machte sich auf den Weg zum Stadttor. Sobald es keine Augenzeugen mehr gab, konnte er sich viel schneller fortbewegen. Bis dahin jedoch mußte er vortäuschen, ein normaler Mensch zu sein.

Mit einem wütenden Schrei schwang der Schwarze Ritter sein Schwert in großem Bogen abwärts. Worf riß die eigene Klinge hoch und parierte den Streich. Der Stahl der zwei Klingen gellte metallisch, als sie durch die beiden Hiebe mit fürchterlicher Gewalt aufeinandertrafen, und sie versprühten Funken. Beim Zusammenstoß der Klingen prellte sich Worf die Schulter, aber aus heller Freude am Kampf lachte er laut und wild.

Es war an der Zeit, das Unerwartete zu tun.

Er ließ das Schwert fallen und packte den noch erhobenen Arm des völlig verdutzten Schwarzen Ritters. Indem er sich umdrehte, riß er unter Aufbietung aller Kraft den Gegner von den Füßen. Der Schwarze Ritter stieß ein Aufheulen aus und flog über Worfs Schulter, dann krachte er schwer auf den Rasen. Worf kniete sich auf den Gestürzten, entwand den Fingern des Halbbetäubten das Schwert und setzte ihm die Spitze an den unter dem Rand des Helms sichtbaren, entblößten Hals.

»Gebt Ihr auf?« fragte der Klingone.

»Ich... ich gebe auf«, keuchte der Schwarze Ritter. Hinter dem Visier blieb sein Gesicht unkenntlich, aber der Stimme waren Erschöpfung und Furcht deutlich anzuhören.

Worf warf das Schwert beiseite und richtete sich auf, während das Herrscherpaar, die übrigen Ritter und sonstigen Zuschauer in Jubel ausbrachen. Barclay kam, ein Grinsen in der Miene, über den Turnierplatz gelaufen. Plötzlich sperrte er Mund und Augen auf, als riefe er eine stumme Warnung.

Indem er sich duckte, wirbelte Worf herum. Der Schwarze Ritter hatte sich wieder emporgerafft und aus einer versteckten Scheide einen Dolch gezückt. Worf war unbewaffnet. Durch zusammengekniffene Lider blickte er auf die gefährliche Klinge.

Dann schrie er seinen Zorn hinaus und trat mit dem rechten Fuß zu. Worfs Fuß traf ihn in die Magengrube. Obwohl er einen Brustpanzer trug, reichte die Wucht des Tritts aus, um ihn hintenüber zu werfen. Worf hinkte zu ihm und blickte finster auf den zum zweitenmal Gefällten hinab.

Barclay rannte herbei. »Sind Sie unverletzt, Sir?« japste er.

Worf schnitt eine böse Miene. »Dieser Mann war kein ehrenhafter Gegner«, beschwerte er sich. »Er hat betrogen.«

»Nun ja, Sir, ich habe mich bemüht, das Programm realistisch zu konzipieren«, erklärte Barclay. »Wissen Sie, so was passierte häufiger. Die Ideale des Rittertums wurden zwar... äh... allgemein anerkannt und gutgeheißen. Aber an sie gehalten hat man sich nicht immer.«

Mit einer gewissen Enttäuschung wandte Worf sich von seinem überwundenen Gegner ab. »Computer«, rief er, »Programm beenden.« Die Szenerie verschwand; man konnte wieder die kahlen Wände des Holodecks sehen. Worf sah Barclay an. »Vielen Dank für Ihre Hilfe. Das war eine sehr amüsante Holodeck-Exkursion. Aber nun müssen wir unsere Dienstpflichten wiederaufnehmen.« Kaum merklich schüttelte er den Kopf. »Ich hatte gehofft, eine an den Tugenden der Ritterschaft orientierte menschliche Gesellschaft wäre für mich attraktiv. Vielleicht habe ich mich geirrt.«

Barclay nickte. »Das Problem ist, daß die Leute zwar gerne Ideale pflegen, sich aber im Alltag eher selten danach richten. Selbstverständlich liegt der Fehler nicht bei den Idealen. Die Ursache ist in der menschlichen Schwäche zu sehen.«

Worf musterte den Lieutenant. »Ich muß gestehen, daß das gleiche auch bei den Klingonen der Fall sein kann. Anscheinend ist die Anziehungskraft der Ideale universell – und genauso die Unfähigkeit sämtlicher Völker des Universums, ihnen auf Dauer gerecht zu werden.«

»Hoffentlich habe ich Sie nicht zu sehr enttäuscht«, sagte Barclay sorgenvoll.

»Nein, das Programm hat mir echten Spaß gemacht.« Worf strebte zur Tür. Barclay mußte in Laufschritt verfallen, um mithalten zu können. »Die Hinterlist des Schwarzen Ritters diente ausgezeichnet zur Erinnerung daran, daß die Wirklichkeit unsere Erwartungen und Wünsche nicht immer erfüllt.«

»Was sollte das alles nur *heißen?*« wunderte Geordi sich laut. »Wegen der Statik konnte ich kein einziges Wort verstehen.«

Erst fünf Minuten vorher war Worf an seinen Posten auf der Kommandobrücke zurückgekehrt. Noch jetzt waren in seinem Gesicht Andeutungen eines Lächelns zu erkennen. »Ich versuche die Mitteilung zu entstören, Sir«, sagte er, beugte sich über die Kom-Konsole. Kurze Zeit später war er soweit. »Ich habe sie verständlich machen können«, meldete er, bevor er die Aufzeichnung abspielte.

Endlich konnte man Datas Worte durch das elektronisch unterdrückte, aber nach wie vor lästige Knistern der Statik verstehen. Als er über die Entführung des Captains und seiner Begleiter informierte, erstarrte Worf vor Empörung. Kaum war Datas Stimme verstummt, wandte der Klingone sich tatendurstig an Geordi.

»Ich ersuche um Erlaubnis, Sir«, polterte er lauthals, »eine Landegruppe zusammenstellen und den Captain befreien zu dürfen.«

»Nein, bedaure, Worf«, erwiderte Geordi. »Ausgeschlossen. Der Captain hat einen deutlichen Befehl erteilt – keine zusätzliche Landegruppe, solang er oder Commander Riker keine anfordert. Wir müssen darauf vertrauen, daß Data den Captain raushaut.«

»Herumzusitzen und zu warten«, knirschte Worf, »ist nicht mein Geschmack.«

»Das macht keinem von uns Spaß«, entgegnete Geordi. »Aber uns bleibt gar nichts anderes übrig. Außerdem bin ich mir sicher, daß Data es schafft, den Captain aus dem Schlamassel zu holen. Wissen Sie, Data ist ganz schön pfiffig.«

Worf schlug die Faust auf das Plastikstahlgeländer des Kommandobereichs. Es wackelte sichtlich. »Ein Kampf!« schnob er. »Und ich bin nicht dabei...!« Er brummte eine Reihe klingonischer Flüche.

Geordi zog angesichts der ungeheuren Erbitterung, die in Worfs Stimme zum Ausdruck kam, den Kopf ein und widmete sich seinen Aufgaben. Er hatte Verständnis für Worfs Frustration. Auch ihm war es zuwider, nur dazusitzen und abzuwarten. Aber was sollten sie anderes unternehmen?

»Bist du *völlig* sicher, daß du dich da nur nach Informationen umhören willst?« fragte Deanna, während ein spöttisches Lächeln ihre Lippen umzuckte.

Riker blieb vor der Tür der Lokalität stehen, einer Art

von Gasthaus. »Wieso?« fragte er. »Welchen Grund könnte ich denn sonst haben, um eine derartige Kaschemme aufzusuchen?«

»Zum Beispiel könntest du Durst haben, oder?«

»Du beleidigst mich, Deanna. Wirklich, du kränkst mich.« Mit dramatischer Gebärde griff Riker sich ans Herz. »Du weißt, daß solche Unterstellungen mir weh tun.«

»Ja, ich glaube dir aufs Wort.« Deanna schüttelte den Kopf. »Im Ernst, Will, meinst du, hier läßt sich irgendwas erfahren?«

»Vertrau mir. Du weißt doch *selbst*, auf der *Enterprise* ist Guinans Gesellschaftsraum der beste Ort, um allen Klatsch mitzubekommen. Und dieses Lokal ist das hiesige Äquivalent des Gesellschaftsraums. Wir finden bestimmt jemanden, der uns für ein Glas irgendeines Gesöffs einiges erzählt.«

»Aber wir haben keine geläufige Währung bei uns, um irgendwem etwas zu spendieren«, gab Deanna zu bedenken. Riker zwinkerte. Dann schnippte er ihr eine kleine Silbermünze zu. Troi fing sie mitten in der Luft. »Woher hast du das Geld?« fragte sie erstaunt. »Du hast doch niemanden bestohlen, oder?«

»Nur fast. Erinnerst du dich an das Säckchen, das ich noch schnell aufgehoben habe, ehe wir aus dem Haus gerannt sind? Wie sich gezeigt hat, war's Hagans Geldbörse. Ich betrachte es als durchaus angebracht, sein Bargeld zu verwenden, um Informationen zu bezahlen.«

Deanna schenkte ihm ein strahlend breites Lächeln. »Weißt du, Will Riker, manchmal muß ich dich doch bewundern.«

»Nur manchmal?« Will grinste und stieß die Kneipentür auf. »Tritt ein.«

Das Lokal war ziemlich stark gefüllt. Nach dem Lärm und Gestank zu urteilen, wurde es offenbar vorwiegend von Angehörigen der unteren Schicht besucht.

Mehrheitlich waren Fischer, Tagelöhner und Marktleute die Gäste; sie tranken ölig dickes Bier und befaßten sich mit Glücksspielen. Auch ein bis zwei Frauen waren anwesend; allerdings trug keine so teure Kleidung wie Deanna. Sie und Riker wirkten in dieser verräucherten Spelunke ziemlich deplaziert.

Wie es zu seiner Rolle paßte, bahnte Riker sich durch das Gedränge rücksichtslos den Weg zum Ausschank. Wer Neigung zum Aufbegehren hatte, überlegte es sich anders, sobald er Wills Aufmachung und die Faust an seinem Schwert sah. Deanna folgte ihm dichtauf, ohne die Einheimischen ringsum eines Blicks zu würdigen.

Am Ausschank klopfte Riker auf Holz, um die Aufmerksamkeit des Wirts zu erregen. »Haben Sie vielleicht ein ruhigeres Hinterzimmer?« fragte er. »Ein Zimmer für eine Dame?«

Der Wirt, ein rundlicher Mann, hatte eine Lederschürze um den dicken Bauch geschlungen, die dreckiger war als sein Hemd. Sein Kahlkopf glänzte im Leuchtschein des Kaminfeuers. »Ich han allein, was Ihr hie seht, Herr«, gab er zur Antwort. »Wer hie im Städtl kann mehr denn zween Stuben han? Selten beehrn mich Gäste Eures Standes, Herr.«

»Sie hätten diese Ehre nicht, wäre nicht das Haus des Mannes abgebrannt, den wir aufsuchen wollten.« Riker schüttelte den Kopf. »Guter Gott, was für ein häßliches Kaff.«

Eine der anwesenden Frauen schob sich mit Hilfe des Ellbogens herüber zum Ausschank. Sie war einfach gekleidet und im gleichen Alter wie der Wirt, also vermutlich seine Ehefrau. Sie strich sich Haarsträhnen aus dem Gesicht und verbeugte sich hastig. »Am Herd da is ein behaglichs Plätzchen«, wandte sie sich an Deanna, »wo Euer Edeln Ruh fänden.«

»Besser als nichts, würde ich sagen«, meinte Troi, indem sie die Hochmütige spielte. »Also schön.«

Die Frau führte sie zu einem Lehnstuhl am offenen

Kamin. Nach der Kühle im Freien tat die Wärme der Counselor tatsächlich gut. Der einzige Nachteil war, daß ab und zu ein Windstoß durch den Schornstein herabfuhr und Qualm ins Lokal blies. Deanna nahm in dem Stuhl Platz; er erwies sich als bemerkenswert bequem. Zudem war er noch warm von der Person, die vorher darin gesessen hatte und von der Wirtin vertrieben worden war.

»Dürft ich Euch einen Trank reichen, Euer Edeln?« fragte die Frau.

»Wein«, befahl Riker. »Und zwar den besten, nicht das Zeug, das diese Penner saufen. Und auch für mich Wein.«

Die Frau verneigte sich und eilte fort. Riker lehnte sich überm Feuer ans Kaminsims und wärmte seine Hände. »Was für ein erbärmliches Kaff«, murrte er nochmals und laut genug, um von den Gästen in der Nähe des Kamins verstanden zu werden. Angestrengt taten sie so, als bemerkten sie die fremde Dame und ihren Leibwächter gar nicht. »Anscheinend geht man hier mit Feuer leichtsinnig um.« Er heftete den Blick auf die nächststehenden Männer. »Von Ihnen weiß wohl niemand zufällig was über das Haus, das vor ungefähr einer Stunde niedergebrannt ist?«

Die Männer wechselten Blicke des Unbehagens. Offenbar hatte keiner von ihnen Lust, sich zu der Frage zu äußern; gleichzeitig jedoch wußten sie, daß sie womöglich mit Rikers Faust oder gar Schwert Bekanntschaft schlossen, falls sie sich nicht zu einer Antwort durchrangen. Endlich hob ein älterer Mann den Kopf.

»Sprecht Ihr von Magister Hagans Heim, Herr?«

»Wie viele Häuser sind denn heute abgebrannt?« schnauzte Riker ungnädig. »Ja, natürlich meine ich sein Haus.«

»Fragt Ihr mich, Herr«, erklärte der Mann, »dann ist's seinem wahr'n Meister wiedergeben worn... Vasteht Ihr mich?«

Er wirkte, als ob er sich wünschte, er könnte irgendwie mit der Düsternis der Räumlichkeit verschmelzen. Die Beachtung arroganter Herrschaften auf sich zu ziehen, galt wohl als gefährlich, nicht weniger bedrohlich, als über das Treiben des verschwundenen Zauberers zu reden. Doch das Schwert des Bewaffneten verkörperte eine unmittelbarere Gefahr, wogegen man vor Hagans Kräften zumindest im Moment sicher war.

»Ich verstehe *nicht*, was Sie meinen«, mischte Deanna sich ein. Sie spürte, daß der Mann sich vor dem Gespräch fürchtete; aber gleichzeitig hatte er genausoviel Furcht davor, *keine* Antwort zu erteilen. Um ihm die Zunge zu lockern, brauchte es ein wenig zusätzliche Ermutigung.

Inzwischen war die Wirtin mit einem Krug Wein und zwei Bechern zurückgekehrt. Sie reichte die Becher Deanna und Riker, schenkte sie ihnen mit Wein voll. Deanna hob die Hand. »Unser Freund hier bekommt auch etwas.«

Die Frau blinzelte vor Verblüffung und blickte den Alten an. Dann zuckte sie mit den Achseln und füllte ihm den hastig geleerten Becher.

»Lassen Sie den Krug da«, sagte Riker. Er gab ihr eine Silbermünze. Als sie das Geldstück bestürzt anstarrte, merkte der Commander, daß er ihr wahrscheinlich viel zuviel gegeben hatte. »Servieren Sie uns gleich auch etwas zu essen«, fügte er rasch hinzu.

Dieses Mal verneigte die Frau sich tiefer. »Freilich, Herr.« Die Münze verschwand unter ihrem Kleid, ehe die Wirtin sich eilends entfernte.

»Von Herzen bedankt sei die Güte, Euer Edeln«, brabbelte der Alte. Er kratzte sich am Hals. »Ich wollt sagn, der alte Hagan, er trug nit allein Schwarz am Leibe, o nee nit, schwarz war so auch sin Seel. Der Deibel tat bei ihm Wohnung han als sin Hausgenoß. Und der Deibel hat ihm des Höhlenpfuhls Feuersbrunst mutwillig mitten in sein Heimstatt spien.«

»Woll, so war's«, bekräftigte ein Umstehender. »Das sind kein Flammen als wie bei gemeinem Feuer gewest. Es schien gar, als wollten sie sich nimmer löschen lassen, so arg brannten sie lichterloh.«

Diese Behauptung ergab durchaus einen Sinn, denn der Brand war durch chemische Stoffe entzündet und genährt worden. Von solchen Dingen hatten die Menschen hier allerdings keine Ahnung. Vermutlich hatten sie zum Löschen nichts anderes als Wasser und Sand greifbar gehabt.

»Ein übler Schuft is er gewest«, sagte der Alte. »Geröstet ward, wer aus 'n Trümmern geborgen. Ich hoff, 's is der Hundsfott selbst.« Plötzlich fiel ihm etwas ein, und er wurde blaß. Nervös schluckte er. »Habet Ihr ... ihn nah gekannt?«

»Nein«, antwortete Deanna, um ihn zu beruhigen. »Wir wollten ihm einen Besuch abstatten.«

Riker legte die Hand an seinen Schwertgriff. »Ich hatte eine Nachricht für ihn. Aber es war nicht Hagan, der in dem Haus umgekommen ist, sondern einer unserer Leute. Hagan hat ihn ermordet.«

»Entflohn is er?« Der Alte schlug das Kreuzzeichen. »Ach weh, so wern Dämonen unser Städtl strafen!« Er hatte offensichtlich gehörige Furcht vor dem angeblichen Zauberer.

»Wenn wir ihn finden, passiert nichts«, versprach Riker. »Hat hier zufällig jemand eine Vorstellung, wohin der Dreckskerl sich verdrückt haben kann?« Der Commander trank ein Schlückchen Wein. Er schmeckte bitter, ließ sich aber einigermaßen trinken. Wenn das der beste Wein im Haus sein sollte, war Will darüber froh, nicht den *vin ordinaire* trinken zu müssen. Zwischen zwei Fingern zeigte er eine Münze vor. Er konnte es sich leisten, mit Hagans Geld großzügig zu sein.

Ihr Informant beugte sich dienstfertig vor. Die anderen Männer machten große Augen. »Drunten im Hafen hat er ein Schifflein liehn. Bislang sah keiner nimmer ihn je ausfahrn. Tief liegt's im Wasser, drum muß 's schwer beladen sein mit Sachen. Man möcht gar fürchten, sie seind des Deibels Eigentum.«

»Können Sie mich zu diesem Schiff führen?« fragte Riker.

Der Mann beäugte die Münze, zögerte aber. Sich dem Schiff zu nähern, war ihm offenbar unheimlich; aber das Geld bedeutete eine große Verlockung. Schließlich wußte er aus seiner Unentschlossenheit einen Ausweg. »Müßten wir dem Boote nahe gehn?« erkundigte er sich.

»Nur so nahe, daß Sie's mir zeigen können.«

»Um welche Stund wollt Ihr geführet sein?«

Riker schmunzelte. »Wenn Sie ausgetrunken haben.« Er nahm den Krug und händigte ihn den übrigen Männern aus. »Den Rest werden sicher gerne Ihre Kumpel trinken.« Der Krug wurde ihm regelrecht aus der Hand gerissen, und die Umstehenden teilten sich den Inhalt.

Die Sache, befand Riker, lief gut. Man durfte mit einiger Wahrscheinlichkeit annehmen, daß das erwähnte Schiff Hagans Ausweichquartier abgab. Er mußte vom brennenden Haus dorthin geflüchtet sein, um seine Komplizen zu warnen. Unter Umständen ließ sich an Bord ein Hinweis auf das Versteck der Bandenchefs entdecken. Der Commander sah keinen Grund anzuzweifeln, daß man in dem Kahn einiges an moderner Technik versteckt hatte, deren Verwendung die erste Direktive auf Prä-Techno-Welten verbot.

Sobald ihr Informant seinen Becher leergetrunken hatte, traten sie gemeinsam auf die Straße. Riker fiel auf, daß draußen, obwohl es schon später Abend war, noch auffällige Helligkeit herrschte. Flüchtig fragte er sich, ob in der Stadt etwa rund um die Uhr Betrieb sein mochte. Welche Schlafphasen legten die Einheimischen ein, wenn es keine richtige Nacht gab? Vielleicht machte man es so wie auf der *Enterprise*, teilte also eine gewisse Zeitspanne des Tages für die Arbeit und eine zweite Periode fürs Schlafen ein. Der Commander verdrängte diese Gedanken. Momentan hatten sie kaum eine Bedeutung.

Der Alte zögerte noch einmal. »Isses gewiß, daß wir nit müssen nahe gehn?«

»Ist schon recht. Sie brauchen uns nur zu Hagan zu führen.«

»Sie können sich die Mühe sparen.«

Riker, Deanna und der Alte fuhren herum. An der nächsten Straßenkreuzung stand der schwarzgekleidete Magier. Er stützte sich auf seinen Stock und musterte die drei mit festem, durchdringendem Blick. Vier Männer scharten sich um ihn; sie hatten ihre Schwerter gezückt.

»Es sieht so aus, als bräuchten wir das Boot nicht mehr zu suchen«, meinte Riker leise. Er warf dem Alten die Münze zu, dann zog er das eigene Schwert. Der Informant flüchtete sich zurück in die Taverne. Riker stellte sich in der Mitte der Straße vor Deanna. »Wollen Sie sich nicht lieber unserem Gewahrsam ausliefern?« fragte der Commander. »Vielleicht fällt das Gerichtsurteil dann milder aus.«

»Ihre Rücksichtnahme rührt mich zu Tränen«, höhnte Hagan. »Noch viel lieber ist es mir aber, Sie nun totschlagen zu lassen.«

Er vollführte mit dem Kopf eine ruckartige Geste. Sofort rückten die vier Halsabschneider vor.

14

Ich habe den Eindruck, ich muß mich bei Worf entschuldigen«, murmelte Riker. Es konnte sein, daß die Holodeck-Simulation nun doch noch ihren Nutzen erwies. Egal wie gut diese Kerle mit dem Schwert umzugehen verstanden, es war ausgeschlossen, daß sie das Niveau von *'tcharian*-Kriegern hatten.

Der Commander nahm eine lockere Fechterhaltung ein und behielt dabei die Gegner im Auge. Alle vier wirkten, als verfügten sie schon über einschlägige Erfahrungen. Berufskiller, erkannte Riker. Ihm selbst war das Töten zuwider, aber im Laufe einer solchen Konfrontation ließ es sich vielleicht nicht vermeiden.

Der vorderste Mann näherte sich mit regelrechter Ungeduld. Er zeichnete sich durch ein Gehabe kalter Arroganz aus und bildete sich offenbar ein, Riker ohne jede Unterstützung erledigen zu können. Er wirbelte seine Klinge umher und beschrieb in der Luft ansprechende Muster, die einen Ahnungslosen sicherlich beeindruckt hätten. Riker blieb unbeeindruckt. Auf täuschend stille Weise streckte er sein Schwert dem Angreifer entgegen.

Da griff der Mann an, stieß mit der Waffe zu. Mit einer knappen Armbewegung parierte Will den Stich, lenkte mühelos die auf seine Brust gerichtete Schwertspitze zur Seite. Der Killer feixte ein wenig und tänzelte rückwärts, um sich aus der Reichweite eines eventuellen Gegenstoßes zu bringen, schwang das Schwert empor und schlug von oben zu. Kraftvoll riß Riker das

Schwert hoch und wehrte damit den wuchtig geführten Streich ab. Als die Klingen zusammenklirrten, stoben Funken.

Mit roher Gewalt wollte der Mann Riker zurückdrängen, aber auch darauf war der Commander vorbereitet. Während sein Gegner sich gegen ihn stemmte, senkte er das Schwert, so daß die Klinge des Killers mit einem schrillen Kreischgeräusch daran abwärtsrutschte. Nun stand der Kerl dicht vor Riker. Er hieb mit dem Schwertgriff nach oben und traf den aus dem Gleichgewicht geratenen Mann mit dem Knauf ins Gesicht. Dadurch wurde ihm die Wange bis fast unters Auge aufgerissen. Blut schoß hervor. Mit einem Aufschrei torkelte er rückwärts. Energisch half Riker nach, indem er ihm einen Tritt in die Magengrube versetzte.

Zwei der drei restlichen Männer näherten sich Riker von beiden Seiten. Sobald ihr Kumpan ihnen nicht mehr im Weg war, nickten sie sich zu und gingen gleichzeitig gegen den Commander vor. Riker sprang zurück und schwang das Schwert in großen Kreisen, um sie sich vom Leib zu halten. Der Mann links führte einen Stoß, zwang Riker zum Parieren mit der eigenen Waffe. In diesem Moment attackierte der andere Mann Riker von rechts, ehe er sich umwenden und sich ihm entgegenstellen konnte.

Deanna schritt ein und warf dem Angreifer den albernen Hut, den sie die ganze Zeit lang getragen hatte, mitten ins Gesicht. Ruckartig hob der Mann die Hand, verlor Will aus der Sicht. Schnell stieß Riker mit dem Schwert zu und schlitzte dem Gegner den Arm auf. Der Killer schrie, ließ die Waffe fallen, umklammerte seinen verletzten Arm.

Hastig verlagerte der Commander die Aufmerksamkeit wieder auf den Angreifer zur Linken, der inzwischen die Balance zurückgewonnen hatte und das Schwert in mörderischem Streich nach seinem Kopf schwang. Riker duckte sich und spürte die Klinge über seine Schulter hinwegsausen. Der Mann schaffte es, während des Schlags die Faust zu drehen, so daß die Schwertspitze durch Rikers Mantel und Wams fuhr. Stechender Schmerz durchzuckte seinen Rücken, als die Klinge ihm die Haut zerschnitt.

Riker stieß, indem er den Schmerz mißachtete, mit dem Schwert nach dem Gegner. Es bohrte sich in seinen Oberschenkel. Der Mann heulte vor Schmerz und taumelte zur Seite. Er konnte auf dem verletzten Bein nicht mehr stehen.

Die Zähne zusammengebissen, um nicht gleichfalls zu schreien, richtete Riker sich auf. Von der Wunde strahlten heftige Beschwerden in seinen ganzen Rücken aus. Für einen Moment verschwamm dem Commander alles vor Augen.

Gerade in dieser Sekunde entschied der letzte Killer sich zum Angriff. Schlau war der Mann im Hintergrund geblieben und hatte darauf gewartet, daß seine Komplizen Riker ermüdeten oder verwundeten. Er hatte noch frische Kräfte, wogegen der Commander, der ihm nun zum Opfer fallen sollte, mit den Schmerzen rang.

Riker atmete angestrengt durch und versuchte, den Gegner auf Abstand zu halten. Jetzt war die Lage ziemlich heikel geworden.

Auch Hagan hatte bisher den Kampf nur aus sicherer Distanz mitverfolgt und sich darauf verlassen, daß es seinen Helfern gelang, die beiden Starfleet-Offiziere zu liquidieren. Nun drohte der Anschlag zu scheitern. Um so besser also, daß er seinen Phaser dabei hatte... Er drückte an seinem Stock die getarnte Aktivierungstaste. Dann hob er den Stock an. Die moderne Waffe offen anzuwenden, war zwar riskant, weil dies als Teufelswerk angesehen werden mochte, aber mittlerweile gab es kaum noch eine Alternative.

Deanna bemerkte Hagans Bewegung im Augenwinkel. Ihr war nicht recht klar, was er beabsichtigte, doch offenbar hatte er vor, irgendeine Waffe zu benutzen. Sie bückte sich und packte einen faustgroßen Stein, der auf der schmutzigen Straße lag. Mit aller Kraft und so zielgenau wie möglich schleuderte sie ihn.

Der Stein traf Hagans fest um den Stock geschlossene Finger. Seine Faust öffnete sich, indem der vorgebliche Zauberer einen Schmerzensschrei ausstieß, und die Waffe fiel in den stinkigen Schlick. Dampf zischte empor, als dreckiges Wasser in den Akku sickerte. Dann entlud sich die Energieladung mit einem grellen Aufblitzen.

Plötzlich hörte Deanna neue Geräusche, darunter das Klirren von Eisen und die Rufe zorniger Männer. Riker bemerkte sie auch, wagte aber nicht hinzuschauen, um dem Gegner keine Gelegenheit zum Zustoßen zu geben. Klar war auf jeden Fall, daß weitere Leute auf dem Schauplatz des Geschehens erschienen. Leicht nach vorn gebeugt, belauerte der Commander den vierten Killer.

Zu seiner Überraschung wich der Mann zurück. Verdutzt blickte Riker sich über die Schulter um. Eine Gruppe von sechs bis acht Bewaffneten kam angerannt. Weil sein Gegner wirkte, als ergriffe er am liebsten die Flucht, nahm der Commander voreilig an, die Ankömmlinge seien ihm aus irgendeinem Grund zu helfen bereit.

Deshalb war er ungenügend darauf gefaßt, daß zwei der Männer ihn an den Armen packten, um ihn am Gebrauch des Schwerts zu hindern. Drei von ihnen liefen an ihm vorüber. Sein letzter Kontrahent warf hastig die Waffe fort und ließ sich einkeilen. Hagan hatte versucht, seinen getarnten Phaser aufzuheben. Jetzt faßte ein Bewaffneter ihn am Kragen.

Riker wandte den Kopf, obwohl dabei neuer Schmerz durch seinen Rücken fuhr. Ein Mann hielt Deanna rücksichtsvoll, aber fest am Ellbogen. Zwei Bewaffnete, die das Umfeld sicherten, nahmen Haltung an, während ein Reiter herantrabte. Der Blutgeruch machte das Pferd scheu, doch der Reiter beruhigte es so weit, daß er sich einen Überblick verschaffen konnte.

»Ihr wißt gar wohl, es ist bei Straf verboten, in den Gassen sich mit Haun und Stechen zu verlustiern«, schnauzte der Reiter in rüdem Ton. Er war ein hochgewachsener, hagerer Mann mit ordentlich geschnittenem Spitzbart und grimmigem Blick. »Was ficht euch an, Kerls, euch hie im Zank zu tummeln?«

»Diese Halunken haben mich und meinen Leibwächter überfallen«, erklärte Deanna, bevor Hagan ein Wort sagen konnte. »Ich glaube, wegen unseres Gelds. Mein Leibwächter hat uns lediglich gegen ihren ungerechtfertigten Angriff verteidigt.«

»Das ist unwahr«, widersprach Hagan. »Die beiden haben einen Anschlag auf mein Haus verübt und es bis auf die Grundmauern abgebrannt. Meine Männer und ich wollten sie deswegen festnehmen, und daraufhin haben sie sich mit uns angelegt.«

»Bei einem Verhältnis von eins zu vier?« Riker lachte. »Es ist doch wohl kaum glaubhaft, daß ein einzelner unter solchen Umständen Streit anfängt, oder?«

Der Reiter hob die Hand. »Genug des Schwatzens.« Er betrachtete die drei Verwundeten. »Nichtsdestotrotz, 's will mich deuchen, du hast denen höchst wacker Paroli geboten«, bemerkte er mit trockenem Humor zu Riker. »Allesamt habt ihr darfür vor dem Herzog Red und Antwort zu stehn.« Er maß die Verletzten strengen Blicks. »Könnt ihr gehn?«

Der Mann, den Riker in den Oberschenkel gestochen hatte, schüttelte kurz den Kopf. Vom Blutverlust war sein Gesicht blaß geworden. Er preßte einen Lumpen auf die Wunde. Die beiden anderen Verwundeten humpelten herbei und ließen sich von den Soldaten in die Mitte nehmen.

Der Reiter seufzte ungehalten und zeigte auf Hagan. »Er ist dein Gehilf. Nun hilf du ihm.«

»Ich?« Hagan richtete sich zu voller Körpergröße auf

und stierte den Soldatenhauptmann finster an. »Ich bin kein Diener. Weißt du nicht, wen du vor dir hast?«

»Es schert mich nit, willst du die Wahrheit hörn. Hilf du dem Manne, sonst laß ich ihn auf der Stell erschlagen, dieweil er mir in Haft nit folgt. Vernommen hast du mein Wort, triff nun die Wahl.«

Im ersten Moment wirkte Hagan, als wollte er sich trotzdem weigern. Dann aber sah er die Mienen der anderen Männer und begriff, daß sie seine Lügen nicht decken würden, falls er ihrem verwundeten Kumpan nicht aus der Klemme half. »Na gut«, maulte er mißgestimmt. Er packte den Verletzten am freien Arm und schlang ihn sich, ohne darauf zu achten, daß der Mann vor Schmerz ächzte, über die Schultern.

Mit einem Wink gab der Soldatenhauptmann den Befehl zum Abziehen. Deanna kam an Rikers Seite. Er sah ihrer Miene an, daß sie mit ihm litt.

»Und was passiert nun?« rief der Commander dem Reiter zu.

Amüsiert blickte der Bärtige auf ihn herab. »Der Herzog muß Entscheid fälln, wer von euch die Wahrheit spricht«, lautete seine Antwort. »Indessen will's mich wähnen, 's sei gehupft so gut als wie gesprungen. Er scheut das Maulgefecht und forschet den Sachen lieber anders nach.« Boshaft grinste der Befehlshaber. »Desöftern unterwirft er einen Zankhansl der Tortur, oder gar all die Mitgefangnen auch.« Er schaute Deanna an. »Auf diese Weis der Wahrheit auf den Grund zu gehn, ist ihm, versteh ich's recht, ein Hauptvergnügen. Viel lange Stund verwendet er auf solcherlei Befragung.«

Prachtvoll. Man brachte sie zu einem Folterverhör. Riker stöhnte auf. Der einzige Trost war, daß es kaum noch schlimmer kommen konnte.

Nach Verlassen der Stadt gelangte die Sklavenkarawane innerhalb einer Stunde Marsch ins Hügelgelände. Auf einem schlecht erkennbaren Trampelpfad wurde der Weg fortgesetzt. Abgesehen davon, daß die Sklaven nichts zu trinken erhielten, war das Marschieren nicht sonderlich strapaziös. Inzwischen hatte Picard einen reichlich trockenen Gaumen. Der ständige Sonnenschein machte die Situation auch nicht leichter. In den Hügeln spürte man den kühlen Wind nicht mehr, und allmählich schwitzten alle Teilnehmer des Marschs.

Allerdings fühlte Picard sich schon infolge der Aktivitäten des Tages ohnehin stark ermüdet. Ließ man einmal die durch das Betäubungsmittel verursachte Bewußtlosigkeit außer acht, hatte er mittlerweile seit fast sechsundzwanzig Stunden nicht mehr geschlafen. Das Erholungsbedürfnis seines Körpers wurde immer dringender spürbar.

Seine Sorgen und das Mißfallen in bezug auf die Situation konnte der Captain vorerst unterdrücken; doch wie lange er es noch schaffte, ohne ein paar Stunden Schlaf auszukommen, war nicht vorauszusehen.

Die Wächter schenkten den Sklaven nur geringe Aufmerksamkeit. Die Häftlinge waren aneinandergekettet, so daß keiner von ihnen an Flucht auch nur zu denken brauchte. Im Gegensatz zu ihnen hatten die Wächter Trinkschläuche dabei, aus denen sie sich regelmäßig bedienten.

»Erzählen Sie mir was über die Drachen«, wandte Picard sich an Kirsch, um sich von den Beschwerden und Unannehmlichkeiten abzulenken. »Sind sie wirklich so gefährlich, wie die Leute behaupten?«

»Drauf ist schwer Auskunft zu sagn«, meinte Kirsch halblaut. »Kaum wer, der ihnen in die Hauer lief, behielt sein liebes Leben. Hat solch eine Bestie eines Menschen Fährt erschnuppert, wird man ihrer nimmer ledig. Doch manch so ein Vieh mußt schon verrecken. Der ein oder andre Ritter verdinget sich als Drachentöter. Ihr meister Teil verfällt des Lindwurms Rachen. Was befremdlich ich find: Selbige Drachen sind ein Plag hie in den Auen erst seit wengen Jahren.«

»Aha?« Picard fühlte Argwohn erwachen. »Aber jetzt treiben sie sich hier häufiger herum?«

»Weit mehr als einst allemal. Fresser viel Fleisches sind sie und schlemmen im Gebirg an manchen Wildes Herden. In den Gestaden nah am Meer erjagen sie kein Fraß. Drum stellen sie dem Menschenkinde nach, deucht mich, dieweil sie hie kein andre Beut erspähn.«

»Interessant. Und haben Sie eine Idee, weshalb sie seit einiger Zeit das Flachland unsicher machen?«

Kirsch rang sich ein knappes Schmunzeln ab. »Ich hüt bei mir Weisheitsgedanken zu allem weit im Weltenrunde, sagt ich's dir nit? In diesem Falle weiß ich mehr denn einen. Mag sein, heut herrschet Mangel an dem Wilde, daher die Drachen Not han, und ihnen frommt die frische Jagd in ferneren Gefilden. Oder es ward ihre Zahl zu mächtig, und Drachenbrut mußt von den Bergen in das Tiefland weichen.«

Picard nickte. Ihm fiel dazu auch eine Theorie ein. Immerhin ließ es sich denken, daß die Jäger, denen er hier das Handwerk zu legen beabsichtigte, die Drachen irgendwie zum Abwandern in das Gebiet vor den Bergen zwangen, um sich das Jagen zu erleichtern. Daß der Verlust von Menschenleben der Gangsterbande Kummer bereitete, brauchte man offensichtlich nicht zu erwarten.

Sollte die Theorie stimmen, konnte das Ausheben der Bande zwei Probleme auf einmal lösen. Ihr Verschwinden von diesem Planeten würde ihre Einflußnahme auf die Lebensumstände der Saurier beenden; die Tiere könnten sich wieder in ihre natürliche Umgebung im Gebirge zurückziehen. Und die Einwohner der Städte wären von der Drachengefahr befreit.

Diese Überlegung erschien Picard jedoch allzu schlicht und einfach, als daß es auch in der Wirklichkeit so reibungslos ablaufen konnte. Hier waren schon Menschen von Drachen verschlungen worden, bevor die Gaunerbande ihre Umtriebe aufnahm. In gewissem Umfang würde diese Gefährdung auch in Zukunft bestehen bleiben, aber voraussichtlich nicht mehr in dem schlimmen Maß wie gegenwärtig.

Vielleicht bestand die Aussicht, daß die hiesigen Menschen bei einer Verringerung der Drachengefahr wieder mehr zum Reisen neigten und sich stärker zusammenschlossen. Dann könnte sich auch auf dieser Welt Fortschritt entwickeln. Oder bliebe dennoch alles so wie in den vergangenen tausend Jahren?

Müde schleppte Picard sich gemeinsam mit den übrigen Sklaven vorwärts.

Ro schaute sich in ihrer neuen Unterkunft um. Die Zelle hatte, genau wie der ganze Rest der Burg, steinerne Mauern. Fenster fehlten; das erklärte den Mief. Luft strömte ausschließlich durch ein vergittertes Fensterchen in der dicken Eichentür ein. Vor der Tür erstreckte sich lediglich der Korridor, den die Kerkerzellen säumten.

Als man sie in ihre Zelle stieß, hatte sie bemerkt, daß es wenigstens ein Dutzend dieser winzigen Kammern gab. Bei einigen standen die Türen offen; die anderen waren wahrscheinlich belegt.

Offenbar hatte der Herzog viele Feinde; doch anscheinend immer nur vorübergehend. Ro vermutete, daß die wenigsten lange überlebten.

Hätte sie sich der Länge nach auf den Fußboden gelegt – was angesichts des Drecks als außerordentlich unwahrscheinlich gelten mußte –, hätte sie beide Seitenwände berühren können. Die Breite der stinkigen Zelle betrug kaum einen Meter achtzig.

Interessantes fand sich darin nur zweierlei. Das eine war der schwere, in die Mauer gegenüber der Tür eingelassene Eisenring. Unter Verwendung eines Vorhängeschlosses hatte man sie mit der rechten Hand an diesen Ring gekettet. Das zweite war ein nicht allzu großes Fußbodenloch in einer der Ecken; unwillkürlich drängte sich die Annahme auf, daß es sich dabei um die Toilettenanlage der Zelle handelte.

Von einer luxuriösen Unterbringung konnte hier also nicht die Rede sein. Doch andererseits hatte Ro auch schon Schlimmeres erlebt. Die Cardassianer, die ihre Familie Verfolgungen ausgesetzt und ihren Vater ermordet hatten, waren bei der Einrichtung ihrer Gefängniszellen erheblich einfallsreicher gewesen.

Sie war froh, daß man sie allein eingesperrt hatte. Dahinter stand sicher die Absicht, sie zu bestrafen: Sie sollte Gelegenheit haben, in nahezu völliger Dunkelheit über ihren Trotz und ihr mögliches Schicksal nachzudenken. Tatsächlich jedoch war Ro mit dem Lauf der Ereignisse überaus zufrieden.

Im trüben Zwielicht besah sie sich das Vorhängeschloß. Die unkomplizierte Vorrichtung funktionierte anhand von Zuhaltungen im Innern des Gehäuses. Man bewegte sie mit einem Schlüssel – aber den hatte man Ro selbstverständlich nicht ausgehändigt. Doch es gab noch mehr Methoden, um ein Schloß zu öffnen.

Mittlerweile hatte das enge Kleid sich in einer Hinsicht als vorteilhaft erwiesen. Weil man darunter ganz offensichtlich nichts verbergen konnte, war Ro nicht durchsucht worden. Deshalb war es ihr gelungen, ein in der Truhe gefundenes Stück Draht aus dem schäbigen Boudoir des Herzogs zu schmuggeln. Sie hatte es unter den Saum des Ausschnitts gefädelt, wo es nicht auffiel. Vermutlich brauchte der Herzog den Draht sonst für eines seiner Spielchen; Ro allerdings verfolgte damit andere Pläne.

Sie zog den Draht heraus, knickte ihn in der Mitte und schob die beiden Enden in das Schlüsselloch. Während der letzten Jahre hatte sie, was Gefängnisausbrüche anging, wenig Übung gehabt, aber es war ähnlich wie beim Schwimmen: Wer es einmal beherrschte, verlernte es nie wieder.

Mit höchster Konzentration ertastete Ro mit den Spitzen des Drahts die Umrisse der Zuhaltungen.

Barclay hatte wieder Dienst. Plötzlich stutzte er und betrachtete die Anzeigen der technischen Konsole. Erstaunt tippte er mit dem Finger auf das BESTÄTIGEN-Symbol. Umgehend kam die gleiche Information wie vorher. Indem er sich mit der Hand das ausgedünnte Haar nach hinten strich, drehte Barclay sich um und heftete den Blick auf die wuchtige Triebwerksverkleidung. Alles sah aus, als wäre es vollständig in Ordnung. Aber falls die Anzeige stimmte, trog dieser Eindruck.

Er veranlaßte den Computer zu einer Schnelldiagnose. Dann aktivierte er den Kommunikator. »Maschinenraum an Brücke.«

»Hier LaForge«, ertönte eine Sekunde später Geordis Stimme. »Was gibt's, Lieutenant?«

»Ähm ...« Barclay konnte seine Nervosität kaum beherrschen. »Mir liegen hier einige sehr sonderbare Meßwerte vor, Sir. Wenn die Angaben meiner Konsole stimmen, kommt es im Antrieb zu Feldstörungen.«

»Was?« Auf einmal bezeugte Geordis Stimme äußerste Wachsamkeit. »Sind Sie sicher?«

»Nein«, bekannte Barclay. »Deshalb lasse ich die Meldung gerade vom Computer überprüfen. Es ist mir völlig unbegreiflich, wie es dort zu Unregelmäßigkeiten kommen soll. Alle Funktionsanzeigen besagen, daß die Aggregate einwandfrei arbeiten. Ah, und das wird soeben auch durch die Computerdiagnose bestätigt. Trotzdem verweisen die Messungen auf eine winzigkleine Feldstörung sowohl in den Materie- wie auch den Antimateriekapseln.«

»Stellen Sie irgendwelche Tachyoneneinflüsse fest?« Geordis Besorgnis wuchs.

Barclay verstand den Sinn der Frage. »Nein, Sir, keine«, gab er durch. Er bezwang seine Aufregung und konzentrierte sich auf die Fakten. »Die Deflektoren schirmen uns noch immer gegen die Effekte des protostellaren Nebels ab. Da muß sich eine neue Art von Phänomen auswirken, das vor wenigen Minuten noch gar nicht aktiv war, Sir.«

»Ermitteln Sie die Ursache und informieren Sie mich umgehend, Mr. Barclay«, ordnete Geordi in scharfem Ton an. »Und zwar schnell. Wir müssen unbedingt herausfinden, was die Störung hervorruft.«

»Ich benachrichtige Sie, sobald ich es weiß, Sir«, versprach Barclay. Er wandte sich an seinen Maschinisten. »Hinner! Holen Sie mir eine Sonde Typ siebzehn, und beeilen Sie sich ein bißchen!« Er lief zu dem Wandschrank mit der Sicherheitsausrüstung und entnahm eine Garnitur Schutzkleidung, um sie anzuziehen.

Er sah sich vor einer äußerst schwierigen Aufgabe... Und möglicherweise war sie sehr, sehr gefährlich.

Doch er versuchte, an diesen Aspekt seiner Pflicht erst gar nicht zu denken. Gäbe es eine andere Möglichkeit, würde er auf seine Absicht verzichten. Aber die einzige Alternative bestand darin, abzuwarten und zu sehen, ob das Raumschiff explodierte.

Beverly runzelte die Stirn, als sie die Betroffenheit in Geordis Miene bemerkte. »Was ist los?«

»Barclay hat eben minimale Feldstörungen in den Materie- und Antimateriekapseln festgestellt.« Der Chefingenieur sprang auf und eilte zur technischen Station der Kommandobrücke. »Und er hat recht«, fügte er nach einem kurzen Blick auf die Konsole hinzu. »Ganz ohne Zweifel.«

»Und was bedeutet das?« erkundigte sich Beverly, während sie sich zu ihm gesellte. »Ich bin Medizinerin, keine Fusionstechnikerin.«

»Es bedeutet«, lautete Geordis Antwort, »daß die Abschirmfelder, die die Materie und Antimaterie getrennt halten, sich leicht verzerren. Nimmt die Verzerrung zu und überschreitet ein bestimmtes Maß, könnten die Felder zusammenbrechen. Und sobald Materie und Antimaterie aufeinandertreffen...«

Die Folgen eines solchen Vorgangs verstand auch Beverly auf Anhieb. »Dann gibt es einen großen Knall. Und die *Enterprise* ist atomisiert...«

15

Der Marsch in die Berge führte die Sklavenkarawane durch einen engen Hohlweg. Mühsam hielten die Sklaven sich aufrecht, angetrieben durch gelegentliche Peitschenhiebe des Befehlshabers der Wächter. Picard beobachtete nie einen Grund für eine Bestrafung, also handelte der Berittene aus purem Sadismus.

Inzwischen kostete es auch Picard große Mühe, auf den Beinen zu bleiben. Mittlerweile war er zu müde, um sich auch nur in Gedanken mit einer etwaigen Flucht zu beschäftigen. Immer wieder einen Fuß vor den anderen zu setzen, um mitzuhalten, war alles, was er gegenwärtig zustande brachte. Er hatte keinerlei Lust, die Peitsche auf dem Rücken zu spüren. Kirsch, der hinter ihm wankte, wirkte genauso müde, aber auch ebenso entschlossen, nicht schlappzumachen.

Die ununterbrochene Helligkeit bedeutete einen schweren Nachteil. Wäre es Abend geworden, hätte die Kolonne wahrscheinlich Rast gemacht. Aber in den Minen würden die Männer gar kein Tageslicht mehr haben. Vielleicht sahen sie heute die Welt, die sie kannten, das letzte Mal.

Picard war überzeugt, daß in den Minen niemand lange überlebte. Angesichts der primitiven Verhältnisse und der Rücksichtslosigkeit, die die Wächter bewiesen, kam Bergarbeit auf dieser Welt der Todesstrafe gleich.

Ob eine Flucht gelingen konnte? Wenn Picard ehrlich war, mußte er sich eingestehen, daß die Aussichten denkbar schlecht standen. Im Moment blieb es seine einzige realistische Hoffnung, daß er befreit wurde, ehe es ihm ans Leben ging.

Aus dem Tal, in das der Hohlweg voraus mündete, hallte plötzlich ein dunkles Brüllen. Picard hob den Blick. Er fragte sich, was den Lärm verursachen mochte. Das Pferd des Befehlshabers wieherte vor Panik, bäumte sich auf, die Vorderhufe wirbelten durch die Luft. Der Reiter fluchte, versuchte das Pferd zu beruhigen. Aber es warf ihn ab, so daß er mit voller Wucht auf den Erdboden schlug.

Die Sklaven schraken zurück, zerrten an den Ketten. Sämtliche Wächter, die die Karawane zu Fuß begleiteten, machten auf dem Absatz kehrt und suchten in verzweifelter Flucht ihr Heil.

Beim Zurückweichen schleiften die anderen Sklaven Picard mit. Als er durch die Bewegung der anderen gezwungen war, sich umzudrehen, sah er, was derartigen Schrecken verursachte. Zwischen den Felsen kam ein riesiges Geschöpf zum Vorschein.

Das Ungeheuer hatte eine wirklich gewaltige Größe, war etwa zwanzig Meter lang und ungefähr sechs Meter hoch. Der Leib mit seiner ledrigen, panzerähnlichen Haut hatte eine gefleckte Musterung in Grün und Braun. Aus dem Rachen des Ungetüms erscholl erneut tiefdröhnendes Gebrüll. Als es sein Maul aufriß, sah Picard flüchtig enorme, gezackte Reißzähne.

Hinter den großen, auf die Fliehenden gerichteten Augen verlief ein Knochenkamm über Schädel und Rücken des Drachen. Die dicken Säulenbeine hatten fürchterliche Klauen. Der lange, gewundene Schwanz endete in einer spitzen Knochengabel.

Die Sklaven waren in helle Panik geraten und außerstande, ihre Flucht vor dem Monster irgendwie zu koordinieren. Miles stolperte und fiel hin. Andere Männer trampelten über ihn hinweg, aber er riß mehrere mit zu Boden. Arme und Beine zappelten, die gesamte zusammengekettete Reihe von Sklaven taumelte zu Boden.

Auch Picard verlor nun das Gleichgewicht und stürzte auf den steinigen Untergrund. Schmerz durchfuhr seine linke Schulter. Jemand plumpste auf seine Beine, so daß er sich nicht mehr von der Stelle rühren konnte. Er wollte sich aus dem Wirrwarr befreien, aber in ihrem Grauen benahmen die Sklaven sich wie Verrückte. Indem sie vor Furcht laut schrien und jeder in eine andere Richtung zu fliehen versuchte, vergrößerten sie das Durcheinander und die Probleme.

Der Drache zögerte für einen Augenblick. Vor ihm gab der abgeworfene Reiter sich alle Mühe hochzukommen. Aber offenbar hatte er sich bei dem Sturz das rechte Bein zerschmettert; es baumelte scheußlich verdreht an seinem Körper. Dem Mann blieb kaum noch Zeit zu einem Schrei, bevor die Kiefer des Monstrums ihn packten.

Selbst aus der Entfernung hörte Picard deutlich Knochen bersten und knirschen. Der Drache bog den Kopf rückwärts, schluckte Blut und Eingeweide, indem er das Opfer zwischen den Zähnen schüttelte. Anschließend schleuderte er es beiseite. Blut und Seiber troff dem Untier aus dem Maul, während es auf die aneinandergeketteten Sklaven zustampfte.

Picard sah ein, daß es schlicht und einfach ausgeschlossen war, sich von der Kolonne zu lösen. Er blickte dem Drachen entgegen, der auf die hilflosen Männer zustampfte.

Auf einmal fiel ein Schatten auf Picard. »Offenbar treffe ich im richtigen Moment ein«, sagte Data mit gedämpfter Stimme.

»Das kann man wohl sagen«, krächzte Picard. »Ketten Sie mich schleunigst los, Mr. Data.«

Data betrachtete Picards Kette. Trotz des vorherigen Befehls, sich wie ein Normalsterblicher zu verhalten, gab es nur eine Methode, um den Willen des Captains auszuführen. Er ergriff zwei Kettenglieder und zog mit der ganzen Kraft seiner Arme.

Die Kette riß, und Picard war frei. Nur noch die Hälften der gesprengten Kette hingen an seinen Handgelenken. Rasch zwängte der Captain sich aus dem Gewühl der Sklaven. »Helfen Sie den Männern!« befahl er dem Androiden. Data eilte zu den Zusammengeketteten.

Picard rannte in Gegenrichtung, schräg hinüber zur Einmündung in das Tal. Er fuchtelte mit den Händen über dem Kopf. »He, hier bin ich!« schrie er laut. »Hierher, du stumpfsinniger Saurier!«

Der Drache hörte und sah ihn. Weil er es wohl nicht gewohnt war, daß Beute ihm entgegenlief, stutzte er zunächst, schob den Schädel zurück, um sich das winzige Wesen genauer anzusehen. Dann gewann es vermutlich den Eindruck, daß es keine Gefahr verkörperte. Der gewaltige Echsenschädel fuhr herab.

Picard sprang zur Seite, als der Drache zuschnappte, und preßte sich flach auf die Erde. Wo er gerade noch gestanden hatte, krachten jetzt die beiden Riesenkiefer des Ungetüms zusammen, und ein Sprühregen von Seiber überschüttete ihn. Er rollte sich vorwärts, schwang sich auf die Beine und huschte unter den Bauch der kolossalen Kreatur. Ruckartig bewegte das Monster den Kopf, suchte nach dem verschwundenen Happen. Sobald der Drache Picard erspähte, der nun um sein Leben rannte, hob das Vieh den Schwanz empor und ließ ihn hinabsausen.

Der Schweif verfehlte Picard, der sich rücklings gegen die Felsen warf, nur knapp. In der Nähe lag der Leichnam des Berittenen. Der Captain versuchte, nicht auf das von den Zähnen zerfetzte Fleisch und den Blutgestank zu achten. Er zog das Schwert des Toten aus der Scheide und wandte sich wieder dem Drachen zu. Der Stahl war keine besonders wirksame Waffe gegen ein derartig gigantisches Biest, aber Picard war froh, jetzt überhaupt etwas in der Faust zu haben. Sofort fühlte er sich ein wenig wohler.

Unterdessen hatte Data Kirsch' Kette zerrissen. Der

erstaunte Gelehrte taumelte aus dem Gedränge des konfusen Sklavenhaufens. Man sah ihm an, daß er mit der Versuchung rang, nun einfach die Flucht zu ergreifen. Aber er bewältigte seine Furcht und half anderen durch Data Befreiten auf die Beine. Die meisten von ihnen machten sich weniger Umstände als Kirsch. Sie rannten fort, ohne sich ein einziges Mal umzublicken. Als untersten der Menschentraube entdeckte der Androide Lieutenant Miles; er lebte, war aber der Ohnmacht nahe.

»Vielen Dank für Ihre Unterstützung«, sagte Data zu Kirsch.

»Ei, sag an«, raunte der Gelehrte erregt, »von welchem Schlage Mensch bist du denn bloß, mein Freund?«

»Ich glaube, diese Frage sollten Sie sich lieber für einen geruhsameren Zeitpunkt aufheben«, entgegnete Data. Nachdem er die Sklaven befreit hatte, widmete er nun seine Aufmerksamkeit der Aufgabe, dem Captain Beistand zu leisten.

Als der Reiter vom Pferd geworfen worden war, hatte er seine Peitsche verloren. Sie lag seitlich des Drachen auf dem Bergpfad. Während die Bestie auf den Captain zustapfte, lief Data zu der Peitsche und riß sie an sich.

Picard stellte sich dem Saurier entgegen. Am Rande des Blickfelds bemerkte er, daß die Sklaven um ihr Leben flohen. Zumindest waren er und sie jetzt die Ketten und die Aussicht auf die Minen los. Nun mußten sie nur noch den Angriff dieses Ungeheuers überstehen.

Sobald der Drache ihn erreichte, schlug er mit einer der großen Klauen zu. Picard tat einen Hechtsprung zur Seite und hieb kurz vor dem Aufprall mit dem Schwert zu. Die Krallen fuhren über seinen Kopf hinweg, und der Captain spürte eine Erschütterung des Arms, als das Schwert die dicke Haut traf. Ob er die

Kreatur verletzt hatte, konnte er nicht mehr feststellen. Er prallte gegen eine Felswand und blieb einen Moment lang benommen liegen.

Der Drache stieß ein neues Brüllen aus und wollte erneut mit der Klaue das Wesen zermalmen, das ihm trotz seiner Winzigkeit Schmerzen zufügte. Dieses Mal verfehlte er Picard nur ganz knapp, hätte ihn beinahe völlig zerschmettert. An die Felswand gedrückt, rang der Captain um Atem und klare Sinne. Von oben schwang der Schädel des Drachen zu ihm herunter, und plötzlich sah er das horrende, mit Sägeblättern vergleichbare Gebiß direkt vor sich in Augenhöhe.

Da knallte eine Peitsche, und der Saurier schrie noch einmal vor Schmerz. Verschwommen sah Picard, wie die Metallspitze der Peitsche dem Tier ein Auge aufschrammte. Flüssigkeit quoll hervor. Unwillkürlich wich der Drache zurück.

Im nächsten Moment stand Kirsch an Picards Seite, schlang einen Arm um ihn, stützte ihn, half ihm beim Laufen. Matt ließ Picard sich von dem Gelehrten führen. Data deckte den Rückzug, versetzte dem Drachen mit der Peitsche Schlag um Schlag. Jedesmal brachte er dem Geschöpf einen neuen Striemen bei. Nach wenigen Augenblicken wirkte es, als hätte es im ganzen vorderen Körperbereich rote Flecken bekommen.

»Ich habe nicht den Wunsch, dir noch mehr Unannehmlichkeiten zu bereiten«, sagte Data zu dem Saurier. »Es wäre mir lieber, wenn du dich zum Abzug entschließen könntest.«

Laut schrie und brüllte der Drache; offenbar war er nicht zum Rückzug bereit. Immer wieder schnappte er mit den Kiefern nach Data. Inzwischen war das eine Auge des Tiers völlig zerschlagen, und eine lange Rißwunde klaffte an Hals und Kinn.

Picard war ausgelaugt bis in die Knochen, aber er konnte keinesfalls den Kampf gegen das Monstrum

Data allein zumuten. Er schüttelte Kirsch' Arm ab und schaute rundum. Sie befanden sich noch seitlich der felsigen Talmündung. Dicke Steinklötze erlaubten dank ihrer abgestuften Verteilung zügiges Klettern. Indem er so wenig wie möglich auf seine Beschwerden und Verletzungen achtete, klomm der Captain die Felsen empor.

Der Drache ließ nicht locker. Entweder war er zu hungrig oder zu dumm, um einzusehen, daß die ausgesuchten Opfer nicht die leichteste Beute abgaben. Er fauchte und heulte, erneut fuhr sein Schädel herab, versuchte er, Data zwischen die Zähne zu kriegen. Um ihm zu entgehen, tänzelte der Androide beiseite. Ihn beeinträchtigte keinerlei Ermüdung, die einem Menschen schon die Glieder gelähmt hätte. Als der Drache abermals den Kopf zurückbog, um nach Data zu schnappen, nutzte Picard die Gelegenheit.

Das Schwert in beiden Fäusten, machte er von den Felsen einen Satz geradewegs in den Nacken des Geschöpfs. Am Hals war die Haut weniger ledrig und dick als am übrigen Körper. Picard spürte, wie die Schwertspitze die Haut durchbohrte. Er rammte die Klinge unter Einsatz seines vollen Gewichts tief in den Hals des Ungeheuers.

Unter der Wucht des Stoßes glitt ihm der Schwertgriff aus den Fingern. Ohne diesen Halt rutschte er sofort ab. Eine ruckartig vom Drachen hochgereckte Klaue prallte gegen seinen Rücken und schleuderte ihn seitwärts. Er stürzte so schwer auf den Untergrund, daß ihm die Luft wegblieb.

Durch den Schwertstoß war der Drache ernsthaft verletzt worden. Data schlug von neuem mit der Peitsche zu und verursachte eine große Rißwunde in einem Bein des Tiers. Wieder schrie es vor Schmerz. Das Bein knickte um. Der Drache sackte schräg nach vorn. Als sein Hals auf den Bergpfad sank, wurde das Schwert ihm noch tiefer in den Hals getrieben. Ein Zittern ging durch den Leib des Ungetüms. Dann regte es sich nicht mehr.

Picard merkte, wie starke Arme ihm auf die Beine halfen. Mit aller Willenskraft konzentrierte er sich darauf, seine Kratzer und Schmerzen zu ignorieren. Ihm war zumute, als hätte er sich das Rückgrat gebrochen. Er wußte, daß er an mehreren Stellen seines Körpers blutete. Aber er lebte noch. Endlich verschwanden die gelben Kleckse, die vor seinen Augen flimmerten, und er konnte die schaurige Szenerie ringsum wieder in aller Deutlichkeit sehen.

Der Saurier war so gut wie verendet. Aus seinem Hals strömte noch Blut, sickerte aus den Rißwunden, die von der Peitsche stammten. »Nach meiner Ansicht ist das Ableben dieser Kreatur außerordentlich zu bedauern«, kommentierte Data, während er den Drachenkadaver betrachtete. Auch mehrere Sklaven hatten den Tod gefunden. Kirsch war jedoch am Leben. Wieder war er es, der Picard stützte. Data rollte die Peitsche ein und trat auf den Captain zu.

»Sind Sie verletzt, Sir?« erkundigte sich der Androide.

»Ja, allerdings.« Bei jeder Bewegung zuckte Picard vor Schmerz zusammen. »Aber es ist zu ertragen. Jedenfalls bin ich in besserer Form als diese armen Menschen dort.« Einige Male atmete er tief durch. »Freut mich, Sie wiederzusehen, Data ... äh ... *Dieter*.«

»Ganz meinerseits, Lukas.«

Kirsch musterte Data voller Staunen – und mit nicht geringer Furcht. Picard schaute genauer hin und sah, welchem Sachverhalt Kirschs Aufmerksamkeit galt. Wider Willen entfuhr ihm ein Aufstöhnen. Beim Kampf gegen den Saurier war Datas Schminke verwischt worden. An mehreren Stellen seiner Arme konnte man seine gelbliche Haut sehen.

»Von welcher Menschenkinder Art entstammst du?« fragte Kirsch in gedämpftem Ton.

»Ich bin Franzose«, gab Data mit fester Stimme zur Antwort.

Picard schüttelte den Kopf. Diese Enthüllung würde nicht genügen. Aber darum konnte er sich später Sorgen machen. Data war enttarnt, daran ließ sich nichts mehr ändern. Aber bis jetzt hatte nur Kirsch etwas gemerkt. Vielleicht war die Situation noch zu retten. Am dringendsten mußte Picard sich jetzt über den Stand der Dinge informieren.

»Wissen Sie«, fragte er Data, »was aus Ro geworden ist?«

»Ich habe aus zuverlässiger Quelle erfahren«, teilte Data mit, »daß der Herzog sie als Sklavin erworben hat.«

»Das ist ja gräßlich.« Der Captain wandte sich an Kirsch. »Heißt das, sie ist in die Burg verschleppt worden?«

Mit einem Ruck wandte Kirsch seine Aufmerksamkeit von Datas Haut ab. »Ah... Ja, fürwahr, so wird's sein. Man weiß, der Herzog holt alleweil liebreizende Maiden in sein Lustkämmerlein. Es wird wohl zu wähnen sein, deucht's mich, daß ihr Verbleib dortselbst ist.«

»Tja...« Picard heftete den Blick auf Miles. Data hatte ihn einigermaßen bequem auf den Erdboden gebettet. Anscheinend hatte der Sicherheitswächter einen Armbruch erlitten. Außer ihm möglichst viel Schonung zu gönnen, vermochten sie momentan nichts für ihn zu tun. Picard seufzte. Ihm war nicht sonderlich wohl beim Gedanken an den Befehl, den er als nächstes geben mußte, doch blieb kaum eine Wahl.

»Data, kontaktieren Sie das Schiff. Wir müssen so schnell wie möglich zurück in die Stadt.«

Data sah Kirsch an, äußerte jedoch keine Einwände. Er berührte die Spange, die seinen Umhang zusammenhielt. »Data an *Enterprise*. Mr. O'Brien?« Man hörte nur Statik knistern. »Offenbar sind wir zur Zeit vom Schiff abgeschnitten, Captain.«

»Na, das ist ja wirklich alles prächtig.« Schwerfällig setzte Picard sich auf einen Felsbrocken. »Ich fühle mich wahrhaftig nicht danach, zu Fuß zur Stadt zurückzukehren.« Er hob den Blick zu seinem Androidenoffizier. »Übrigens, Mr. Data, wo haben Sie gelernt, derartig geschickt mit einer Peitsche umzugehen?«

»Wie sie sich womöglich erinnern, Sir, habe ich einmal mein Interesse an Kunstgeschichte erwähnt. Besonders hat mich eine Kunstform des zwanzigsten Jahrhunderts fasziniert, die man Kintopp nannte. Die Peitsche war die bevorzugte Waffe eines fiktiven Abenteuerhelden des Kinos, eines gewissen Indiana Jones.« Data neigte den Kopf ein wenig zur Seite. »Er erlebte höchst unwahrscheinliche, aber sehr einfallsreiche Abenteuer.« Sein Blick streifte nochmals den zusammengesunkenen Drachen. »Merkwürdigerweise hat diese Kreatur eine auffällige Ähnlichkeit mit titanischen Dinosauriern, die in etlichen Monsterfilmen minderer Qualität vorkamen, vor allem in den Filmen von Irwin Allen und Roger Corman. Tatsächlich ist es ...«

»Mr. Data ...« Picard seufzte auf. »Weder ist hier der richtige Ort, noch haben wir jetzt genügend Zeit für ein Referat über das Kino des zwanzigsten Jahrhunderts.«

»Jawohl, Sir, Sie haben recht«, gestand Data. Er blinzelte mehrmals, ein Anzeichen dafür, daß er sich ganz besonders stark konzentrierte. »Darf ich einen Vorschlag machen, Sir?«

»Aber sicher«, antwortete Picard mit einem gleichzeitigen Wink der Hand. »Gerade jetzt kann ich ein paar gute Vorschläge gebrauchen.«

»Mein Vorschlag lautet, daß ich versuche, das Pferd des umgekommenen Reiters einzufangen. Dann könnten Sie auf dem Rückweg nach Diesen reiten.«

Picard mußte lächeln. »Eine glänzende Idee, Mr. Data.« Die Aussicht, reiten zu können, gefiel ihm besser als ein zweiter Fußmarsch. Zudem bot sich die Möglichkeit an, für Miles eine Schleppbahre zu improvisieren, die das Pferd ziehen konnte. »Also versuchen Sie's.«

Data nickte. Er drehte sich um und entfernte sich in die Richtung, in die das Pferd und die überlebenden Sklaven verschwunden waren; der Captain, der bei Kirsch und den Toten blieb, schüttelte den Kopf. »Was halten Sie von alldem, Freund Michael?«

Der Gelehrte wirkte nach wie vor recht schockiert. »Welcher Schlag Mensch seid ihr zween?« fragte er noch einmal. »Dieter, dein Gesell, ruft dich Kaptän. Frei aller Zweifel will's mich dünken, er ist kein Mann wie wir nit, was? Auf welche Weis vermocht er uns hie aufzuspürn? Und mit was für gewaltgen Leibeskräften er kämpft, grad wie ein Bär! Und gelb ist seine Haut...«

Picard stand auf, achtete nicht auf die Beschwerden in seinem Rücken. »Ja, Dieter ist ganz anders als wir.« Er hinkte zu dem toten Reiter. Indem er den grauenhaften Zustand der Leiche so gut wie möglich übersah, schnallte er dem Toten den Schwertgurt mit der Scheide ab und schlang ihn sich selbst um. »Ich habe den Eindruck, ich brauche eine Waffe, wenn wir wieder in Diesen sind«, erklärte er. Er humpelte zu dem hingestreckten Drachen. Es kostete ihn ein hartes Stück Arbeit, aber es gelang ihm, das Schwert aus dem Hals des Sauriers zu ziehen. »Ich wollte, es wäre nicht so weit gekommen.«

Kirsch war sich offenbar nicht sicher, ob Picard den Tod des Drachen oder die Enttarnung der nichtmenschlichen Natur Datas meinte. »Hast du im Sinne, deiner Gefährten Weg zu folgen?« fragte der Gelehrte. »Wohl gar die holde Rosalinde zu befrein?«

»Ja«, bestätigte Picard ohne Umschweife. »Sie können selbstverständlich tun, was Ihnen paßt.«

»Mein glühend Wunsch ist's, Lukas, als dein Begleiter mitzuziehn.«

»Zurück nach Diesen?« Picard wölbte die Brauen. »Wird man Sie dort nicht wieder einsperren?«

»Das mag mir dräuen, erblicket man mein Angesicht.« Kirsch schüttelte den Kopf. »Lukas, ich bin Scholar, und ich begehr die Welt zu kennen. Was immer 's gibt, was webt und lebt, eracht ich des Ergründens wert. Du indes und dein Gefährten, ihr wecket mir des Staunens mehr denn alles andre. Drum fürcht ich das Verlies nit, wenn du mir ehrlich Antwort sprichst und der Geheimnis viel enthüllest.«

Picard verzog die Miene. Er verstrickte sich hier in ein immer übleres Dilemma. Er konnte Kirsch kaum völlig im unklaren lassen; aber ebensowenig durfte er gegen die Erste Direktive verstoßen. Und wie sollte er eigentlich Begriffe des vierundzwanzigsten Jahrhunderts einem Mann vermitteln, der einer mittelalterlichen Welt angehörte?

»Michael«, sagte er in umgänglichem Tonfall, »leider kann es sein, daß ich Ihnen nicht alles erzählen darf, was Sie gerne wüßten. Jedenfalls verhält sich es so, daß ich der Kapitän eines Schiffs bin, dessen Zweck die Erforschung der Welt ist. Dieter und Rosalinde sind Leute meiner Besatzung. Deshalb habe ich die Pflicht, sie zu retten.«

»Ein solches versteh ich ganz und gar, Freund Lukas.« Kirsch nickte. »Eine Sach der Ehre ist's fürwahr. Aber ... was *ist* Dieter für ein Kreatur?«

»Er ist ...« Picard suchte nach den passenden Worten. »Er sieht bloß aus wie ein Mensch. In Wirklichkeit ist er künstlich hergestellt worden. Darum wird er nicht müde, und dank seiner besonderen Fähigkeiten hat er uns finden können.«

Er wußte, Data mußte den Spuren der Sklavenkarawane im Sprinttempo gefolgt sein. Er brauchte keine Pausen. Darum hatte es für ihn keine Schwierigkeit bedeutet, die langsame Kolonne einzuholen.

»Ach! Ein Homunkulus ...!« Kirsch schmunzelte. »Vernommen hab ich Kunde von etwelchen Magiern, die hätten Macht, Leblosem Leben einzuhauchen. Bist du wohl *auch* so ein Hexer, Lukas? Vermagst du der tot Materia zu Leben zu verhelfen und dem Geschaffnen Gehorsam zu gebieten?«

Picard schnob. »Nein, geschaffen habe ich Dieter nicht. Und er gehorcht mir nur, weil er sich freiwillig dafür entschieden hat, nicht weil ich ihn zu irgend etwas zwänge.«

»So du's sagst«, meinte der Gelehrte gutwillig, »werd ich's glauben.«

Picard warf ihm einen scharfen Blick zu. Hatte er schon zuviel geredet? Kirsch war kein Dummkopf, nur weil er keine modernen Wissenschaften kannte. Doch wie weit war er solche Informationen zu durchschauen imstande? Und lag jetzt schon ein Verstoß gegen die Erste Direktive vor?

Mit einem Knarren öffnete sich die Tür zu Ros Zelle. Ro beobachtete das Geschehen durch nahezu geschlossene Lider. Sie täuschte zu schlafen vor. Ein mit einer kurzen Pike bewaffneter Wärter betrat die Zelle. Er versetzte ihr damit einen nicht sonderlich rücksichtsvollen Stoß.

»Heda, wach auf«, brummte er. »Verweigern tut der Herzog dir den Schlummer.«

Ro hatte keineswegs die Absicht zu schlummern. Sie packte den Schaft der Pike und schwang sich blitzartig daran hoch. Die eiserne Handfessel schepperte auf den Fußboden. Sie hatte das Vorhängeschloß schon vor längerem geknackt, aber die Eisenschelle locker um ihr Handgelenk gelegt gehabt. Ehe der verdutzte Wärter reagieren konnte, riß Ro ihn zu sich heran. Ro verpaßte ihm einen kraftvollen Handkantenschlag gegen den Hals, so daß er zusammenbrach und liegenblieb.

Zufrieden huschte Ro zum Zellenausgang. Auf der Schwelle zögerte sie. In dem kurzen Kleid fror sie, und sie hatte noch immer nackte Füße. Vorsichtshalber schubste sie den Wärter mit der Pike, um sich von seiner Bewußtlosigkeit zu überzeugen. Dann zog sie ihm

Stiefel und Hose aus. Beide waren etwas zu groß. Im Fall der Hose behalf sie sich mit dem Gürtel des Wärters. Dann riß sie das Kittelhemd des Ohnmächtigen in Fetzen und stopfte die Stiefel damit aus. In der neuen Kleidung war ihr merklich wärmer.

Sie machte die Zellentür von außen zu. Die Schlüssel steckten noch im Türschloß. Unwillkürlich grinste Ro. Jetzt waren Zeit und Gelegenheit da, um ein kleines Ablenkungsmanöver einzuleiten. Sie sperrte die Tür ab, nahm den Schlüsselbund an sich und schlich zur nächsten verschlossenen Zelle.

Durch das Gitterfensterchen der Tür spähte sie hinein und erblickte eine Zelle, die dem engen Gefängnis, in dem sie eben noch gesteckt hatte, haargenau glich. In dieser Zelle saß ein rauschebärtiger Mann, der schrecklich mager und ausgemergelt aussah.

»Kopf hoch«, rief sie ihm unterdrückt zu. Als er zusammenfuhr und ruckhaft aufschaute, warf sie ihm den Schlüsselbund vor die Füße. »Probieren Sie mal, alter Junge, ob Sie damit was anfangen können.«

Fassungslos starrte er sie an. Plötzlich drang eine Reihe röcheliger Pfeiflaute aus seiner Brust. Es dauerte eine Sekunde, bis Ro begriff, daß er zu lachen versuchte. Mit überraschender Flinkheit stürzte er sich auf die Schlüssel und machte sich in fieberhafter Hast daran, einen nach dem anderen am Vorhängeschloß seiner Kette zu erproben.

Ro nickte, dann eilte sie weiter. Nun konnte der Gefangene sich und höchstwahrscheinlich auch seine Leidensgefährten befreien. Falls ihnen die Flucht glückte, sollte es Ro recht sein. Falls nicht, sperrte man sie wieder ein. So oder so mußte in der Burg gehörige Aufregung entstehen. Und jedes Durcheinander war für Ro ein Vorteil.

Sobald die Häftlinge dem Kerker entflohen waren, liefen sie mit Sicherheit zum nächstbesten Ausgang. Naturgemäß würde man unterstellen, daß auch Ro sich unter ihnen befand. Infolgedessen hatte sie keinerlei Absicht, sich so zu verhalten. Momentan war es das gescheiteste Vorgehen, das Unerwartete zu tun.

Ro wußte, daß man am allerwenigsten in der Tiefe der Kerkergewölbe nach entflohenen Gefangenen fahnden würde. Deshalb drehte sie um und lief den Korridor hinab.

16

Nicht zum erstenmal ertappte Geordi sich dabei, daß er mit den Fingern auf der Armlehne des Kommandosessels herumtrommelte. Willentlich zwang er sich dazu, den Unfug zu unterlassen. »Mr. van Popering...«

»Noch nichts, Sir.«

Indem er aufseufzte, schaute Geordi sich um und sah, daß Beverly ihn voller Mitgefühl ansah. »Warten ist mir ganz einfach zuwider«, sagte Geordi zu ihr.

»Das geht uns allen so, Geordi«, stellte sie klar. »Ich mache mir auch Sorgen. Der Ausfall der Kommunikation ist wirklich unerfreulich, aber...«

Ein Kommunikator piepste. Geordi fuhr zusammen, aber dann merkte er, es war ein Signal des bordinternen Systems. »Hier Brücke.«

»Hier Barclay«, ertönte die Antwort. »Ich steige nun zur Reaktorkammer hinunter, Sir.«

»Seien Sie vorsichtig, Reg.«

»Glauben Sie mir, Sir«, beteuerte Barclay, »ich werde *sehr* vorsichtig sein.«

Während Hinner die Sicherheitsleine abseilte, stieg Barclay in den Wartungsschacht, der bis in den Zentralbereich der Reaktoranlagen hinabführte. Schutzkleidung schirmte ihn gegen die Strahlung innerhalb des Wartungsschachts ab und versorgte ihn in der Argon-Atmosphäre mit Atemluft. Außerdem sollte sie seine Körpertemperatur regulieren; trotzdem schwitzte Barclay. Allerdings nicht infolge der Hitze. Ursache seiner Schweißausbrüche war pure Furcht.

Barclay wußte ganz genau, was geschah, wenn die Feldschwankungen auch nur die kleinste Instabilität der Abschirmfelder verursachten. Momentan quälte ihn lediglich seine allzu lebhafte Vorstellungskraft. Aber sollte bloß ein einziges Antimateriepartikel aus der Antimateriekammer entweichen, mußte das Resultat eine Explosion sein, die den Wartungsschacht und ihn selbst in ihre Atome auflöste – und anschließend eine Kettenreaktion in Gang setzte, die schon Nanosekunden später die gesamte *Enterprise* annihilieren würde.

Barclay verdrängte die Bilder drohender Vernichtung aus seinen Gedanken und kroch vorwärts. Die Sonde hielt er in der rechten Hand. Kaum sechseinhalb Meter trennten das Testmodul, das sein Ziel war, vom Einstieg; dennoch schien es eine Ewigkeit zu dauern, bis er diese Strecke überwunden hatte. Barclays Herz hämmerte wild, als er endlich die Verkleidung des Testmoduls erreichte.

Behutsam legte er die Sonde neben sich ab, bevor er sich ans Öffnen der Abdeckung machte. Dafür brauchte er nur Sekunden. Er klappte sie auf. Doch als er nach der Sonde langte, erstarrte er plötzlich vor Entsetzen mitten in der Bewegung.

Der Metallboden, auf dem die Sonde lag, begann zu beben. Irgendwelche Schwingungen ließen den ganzen Schacht erzittern.

»Geordi!« schrie Barclay völlig außer sich. »Im Umkreis der Reaktorkammer breiten sich Vibrationen aus!«

»Kommen Sie sofort dort raus, Reg!« befahl der Chefingenieur.

»Aber die Messungen ...«

»Das ist ein Befehl, Mr. Barclay.«

Barclay wünschte, er könnte ihn befolgen. In dieser Situation in dem Wartungsschacht zu stecken, ähnelte einem Alptraum. Doch ohne die Meßergebnisse der Sonde ließ sich nicht abklären, was in den Abschirmfeldern vor sich ging.

»Entschuldigung, Geordi«, nuschelte er. »Die Kommunikation ist gestört. Ich verstehe kein Wort.« Er stöpselte die Sonde ins Testmodul und tippte den Aktivierungscode ein. Inzwischen spürte er die Vibrationen durch die Schutzkleidung am ganzen Leib. Seine Zähne fingen zu klappern an, aber nicht ausschließlich aufgrund der Furcht, die ihm den Magen umzudrehen drohte.

»Reg, kommen Sie augenblicklich aus dem Schacht!« Barclay mißachtete Geordis wiederholte Ermahnungen und übermittelte die Testergebnisse der Sonde an die Hauptkontrollkonsole der technischen Sektion. »Geordi, seien Sie doch bitte mal 'ne Sekunde still, ja?« maulte er in unmanierlichem Ton. »Ich erhalte hier die sonderbarsten Meßwerte.«

Die Wandung des Wartungsschachts knarrte. Barclay hoffte, daß es sich bei den Geräuschen um keine Anzeichen bevorstehender Deformationen oder Brüche handelte. »Die Feldstörungen sind kein internes technisches Problem. Irgendeine Kraft wirkt von außen auf die Felder ein und ruft die Verzerrungen hervor.« Er initiierte die zweite Stufe der Diagnose. »Der Sonde zufolge werden wir polarisierten Gravitationsinterferenzen unterworfen.«

Geordi schwieg beinahe für zwei volle Sekunden. »Reg«, meinte er danach, »Sie wissen doch selbst, daß Sie da von einer theoretischen Unmöglichkeit reden.«

»Das brauchen Sie mir nicht zu sagen, Sir.« Barclay sah, daß die zweite Diagnose das Resultat des ersten Tests bestätigte. »Aber der Computer besteht darauf, daß es der Fall ist.«

»Na gut. Nun kommen Sie aber endlich dort raus.«

»Verstanden, Sir«, antwortete Barclay. In größter Hast löste er die Sonde von dem Testmodul. Fehler durfte er sich nicht erlauben, doch mittlerweile ratterte ringsum der ganze Wartungsschacht. Die externe Interferenz beeinträchtigte die Abschirmfelder, und die Schwankungen übertrugen sich als Vibrationen auf die benachbarten Hohlräume, zu deren größten der Wartungsschacht zählte.

Barclay befestigte die Abdeckplatte und machte sich auf den Rückweg. Gleichzeitig rollte Hinner die Sicherheitsleine ein.

Das gräßliche Kreischen berstenden Metalls erscholl. Die Belastung durch die Vibrationen hatten die Toleranzgrenze der Schachtwandung überschritten. Keinen halben Meter von Barclays Helmscheibe entfernt wurde ein gezacktes Stück Metall aus der Wand gesprengt. Plötzlich verbog sich mit einem heftigen Ruck die ganze Röhre. Fürchterlicher Schmerz raste durch Barclays Bein. Er biß die Zähne zusammen, um den Aufschrei zu ersticken, der ihm aus der Kehle dringen wollte, und blickte sich um. Die Wandung war aufgeplatzt und hatte ihm den Fußknöchel eingeklemmt.

Das Zittern wurde noch stärker. Barclay wußte, es blieben vielleicht nur noch wenige Sekunden, bis ein Abschirmfeld zusammenbrach. Dann wäre die völlige Vernichtung der *Enterprise* unabwendbar.

»Was geht da vor, Geordi?« fragte Beverly Crusher. Ihr Gesicht war bleich geworden.

»Wir sind irgendeiner Art von Angriff ausgesetzt«, rief Geordi. »Worf, Alarmstufe Rot. Deflektoren auf maximale Leistung schalten!«

»Befehl ausgeführt, Sir.« Das Alarmsignal fing zu gellen an.

Geordi sprang auf und eilte zur Operatorstation, schob van Popering beiseite. Seine Fingerkuppen flitzten über die Tasten. »Verflucht noch mal! Reg hat recht.«

»Womit denn?« Im nächsten Moment stand Beverly

neben ihm, schaute ihm über die Schulter, betrachtete die Anzeigen, ohne sie deuten zu können.

»Irgendwo außerhalb des Raumschiffs gibt es eine technische Anlage, die gepulste Schwerkraftwellen erzeugt.«

»Ist so was theoretisch nicht ausgeschlossen?«

»Doch.« Blitzschnell nahmen Geordis Finger weitere Schaltungen vor. Eine Vielzahl roter Lichter begann zu blinken. »Aber darüber können wir später nachgrübeln. Im Moment haben wir nämlich ernste Schwierigkeiten.«

»Antriebsüberlastung«, rief Worf von seiner Konsole herüber. »Fünfzehn Sekunden bis zum Ausfall der Reaktorabschirmung.«

Niemand brauchte Beverly zu erklären, was die Folge sein mußte.

»Deflektorenkontrolle sofort an Operatorstation abgeben!« befahl Geordi. Seine Fingerspitzen huschten schneller über die Tastatur, als Beverlys Blick ihnen folgen konnte. »Ich will die Deflektorenleistung rekonfigurieren.«

Indem die bordeigenen Gravitationskompensatoren immer spürbarer versagten, fing das Raumschiff zu beben an. Beverly klammerte sich, beschränkt auf die Rolle einer hilflosen Zuschauerin, ans Geländer des Kommandobereichs. Es blieb nicht einmal so viel Zeit, daß sie hätte in Panik geraten können.

»Noch acht Sekunden«, meldete Worf. »Reaktortemperatur steigt.«

»Geschafft!« Geordi grinste und gab dem Computer abschließende Befehle ein. Er hob den Blick zum Wandbildschirm. Interferenzen störten die Übertragung, aber alle auf der Kommandobrücke Anwesenden konnten die kleine metallische Kugel erkennen, die am Raumschiff vorüberschwebte. »Worf, Phaser einsetzen!«

»Zielerfassung läuft«, meldete Worf. »Ziel erfaßt ... Feuer!«

Filter verdunkelten den Bildschirm, als der grelle Phaserstrahl vom Raumschiff durchs All auf die Kugel zuschoß. Die Störungen wurden ein wenig schwächer, aber man hatte noch immer den Eindruck, die Ereignisse durch ein Schneegestöber zu sehen. Auf einmal schien der Phaserstrahl langsamer zu werden, und dann wurde er wirklich und wahrhaftig *gekrümmt*...

»Genau wie ich's mir dachte«, murmelte Geordi vor sich hin. Der Strahl erlosch.

»Ziel ist unbeschädigt«, lautete Worfs nächste Meldung. »Soll ich es mit weiterem Beschuß versuchen?«

»Nein.« Lautstark ließ Geordi seinen Atem entweichen. »Es war sowieso bloß ein Experiment. Man kann das Ding nicht zerstören.«

Verdutzt blickte Beverly ihn an. »Ist die Gefahr vorbei?« erkundigte sie sich erregt.

»Nicht im geringsten.« Geordi stand auf und gab van Popering mit einem Wink zu verstehen, daß er seinen Posten wieder einnehmen sollte. »Das Etwas hat seine Attacke abgebrochen, aber wir haben es nicht das letzte Mal gesehen, darauf können Sie sich verlassen. Es befindet sich in der gleichen Umlaufbahn wie die *Enterprise*.«

»Aber was ist es denn überhaupt?«

Einen Moment lang kaute der Chefingenieur auf der Unterlippe.

»Die sinnvollste Bezeichnung, die mir dafür einfällt, ist vielleicht ›Gravitationsbombe‹«, sagte er zu guter Letzt. »Es ist ein offenbar ziemlich kleines Gerät, das Gravitationswellen abstrahlt. Wenn man im Zusammenhang mit der Schwerkraft Berechnungen anstellt, geht man provisorisch davon aus, daß die gesamte Kraft am Mittelpunkt einer Sphäre konzentriert ist. Natürlich verhält es sich in der Wirklichkeit nicht so, aber in der Mathematik ist es eine zweckdienliche Hypothese. Tja, aber in diesem Fall ist es anscheinend *doch* wahr. Die kleine Kugel hat dank irgendwelcher Eigenschaften den gleichen Schwerkrafteffekt wie ein mittelgroßer Stern. So nah am Schiff übt sie eine ähnliche Wirkung wie ein Schwarzes Loch aus. Für uns ist es dann so, als wären wir nur ein paar Lichtminuten vom Kern einer Sonne entfernt. Dadurch sind die Fluktuationen der Abschirmfelder entstanden.«

»Und was haben Sie unternommen, um uns gegen den Einfluß dieses Apparats zu schützen?«

»Das Ding verwendet polarisierte Gravitationswellen.« Geordi schüttelte den Kopf. »Wir sehen uns hier einer theoretischen Unmöglichkeit gegenüber. Na, auf alle Fälle ist es was Ähnliches wie polarisiertes Licht... das schwerkraftmäßige Äquivalent eines Laser- oder Phaserstrahls, nur wird kein Licht, sondern Schwerkraft abgestrahlt. Deshalb habe ich die Deflektoren so rekonfiguriert, daß sie quasi wie eine Sonnenbrille wirkten. Ich habe erst die Feldschwingungen der Deflektoren der Gravo-Abstrahlung angeglichen und sie danach dahingehend korrigiert, daß die die Schwerkraftwellen reflektierten.«

»Wo liegt dann das Problem?« fragte Beverly ratlos. »Können Sie den Trick nicht einfach wiederholen, wenn es das nächste Mal auftaucht?«

»Vielleicht. Aber Sie haben ja erlebt, wie knapp wir davongekommen sind. Falls es mehr als nur diese eine Kugel gibt, dürften wir kaum noch eine Chance haben.«

Worf hob den Blick von seiner Konsole. »Besteht keine Aussicht, sie während der Annäherung rechtzeitig zu bemerken?«

»Sie meinen, außer dadurch, daß sie unseren Antrieb zur Detonation zu bringen drohen?« Geordi kratzte sich im Nacken. »Tja, ich halte es nicht für ausgeschlossen, die Sensoren entsprechend zu kalibrieren, damit sie so ein Objekt orten können. Um ringsherum den Raum zu krümmen, müssen sie punktförmige Gravitationsfelder generieren. Diese Felder müßten für unsere Sensoren meßbar sein.«

»Dann könnten wir die Abwehrmaßnahmen eher treffen«, schlußfolgerte Beverly Crusher.

»Genau.« Geordi rang sich zu einem wenig überzeugenden Lächeln durch. »Es wird so sein, als ob man auf Zehenspitzen durch ein Minenfeld hüpft. Das Objekt ist recht klein, darum werden wir es – oder sie, falls es mehrere sind – erst relativ spät entdecken.«

Worf überlegte. »Warum schwenken wir nicht einfach in eine höhere Kreisbahn?« regte er an. »Dann wären wir bis auf weiteres außerhalb des Aktionsradius der Objekte.«

»Ich weiß nicht, ob das eine gute Lösung ist«, gab Geordi zur Antwort. »Nach O'Briens Angaben sind wir jetzt schon an der Grenze der Einsatzfähigkeit unserer Transporter. Gehen wir in eine höhere Kreisbahn, haben wir keine Möglichkeit mehr, die Landegruppen anzupeilen und aufs Schiff zurückzubeamen... Nicht daß die Transporter verwendet werden könnten, solange uns die Gravitationswellen bedrohen.«

»Wenn das Raumschiff vernichtet wird«, bemerkte Worf, »ist es uns genausowenig möglich, die Landegruppen zurück an Bord zu transferieren.«

»Ich glaube, wir sollten lieber abwarten, ob eine zweite Attacke erfolgt, bevor wir uns zum Verlassen des jetzigen Orbits entschließen«, entschied Geordi.

»Hinner an Brücke«, ertönte es aus dem Interkom.

»Was ist denn nun wieder los?« stöhnte Geordi. »Allmählich verliere ich den Spaß daran, befehlshabender Offizier zu sein. Was gibt's, Fähnrich?«

»Es betrifft Lieutenant Barclay, Sir«, meldete Hinner. »Er ist noch im Wartungsschacht, und er antwortet mir nicht mehr. Die Röhre ist teilweise geknickt. Ich glaube, der Lieutenant ist eingeklemmt, Sir.«

Der Gang, den Ro vor einer Weile betreten hatte, gab ihr einige Rätsel auf. Zellen waren hier keine mehr vorhanden, aber er führte immer tiefer ins Innere. Ro sah keinen Grund für die Existenz dieses Gangs. Ihn anzulegen, mußte Monate gedauert haben. Doch hatte es den Anschein, als hätte er keinerlei Funktion.

Das bedeutete vermutlich, daß er irgendeinen geheimen Zweck haben mußte. Aber welchen?

Plötzlich versperrte eine Mauer ihr den weiteren Weg. Bedächtig blieb Ro stehen. Hier war der Gang ganz einfach zu Ende. Ro konnte den Sinn dieses Gewölbes nicht erkennen.

Eines jedoch war klar: einen Ausweg fand sie hier nicht. Genausowenig hielt sie es für ratsam, sich lange hier aufzuhalten, denn sollte man sie entdecken, saß sie in der Falle. Widerwillig kehrte sie um.

Gerade als sie die erste leere Zelle erreichte, hörte sie Schritte. Rasch sprang sie in die Zelle und wartete. Während sie lauschte, wuchs ihre Verwirrung. Die Schritte näherten sich aus der Richtung der Mauer, die den Gang abschloß, nicht etwa, wie sie im ersten Moment angenommen hatte, aus der Gegenrichtung.

Sie blickte durch das Gitterfensterchen der Zellentür. Es kam tatsächlich jemand den Gang herauf. Die Fackeln, die gegenüber an der Wand flackerten, spendeten nicht unbedingt die günstigste Beleuchtung. Trotzdem konnte Ro erkennen, daß die Person ein hochgewachsener, stämmiger bärtiger Mann war. Er trug einen weiten, mit weißem Pelz gesäumten Umhang. Um seinen Hals hing ein Metallschmuck, der ziemlich schwer und irgendwie nach einer Amtskette aussah. Unbekümmert passierte er die Zelle, in der Ro sich versteckte, und entfernte sich in die andere Richtung. Gleich darauf verklang das Geräusch seiner Schritte.

In tiefer Nachdenklichkeit schwang Ro die Zellentür auf. Der Mann war aus dem Gang gekommen, der keine Tür hatte. Trotzdem hatte sie ihn dort nirgendwo gesehen. Das hieß, daß es so etwas wie eine Geheimtür und einen zusätzlichen Geheimgang geben mußte. Und wenn der Mann durch diese Geheimtür die Burg betreten hatte, konnte sie sie vielleicht auch benutzen, um hinauszugelangen. Vorausgesetzt selbstverständlich, sie konnte die Tür finden.

Langsam schlich sie nochmals den Gang hinab und strich dabei mit den Händen über die Mauersteine, um eine eventuell vorhandene Tür zu ertasten.

Im Maschinenraum herrschte Chaos. Zerbrochene Instrumente lagen auf dem Fußboden und den Tischen, überall dort, wo sie zerschellt waren. In dieser Nähe zum Reaktor hatten die Schwerkraftschwankungen größere Schäden als in allen anderen Abteilungen angerichtet. Beverly stieg über zertrümmerte elektronische Geräte und zersplittertes Glas hinweg, während sie sich den Weg zu dem Wartungsschacht bahnte, in dem Barclay festsaß.

Ein Großteil des Maschinenraumpersonals beschäftigte sich mit der Neujustierung der Reaktorkammerfelder. Die durch die Gravitationsbombe bewirkten Verzerrungen waren vielleicht schon abgeklungen; aber der Warp-Antrieb konnte nicht benutzt werden, bevor man ihn neu kalibrierte.

Falls das Objekt zurückkehrte, fing alles von vorn an. Allerdings nur, wenn das Raumschiff die erste Attacke tatsächlich überstand und es gelang, die erlittenen Schäden zu beheben.

An dem Wartungsschacht, in dem Barclay steckte, warteten nur Hinner und ein zweiter Fähnrich auf die Bordärztin. Wie Beverly es verlangt hatte, lag für sie ein Schutzanzug bereit.

Geordi hatte versucht, ihr die Absicht auszureden, in den Schacht zu steigen. Aber sie hatte es nachdrücklich abgelehnt, den Versuch, Barclay zu bergen, einem Techniker zu überlassen. Falls Barclays Schutzkleidung zerrissen oder ihr Deflektorfeld instabil geworden war, konnten ungeschickte Rettungsmaßnahmen ihn das Leben kosten. Schließlich hatte Geordi nachgegeben.

Allerdings vermutete sie, daß Jean-Luc, wäre er anwesend gewesen, ihr diese riskante Rettungsaktion glattweg verboten hätte.

Sie gab sich alle Mühe, nicht an das Gefährliche der Situation zu denken, während sie die Schutzkleidung überstreifte. Aber sie schaffte es nicht. Zwar war das Argon im Innern des Wartungsschachts ein reaktionsträges Gas, doch konnte es Barclay ganz einfach durch Ersticken töten. Falls sein Schutzanzug ein Leck bekommen hatte, war er längst tot.

»Hat er sich überhaupt nicht mehr geregt?« fragte sie Hinner.

Der Fähnrich schüttelte den Kopf. »Er ist noch in derselben Position wie an dem Zeitpunkt, als ich die Kommandobrücke verständigt habe.« Während er die Schnappverschlüsse ihres Schutzanzugs überprüfte und das Deflektorfeld aktivierte, reichte der andere Fähnrich ihr einen Phaser-Schneidbrenner. Sie hakte ihn an den Gürtel und schlang sich die Erste-Hilfe-Tasche um die Schulter.

»Sie müssen das Stück Metall wegschneiden, das seinen Fuß festklemmt«, erklärte Hinner. »Dann müßte er frei sein. Aber wenn die Schutzkleidung gerissen ist...« Die Folgen brauchte er nicht zu erläutern.

»Ich kann dort aber keine wichtigen Teile beschädigen, oder?« fragte Beverly. »Wäre wirklich peinlich, wenn meine Unkenntnis in Sachen Technik zu einem durchtrennten Energiekabel führen würde.« Sie bemühte sich um einen sorglosen Tonfall, jedoch ohne sonderlichen Erfolg.

»Nein, ich habe die Systeme an der Stelle deaktiviert und Umleitungen geschaltet.« Sachte tätschelte Hinner der Ärztin den Arm. »Viel Glück.«

»Danke, ich werd's nötig haben.« Nervös lächelte Beverly ihm zu. Dann schwang sie sich in die Einstiegsschleuse. Die Schleusenkammer war winzig, und trotz ihrer Schlankheit fühlte Beverly sich sofort beengt. Vielleicht lag es an diesen sehr knapp bemessenen Zugängen der Wartungsschächte, daß sie noch nie einen übergewichtigen Techniker gesehen hatte.

Die Luke schloß sich hinter ihr, und Beverly hockte in der kleinen Schleusenkammer. An einer Kontrolltafel neben der Innenluke regulierte sie die Argon-Zufuhr. Nach wenigen Sekunden ging ein grünes Lämpchen an. Beverly stemmte sich gegen die innere Luke; sie ließ sich nur schwer öffnen. Die Ursache dieses Problems war auf den ersten Blick ersichtlich. Weil sie sich leicht verzogen hatte, paßte die Luke nicht mehr in die Einfassung.

Voraus erstreckte sich die schmale Röhre des Wartungsschachts. An Klaustrophobie durften Techniker eindeutig nicht leiden. Einer der integrierten Leuchtkörper flackerte unregelmäßig. Aber die Beleuchtung genügte, um einigermaßen gut sehen zu können.

Ungefähr dreieinhalb Meter von Beverly entfernt lag Barclay. An dem scharfen Rand des Knicks der Röhre war seine Sicherheitsleine zerschnitten worden. Die Röhrenwandung erweckte den Eindruck, als wäre sie von titanischen Fingern zusammengedrückt worden.

»Reg«, rief Beverly. »Hören Sie mich?« Vielleicht war er bei Besinnung, aber bewegungsunfähig. Oder sein Kommunikator hatte einen Defekt. Falls er bei Bewußtsein war, müßte er sie hören können, während sie durch die Röhre auf ihn zukroch.

Aber er reagierte in keiner Weise. Beverly verdrängte die Sorge, er könnte längst tot sein, und blieb bei der Annäherung vorsichtig. Sie mußte auf Trümmer achten. Schon ein kleiner Metallsplitter konnte ihren Schutzanzug verletzen, so daß ihm kostbare, lebenswichtige Atemluft entwich.

Endlich erreichte sie den demolierten Abschnitt des Schachts. Beverly schaute ihn sich mit großer Sorgfalt an. Ein Teil der Wandung war aufgerissen und nach innen gedrückt worden. Die Bruchstelle klemmte Barclays Fuß ein. Das geborstene Metall bildete eine Art von Krampe um seinen Fußknöchel. Es grenzte zwar an ein Wunder, aber es hatte den Anschein, als wäre seine Schutzkleidung unbeschädigt geblieben.

Beverly Crusher brauchte allerdings keine Diagnoseinstrumente, um zu erkennen, daß er gebrochene Knochen hatte. Der Lieutenant mußte durch den Schmerz ohnmächtig geworden sein.

Am dringendsten war es, den Fußknöchel vom Druck zu befreien. Dazu war es erforderlich, das Metall wegzuschneiden, das den Fuß festhielt. Für diese Aufgabe brauchte es ein scharfes Auge und eine sichere Hand. Falls sie den Phaser-Schneidbrenner dem Schutzanzug zu nahe brachte, verursachte sie womöglich selbst ein Leck. Trennte sie ein zu großes Metallstück ab, konnte sie es vielleicht wegen des Gewichts nicht heben.

Vorsichtig schob sie den Schneidbrenner zurecht und aktivierte den Phaserstrahl. In der Argon-Atmosphäre entstand ein gedämpftes Zischen; ansonsten jedoch erfüllte sie ihren Zweck und verhinderte eine elektrische Entladung. Sollte jedoch Hinner durch ein Versehen in der Wandung ein stromführendes Energiekabel übersehen haben, konnte Beverly, wenn sie es durchtrennte, eine starke Entladung verursachen. Das Resultat wäre geradeso, als würde Beverly in einer Leuchtröhre stecken, die jemand plötzlich einschaltete. Wahrscheinlich wäre sie tot, bevor sie das neue Problem bemerkte.

Sie mußte damit aufhören, an solche Sachen zu denken! Die Techniker wußten, was sie taten. Sie schwebte nicht in Gefahr, geröstet zu werden...

Langsam fraß der Strahl sich durch die verformte Wandung. Mit höchster Konzentration achtete Beverly darauf, die Hände ganz ruhig und gleichmäßig zu bewegen, den Strahl mit äußerster Genauigkeit, gleichzeitig aber mit der nötigen Umsicht durch das Metall zu lenken. Bald bedeckte Schweiß ihre Stirn. Sie wünschte, es gäbe im Schutzhelm irgendeine Vorrichtung, die die Stirn schweißfrei hielt. Aber so etwas gab es natürlich nicht.

Das Zerschneiden schien endlos lange zu dauern. Aufgrund der Anstrengung bekam Beverly zunehmend Augenbeschwerden. Ständig mußte sie blinzeln. Das Phaserlicht löste fortwährend grünliche Nachbilder aus.

Endlich löste sich das verbogene Segment der Schachtwandung. Bevor Beverly zugreifen konnte, rutschte das abgetrennte Stück von Barclays Fuß. Unwillkürlich griff sie danach, um es aufzufangen – und tat damit wahrscheinlich das Dümmste, was ihr in dieser Situation unterlaufen konnte. Die scharfe Kante des Stücks schrammte über einen Finger ihres Schutzhandschuhs und schlitzte das dünne Material auf.

In Beverlys Helmscheibe leuchtete eine SCHADEN-Warnung auf. Die Bordärztin erboste sich dermaßen über die Panne, daß ihr Ärger jede Verhältnismäßigkeit überschritt. Sie hatte *geahnt*, daß ihr so etwas passierte! Rasch nahm sie die Erste-Hilfe-Tasche zur Hand und holte das Synthohaut-Spray heraus. Es beanspruchte nur wenige Sekunden, den Riß mit Plastverband zu verschließen. Fast augenblicklich erhärtete die künstliche Hautmasse. Die Warnanzeige erlosch.

Beverly wagte wieder zu atmen. Eigentlich hatte keine Notwendigkeit bestanden, den Atem mehrere quälende Sekunden lang anzuhalten; aber der Instinkt hörte bekanntlich selten auf den Verstand. Ein bedrohliches Moment hatte sich ergeben; doch die Gefahr war schon vorüber. Aber hatte das Metall beim Abrutschen vielleicht Barclays Schutzanzug beschädigt?

Es lag jetzt an der Seite der Röhre. Sichtbare Risse bemerkte sie nicht in Barclays Schutzkleidung; das allerdings besagte wenig. Beverly kroch noch weiter vorwärts, beugte sich mit aller Vorsicht über den gebrochenen Fußknöchel. Sobald sie sich in Reichweite seines Instrumentengürtels mit der Elektronikbuchse befand, führte sie dort die in ihren Handschuh integrierte Sonde ein und aktivierte sie zwecks Scannings der Biosignale.

Gott sei Dank! Er lebte und atmete. Sein Schutzanzug war heil geblieben.

Sie hätte ihm nun gern als erstes ein Mittel gegen die Schmerzen verabreicht. Aber es war viel wichtiger, daß sie keine Zeit vergeudete. Falls nochmals eine Gravitationsbombe in die Nähe des Raumschiffs gelangte, war die völlige Zerstörung dieses Wartungsschachts unabwendbar. Also mußte sie sicherheitshalber schleunigst mit Barclay den Schacht verlassen, bevor es dazu kommen konnte.

Beverly bewegte sich rückwärts, bis sie nicht mehr über dem Lieutenant kauerte, sondern hinter ihm hockte. Dann packte sie mit der Linken seinen gesunden Fußknöchel. Sie zog daran, indem sie sich mit Füßen und Rücken, um Halt zu bewahren, gegen die Wandung drückte. Barclay rutschte ein wenig aufwärts. Beverly zog noch einmal. Wieder ruckte er um ein paar Zentimeter näher an sie heran.

Drei Meter galt es auf diese mühevolle Weise zurückzulegen. Dafür brauchte sie eine Weile. Sie konnte nur hoffen, daß ihr genug Zeit blieb.

17

Riker versuchte, nicht allzu mutlos dreinzuschauen, während man ihn, Deanna und die Mörderbande in die Burg führte. Letztere war ein ganz beachtlicher, aus großen Steinblöcken errichteter Festungsbau. Zwar hatte sie keinen Ringgraben, doch der einzige Zugang führte durch ein bestens bewachtes Torgebäude.

Auf ein Zeichen der Eskorte wurde ein Fallgitter in die Höhe gekurbelt. Unten hatte das Fallgitter messerscharfe Metallbeschläge. Stand jemand darunter, wenn es herabrasselte, wurde er ohne Zweifel zweigeteilt. Kaum hatten die Ankömmlinge die Burg betreten, wurde das Gitter hinter ihnen wieder heruntergelassen.

Ohne Erlaubnis des Herzogs wieder zur Burg hinauszugelangen, würde ein schwieriges Unterfangen sein. Riker hätte gerne an die Gerechtigkeit geglaubt und darauf vertraut, daß man sie in Kürze freiließ. Den Worten des Soldatenhauptmanns zufolge war ein so glimpflicher Verlauf der Angelegenheit jedoch reichlich unwahrscheinlich.

Durchs Torgebäude betrat man den Burghof. Er hatte einen Durchmesser von ungefähr dreißig Metern und war mit Stroh bestreut. Rechts vom Tor lagen, unmißverständlich erkennbar am Geruch des Pferdedungs, die Ställe. Links befanden sich Aufgänge zu den Mauerkronen und Türen zu Aufenthaltsräumen. Vor einem der Nebenbauten befaßten sich mehrere Männer mit dem Abrichten schlanker Hunde; vermutlich handelte es sich um für die Jagd geeignete Tiere.

Direkt gegenüber des Tors stand das Hauptgebäude der Burg. Im Erdgeschoß gab es keinen Eingang. Diese Verteidigungsvorkehrung erschwerte es außerordentlich, das Bauwerk zu erstürmen. Zu der Pforte im ersten Stockwerk führte eine Wendeltreppe hinauf, über der ein Erker aus dem Gemäuer ragte.

Der Boden des Erkers wies eine Anzahl von Löchern auf; aller Wahrscheinlichkeit nach hatten sie den Zweck, erforderlichenfalls mit Geschossen oder entzündetem Öl unliebsamen Personen das Herumlungern auf der Treppe zu verleiden. Unwillkommene Gäste hatten hier keine Chance.

Vor der Treppe schwang der Hauptmann sich vom Pferd. Ein Mann kam gelaufen und brachte das Tier zu den Ställen. Die Soldaten, allen voran der Hauptmann, eskortierten die Gefangenen zur Pforte empor und ins Gebäude.

Unmittelbar hinter der Pforte lag ein kurzer Korridor. Durch eine offenstehende Tür sah man eine weitere Wendeltreppe. Eine zweite Tür war geschlossen. Am Ende des Korridors versperrten die Türflügel eines größeren Portals den Weg. Davor standen Bewaffnete auf Posten.

Der Hauptmann stapfte geradewegs auf das Portal zu. Sofort packten die Wachen die großen, eisernen Türgriffe und stießen die Türflügel nach innen. Ein schroffer Wink nötigte Riker, Deanna und die fünf Halunken zum Eintreten.

Sie gelangten in eine großräumige Halle, wahrscheinlich den Burgsaal. Die Decke war etwa fünf bis sechs Meter hoch; Länge und Breite des Saals betrugen ungefähr das Vierfache der Höhe. An der entgegengesetzten Hallenseite flackerte und prasselte in einem großen Kamin ein Feuer, das nicht nur Wärme, sondern auch gehörigen Qualm verbreitete.

Über dem Kaminsims war ein großflächiges Wappen auf die Wand gemalt, wohl das Familienwappen des

Herzogs. Rechts vom Kamin gab es ein Podium, auf dem zwei hochlehnige Stühle standen. An einer Seitenwand bemerkte Riker zwei kleine Hocker. Sonst waren in dem Saal jedoch keine Sitzmöbel vorhanden.

Künstlerisch beachtenswerte Gobelins hingen an den Seitenmauern. Grün beherrschte die Behänge. Auf dem einen Wandteppich war ein Einhorn dargestellt; auf dem anderen hatte das gleiche Tier den Kopf im Schoß eines Mädchens liegen. An beiden übrigen Mauern fehlte jedes Dekor, sah man davon ab, daß man dort kunstvoll geschmiedete Kerzenleuchter aufgestellt hatte. Die zahlreichen Kerzen, die daran brannten, sowie das Kaminfeuer sorgten im Saal für ausreichende Helligkeit.

Wenig rücksichtsvoll schubsten die Soldaten die Gefangenen hinüber zu den Lehnstühlen. Der Hauptmann ging zu einer Art von Lakai, der untätig abseits stand. Nach einem im Flüsterton geführten Wortwechsel nickte der Lakai und verschwand durch eine Tür. Der Hauptmann kam zurück.

»Ohn Säumen schickt ich um den Herzog«, teilte er Riker und Hagan mit. »Nun bleibt's euer Sach, für euer Ehrbarkeit Beweise zu erklügeln.«

»Ich weiß keinen Grund zur Sorge«, behauptete Riker, obwohl er sich beträchtliche Sorgen machte. »Ich habe nichts Unrechtes getan.«

Der Hauptmann lachte. »Das tät der helle Hauf der Schelmen sagn, die drunten in den Kerkern schmachten«, antwortete er. »Wohl beraten wärst du, hätten mehr an Gewicht als Daunen deine Worte.« Offenbar merkte er, daß Riker die Bedeutung seiner Äußerung nicht verstand. »Hör mir zu, Mann, mir ist's einerlei, wer hie die Wahrheit spricht«, fügte er mit einer gewissen Pfiffigkeit hinzu. »Doch laß indes nun Rat dir weisen, solang er dir noch frommen mag. Der Wonnen zween kennt unser Herzog: Gold zu horten und mit Fleiß zu martern. Hilfst du zum Gold ihm nit, wird er dein Fell dir stäupen. Verstehest du mein Reden?«

»Ja.« Allmählich bereute Riker, in dem Wirtshaus so großzügig mit dem Geld umgegangen zu sein. Er konnte nicht beurteilen, ob der restliche Inhalt des Geldbeutels noch als Bestechungssumme taugte, oder ob er den Herzog damit womöglich nur um so stärker gegen sich aufbrachte.

»Damit fährst du wohl.« Beifällig musterte der Hauptmann Deanna. »Freilich mag's sein, mehr noch denn nach Gold steht sein Begehr nach selbger Dirn. Drum wisse, in ihr hast du ein Handelspfand, das deinem Widersacher mangelt.«

»Sie ist keine Handelsware«, erwiderte Riker, indem er aus Verärgerung rot anlief.

Der Hauptmann hob die Schultern. »Allwie's beliebt. Mir ging der Sinn darnach, hilfreich dir zu raten.«

»Danke«, sagte Riker mit trockenem Humor.

Wütend stierte Hagan den Soldatenhauptmann an. »Wieso bist du so großmütig zu meinem Gegner?« fragte er schroff. »Der Herzog wird mir recht geben, und dann wird's dir dreckig gehen, dafür sorge ich.«

Nochmals zuckte der Hauptmann die Achseln. »Ei nun, ich mag dein falsche Fratz nit leiden«, erteilte er unverblümt Auskunft. »Und allein wenig fehlte, daß er dein Geselln allsamt geschlagen hätt. Einen tüchtgen Fechter weiß ich gar wohl als werten Mann zu würdgen.«

»Du stellst dich auf die verkehrte Seite«, meinte Hagan zu ihm.

»Niemands Partei ergreif ich hie. Just freien Ratschlag geb ich gern.« Indem der Hauptmann sich vorbeugte, blickte er dem sogenannten Magier grimmig in die dunklen Augen. »Und mir erregt's ein arg Verdruß und übel Mißfalln, dräut wer mit Worten mir, der nimmer tut mit eigner Hand ein Schwerte schwingen.«

»Man kennt noch andere Mittel als das Schwert, um jemanden zu töten, Burgvogt.«

»Und du, du kennst sie all, will es mich deuchen.« Bevor der Burgvogt seiner herben Entgegnung etwas hinzufügen konnte, wurde neben dem Kamin eine Tür geöffnet. Zwei Männer betraten den Saal.

Einer war offenbar der Herzog. Er trug lächerlich prunkhafte Kleidung am übergewichtigen Leib. In der Hand hatte er einen silbernen Becher, aus dem er beim Hereinwatscheln Wein auf den Fußboden verschüttete. Sein Gesichtsausdruck verhieß wenig Gutes.

Riker sah ihm an, daß durch Völlerei bedingte Krankheiten ihn langsam zugrunde richteten. Zudem bewegte er sich auffällig vorsichtig, als müßte er auf eine Verletzung achtgeben. Er ließ sich in den größeren der beiden hochlehnigen Stühle sacken.

Der zweite Mann war gut und geschmackvoll gekleidet. Über dem mit Pelz besetzten Umhang hing ein großes Medaillon um seinen Hals, vermutlich so etwas wie eine Amtskette. Würdevoller als der Herzog nahm er auf dem anderen Stuhl Platz.

Der Mann tauschte einen kurzen Blick mit Hagan aus. Offensichtlich kannten sich die beiden. Riker spürte ein mulmiges Kribbeln in der Magengrube, als er beobachtete, wie ein hämisches Schmunzeln die Mundwinkel des angeblichen Magiers umspielte.

»Wohlan, sei's drum«, sagte der Herzog mürrisch. »Was Teufel soll das hie geben, Volker, was ist in dich gefahren? Wähnst du etwa, ich hätt mein Zeit nit anders nützlich mir zu machen denn mit Gegreine thumber Bauren?«

»Ein blutig Scharmützel in der Gassen gab's, Euer Hoheit«, klärte der Vogt ihn auf.

»Und warum bist du nit zwischengangen?« schnauzte der Herzog ihn an. »Knüpf sie allsamt mir an den Galgen, Volker, auf daß alles gemein Gesindel das Grausen packe.«

»Mit Hochachtung, Herr, jedoch bedenkt, als wir das letzte Mal in selbger Weis es hielten, ward dreister Aufruhr die Folge auf dem Fuße. Auch dünkt es mich, gar Wohlbetuchte sind die Streithähn.« Mit dem Kinn wies Volker auf Riker und Hagan. »Drum tat's mich rätlich dünken, Herr, Ihr wolltet um des Rechtes willen selbst zur Findung eines Urteils schreiten.«

Endlich zeigte der Herzog doch etwas Interesse. Immerhin schaute er sich nun die Gefangenen an. Eine Zeitlang beglotzte er nur Deanna, ehe er schließlich den Blick auf Hagan heftete. »Alsdann, was hast du zu erzählen?«

»Herr«, sagte der vorgebliche Magier, indem er sich tief verbeugte, »ich bitte um einen gerechten Urteilsspruch. Dieser Strolch« – er deutete auf Riker – »hat mich und meine Männer auf der Straße grundlos überfallen.«

»Ei wie«, bemerkte Volker halblaut. »Du sangest in der Gassen mir ein andres Lied.«

Hagan warf ihm einen Blick voll purer Bösartigkeit zu. »Ich möchte es einem so vielbeschäftigten Mann wie dem Herzog ersparen, sich überflüssig lange mit meinen Problemen zu befassen«, beteuerte er feierlich.

»Nun, da allermindest zeigst du mir Verstand«, brummte der Herzog. Er wandte sich an Riker. »Und wie lautet dein Erzählung dieser Sach?«

Riker verbeugte sich genauso tief wie Hagan. »Herr, dieser Mann und seine Kumpane sind ohne Warnung über die Dame und mich hergefallen.«

»Und hatt er ein Anlaß für sein unhold Handeln?«

»Ja.« Riker nickte. »Wir standen davor, ihn als Gauner, Lügner und Betrüger zu entlarven. Er wollte uns für immer zum Schweigen bringen.«

»Das ist nichts als eine schmutzige Lüge!« brauste Hagan auf; doch der Herzog blickte ihn bitterböse an, so daß er verstummte.

»Sperrst du nochmals dein Maul auf ohne mein Erlauben«, drohte der Herzog, »wirst du dein ausgerissen Zungen fressen.« Dann lehnte er sich wieder in den

Stuhl und trank einen gehörigen Schluck seines Weins. »Ich wüßt, ihr Kerls, nit Wahrheit zu ersehn in all eurem eitel Schwafeln. So hätt ich dann, dieweil ihr mich erzürnt, nit übel Lust, zu schmeißen euch ohn Ausnahm hinab ins höllisch finstere Verlies.«

»Herr«, säuselte der Mann auf dem anderen Stuhl wichtigtuerisch, »ich bitte Euch untertänigst, gestattet mir zu sprechen.«

»Beim Gehörnten, was willst du, Randolph?!« Offensichtlich verstimmte es den Herzog, gestört zu werden, während er die Gefangenen einzuschüchtern versuchte.

»Dieser Mann ist mir bekannt.« Randolph wies auf Hagan. »Er ist in der Stadt als Geschäftsmann tätig und genießt tadelloses Ansehen.«

»Aber ach, just wie ohne Fehl und Tadel mag sein Leumund sein?«

Randolph lächelte. »Wie einhundert Goldmark.«

Die Brauen des Herzogs schossen in die Höhe. »Potztausend, ja fürwahr, das nenn ich einen Leumund ohn all Makel. Und der andre Schalk?«

»Keine Ahnung. Allem Anschein nach stammt er nicht aus unserer Stadt.« Randolph richtete den Blick auf Deanna. »Und die Dame – *falls* sie eine Dame *ist* – dürfte auch eine Fremde sein.«

»Nun seh ich, was es gilt.« Der Herzog setzte sich etwas aufrechter. »Es wird, will es mich deuchen, wohl so verlaufen sein, daß da die zween, selbger Strolch und diese Metze, zu räubern trachteten bei einem vielgeliebten Kaufmann unsres Städtl. Was sagst du, ist's so und anders nit gewest?«

»Ja, Herr, die Sache ist vollkommen klar«, pflichtete Randolph bei.

»Ei Wetter, so schandbar Untat muß gerächt sein.« Der Herzog vollführte einen Wink. Zwei Soldaten umklammerten Rikers Oberarme. Ein dritter Mann packte Deanna. »Es sollt mich rätlich deuchen, zur allgemeinig Abschreckung das schändlich Paar mit schwerer Straf zu richten. Fürs erste drunten ins Verlies mit diesen zween! Weislich will ich wohl bedenken, welch wütend Strafgericht sie treffe.«

Er betrachtete Riker. »Dir zur Lehre mag ein zögerlich Gemarter taugen. In siedend Öl, so möcht ich meinen, sollst du gesotten sein. Was dich indessen anbelanget...« Voller Begehren begaffte er Deanna. »Es mag wohl darhin kömmen, daß ich mit gnädger Huld dein Los dir leichter mach... Hinfort jedoch nun mit dem Pack!«

»So was bezeichnen Sie als Gerechtigkeit?« schimpfte Riker.

»Ich diene der Gerechtigkeit, du Haderlump, als ihre *Seele*«, sagte der Herzog im Brustton der Überzeugung.

»Schweig still, törichter Schalksnarr«, sagte Volker und verpaßte Riker eine Ohrfeige. Dabei schüttelte er kaum merklich den Kopf. Riker beherrschte sich und ließ sich von den Soldaten hinausbringen. Als das Portal hinter ihnen zufiel, stieß Volker ein Aufstöhnen aus. »Was wollst du ohne Not um Leib und Leben dich verschwatzen?« fragte er. »Dem Herzog Widerwort zu bieten, das nenn ich reinweg Tollheit. Und nunmehr... Wahrlich, 's dauert mich, doch muß ich ins Verlies euch stecken.«

Neugierig musterte Deanna den Burgvogt. »Ich habe den Eindruck, Sie sind eigentlich ein netter Mensch«, sagte sie liebenswürdig zu ihm. »Weshalb arbeiten Sie für so ein widerliches Schwein?«

Volker prustete. »Dieweil's weit mindre Müh mir macht denn wider ihn zu walten.«

»Aber Bequemlichkeit ist doch nicht alles, oder?« hakte Deanna nach.

»Ohn jedweden sichren Stand im Leben kannst du viel nit wirken«, antwortete der Vogt. »Glaubt's mir, daß mich bekümmert euer hart Geschick, sintemal ich wähn, ihr seid rechtschaffen Leut. Randolphen aber kennet selbgen Hagan, und Randolphen ist des Herzogs trauter Ratgeber. Da bist du ohne Macht dagegen.«

»Wahrscheinlich haben Sie recht.« Im Korridor führten die Soldaten ihn und Deanna zu der geschlossenen Tür. Offenbar war sie abgesperrt. Volker nickte einem Mann zu; der Soldat benutzte einen großen Schlüssel, um die Tür aufzuschließen. Als er nach dem Türgriff langte, um zu öffnen, wurde ihm die Tür plötzlich ins Gesicht geschlagen. Er torkelte zurück.

Unter markerschütterndem Geheul drängte sich eine Horde Wahnsinniger durch die Tür und stürzte sich auf die überraschten Soldaten.

Während des Ritts konnte Picard es sich gönnen, im Sattel ein wenig zu dösen. Hinter ihm saß Kirsch und hielt seine Arme um den Captain geschlungen, damit dieser nicht aus dem Sattel kippte. Gleichzeitig lenkte der Gelehrte das Pferd, das in sanftem Trab nach Diesen zurückkehrte. Miles war auf der notdürftig zusammengebastelten Schleppbahre festgebunden worden und noch bewußtlos. Data begleitete das Pferd in mühelosem Laufschritt. Kirsch äußerte wiederholt darüber sein Befremden, daß der ›Homunkulus‹ offenbar gar nicht ermüdete.

»Ich verbrenne Energie nicht in der Weise, wie es in einem menschlichen Körper geschieht«, erklärte Data ihm. »Eine kleine Kraftstation in mir versorgt mich je nach Bedarf konstant mit der erforderlichen Energie.«

»Sind in dem Lande, daher ihr kommt, du und Lukas, noch mehr der Wunder zu schaun?« erkundigte Kirsch sich voller Staunen.

»Dort gibt es wirklich vieles, das Sie sehr erstaunen würde«, bestätigte Data. »Aber es steht in keinem Zusammenhang mit mir. Bitte stellen Sie mir diesbezüglich keine weiteren Fragen. Es ist mir verboten, sie zu beantworten.«

»Ach! So bist du einem Bannzauber verfalln?«

»Nein.« Knapp schüttelte der Androide den Kopf. »Es handelt sich lediglich um eine Regel, die zu beachten ich eingewilligt habe, weil ich sie für vernünftig erachte. Schon daß ich mich Ihnen als nichtmenschliches Wesen enttarnt habe, überschreitet die Grenze dessen, was ich Ihnen mitteilen dürfte.«

Kirsch dachte nach. »Ich wüßt nit, welch Unsegen darvon erwachsen möcht.«

»Momentan ist es mir auch nicht ersichtlich«, räumte Data ein. »Aber man sieht selten sämtliche Konsequenzen seines gegenwärtigen Verhaltens voraus.«

»Du und Lukas, ihr hegt so mancherlei höchst staunenswerte Ansicht.« Kirsch gab ein Aufseufzen von sich. »Ihr könntet, wähn ich, mir mannigfaltgen Rat und reichen Aufschluß geben, allein ihr mögt's mir nit erzählen.«

»Das ist wahr. Wir sind der Meinung, es ist besser, Sie finden diese Dinge selbst heraus, als sie von anderen zu erfahren.«

Breit lächelte Kirsch. »Hör einer an! Ohn Zweifel wollt mein Herr Vatter darin dir sein Zustimmung gebn.«

»Tatsächlich?«

»O ja. Ein wohlhabend Mann ist er, jedoch er schanzet mir kein Geldes zu, das große Hilf mir wär der Studien halber. Er hangt dem Wahne an, daß Geldes Wert allein der schätzet, wer dank eigner Arbeit es gewinnen tut.«

Data nickte. »Das ist ein recht ähnliches Prinzip. Ebenso mißt man dem, was man durch eigene Tätigkeit selbst entdeckt, höhere Bedeutung zu, als allem, was einem von selbst zufällt.«

Der Gelehrte lachte. »Oho, nun bist du auf den Leim getrappt, mein Freund! Wär das wahr, wir lehrten unsre Kinder nimmer was, auf daß die weite Welt durch eignes Forschen sie erkennten. Jedoch mich will es deuchen, ihr Leben währte nit so lang.«

»Wir sprechen über unterschiedliche Kategorien des Lernens«, antwortete Data. »Kinder zu lehren, was man weiß, ist eine Sache. Die hiesige Bevölkerung über das in Kenntnis zu setzen, was ich weiß, wäre etwas vollständig anderes.« Data ließ es nicht dazu kommen, daß Kirsch seine Worte in Frage stellte. »Bitte akzeptieren Sie, daß mein Wissen von völlig anderer Art ist als das ihre.«

Kirsch überlegte und nickte schließlich. »Ein Geschöpf der Magie bist du, drum kennst du Zauberwerke. Ich bin ein Studiosus der Wissenschaften und daher unkundig im Wissen der Magie.«

Data ließ es dabei bewenden und verzichtete auf jeden Widerspruch. Die Auffassung des Gelehrten war nichts anderes als ein lebendiges Beispiel für den weithin bekanntgewordenen Grundsatz Arthur C. Clarkes, dem zufolge jede hinlänglich fortgeschrittene Technik einem Außenstehenden wie Zauberei erscheinen mußte. Angesichts dessen war es immer noch am besten, Kirsch eigene Schlußfolgerungen ziehen zu lassen, wie falsch sie auch sein mochten.

Rund um Beverly knarrte der Wartungsschacht und verschob sich geringfügig, während sie Barclays bewußtlose Gestalt Zentimeter um Zentimeter in Richtung Ausstieg zog. Falls die Wandung noch einmal brach, bestand höchste Gefahr, daß eine scharfe Kante der Bordärztin die Schutzkleidung aufriß. Dann wäre sie tot, bevor irgendwer ihr zu Hilfe eilen konnte.

Sollte die ganze Röhre in sich zusammenbrechen, mußte sie damit rechnen, von den Trümmern in Stücke geschnitten zu werden. Hartnäckig versuchte Beverly, sämtliche Phantasiebilder von messerscharfen Metallsplittern und -platten, die sie von allen Seiten aufschlitzten, aus ihren Überlegungen zu verscheuchen. Leicht fiel es ihr nicht gerade. Angestrengt konzentrierte sie sich darauf, während ihres Rückzugs aus dem Schacht Barclay von der Stelle zu bewegen. Beharrlich bemühte sie sich darum, alle Kräfte und Gedanken ausschließlich auf ihre gegenwärtige Aufgabe zu richten.

Inzwischen schwitzte sie gewaltig. Besonders schrecklich juckte der Schweiß sie im Kreuz. Sich zu kratzen, blieb wegen des Schutzanzugs unmöglich. Außerdem war das Jucken wahrscheinlich nur psychosomatischer Natur. Vermutlich ging es, wenn sie mit sich ehrlich war, auf nichts als *Furcht* zurück. Durch einen mit Gas gefüllten Wartungsschacht zu krabbeln, der jeden Moment zusammenbrechen konnte, überforderte selbst Beverlys Courage.

Über die Schulter blickte sie sich um. Nur noch ein kurzes Stück...

Infolge des Schwitzens beschlug die Innenseite der Helmscheibe. Die Regulatoren arbeiteten auf Hochtouren, um das Innere der Schutzkleidung feuchtigkeitsfrei zu halten, blieben gegen diese Menge Schweiß jedoch nahezu machtlos. Beverly atmete gründlich durch und versuchte Ruhe zu bewahren.

Neben Beverly platzte die Schachtwandung auf, mit lautem Zischen entwich Gas. Die Bordärztin warf sich beiseite, als das Metall sich krümmte und nach ihr zu hacken schien, als wäre es ein lebendes Wesen. An der Bruchstelle sprühten Funken. Winzig kleine Splitter überschütteten Beverlys Schutzkleidung. Falls so ein Metallfetzen sie mit genügend Wucht traf... Unwillkürlich schloß sie die Lider. Um sie wieder zu öffnen, mußte sie erhebliche Willenskraft aufbieten.

Das Funkensprühen endete. Auch eine weitere Verformung des Metalls blieb aus. Als Beverly sich verdeutlichte, wie knapp sie dem Tod entgangen war, mußte sie erst einmal schwer schlucken.

Ihre Fäuste umklammerten Barclays Fußknöchel regelrecht gewaltsam; mit willentlicher Bedächtigkeit löste sie eine Hand von seinem Bein. Vorsichtig streifte sie die Splitter von ihrem Schutzanzug und schob sie aus dem Abschnitt der Röhre, durch den sie den Besinnungslosen noch ziehen mußte. Die Beseitigung der Splitter war eine außergewöhnlich heikle, nervenzermürbende Verrichtung. Wenn sie einen einzigen übersah, konnte dieser ihre und Barclays Schutzkleidung beschädigen. Gleichzeitig jedoch mußte sie sich beeilen, weil die Röhre, solange sie sich in ihr befanden, vielleicht an noch mehr Stellen zerplatzte.

Endlich war Beverly zufrieden. Sie machte sich an die Beendigung der mühseligen Bergungsaktion. Zu ihrer Erleichterung stieß sie schon wenig später mit einem Fuß gegen die innere Schleusenluke.

Umsichtig verschaffte sie sich festen Halt, packte den Gürtel des Lieutenants und zerrte ihn zu sich heran. Sie mußte ihn in die Schleuse befördern und anschließend warten, bis die Techniker ihn in den Maschinenraum gebracht hatten; danach erst durfte sie daran denken, sich selbst in Sicherheit zu bringen. Die Umständlichkeit und das Risiko dieses Vorgehens waren ihr zuwider; doch die kleine Schleusenkammer bot keinen Platz für zwei Personen.

Beverly gelang es, Barclay möglichst behutsam in die Schleusenkammer zu bugsieren. Dabei sah sie unter der Helmscheibe sein Gesicht. Zwar war es blaß und hatte einen gequälten Ausdruck, aber unzweifelhaft atmete er. Ein kaum unterscheidbares Gespinst von Rissen im Plexiglas bewies, daß auch der Lieutenant dem Tod nur knapp entronnen war. Hätte es einen etwas stärkeren Stoß abbekommen, wäre es vollends gebrochen.

Die kleine Schleuse schien eine Ewigkeit zu brauchen, um das Argon abzusaugen und das an Bord der *Enterprise* gebräuchliche Luftgemisch in die Kammer zu pumpen. Während Beverly, die innere Luke hinter Barclay geschlossen, in der Röhre wartete, hörte sie unablässig die Wandung knirschen und knarren. Sie fragte sich, ob sie noch im letzten Augenblick in dem Schacht krepieren sollte.

Aus der Schleuse ertönten ein Poltern und Schleifgeräusche. Wahrscheinlich zog Hinner jetzt den bewußtlosen Lieutenant aus der Schleusenkammer. Dann fiel die äußere Luke wieder zu.

Beverly rückte sich in der Enge zurecht und tippte an der Kontrolltafel erneut den Befehl zum Öffnen des Schotts ein. Nach einer zweiten scheinbaren Ewigkeit schwang die einwärtige Luke unter gedämpftem Geratter auf; die Scharniere, stellte Beverly fest, verbogen sich immer mehr. Die Röhre war nach wie vor erheblichen Deformationsprozessen ausgesetzt. Beverly quetschte sich in die Schleusenkammer und schloß die Luke. An der Kontrolltafel leitete sie das Absaugen des Argons ein.

Ein Rotlicht blinkte. »Die Innenluke muß hermetisch geschlossen werden, bevor die Luftschleusenfunktion vollzogen werden kann«, teilte der Bordcomputer Beverly mit.

»Verdammt noch mal!« Beverly rüttelte an der Luke, die vollständig geschlossen zu sein schien. Aber da bemerkte sie im oberen Bereich eine undichte Stelle. Mittlerweile war die Luke zu stark verbogen, um sich noch richtig zu schließen. Was nun?

Gerade wollte Beverly Fähnrich Hinner kontaktieren, da ertönte über Kom-Rundruf Geordis Stimme. »Kommandobrücke an alle Decks, volle Kampfbereitschaft!« Das Warnsignal der Alarmstufe Rot erscholl.

Jetzt empfand Beverly wirklich tiefste Beunruhigung. Anscheinend kündete sich eine zweite Gravitationsbomben-Attacke an, und sie steckte unverändert in dem demolierten Wartungsschacht fest...

Da flog plötzlich mit einem Knall die äußere Schleusenluke auf. Rücklings sank Beverly in ausgestreckte Arme. Hinner half ihr dabei, sich auf Deck auszustrecken, während der andere Fähnrich die Luke zuschlug und verriegelte, bevor zuviel Argon austreten konnte.

»Ich dachte mir, daß Sie Probleme haben, Doktor«, sagte Hinner in ernstem Ton.

Sie lächelte ihm dankbar zu, sobald sie den Schutzhelm abgesetzt hatte. »Danke, prima gemacht«, meinte sie leise. Dann wandte sie sich Barclay zu, der inzwischen auf einer Null-G-Bahre ruhte. »Den Rest des Schutzanzugs bringe ich Ihnen später zurück«, versprach sie. »Mr. Barclay muß nun schleunigst in die Krankenstation.« Ohne eine Entgegnung abzuwarten, aktivierte sie die Bahre und schob sie an.

Ringsherum erbebte das ganze Raumschiff. Der neue Angriff hatte begonnen.

18

Der wüste Haufen, der aus dem Kerker gestürmt kam, hatte sich in keiner Weise organisiert und handelte dementsprechend ineffizient. Immerhin jedoch hatten diese Leute den unerschütterlichen Willen, sich nie wieder unterkriegen zu lassen. Obwohl sie geschwächt waren infolge der schlechten Behandlung, die sie während der Kerkerhaft durchlitten hatten, kämpften sie jetzt wie Dämonen um ihre Freiheit.

Burgvogt Volker und seine Männer wurden völlig überrascht. Niemals hätten sie auch nur im Traum mit der Möglichkeit einer Massenflucht gerechnet, nicht einmal mit einem dermaßen unorganisierten Ausbruchsversuch.

Zwei Männer der Burgbesatzung gingen, ehe sie eine Gelegenheit zur Gegenwehr fanden, unter Knüppelhieben zu Boden; den Mann, dem man die Tür ins Gesicht geschlagen hatte und der infolgedessen benommen war, drosch man vollends nieder. Drei Häftlinge rissen die Schwerter der Zusammengesunkenen an sich und stürzten sich damit auf Volker und seine restlichen Begleiter.

Trotzdem war es von Anfang an ein ungleicher Kampf. Die mißhandelten, unterernährten und ausgemergelten Gefangenen hatten gegen die gutbewaffneten Soldaten keinerlei Chance. Aber das hinderte sie keineswegs an dem wildentschlossenen Versuch, sich den Weg freizukämpfen.

Dank ihrer bloßen Überzahl gelang es ihnen zunächst,

die Soldaten zurückzudrängen. Obwohl die Ausgebrochenen größtenteils unbewaffnet waren, nahmen die Soldaten darauf keine Rücksicht, sondern hackten und stachen unbarmherzig auf sie ein. Rasch nahm das Getümmel an Wildheit zu, immer lauter gellte das Geschrei. Der Gestank von Blut breitete sich aus.

Der Vogt sah keine andere Wahl, als die gesamte Burgbesatzung in den Kampf zu schicken. Er stieß die Tür des Hauptgebäudes auf und gab im Burghof allgemeinen Alarm. Aufgeschreckt eilten Soldaten und sonstige Waffenfähige ihren Kameraden zu Hilfe.

Die Häftlinge wehrten sich, so gut sie es konnten. Doch die Auseinandersetzung war bald entschieden. Sie wurden zusammengehauen und gnadenlos getötet. Dem Vogt war das Gemetzel widerwärtig; aber seine Männer legten bei der Schlächterei den größten Eifer an den Tag.

Endlich herrschte wieder Ruhe. Nur einem niedergestreckten, schwerverwundeten Häftling entrang sich noch ein Schrei. Wütend hieb ein Soldat mit dem Schwert zu, trennte ihm halb den Kopf und brachte ihn auf diese Weise nachhaltig zum Schweigen.

Voller Ekel kehrte Vogt Volker der Greueltat den Rücken zu. Gewiß, er war ein Mann, der die Schwertkunst schätzte; aber den Blutrichter zu spielen, war ihm ein Graus. Er stand an der Pforte. Sein Blick schweifte über die Blutstätte. Zwischen den erschlagenen Sträflingen lag ein halbes Dutzend gefallener Waffenknechte. Nirgendwo indessen sah er ...

»Was Donner, wo sind dann Riker, der großmäulig Schelm, und sein Weibse?« entfuhr es dem Burgvogt.

Ratlos stierten mehrere Waffenknechte ins Rund. »Herr Vogt, sie han kein Flucht nit waget«, gab ihm einer der Mannen zur Antwort.

»Das seh ich wohl mit eignen Augen, thumber Kerl!« wetterte Volker. »Wo jedoch sind sie *hin?*« Er maß die

Mannen grimmigen Blicks. »Wohlan! Dies Dreigespann« – bei diesen Worten deutete sein Finger auf die Waffenknechte – »hinunter ins Verlies, durchstöbert jeden Winkel mir, und daß ihr ja die Augen aufsperrt! Ihr viere da, hurtig erklimmt die Stiege! Ihr zween, ihr folgt mir!«

Er schritt zur Halle und schwang einen Türflügel auf. Einen der verschiedenen möglichen Wege mußten Riker und das Weib gegangen sein.

Volker hatte die rechte Wahl getroffen. Kaum betrat er die Halle, sah er Riker.

Er umfing des Herzogs feisten Hals mit einem Würgegriff, so daß des Edelmanns Angesicht einer Blaubeere glich. Riker schaute sich um. Ein herbes Lächeln grüßte Volker. »Wenn ich noch etwas kräftiger zudrücke«, sprach der Fremdling, »haben Sie gleich keinen Herrn mehr. Kommen Sie mit Ihren Männern rein, Volker, und legen Sie die Waffen weg.«

Der Herzog preßte ein Geröchel hervor und fuchtelte schwach mit einer Hand. Gewiß hatte das die Bedeutung, dachte Volker, er sollte nach Rikers Willen verfahren.

Im ersten Augenblick erwog Volker, die Geste des Herzogs zu mißachten und Riker getrost das Ärgste anrichten zu lassen. Erwürgte er den Herzog, hatte er keine Geisel mehr, und es wäre eine Leichtigkeit, ihn zu erschlagen. Und er, Volker, wäre den grausamen, närrischen Tyrannen los, der ihn unablässig herumkommandierte.

Riker allerdings machte nicht den Eindruck, als würde er kaltblütig töten. Schenkte er dem Herzog das Leben, obschon Volker sich weigerte, ihm zu gehorchen, stünde der Vogt als der Genarrte da.

Indem Volker ein betrübtes Seufzen ausstieß, erfüllte er Rikers Forderung. Der Vogt gab den zwei Waffenknechten einen Wink, daß sie ihm folgen sollten, und nahte sich der Empore.

Riker war sich nicht sicher, wie weit er sein Glück auf die Probe stellen durfte. Als die Häftlinge sich auf die Soldaten stürzten, hatte er sofort erkannt, daß sich nun eine Chance bot, um der Kerkerhaft zu entgehen. Er hielt es für am zweckmäßigsten, eine Geisel zu nehmen, und am geeignetsten dafür erachtete er das hiesige Oberhaupt.

Er und Deanna hatten den Herzog überrascht, wie er gerade Randolphs Bestechungsgeld nachzählte. Hagan hatte sich Riker entgegengestellt, aber gegen einen im Nahkampf trainierten Starfleet-Offizier wenig ausrichten können. Er lag auf dem Fußboden, auf den ein schneller Hieb ihn befördert hatte, und stöhnte.

Deanna stand neben Riker, während die Soldaten die Waffen niederlegten. Sie hatte die Absicht, zwei der Schwerter an sich zu bringen, aber dazu kam es nicht. Sie spürte in ihrer Umgebung so viele verschiedene emotionale Emanationen, daß sie das bedrohlichste der fremden Gefühle zu spät bemerkte.

Plötzlich nahm sie inmitten von Furcht, Schmerz und Betroffenheit eine Emanation beispielloser Wut wahr. Sie wollte eine Warnung rufen, doch da sprang Randolph schon auf Riker zu und stach ihn mit irgend etwas in den Arm.

Den Mund in stummem Schreck aufgerissen, brach der Commander zusammen. Deanna sah die Injektionsnadel in seinem Arm und fand ihren Verdacht bestätigt. Sie hatten ein weiteres Mitglied der Bande entdeckt: Randolph.

Es hatte eine gewisse Logik, daß der Bandenchef sich im Umkreis des örtlichen Herrschers etabliert hatte; so konnte er gewährleisten, daß die Aktivitäten der Bande unauffällig und reibungslos abliefen.

Ehe es Deanna gelang, Will zu Hilfe zu eilen, wurde sie von zwei Soldaten gepackt. Einer von ihnen krallte die Faust in ihr Haar und zerrte sie brutal zu Boden.

Roh bog er ihren Kopf zurück und hob das Schwert, um es ihr in die Kehle zu stoßen.

»Halt ein!« befahl der Burgvogt. »Selbges Gesindel hat an unsrer Hoheit gefrevelt. Gewißlich wünscht der Herzog die Strafe selber zu verhängen.«

Der Soldat nickte. Deanna spürte, wie der brennende Schmerz in ihrer Kopfhaut etwas nachließ. Der Mann senkte das Schwert.

Volker trat an die Seite Rikers, der hingestreckt auf dem Boden lag. Der Vogt sah Herrn Randolph die Nadel, welche den fremdländischen Wüterich gefällt hatte, in der Hand bergen. Salbungsvoll lächelte des Herzogs Ratgeber dem Burgvogt zu.

»Vielleicht sollten Sie künftig besser auf die Kerkerinsassen achtgeben, Volker«, empfahl Randolph. »Sonst landen Sie eines Tages noch selbst da unten in einer Zelle.«

Aus gerechtem Zorn erhitzten sich Volkers Wangen. Er winkte einen Waffenknecht heran, der Riker dabei behilflich sein sollte, sich emporzuraffen. Schon schwand nämlich die Wirkung des durch Randolph benutzten Mittels.

Volker vermutete, daß die Nadel in der Hand des herzöglichen Beraters an der Spitze mit Gift präpariert war. Herr Randolph trug sie wohl als Waffe für den Notfall bei sich. Wenn er sie jetzt angewandt hatte, mußte er ohne jeglichen Zweifel das allerdringlichste Interesse am Beseitigen des fremden Paars hegen.

Es mochte sich als nützlich erweisen, dachte Volker, dem Haudegen namens Riker später etliche Fragen zu stellen. Der Vogt hatte Randolph stets mit Abscheu und Argwohn betrachtet. Randolph war mehr Speichellecker als Ratgeber, er umgarnte den Herzog mit Schmeicheleien und reichlich Zuwendungen in Gold. Unterdessen schmiedete er immerzu eigene Ränke.

Auch Randolph war – wenige Jahre zuvor – aus der

Fremde gekommen; binnen kurzem hatte er sich das Vertrauen des Herzogs erschlichen. Es wäre beileibe kein Übel, dachte sich Volker, könnte man sich des Intriganten entledigen.

Der Vogt beugte sich über des Herzogs erschlaffte Gestalt und sah nach seinem Befinden. Rikers Finger hatten an der speckigen Gurgel des Edlen weiße Abdrücke hinterlassen. Der Herzog atmete, aber noch drang kein Wörtchen von seinen Lippen.

Einen wahrlich schlechten Tag hat er heut, dachte Volker sinnig. Erst versetzt seine neue Gespielin ihm einen wütigen Tritt ins Gemächt. Und nun hat ein Gefangener ihn gepackt und ihm gar die Kehle abgedrosselt.

Volker wandte sich an seine Waffenknechte. »Werft das ruchlose Zwiegespann ins Verlies«, gab er Befehl. »Sodann schafft mir hie Ordnung, allwie's einem teutschen Hause ziemlich ist.«

Er reichte dem Herzog seine Hand zur Stütze. »Gewähret mir Erlaubnis, Euer Edeln, zu Euer ehrbar Ehgespons Euch zu geleiten, auf daß die Liebende Euch Linderung spende.« Randolph hingegen schenkte er einen Blick des Grimms. »Euch indessen, Ratsherr, geb ich den weisen Rat, hebt Euch hinfort mit Euren Spitzbuben und bleibet allem Mißgeschicke fern.«

Randolph kochte vor Wut, während er zuschaute, wie die Männer die erhaltenen Befehle ausführten. Sobald er mit Hagan allein war, wirbelte er aufgebracht herum. »Dieser Volker geht mir immer mehr auf die Nerven«, schimpfte er verärgert. »Fast derartig wie Sie! Ich hatte doch angeordnet, daß Sie die Starfleet-Schnüffler eliminieren. Statt dessen schleppen Sie sie in die Burg!«

Hagan zuckte mit den Schultern. »Welchen Unterschied macht das denn schon? Wenn sie im Kerker des Herzogs sitzen, sind sie so gut wie tot. Nur die *Enterprise* könnte sie noch raushauen. Und ich nehme doch an, Sie haben dafür gesorgt, daß das nicht passieren kann?«

»Aber sicher.« Bösartig feixte Randolph. »Die *Enterprise* hat jetzt... mit gewissen technischen Schwierigkeiten zu kämpfen.« Er hob den Blick zur Decke des Saals. »Es ist schade, daß wir nicht zusehen können. Auf jeden Fall sind die Gravo-Minen aktiviert. Ich glaube, die *Enterprise* dürfen wir ruhig von der Liste unserer Probleme streichen...«

Geordi beobachtete den großflächigen Wandbildschirm der Kommandobrücke. Über dem Bild des Planeten schwebten drei computerisiert vergrößerte Punkte, die die Position der georteten Gravo-Bomben markierten.

»Nun kommt's drauf an«, murmelte er vor sich hin. Immerhin hatte das Rekalibrieren der Sensoren beim rechtzeitigen Erkennen der sich nähernden Schwerkraftverzerrungen geholfen. Vollkommen sicher konnte man in bezug auf die genaue Position der Gravo-Bomben wegen der anhaltenden Interferenzen nicht sein; doch wenigstens war das Schiff auf den neuen Angriff vorbereitet.

Die kleinen Waffensysteme benutzten ihre eigenen Schwerkraftgeneratoren zum Manövrieren; darum war es äußerst schwierig, ihnen unterhalb der Warpgeschwindigkeit zu entkommen. Und in ihrer direkten Umgebung war ein Gebrauch der Warptriebwerke ausgeschlossen.

»Zielobjekt eins«, meldete Worf. »Abstand fünfzehnhundert Kilometer, Abstand sinkt. Phaser sind energetisiert.«

»Es hat keinen Zweck, sie einzusetzen«, sagte Geordi. »Sie haben doch selbst gesehen, was das letzte Mal daraus geworden ist. So eine punktförmige Schwerkraftquelle hat ähnliche Eigenschaften wie ein Schwarzes Loch, Worf. Sämtliche Lichtenergie wird von ihr aufgesaugt.«

Worf schnitt eine düstere Miene. »Wie wäre es mit Photonentorpedos?«

»Damit hätten wir das gleiche Problem. Die von den Gravo-Bomben erzeugten Schwerkraftwellen sind stark genug, um jede Art elektromagnetischer Energie zu verformen. Ein Photonentorpedo würde abgelenkt und einfach am Ziel vorbeischwirren.«

Der Klingonenoffizier überlegte. »Dann sind wir gegen diese Dinger machtlos?«

»Wir können bloß versuchen, ihnen auszuweichen.« Geordi schüttelte den Kopf. »Schwierig daran ist, daß sie uns gar nicht im eigentlichen Sinn treffen müssen. Es reicht, wenn sie nahe genug an uns vorbeifliegen. Ihre Gravitationseffekte können über ein paar hundert Kilometer hinweg unsere Abschirmfelder zum Zusammenbruch bringen.«

Van Popering wandte den Blick nicht von der Operatorkonsole. »Wegen der momentanen Sensorstörungen«, erklärte er leise, »kann ich über hundert Kilometer Entfernung hinaus keine akkuraten Messungen garantieren.«

»Also stehen wir vor der Aufgabe«, faßte Worf zusammen, »uns zwischen diesen Gravo-Bomben quasi durchzuschlängeln, keine davon näher als auf einige hundert Kilometer an uns heranzulassen und gleichzeitig darauf zu vertrauen, daß das technische Personal im Maschinenraum die Abschirmfelder in vollkommener Balance halten kann. Und das alles trotz einer Fehlerquote von bis zu dreißig Prozent bei den Instrumenten und obwohl Sie und Lieutenant Barclay für die Arbeit in der technischen Abteilung ausfallen.«

Mürrisch nickte Geordi. »So ungefähr sieht's aus, ja.«

»Ausgezeichnet.« Worfs Gesicht verzog sich zum erstenmal seit Tagen zu einem echten Lächeln. »Das ist eine Herausforderung, die unserer würdig ist.«

Fassungslos starrte Geordi ihn an; dann schüttelte er den Kopf. »Na, freut mich, daß wenigstens einer von uns seinen Spaß hat.« Er heftete den Blick wieder auf den Wandbildschirm, auf dem man die Gravo-Bomben näher schweben sah. »Kopf hoch, Leute. Worf, Alarmstufe Rot. Da kommen sie ...«

Beverly Crusher stöhnte auf, als das Alarmsignal von neuem losgellte. Sie hob die Augen nicht von den Instrumenten. »Schalten Sie das verfluchte Ding ab!« schnauzte sie Schwester Ogawa an. Sofort widmete sie sich wieder der komplizierten Anforderung, die Knochen in Barclays Fußknöckel einzurichten.

Sie ahnte, daß der Lieutenant heute nicht das einzige Opfer der Gravo-Attacken bleiben sollte.

Alle drei Schichten des technischen Personals waren im zwei Decks hohen Saal des Maschinenanlagen-Hauptsteuerzentrums versammelt. An jeder Konsole arbeiteten wenigstens zwei Personen. Finger zuckten an den Kontrollen. Jeder Techniker wartete angespannt auf die ersten Anzeichen eines Schwankens der Abschirmfelder. Alle Anwesenden wußten, daß die Sicherheit des Raumschiffs von ihrer Tüchtigkeit und ihrem Leistungsvermögen abhing. Sobald der Alarm losschrillte, konzentrierten alle sich um so gewissenhafter.

Hinner leckte sich mit der Zunge über die Lippen und wandte den Blick nicht von den Darstellungen, die über den Bildschirm wanderten. Nur eine Ziffer, die eine Abweichung von den normalen Parametern anzeigte – und im Antrieb konnte eine Kettenreaktion einsetzen, die innerhalb von Sekunden die völlige Vernichtung des Raumschiffs zur Folge hatte ...

»Ganz gelassen bleiben«, warnte Geordi. »Nur nicht nervös werden.« Sein VISOR war auf den Wandbildschirm gerichtet, doch er fühlte die Unruhe der Offizierin am Navigationspult. »In der Ruhe liegt die Kraft, Mancini.«

»Aye, Sir.«

»Entfernung vierhundert Kilometer, Abstand sinkt«, meldete Worf in rauhem Ton. »Zielobjekt zwei, Abstand bei sechshundert Kilometern, Kurs sieben null neun.«

Geordi konnte nur hoffen, daß die Berechnungen stimmten. »So, Mancini«, sagte er. »Kurskorrektur auf meinen Befehl. Impulsantrieb halbe Kraft voraus, Kurs drei vier zwo Komma fünf.«

»Kurs programmiert, bereit zur Kurskorrektur, Sir«, antwortete Mancini fast unverzüglich.

»Gut.« Geordi verfolgte, wie sich auf dem Wandbildschirm die Situation veränderte, beachtete kaum noch die neuen Zahlen, die Worf ihm fortwährend zurief. Im Ernstfall verlangte das Kommando selbstverständlich zum überwiegenden Teil die richtigen Berechnungen; doch ebenso gehörte dazu ein verläßliches Gespür für das Schiff. »Kurswechsel initiieren!«

Ein Dröhnen durchbebte die *Enterprise*, während sie den neuen Kurs ausführte. Gleich bei Einleitung des Manövers fingen Rotlichter zu blinken an. Der Chefingenieur schaltete die Übermittlung der Schadensmeldungen ab, die von sämtlichen Decks eingingen, und konzentrierte sich ausschließlich auf die Meldungen der technischen Abteilung.

Auf dem Wandbildschirm schossen die drei Symbole nach den Seiten davon, während das Raumschiff den Abstand zu den Gravo-Waffensystemen vergrößerte. Vor Überlastung heulten die Gravitationskompensatoren, und Schwingungen durchzitterten das Kommandodeck. Geordi umfaßte die Armlehnen des Kommandosessels. Er fragte sich, ob es irgendeine Vorwarnung geben mochte, wenn die Abschirmfelder ausfielen. Oder wären sie alle tot, ehe sie etwas merkten?

Nach einer Weile endete das Blinken der Lichter. »Abschirmfelder stabil«, lautete die nächste Meldung des

Maschinenraums. »Minimale Systemschäden. Feuerlöschmannschaft in technische Abteilung beordert.«

Mit einem Seufzlaut atmete Geordi aus. Sie hatten es ein zweites Mal geschafft.

Nun endlich schenkte er den Schadensmeldungen der zahlreichen übrigen Decks Beachtung. Beträchtliches Unheil war angerichtet worden. Schwerkraftschübe waren durch die Deflektoren gedrungen und hatten auf Deck 17 weite Bereiche der Bodenplatten zerstört; dadurch waren vier Besatzungsmitglieder verletzt worden. In Shuttlehangar 2 war ein Shuttle mit den Kränen kollidiert. Auf Deck 8 hatte sich...

»Sir«, rief van Popering in eindringlichem Ton. »Ganz sicher bin ich nicht, aber die Fernbereichssensoren orten weitere fünf dieser Objekte. Sie kommen rasch näher.«

Geordi stöhnte auf. Offenbar sollte er heute kein Glück haben.

Schließlich kehrte ein gewisses Gefühl in Rikers Beine zurück, während zwei Soldaten ihn zwischen sich die Treppe ins Kerkergewölbe hinabschleiften. Die Wirkung des Giftes, das Randolph ihm verabreicht hatte, ließ schon nach.

Es ärgerte den Commander sehr, nicht auf so eine Hinterlist gefaßt gewesen zu sein. Aber er war der Überzeugung gewesen, Volker sei es, auf den er aufpassen müßte. In dem Burgvogt hatte er den einzigen ernstzunehmenden Gegner gesehen. Volker hatte sich relativ anständig benommen; allerdings hatte er schlicht und einfach die Pflicht, den Herzog zu schützen.

Dagegen hatte Randolph lediglich wie eine Hofschranze gewirkt. Doch jetzt stand fest, daß er der Gangsterbande angehörte; höchstwahrscheinlich war er sogar der Chef der Bande.

Immerhin wußten sie jetzt, wen es zu verhaften galt.

Dazu fanden sie jedoch nur die Gelegenheit, wenn es ihnen gelang, heil aus dem Kerker zu entwischen.

Der Soldat, der Deanna vor sich hertrieb, drohte ihr mit seinem kurzen Spieß. Deanna warf ihm einen ungnädigen Blick zu, beschleunigte aber ihr Tempo. Sie war langsam gegangen, weil sie gehofft hatte, Will dadurch mehr Zeit verschaffen zu können, um zu sich zu kommen. Dank ihrer empathischen Fähigkeit spürte sie, daß seine Kräfte wiederkehrten. Hatte man sie erst einmal unten in Zellen gesperrt, war an Flucht kaum mehr zu denken.

Die Treppe mündete in einen kurzen, engen Korridor, durch den man in eine Wachstube sowie das Labyrinth der Gänge und Zellen gelangte. In den Kellergewölben war es düster, feucht und gruselig. Ein Tisch und mehrere Stühle standen in der Wachstube. Wärter waren nicht anwesend. Aber als Deanna dort eintrat, spürte sie plötzlich die Gegenwart einer sechsten Person.

Im nächsten Moment stürzte Ro aus dem Dunkeln hervor und versetzte Deannas Aufpasser einen Tritt unters Kinn. Sein Kopf knickte nach hinten, und er sank besinnungslos zusammen. Ro schnappte sich den Spieß des Niedergestreckten.

Deanna drehte sich um und sah, daß der unvermutete Überfall die zwei Soldaten, die Riker abführten, völlig überrascht hatte. Als die beiden Männer ihn losließen, um sich der Attacke zu stellen, packte er so fest wie möglich ihre Hälse.

Sie versuchten ihn abzuschütteln oder die Schwerter zu ziehen. Doch bevor sie das eine oder das andere schafften, rammte Ro dem einen Soldaten den Spieß mit dem unteren Ende gegen die Stirn.

Gleichzeitig schlug Deanna unter Aufbietung ihrer gesamten Körperkräfte dem zweiten Mann in die Magengrube. Die Counselor zuckte zusammen, als heftiger Schmerz ihre Faust durchfuhr. Aber sie hatte insofern Erfolg, als der Soldat jede Neigung verlor, den Ringkampf fortzusetzen.

Mit dem Spieß schlug Ro die beiden Soldaten bewußtlos. Riker ließ die Männer auf den Fußboden gleiten und kippte dann selbst schwerfällig gegen die Mauer. Er blieb jedoch auf den Beinen. Deanna stützte ihn, als sie ihn zu einem Stuhl geleitete. »Mit mir ist alles in Ordnung«, behauptete er wiederholt; doch die Counselor hörte nicht auf ihn, sondern beharrte darauf, daß er sich erst einmal setzte.

Ro zerrte die drei ohnmächtigen Soldaten in eine Kerkerzelle und knallte die Tür von außen zu. »Was machen Sie hier, Fähnrich?« erkundigte sich der Commander.

»Ich räume auf«, lautete Ros trockene Antwort.

»Wo ist Captain Picard?« wollte Riker als nächstes erfahren.

»Soviel ich weiß, sind er und Lieutenant Miles ins Bergwerk deportiert worden, Commander«, erteilte die Bajoranerin Auskunft. »Hören Sie, Sir, ich will Ihnen nicht dreinreden, aber kann der Informationsaustausch nicht warten? Wenn die drei Kerle da nicht wieder oben aufkreuzen, wird man bald Verdacht schöpfen. Als man Sie runtergebracht hat, wollte ich gerade damit anfangen, den Gang zu verbarrikadieren.« Sie blickte Deanna an. »Möchten Sie mir dabei helfen?«

»Ein Glück für uns, daß Sie noch nicht soweit waren.« Deanna packte den Tisch an der einen, Ro ihn an der anderen Seite. »Vielen Dank für Ihre Unterstützung.«

»Gern geschehen.« Gemeinsam stemmten sie den Tisch hochkant. Er blockierte den Korridor zur Wachstube weitgehend. »Eine Zellentür habe ich schon aus den Angeln gehoben«, fügte Ro hinzu. »Wir können die Türen benutzen, um eine richtige Barrikade zu errichten.«

»Nicht daß ich Ihre Leistungsbereitschaft nicht zu

würdigen wüßte, Fähnrich«, meinte Riker, indem er mühsam aufstand, »aber haben Sie sich Ihr Vorgehen auch gut überlegt? Wissen Sie, für mich sieht es irgendwie so aus, als ob wir uns hier unten selbst einsperren.«

»Ich glaube, es gibt einen anderen Weg hinaus.« Ro und Deanna trugen die ausgehängte Tür zu dem hochkant gestellten Tisch. »Vor einer Weile habe ich einen Mann aus einem am Ende zugemauerten Gang kommen sehen. Ich habe vor, uns genügend Zeit für eine gründliche Suche zu verschaffen. Es muß eine Geheimtür oder so etwas vorhanden sein. Gibt es so was nicht in allen alten Schlössern?«

»Auf jeden Fall in billigen Abenteuergeschichten«, sagte Riker. »Möglicherweise aber ab und zu auch im wirklichen Leben.« Er machte sich daran, den zwei Frauen behilflich zu sein. Während der Betätigung spürte er, wie sich allmählich, indem die Wirkung des Gifts verebbte, seine Körpervorgänge normalisierten. Er und Ro hängten zwei weitere Zellentüren aus, um damit die Barrikade zu verstärken.

Zu guter Letzt war das Trio mit dem Ergebnis zufrieden; die Barrikade würde eine Zeitlang halten. Der Commander ließ sich und die Counselor von Ro zu dem beschriebenen Gang führen. »So«, äußerte er unterwegs, »nun erzählen Sie mal. Was ist dem Captain zugestoßen?«

19

Sobald die kleine Gruppe in Sichtweite des Diesener Stadttors gelangte, zügelte Picard das erbeutete Pferd. »Ich glaube, es ist besser, wir lassen das Pferd hier stehen«, sagte er, obwohl die Entscheidung ihm widerstrebte; es war ein gutes Reittier. »Es könnte sein, daß ein Torwächter es erkennt. Der Rest des Wegs läßt sich ohne weiteres zu Fuß bewältigen.«

Zuerst stieg Kirsch ab, dann Picard. Er tätschelte dem Tier den Hals, ehe er die Zügel fallen ließ. Data und Kirsch hoben den nach wie vor bewußtlosen Miles von der Schleppbahre. Picard befreite das Pferd von dem Gestell und gab ihm einen Klaps an die Flanke. Das Tier trabte in die Richtung, aus der sie sich der Stadt genähert hatten.

»Bestimmt ist es bald wieder hier«, meinte der Captain, indem er sich Data und Kirsch zuwandte. »Es hätte verdient, daß man es gründlich abreibt und ihm eine ordentliche Portion Futter gibt. Ich wollte, ich könnte in dieser Hinsicht etwas tun.« Er rieb seine Hände und wies auf das Stadttor. »Also los, wir sollten nicht trödeln. Wir haben einiges zu erledigen.«

Kirsch half Data dabei, Miles zu stützen. »Ist euer Kaptän alleweil solchen Sinns?« fragte der Gelehrte.

»Ständig«, bestätigte der Androide. Er hatte seine Schminktarnung ausgebessert, um in der Stadt nicht aufzufallen.

Picard führte seine Begleiter an den nachlässigen Torwächtern vorbei, als gäbe es sie gar nicht. Wenn man es vermeiden wollte, angehalten und ausgefragt zu werden, benahm man sich am besten so, als wäre man Herr der Welt. Dadurch verunsicherte man potentiell lästige Leute und schreckte sie ab. Allerdings hinterließen diese Torwächter einen dermaßen faulen Eindruck, als ob sie sowieso nie jemanden kontrollierten. Data und Kirsch behielten Miles zwischen sich in der Mitte. Anscheinend empfand in dieser Stadt niemand den Anblick dreier Männer, die einen ohnmächtigen Gefährten mitschleppten, als ungewöhnlich.

Auf dem Weg zur Burg reichte Data dem Captain ein Kleidungsstück. »Sie erregen sicher weniger Aufsehen, wenn Sie den Oberkörper bedecken, Captain«, erklärte der Android. Kommentarlos nahm Picard die Kittelbluse und streifte sie sich über. Er sparte sich die Frage, woher Data sie hatte; der Androide mußte sie im Vorbeigehen vor einem Haus entwendet haben.

Sie fanden Graebels Weinhandlung ohne Schwierigkeiten wieder. Verwundert betrachtete Kirsch die Tür. »Was nun? Ich dacht, wir zögen gen die Burg, Freiheit zu erfechten euren Freunden.«

»Genau das haben wir auch vor«, sagte Picard. »Aber wir müssen uns irgendwie den Zutritt erschleichen. Und dieser... feine Herr hier schuldet mir noch eine Gefälligkeit.« Der Captain plazierte Kirsch direkt vor die Tür und klopfte laut an. Behutsam setzten Picard und Data Lieutenant Miles an der Hausmauer ab. An die Mauer gedrückt, blieben sie aus dem Sichtbereich des Guckfensterchens der Tür. »Fragen Sie nach Meister Graebel.«

Als Sigfrid an der Tür erschien, tat Kirsch wie geheißen. Weil Sigfrid nichts Verdächtiges sah, entriegelte er die Tür und öffnete. Picard rammte die Schulter dagegen. Sigfrid taumelte rückwärts, und Data sprang ins Haus, um zu verhindern, daß der Diener irgendwelchen Krach schlug, der Graebel hätte warnen können.

Als der Diener den Mund aufriß, um zu schreien,

umfaßte Data fest seinen Hals. »Ich schlage vor, Sie verzichten auf Äußerungen jeder Art«, riet Data ihm. Sigfrid klappte den Mund zu.

Picard eilte zur Treppe und lief hinauf, indem er jeweils drei Stufen auf einmal nahm. Oben stieß er die Tür zu Graebels Büro auf. Der verdutzte Weinhändler wurde blaß und fuhr von seinem Platz hoch. Picard schubste ihn auf den Sitz zurück.

»Wie nett, Sie wiederzusehen, Meister Graebel«, sagte Picard in liebenswertem Ton. »Freuen Sie sich auch so wie ich?«

Das Gesicht des Weinhändlers war aschfahl geworden. Seine korpulente Gestalt schlotterte vor Schreck. »Was...! Wie denn...?!«

»Ich glaube, der Sklavenhandel steckt in einer Krise«, meinte Picard. »Aber das brauchen wir jetzt nicht zu diskutieren. Ich bin mir sicher, Sie werden mich gerne für die erlittenen Unannehmlichkeiten entschädigen. Oder irre ich mich?«

»Was... was sprichst du da...?« Graebel sperrte die Augen noch weiter auf, als Data eintrat und den besinnungslosen Sigfrid auf dem Fußboden ablegte. »Was! Auch du hie?«

»Ja«, antwortete Data. »Die Welt ist klein, nicht wahr?«

»Sie kommen im richtigen Augenblick, Dieter«, wandte Picard sich an ihn. »Meister Graebel hat sich einem Gesinnungswandel unterzogen. Er bereut sein früheres Fehlverhalten und hat beschlossen, künftig ein vorbildlicher Bürger zu sein.«

Ausdruckslos schaute Data dem Captain ins Gesicht. »Meinen Sie ein und denselben Meister Graebel?« fragte der Androide.

»Ja. Er will dem Herzog für eine kleine Feier am heutigen Abend ein paar Fässer seines besten Weins spendieren.« Picard lächelte Graebel zu, der unausgesetzt zitterte. »Keine Sorge, die Zustellung übernehmen wir, um Ihnen Aufwand zu ersparen.«

Kirsch lachte. »Aha! Eine List wird's, um kühnen Muts Einlaß in die Burg uns zu erschwindeln.«

»Nach allem, was Sie mir über den Herzog erzählt haben«, antwortete Picard, »dürfte er eine Weinlieferung wohl kaum zurückweisen. Und erst recht nicht, wenn sie von einem so angesehenen Weinhändler wie Meister Graebel kommt.«

Er drehte sich seinem Zweiten Offizier zu. »Dieter, Meister Graebel zeigt Ihnen den Stall. Er soll Gäule vor einen Karren spannen. Michael und ich suchen inzwischen einige Fässer guten Weins aus.«

»Da sollt's wohl darhin kommen, daß ich mich weigern tu«, murrte der Weinhändler.

Gutmütig schüttelte Picard den Kopf. »Sie werden sich keineswegs weigern, Meister Graebel. Wenn Sie es tun, hält Dieter nämlich ihren Kopf so lange in ein Faß Wein, bis sie ertrinken.« Das war zwar gelogen, doch hatte der Captain es mit soviel Überzeugungskraft geäußert, daß der Weinhändler keine Sekunde lang an Picards Ernst zweifelte. Graebel schluckte schwer, dann nickte er rasch mehrere Male. »Sehr schön.« Picard schmunzelte. »Gutwillige Mitarbeiter sind mir lieber.«

Nachdem Picard im Erdgeschoß des Gebäudes mehrere größere Fässer ausgesucht hatte, kehrte Data, indem er Graebel vor sich hertrieb, aus dem Hof zurück.

»Der gewünschte Transportwagen ist bereitgestellt worden, Captain«, meldete der Androide. »Soll ich diese Fässer aufladen?«

»Ja, wenn Sie so freundlich wären...« Picard legte dem Weinhändler eine Hand auf die Schulter. Graebel drohten die Augen aus dem Kopf zu quellen, als Data das erste Faß packte und ohne jede Mühe in die Höhe hob. »Meister Graebel«, sagte Picard in verträglichem Tonfall, »ich habe den Eindruck, es ist höchste Zeit, daß Sie sich aus dem Geschäftsleben zurückziehen.«

Der Weinhändler erbleichte von neuem. »Was... was soll von selbgem Wort ich halten?« erkundigte er sich mit leicht schriller Stimme. Offenbar befürchtete er, man wollte ihn ermorden.

Indem er Graebels Frage vorerst mißachtete, wandte Picard sich an Kirsch. »Können Sie gute Knoten knüpfen?«

Süffisant lächelte Kirsch dem Weinhändler zu. »Um sein Gurgel, meinst du?«

»Ich würde sagen, an Händen und Füßen genügt erst einmal.«

»Welch Jammer.« Kirsch faßte Graebel an der Schulter. »Folg mir hinauf, Freund. Bist du fügsam, willfahr ich Lukas' Wunsch. Doch wagst du frech dich zu sträuben...« Er hob eine Faust und vollführte eine Bewegung, als zöge er an einem Strick. Ganz still begleitete Graebel ihn ins Obergeschoß.

Sobald Data den Pferdekarren beladen hatte, öffnete Picard die Haustür der Weinhandlung. Der Markt war weniger bevölkert als vorhin, aber es befanden sich noch recht viele Leute in der Nachbarschaft. Picard stellte sich unters Tor und stimmte lautes Rufen an. »Aufgepaßt, Leute! Freunde! Mitbürger! Bitte mal herhören!«

Köpfe drehten sich. Man starrte den Captain an. Das Stimmengewirr der Händler und Käufer im Umkreis des Tors verklang.

»Meister Graebel hat den Entschluß gefaßt, seine Tätigkeit als Weinhändler zu beenden«, rief Picard laut und deutlich. »Zum Dank für die langjährige Treue seiner Kundschaft lädt er nach gutem, altem Brauch zu einem Umtrunk ein.« Er rollte ein Faß vors Haus und zerschlug mit einer Axt den Deckel. »Kommt und trinkt, liebe Leute!«

Er kehrte ins Haus um und brachte einen Armvoll Becher hinaus. Eine Anzahl mutigerer – oder durstigerer – Marktbesucher drängte auf die Weinhandlung zu. Andere dagegen blieben aus Vorsicht, wo sie waren; vermutlich kannten sie Graebels Reputation. Picard tauchte einen Becher ins Faß und genehmigte sich einen herzhaften Schluck. Anschließend wischte er sich den Mund am Ärmel ab. »Ihr könnt mir glauben, der Wein ist völlig einwandfrei.«

Sein Verhalten bewies die Ehrlichkeit des Angebots. Der Zustrom der Menschen steigerte sich zu einem Ansturm. »Drinnen ist noch jede Menge mehr«, rief Picard, während die Leute sich bedienten. »Trinkt, soviel ihr wollt, es kostet nichts.« Dann kletterte er zu Data und Kirsch auf den Wagen.

Zu dritt sahen sie zu, wie eine Menschenmasse die Weinhandlung auf den Kopf stellte. Männer rollten Fässer ins Freie und stachen sie an. Andere stöberten Becher und Humpen auf und verteilten sie. Innerhalb von Minuten füllten Männer und Frauen das Erdgeschoß und den Hof, griffen sich, was sie vorfanden.

Picard schmunzelte vor sich hin. »Ich denke mir, das dürfte eine gute Lektion für unseren Meister Graebel sein.«

»An den Bettelstab wird's ihn bringen«, äußerte Kirsch voller Genugtuung. »Sin Wohlstand wird im Handumdrehn versoffen sein.«

Data überließ die Zügel des Zugpferds dem Captain und sprang ab, um das Hoftor zu öffnen. Während der Wagen in die Straße hinausholperte, wurde ersichtlich, daß sich inzwischen die gesamte Menschenmenge des Markts auf die Weinhandlung zuschob, um Graebels scheinbare Großzügigkeit zu nutzen.

Data hob den unverändert bewußtlosen Lieutenant Miles auf den Wagen und bettete ihn sachte auf die Ladefläche. Der Androide hatte eine kleine Decke besorgt, die er nun über den Besinnungslosen breitete. Picard ruckte an den Zügeln. Der Karren setzte sich Richtung Burg in Bewegung.

Burgvogt Volker hatte beileibe nicht erwartet, den Herzog in huldvoller Gemütsverfassung anzutreffen. Auf das Maß an Schimpf und Schelte jedoch, welches ihm widerfuhr, hatte er sich geradesowenig eingestellt. Der Gemahlin des Herzogs war es nicht gelungen, seine Tobsucht auch nur im allergeringsten zu lindern, derweil er auf seinem Bett ruhte, ohne Unterlaß Gift und Galle spie und aus vollem Halse seinen getreuen Vogt anbrüllte. Volker mußte mit aus Verlegenheit und Empörung hochrotem Angesicht dastehen und den Wutanfall über sich ergehen lassen.

»Eure Waffenknecht, die thumben, unvermögend Hundsfötter, tragen dran Schuld, daß ich am heutgen Tage des schlimmen Leids gar viel erdulden mußt!« schrie der Herzog. Allem Anschein zufolge hatte seine Kehle sich nach Rikers Würgegriff rascher erholt, als sein Stolz die Schmach verwand. »Zween Elendigen an einem Tage ward's verlaubt, mich anzugehn mit grobianischer Gewalt! Zu was dann zahl ich Euch, daß solche Unbill mich ereilen mag?!«

»Der Missetäter alle zween schmachten längst im Verlies, Euer Hoheit«, versetzte Volker zur Antwort, indem er um Beherrschung rang. »Sie solln die Straf erhalten, wie Euer Gnaden sie ihnen verhängt.«

»Seid Ihr Euch vollauf des gewiß, daß sie drunten hocken?« schnauzte der Herzog. »Oder ist etwaig die dreiste Dirn inmitten der Tümmelei entfleucht?«

»All jene Sträflinge, welche das Weite zu suchen trachteten, sie loffen samt und sonders dem Tod in sein Arm«, gab Volker nun zur Antwort. »Die Maid lag nit in dero Mitte. Drum muß im Verlies sie sein. Die andern zween seind von min Mannen just ins Verlies geworfen worn.«

»Eure töricht Tölpel vermöchten kein zartes Lämmlein zu treiben an die Schlachtbank!« Rücklings streckte der Herzog sich auf der Bettstatt aus, hustete vor Anstrengung. »Verzwiefacht mir drunten die Wärter. Sollt ein Gefangner Euch entgehn, nehmt Ihr selbst auf Euren Buckel, Herr Volker, was selbgem Schufte ich an Straf hätt zugemessen. Sind sie nit da, wann sie die Folter schmecken solln, mag Euch der Himmel vor mein Zorn behüten und leibhaftig zu sich holen, ich täts Euch ärger gar vergelten.«

»Sie werdn da sein, Euer Hoheit«, beteuerte Volker. Er betrachtete den Herzog voller Groll. Was für ein unleidlicher, abscheulicher Hanswurst, dachte er. Das Leben dient ihm zu nichts, als sich selbst Tag um Tag zu ergötzen und andere zu martern. Aber einmal würde es soweit sein, daß er seinen Vogt zu tief erbitterte ...

Fahrig pochte jemand an die Tür. Ein Waffenknecht trat ein. »Um Vergebung, Hoheit«, sprach er mit zittriger Stimme, »doch Eile tut Not. Wir bedürfen baldigst im Verlies Vogt Volkers Weisung.«

Volker traute seinen Ohren nicht. »Was Donnerkeil soll das bedeuten?«

»Drunten gibt's ... Verdruß, Herr«, stammelte der Unglückselige. »Die zween Gefangnen han die Mannen niederschlahn und sodann in der Stuben sich verrammelt.«

Unwillkürlich fuhr Volker zusammen, als er vernahm, wie der Herzog in seiner Wut aufheulte. »Ich werd sogleich zur Stell sein«, verhieß er dem Waffenknecht. Der Mann floh aus dem Gemach und wagte keinen Blick zurückzuwerfen.

Volker wandte sich zum Herzog um, der den Anschein erweckte, als würde er dem Schlagfluß erliegen. *Hätte* er ein Herz, sann der Vogt, womöglich wäre zu hoffen, daß es ihm berste. »Es führt kein andrer Weg aus dem Verlies, Herr«, sprach er voller Nachdruck. »Es gilt allein mit Macht sich Bahn zu brechen, auf daß dann abermals in Eure hoheitlich Gewalt fällt jenes frevelhafte Paar.«

»Ja, wann man glauben könnt, Ihr wäret Manns genug, um selbges Pack zu fangen und auch zu halten!« Der Herzog schwang sich von der Bettstatt empor. Es mußte wohl so sein, daß er in seiner Wut die Wunden nicht mehr fühlte. »Mit Euch hinab steig ich, Herr

Volker. Vernehmet mir, was ich Euch schwör: Geht diese Sach Euch in die Binsen, Vogt, Eure eignen Kaldaunen geb ich Euch zu fressen!«

Der Herzog packte sein Schwert und stürmte zum Gemach hinaus. Vogt Volker, das Angesicht dunkel vor Zorn, folgte auf dem Fuße.

»Wir bringen Wein für die herzögliche Tafel«, erklärte Picard am Burgtor dem Wachtposten. »Ein Geschenk des Weinhändlers Graebel.«

Der Posten nickte. »So kauft er sich ein weitres Mal von Unbill frei, wie?« fragte er. »Alsdann, karrt hin die Fässer zum Keller.«

Picard nickte und ruckte an den Zügeln. Der Gaul trottete vorwärts. Als der Captain das Fallgitter sah, war er heilfroh darüber, daß sie so wenig Schwierigkeiten hatten, sich in die Festung einzuschleichen. Jeder andere Weg hinein wäre äußerst problematisch geworden.

Auf der Ladefläche gab Miles ein Stöhnen von sich. Zwar war er endlich aufgewacht, wirkte jedoch sehr benommen. Mit gebrochenem Arm und desorientiert wäre er im Fall von Komplikationen aber nur eine Last gewesen.

Unmittelbar hinter dem Torgebäude befand sich ein kleines Bauwerk, bei dem es sich anscheinend um ein Kapellchen handelte; es mußte einmal von einem der Burgherrn angebaut worden sein. Es sah so aus, als ob sich gegenwärtig niemand darin aufhielt.

»Dieter«, sagte Picard zu Data, »ich glaube, es ist besser, Mr. Miles wartet in dieser Kapelle auf uns. Falls jemand auf ihn aufmerksam wird, dürfte man annehmen, daß er um Heilung betet.«

Data nickte und half dem verletzten Lieutenant beim Betreten der Kapelle; danach schloß er das Portal von außen und erklomm wieder den Wagen. Die Ankömmlinge verschafften sich einen Überblick über den Burghof.

Was sich ihnen bot, war ein ebenso rätselhafter wie scheußlicher Anblick. Eine Anzahl von Soldaten schichteten die Leichen erst vor ganz kurzem massakrierter Menschen zu Stapeln auf. Sämtliche Toten waren schmutzige, abgezehrte Gestalten. Picards Blick der Ratlosigkeit bewog Kirsch zu einem Schnauben.

»Hie will's mich deuchen, der Herzog tat ein großes Jäten«, meinte er zum Captain. »Sträflinge aus dem Verlies sind die Erschlagnen. Zumindest erlöst seind sie nun von dem Schmachten.«

»Data ... äh ... Dieter, ist Ro dabei?« Picard versuchte, in seiner Stimme keine Sorge anklingen zu lassen. Einen seinem Kommando unterstellten Offizier zu verlieren, hatte er noch nie als Kleinigkeit bewertet.

»Nein, Sir.«

»Gott sei Dank.« Picard lenkte den Wagen an die Seite des Burghofs. »Haben Sie eine Ahnung, wo der Weinkeller sein könnte?« fragte er Kirsch. »Es ist wohl gescheiter, wir tun erst einmal sehr beschäftigt.«

Bevor der Gelehrte antworten konnte, kam ein Soldat heran. »Ihr da«, schnauzte er, »herab mit euch vom Bock! Um diese toten Hund zum Schindanger zu karrn, soll das Gefährt uns dienlich sein.«

»Aber es gehört Meister Graebel, dem Weinhändler«, erhob Picard Einspruch. »Ich kann doch nicht einfach ...«

Sofort zückte der Soldat das Schwert. »Willst du mit Worten wider Eisen fechten?« fragte er mit gehässigem Grinsen.

»Nein, natürlich nicht.« Schnell kletterte Picard hinunter; Data und Kirsch taten das gleiche. Der Captain hob die Hände zu einer beschwörenden Geste. »Aber wären Sie vielleicht so freundlich, mir eine Empfangsbescheinigung auszustellen? Es wird schlecht aussehen, wenn ich ohne den Wagen zur Weinhandlung zurückkehre. Möglicherweise denkt Meister Graebel, ich hätte ihn *gestohlen*. Das könnte mich den Job kosten.«

»Ei potz, was faselst da?« Aber schließlich, nach einigem Überlegen, nickte der Soldat. »Es mag wohl sein, der Vogt gewähret ein Schrift für eures Brotherrn Aug.«

»Vielen Dank«, antwortete Picard höflich. Mit dem Kopf gab er Data und Kirsch ein Zeichen, daß sie ihm folgen sollten. Zügig strebte er über den Hof auf den Eingang des Wohngebäudes zu. »Na, da haben wir ja verdammtes Glück gehabt.«

»Mehr will ich meinen, daß du selbst dein Glück dir schmiedest«, äußerte Kirsch halblaut. »Dein Wunsch erschließet in der Burg uns Tür und Tor.«

»Ich hoffe, wir erfahren dadurch was über Ro.«

Picard führte seine Begleiter zum Eingang. Dort hörte der Posten sich die Geschichte an und erlaubte ihnen einzutreten. Aber kaum standen die drei im Korridor, wurden sie von einem Trupp anderer Soldaten ruppig beiseite gedrängt. Haufenweise schwärmten Bewaffnete eine Treppe hinab. Aus dem unteren Stockwerk ertönte unaufhörlich dumpfes Rumpeln und Dröhnen.

»Was ist denn da unten los?« erkundigte Picard sich bei einem Soldaten. Der Captain mußte laut sprechen, um sich durch den Lärm verständlich machen zu können.

»Drei Sträfling han sich im Verlies verrammelt«, antwortete der Mann. »Der Herzog in Persona und Vogt Volker sind just hinabgestiegen, um an der Waffenknechte Spitze den Aufruhr zu endgen.«

Picard zog Kirsch und Data in die Richtung der anderen Räumlichkeiten. »Ich würde wetten, Ro hat das irgendwie angezettelt«, sagte er mit andeutungsweisem Lächeln. »Sie versteht mehr Ärger anzurichten, als sechs normale Leute.«

»Ihre Vermutung klingt sehr plausibel, Sir«, stimmte Data zu. »Aber wird unsere Aktion dadurch begünstigt?«

»Ich seh die Sache traurig stahn«, lautete Kirschs Ansicht. »Es wird die Burgmannschaft zur Hälfte sein, was hie sich an Mannen tummelt. Was glaubst du nun, Freund Lukas, wie wirst du die Maid befrein?«

Picard mißfiel es außerordentlich, eingestehen zu sollen, daß ihm jetzt die Ideen fehlten. Kirschs Lagebeurteilung war richtig. Ro aus der Burg zu holen, würde alles andere als einfach sein. Während der Captain eventuelle Optionen durchdachte, wurde plötzlich eine hohe, prunkvolle Tür geöffnet, und zwei Männer traten heraus. Einer trug eine Art von schwarzer Robe, der andere einen mit Pelz besetzten Mantel.

Data berührte kaum merklich Picards Arm. »Captain«, sagte der Androide leise, »diese Personen sind keine Einheimischen.«

Picard runzelte die Stirn und besah sich die beiden Männer. Er erkannte nichts, was sie von den anderen ringsum unterschied; doch ihm war klar, daß Data für seine Behauptung Gründe haben mußte. »Erklären Sie mir Ihre Einschätzung, Mr. Data.«

»Ihre Erscheinung weicht vom Äußeren der Einheimischen ab, Captain«, erläuterte Data mit gedämpfter Stimme. »Man kann die Resultate regelmäßiger Körperpflege gemäß modernem hygienischem Standard beobachten. Ihre Kleidung besteht aus synthetischen Materialien, die man vorsätzlich so bearbeitet hat, daß sie Ähnlichkeit mit hiesigen Naturprodukten haben, aber gleichzeitig erheblich bequemer zu tragen sind. Zudem ist eine etwas andere Körpersprache zu beobachten. Diese Männer verhalten sich deutlich arroganter und selbstbewußter als ihr Umfeld.«

»Können es Mitglieder der Verbrecherbande sein?«
»Ich bin sicher, Sir.«

Picard blickte sich um und sah, daß die allgemeine Aufmerksamkeit den Vorgängen im Verlies und auf der Treppe galt. »Dann sollten wir uns wohl mal mit den Herrschaften unterhalten«, entschied er. Ohne Eile durchmaß er unauffällig den Korridor. Kirsch und Data folgten.

Die beiden Männer blieben in ihr Gespräch vertieft, ohne ein einziges Mal aufzublicken, bis Picard den einen Mann am pelzbesetzten Ärmel packte. Ehe der Bärtige ein Wort sagen konnte, kitzelte Picard ihn mit der Schwertspitze im Rücken. »Seien Sie schön ruhig«, warnte der Captain ihn. Der Mann ließ den Mund zu. Unterdessen starrte der Schwarzgekleidete entgeistert Data an, der wie aus dem Nichts an seiner Seite aufgetaucht war und jetzt seinen Oberarm in eisenhartem Griff hielt. »Hier herrscht etwas zuviel Gedrängel«, stellte Picard leise fest. »Ich glaube, wir sollten uns für unsere Aussprache ein stilleres Zimmerchen suchen.«

Kirsch zwängte sich vorüber und öffnete einen Türflügel. Picard und Data schoben die zwei Männer hindurch in einen großen Saal. Kirsch drückte die Tür von innen zu. Den Soldaten war das kurz entschlossene Kidnapping vollständig entgangen.

»Wer sind Sie?« wollte Randolph – der Mann in dem pelzbesetzten Mantel – von dem Trio wissen. Er versuchte einen zornigen Ton anzuschlagen, aber Furcht brachte seine Stimme zum Zittern. Er und Hagan hatten mit großer Umsicht die Flucht von dieser Welt geplant, und jetzt mußte so etwas passieren! »Wenn's um Geld geht...«

»Es geht nicht um Geld«, unterbrach Picard ihn in unterkühltem Tonfall. »Ich bin Captain Jean-Luc Picard, Kommandant des Starfleet-Raumschiffs *Enterprise*. Und ich habe den Eindruck, Sie sind zwei von den Leuten, nach denen meine Offiziere und ich suchen.«

Randolph erblaßte. »Der *Enterprise*?« krächzte er. »Soll das heißen ... sie existiert noch?«

»Was reden Sie da?« Picard wurde auf einmal äußerst unbehaglich zumute. »Weshalb sollte sie nicht mehr existieren?«

»Halten Sie ja den Mund, Dummkopf!« fauchte Hagan. »Verraten Sie denen nichts!«

Picard schaute Data an. »Kontaktieren Sie das Schiff«,

befahl er. In diesem Moment war es ihm egal, was Kirsch zu sehen und zu hören bekam. Das konnte er später ausbügeln. »Ich will wissen, was sich oben abspielt.«

Data tippte an seine Spange. »Landegruppe an *Enterprise*. Kommen, Geordi.«

Statik prasselte und knisterte. Dann ertönte ganz leise Geordis Antwort. »... Empfang ... schlecht«, zischelte seine Stimme. »Kann die ... nicht warten? Wir werden zur Zeit angegriffen.«

Picard stieß Randolph gegen die nächststehende Mauer. »Raus mit der Sprache!« fuhr er ihn an. »Was ist das für ein Angriff auf mein Raumschiff?«

20

Ich nehme hier ganz ungewöhnliche Eindrücke wahr...«

Riker blieb stehen und blickte Deanna an. Sie hatte eine sonderbare Miene aufgesetzt. Teils widerspiegelte sie Verwunderung, teils etwas völlig anderes. »Wie ungewöhnlich?« fragte er.

»*Äußerst* ungewöhnlich.« Deanna strich mit den Fingern über das Gemäuer des Gangs. »Mir ist, als ob... als hätte ich einen Mückenschwarm im Hinterkopf. Als würde mir das Gehirn jucken, Will. So ein Gefühl hatte ich noch nie.«

»Gibt es hier einen geheimen Tunnel oder so was?« fragte die stets praktisch eingestellte Ro. »Einen Weg nach draußen?«

Troi konzentrierte sich. »Nein. Einen Weg hinaus spüre ich nicht. Eher einen Weg... *hinein*.«

»Genau was wir brauchen«, murrte Ro. »Dabei stecken wir schon bis zum Hals im Schlamassel. Ich hatte gehofft, wir entdecken hier einen Geheimgang oder etwas Ähnliches.«

»Hier ist erheblich mehr zu entdecken, als Sie ahnen«, entgegnete Deanna. »Ich spüre eine Ballung enormer Macht. Eine gewaltige Quantität ungenutzten Potentials ist hier angehäuft. Gespeicherte mentale Energie... Aufzeichnungen. Alles mögliche.« Aufgeregt wie ein Kind zu Weihnachten, faßte sie Rikers Hand. »Ich spüre ganz deutlich, hier ist etwas... Noch ist es nicht tot.«

»Ich hoffe, wir sind es«, sagte Ro.

»Etwas außer uns. Es ist... Nein, ein Bewahrer ist es nicht.« Deanna strahlte. »Es ist mehr wie ein Nachbild der Bewahrer. Eine Empfindung, als hätten einer oder mehrere von ihnen hier einen Teil ihres Wesens zurückgelassen. Man könnte diesen Rest mit einer Glasscherbe oder einem Holzsplitter vergleichen. Er umfaßt nicht alles, was sie sind, aber er ist ein Bruchstück von allem, was sie verkörpern. Will, wir stehen kurz davor, sie zu finden. Ich weiß es!«

Ro wies mit dem Finger in die andere Richtung des Gangs. »Und *die* da stehen kurz davor, *uns* zu finden. Können wir die Entdeckung der Bewahrer nicht irgendwie beschleunigen?«

»Halten Sie sich doch endlich mal zurück, Fähnrich!« ermahnte Riker sie in derbem Tonfall. »Deanna... Wo ist dieses... Bruchstück? Kannst du es erreichen, es berühren?«

»Es ist ganz nah.« In angestrengter Konzentration kniff die Counselor die Lider zusammen. »So nah ist es, und trotzdem...« Mit geschlossenen Augen, aber vollauf zielsicher bewegte sich Deanna vorwärts, auf die Mauer zu, wo der Gang endete.

Über die Schulter schaute Ro sich um. Der Krawall in der Wachstube war lauter geworden. Holz splitterte, Stimmen hallten. »Äh... ich glaube, sie sind durch«, sagte sie.

Anscheinend sah Deanna darin keinen Anlaß zur Beunruhigung. Statt dessen tappte sie, die Augen unverändert geschlossen, immer weiter. Als sie unmittelbar vor der Mauer am Ende des Gangs stand, lachte sie plötzlich. Ro wollte zu ihr eilen, aber Riker hielt sie fest.

»Auf die Weise holt sie sich bloß 'ne Beule«, unkte Ro.

»Ich glaube nicht...« Riker lockerte den Griff um ihren Arm. Zwar empfand er genausoviel Spannung wie Ro, aber aus einem anderen Grund. »Geben Sie acht...«

Ohne nur im geringsten langsamer zu werden, näherte Deanna sich der Mauer – doch statt dagegen zu stoßen, trat sie ins Gemäuer *hinein*. Sie durchquerte die Wand so mühelos, als gäbe es sie gar nicht. Fassungslos riß Ro die Augen auf.

»Kommen Sie!« Am Arm zog Riker sie mit. Ro hob die Hände, weil sie erwartete, kopfüber gegen Stein zu prallen. Aber nichts hemmte ihren Lauf.

Grimmig schmunzelte Burgvogt Volker, sobald seine Mannen die hölzerne Sperre niedergerannt hatten. Doch in der jenseitigen Wachstube trafen sie niemanden an. »Sie han sich tief ins Verlies gefleucht«, rief der Vogt. »Wohlan, sputet euch und hurtig voran!«

Der Herzog stapfte Volker und den Waffenknechten hinterher, derweil die Mannen durch die Wachstube und sodann ins Verlies schwärmten. Überall dröhnten Türen, während die Waffenknechte jede einzelne Zelle durchsuchten. Nirgendwo jedoch fand sich eine Spur der aufsässigen Sträflinge. Volker schritt geschwinder aus. Zu seinem Erstaunen vermochte der Herzog ihm dichtauf nachzueilen.

Sie drangen in den langgestreckten Gang vor, der zu nichts als einer Mauer führte. Voraus erspähten sie Riker und das andere Weib mit Namen Rosalinde. Arm in Arm entschwanden sie durchs Mauerwerk, als wäre daselbst gar keine Mauer vorhanden. Voller Bestürzung angesichts dieses Anblicks verhielt der Burgvogt inmitten seines Schritts.

Der Herzog ergriff ihn am Arm. »Ha!« schrie er. »Wir sind gefoppt! Ein geheimgehaltner Gang, wähn ich. Laßt Eure Knecht flugs die verborgne Pfort erbrechen!«

»Wir werdn sehn, der Taten welcher hie geboten sind.« Volker strebte ans Ende des Gangs. Weder konnte man die Geflohenen irgendwo sehen, noch war irgend etwas zu hören. Mit eigenen Augen hatte er gesehen, wie sie durch die Mauer getreten waren. An dieser Stelle gab es keine Pforte. Aber die Mauer hatte für das Paar kein Hindernis bedeutet. So und nicht anders hatte es sich zugetragen.

Einen Fußbreit vor der Mauer verharrte der Vogt. Waren die Steine womöglich nicht mehr als ein Blendwerk? Nur ein Trugbild?

Volker hob das Schwert und pochte an die Mauersteine. Doch sie lösten sich keineswegs in Rauch auf, wie man es von einem bloßen Truggebilde hätte erwarten dürfen. Das Schwert klirrte, als es auf festen Stein stieß.

Unmöglich! Er hatte eigenen Auges mit angesehen, wie das Paar diese Mauer durchschritt, als stünde an dieser Stätte kein einziger Stein. Nun warf der Vogt selbst sich gegen die Mauer. Aber sie wich nicht fort. Seine Fäuste stemmten sich vergeblich gegen die dichtgefügten Steine. Schmerzhaft zerschrammte er sich die Haut. Schließlich ließ er vom Gemäuer ab.

»Hexerei, das ist's«, brummte er mit unterdrückter Stimme. »Nichts andres kommt in Frag. Ich *sah* sie selbge Mauer queren... Und doch ist sie von Stein... aus festem, hartem Wackerstein ist sie errichtet!« Ein weiteres Mal hieb er wutentbrannt die Fäuste ans Mauerwerk. »Ein Hexer und 'ne Hexe müssen's sein!«

Hastig schlug der Herzog das Kreuzzeichen. Der Waffenknechte Schar schrak um mehrere Schritte zurück. Unter sich tuschelten die Mannen. Volker schwang das Schwert wider die Mauer, doch nichts geschah, als daß die Klinge den Steinen Funken entlockte.

»Unmöglich«, rief er ein zweites Mal. »Unvorstellbar! Was ist's, das hie geschehet?«

»Donnerkiel, recht habt Ihr, Vogt Volker«, sprach mit zitternder Stimme der Herzog. »Da ist Zauberei am Werke. Andre Verursachung kann in der Tat kein Mensch sich denken, meint Ihr nit auch?« Aus Augen voll des Grauens stierte er den Burgvogt an.

Volker fehlten nun vollends die Worte; er vermochte nur noch stumm das Haupt zu schütteln.

»Das muß eine mit Bewahrer-Technik konstruierte Anlage sein«, sagte Ro in ehrfürchtigem Staunen, nachdem sie alle drei geradewegs durch die Wand gegangen waren. »Eine andere Erklärung kann man sich gar nicht denken, oder?«

Irgendwie hatte sie beim Durchqueren der Mauer die Steine gespürt. Sie hatten allerdings einen viel weniger realen Eindruck als die Projektionen auf den Holo-Decks der *Enterprise* hinterlassen. Andererseits jedoch waren sie gleichzeitig realer gewesen. Es schien Ro, als hätte sie für einen Moment auf einer von der Konsistenz der Mauer verschobenen molekularen Ebene existiert, eine Sekunde lang denselben Raum wie sie eingenommen, ohne die Struktur der Steine zu tangieren. Was Ro am stärksten aufwühlte, war der Umstand, daß ihr Verstand es *fast* zu begreifen schaffte, wie sich so ein Phänomen zustande bringen ließ.

Hinter der Mauer herrschte überwältigende Helligkeit. Ro konnte in dem blendenden Glanz gerade noch Deannas Umrisse erkennen. Troi hatte sich umgedreht und streckte ihre Hände aus. Fest umklammerte Ro die eine Hand. Riker faßte nach der anderen Hand der Counselor.

»Es ist alles gut«, sagte Deanna in frohem Ton. »Uns kann nichts zustoßen.«

Ro schaute nach unten und wünschte sich sofort, sie hätte es nicht getan. Ihr Blick fiel in einen scheinbar bodenlosen Schacht aus Licht. Sie fühlte nichts unter den erbeuteten Stiefeln. »Wenn ich das nur glauben könnte«, bemerkte sie gedämpft.

Das Nichts unter ihnen schien auf unerklärliche Weise nachzugeben, und sie schwebten in den Schacht hinab.

Im Düstern leuchtete des Herzogs Angesicht weiß wie frischer Käse, als er sich auf dem Absatz umwandte, um seinen Ingrimm an Burgvogt Volker auszutoben.

»Mir will's wahrlich den Anschein haben, Vogt, *keine* Gefangnen sind bei Euch sicher in Gewahrsam!« brauste er auf; doch trotz aller Wut klang seine Stimme auch nach Furcht. »Abermalig seind drei Missetäter uns entfleucht ... Und zudem jene just, deren Bestrafung mir gar allerliebstens am Herze lag!«

Volker deutete auf die Mauer. »Wolltet Ihr mir wohl sahn, wie in des Himmels Namen hätt ich solln ahnen, daß sie uns durch festgefügtes Mauerwerk entweichen?«

Von Belanglosigkeiten wie vernunftgemäßen Überlegungen jedoch mochte der Herzog sich nicht beirren lassen. »Klügelt mir hie nit herum! Seid Ihr mir schuldig Rechenschaft für unsre Sträfling, oder wollt Ihr's leugnen? Ich warne Euch, daß Ihr müßt dulden alle Straf, die zu verhängen mir verwehret. Gott sei mein Zeuge, daß das Gericht nun über Euch soll kommen!« Er kehrte sich zu den Waffenknechten um, welche zaghaft in einigem Abstand des Künftigen harrten. »Heda, ihr dort, herbei mit euch! Ergreift mir Volker und schmeißt den treulosen Verräter in ein Kerkerloch, demselben er uns nimmermehr entrinne!«

Kein einziger Waffenknecht regte sich von der Stelle. Nun gewann beim Herzog die Wut Oberhand über die Furchtsamkeit. Gegen Menschen, die durch Mauern wandelten, blieb er machtlos; aber wie er mit Untertanen umzuspringen hatte, von denen er sich im Stich gelassen fühlte, damit kannte er sich aufs beste aus.

»Memmen!« brüllte er die Waffenknechte an. Er fuhr erneut herum zu Volker. »Ist das die Weis, wie Ihr das Pack ermuntert habt zu gefügigem Gehorsam?« kreischte er in äußerster Erbostheit. »Keine Mannen habt Ihr mir erzogen, feige Hunde seind's!«

Vogt Volker maß seinen Herrn kaltherzigen Blicks. »Es seind allzeit tapfre Streiter, wann es das Schwert zu schwingen gilt. Allein ja Euer Schuld indessen ist's, daß wir voll mit Verdruß und ohn all Rat hie stehn. Euer zuchtlos Lüsternheit bracht uns die ehern Jungfer Rosalinden in die Burg, und aller elendige Rest ward uns beschert dank Euer kläglich Käuflichkeit.«

»Wie könnt Ihr's wagen und Euch erfrechen, derlei Sprache hie mit mir zu führn?« tobte der Herzog. »Darfür sollt Ihr die Peitsche schmecken!« Er streckte dem Burgvogt die Hand entgegen. »Her mit Eurem Schwert!«

»Allwie's beliebt.« Volker zückte das Schwert, und mit derselben Bewegung stieß er die Klinge dem Herzog in den feisten Wanst. Ein Aufschrei der Entrüstung entrang sich dem Herzog, und die Augen wurden ihm glasig. »In der Höllen sollst du braten!« herrschte Volker ihn an und drehte in des Herzogs fettem Leib die Klinge. Aus der Stichwunde schossen Blut und Galle. Der Herzog sank nieder. Mit einem Ruck zerrte Volker das Schwert heraus und trat einen Schritt rückwärts.

Der Todgeweihte sackte, die Hände in den Bauch gekrallt, auf die Knie. Blut quoll durch seine von feinen Handschuhen umhüllten Finger, färbte seine kostbare Gewandung rot, troff auf den kalten Stein des Fußbodens. Mit stierem Blick schaute er zum Vogt empor. Dann schienen ihm die Augen aus den Höhlen zu treten. Zum Schluß fiel er aufs Angesicht. Ein wenig zuckte er noch und blieb dann reglos liegen.

Volker wandte sich seinen Mannen zu. Keiner der Waffenknechte hatte sich vom Fleck gerührt. »Holla, da will's mich doch dünken, der edle Herzog ward eines betrübnisschweren Mißgeschicks beklagenswertes Opfer«, sprach Volker zu ihnen. »Ist einer unter euch, der etwa daran zweifeln tät?« Sämtliche Waffenknechte schüttelten eilends das Haupt. »Ei vortrefflich.«

Der Vogt gesellte sich durch den Gang zurück zu seinen Mannen. »So ist's dann an der Zeit, des einstgen Burgherrn Mißständ füglich zu beheben. Ihr da, schafft mir Steinwerker her.« Er richtete den Blick ein letztes

Mal in den rätselvollen Gang. »Die ungut Stätte hie soll mir vermauert sein. Wolln Riker und sein Hexen da traute Wohnung han, so solln in alle Ewigkeit sie zwischen selbgen Mauern hausen, das sei ihnen wohl vergönnt... Ihr zween, sucht mir den Schlingel Randolph. Jedoch verschweiget ihm des Herzogs unheilvolles End; allein mag wissen er, daß in die Hall er sich begeben soll. So ich nit irre, hat alte Schuld zuhauf er nun ohn Frist mir abzutragn.«

Volker konnte es nicht wagen, den Ratgeber des toten Herzogs am Leben zu lassen. Die Waffenknechte schlossen sich jedem Führer an, der ihnen Weisung zu erteilen wußte; und ein solcher Ränkeschmied wie Randolph würde diese Macht unweigerlich mißbrauchen.

Überdies galt es zu entscheiden, was aus der Herzogin werden sollte. War es klüger, wenn auch sie ein Mißgeschick dahinraffte, oder empfahl es sich, sie zur Gemahlin zu nehmen, um den neuen Rang durch einen Aufstieg in einen höheren Stand rechtmäßig zu besiegeln?

Mit einem Mal sah Volker sich vor einem Berg von Sorgen stehen...

Der lichtdurchflutete Schacht, den Ro, Riker und Deanna hinabschwebten, hatte eine beträchtliche Ausdehnung. Außer Helligkeit gab es weit und breit nichts zu sehen. Ros anfängliche Panik verschwand, sobald offensichtlich war, daß das Trio sich im Wirkungsbereich einer Art von Traktorstrahl befand. Der Griff des Traktorstrahls war allerdings ganz sanft; man konnte sich darin frei bewegen.

»Das macht ja ganz den Eindruck, als hätten die Bewahrer uns die Tür geöffnet«, meinte Riker mit gedämpfter Stimme. Deannas Gesicht trug noch immer einen Ausdruck geradezu seliger Weggetretenheit zur Schau. Deshalb nahm Ro an, daß er mit ihr redete.

»Aber ob wir uns darauf verlassen können, daß sie

sie auch wieder öffnen, wenn wir gehen möchten?« gab sie zu bedenken.

»Wir haben keinen Grund zu dem Verdacht, daß sie uns gegenüber feindselig eingestellt sind, Fähnrich«, lautete Rikers Entgegnung.

»Ebensowenig haben wir einen Anlaß zu vermuten, daß sie uns wohlwollend gegenüberstehen, Sir«, führte Ro dagegen an. »Was wir über sie wissen, kann sowohl für das eine wie auch das andere sprechen.«

Riker furchte die Stirn. »Sie erhalten Formen gesellschaftlichen Daseins, die sonst aussterben würden. Das legt doch wohl den Rückschluß nahe, daß sie dem Leben hohe Wertschätzung beimessen.«

»Sie bewahren gesellschaftliche Organisationsformen, die vielleicht besser ausgestorben *wären*«, äußerte Ro. »Die von der alten *Enterprise* entdeckte Enklave amerikanischer Ureinwohner hatte sich im Laufe von einhundert Jahren nicht im geringsten weiterentwickelt. Auf diesem Planeten ist es genauso. Es kann sein, daß die Bewahrer aus irgendwelchen Beweggründen selbst die Entwicklung und damit so gut wie jeden Fortschritt bremsen. Man muß die Dinge doch mal realistisch sehen. Menschen auf eine Welt zu versetzen, auf der es Drachen gibt, ist doch nicht unbedingt eine nette Geste, oder?«

»Es sind Angehörige einer menschlichen Kultur gewesen, die sowieso an Drachen glaubte«, argumentierte Riker. »Ich bin der Auffassung, daß Sie zu hart über die Bewahrer urteilen.«

»Möglicherweise haben Sie recht«, räumte Ro ein. »Aber momentan wissen wir eben nichts Konkretes.« Sie nickte in Deannas Richtung. »Die Counselor ist offensichtlich völlig hingerissen. Ich denke mir, dann bin ich ausgleichshalber lieber etwas mißtrauischer als im Normalfall.«

Riker grinste. »Und ich kann die Mitte einnehmen?«

Ro erwiderte sein Lächeln. »Ich dachte mir gleich,

daß es Ihnen gefällt, zwischen zwei Frauen zu stehen, Commander.«

Bevor Riker darauf eine schlagfertige Antwort einfiel, endete das Abwärtsschweben. Dem Stop ging keine Verlangsamung voraus; das Trio hielt einfach mitten in der Luft an. Keiner der drei erlebte ein Schwindelgefühl oder spürte ein Schlingern des Magens. Vor ihnen erstreckte sich ein kurzer Tunnel mit glänzend-metallischer Verkleidung.

»Wir sind da«, sagte Deanna und trat vor. Ro zuckte die Achseln und schloß sich an. Riker folgte zuletzt. Die drei durchquerten den Tunnel und gingen in die dahinter erkennbare Räumlichkeit.

Randolph bebte vor Furcht. Picard packte das Vorderteil seines Gewands und preßte den Mann gegen die kalte Steinwand.

»Was hat es mit dieser Gefahr für mein Raumschiff auf sich, verdammt noch mal?« wiederholte der Captain wütend. »Raus mit der Sprache!«

»Gravo-Minen«, keuchte Randolph. Währenddessen betätigte er den Mechanismus des kleinen, unter seinem Hemdärmel versteckten Behälters, der die vergiftete Nadel verbarg. Die Nadel schob sich zwischen seine Finger. Rasch schwang er die Hand empor, um Picard zu stechen.

Eine stahlharte Faust umschloß sein Handgelenk und drückte zu. Randolph schrie. Die Nadel entfiel seiner nun kraftlosen Hand und klirrte zu Boden. Data behielt Randolphs Handgelenk im Griff, während er sich bückte und die Nadel an sich nahm. »Mit Gift präpariert, Sir«, teilte der Androide Picard mit, indem er die Nadel in die Höhe hob. Anscheinend merkte er nicht, daß er Randolph das Handgelenk zerquetschte.

»Gut gemacht, Mr. Data.« Picard heftete seinen Blick auf den Mann, der vor Schmerz unaufhörlich heulte. »Verfluchter Halunke, antworte!«

»Er bricht mir die Knochen!« kreischte Randolph.

Picard ließ von dem Mann ab und wandte sich dem zweiten Halunken zu, der gleichfalls vor Furcht zitterte. »Mr. Data, wenn er innerhalb der nächsten zehn Sekunden keine brauchbare Aussage macht, brechen Sie ihm das Handgelenk. Danach unterhalten wir uns hier mit seinem Kumpanen.«

»Gravo-Minen«, ächzte Randolph hastig noch einmal. »Sie sind eine Bewahrer-Waffe zum Schutz dieses Planeten. Ich habe sie vor einer Weile aktiviert und auf die Kreisbahn der *Enterprise* dirigiert.«

»Das klingt schon besser«, kommentierte Picard beifällig. »So, und wie werden wir sie los?«

»Das weiß ich nicht.«

»Mr. Data ...«

»Ich schwör's!« schrie Randolph. »Ich habe keine Ahnung! Auf die Instruktionen bin ich an einer Konsole des Kontrollraums gestoßen. Der Text ist ungeheuer schwierig zu übersetzen. Es hat Monate gedauert, so viel zu entziffern, wie ich heute weiß. Ich habe mich bloß für die Methode interessiert, wie man die Minen aktiviert, nicht dafür, wie man sie entschärft.«

Picard überlegte. Es *konnte* sein, daß der Mann log; doch daran hatte der Captain seine Zweifel. Der Kerl war offenkundig inkompetent und außerdem inzwischen gründlich eingeschüchtert. Ein kleiner Ganove, der hier eindeutig an etwas geraten war, dessen Größenordnung seine beschränkte Vorstellungswelt weit überstieg. Man durfte es als durchaus glaubhaft einstufen, daß er sich die Mühe erspart hatte, auch zu klären, wie sich aktivierte Gravo-Minen wieder deaktivieren ließen.

»Ich will Ihnen bis auf weiteres glauben«, entschied der Captain. »Also, und wo ist dieser Bewahrer-Kontrollraum?«

»Unter der Burg ...« Randolph blickte entsetzt auf sein Handgelenk. »Bitte sagen Sie ihm, er soll mich loslassen! Bitte! Ich verrate Ihnen alles, was Sie wissen wollen!«

»Erst plaudern Sie, dann sehen wir weiter«, antwortete Picard. »Und wie gelangt man hinein?«

»Durch den Kerker.«

Picard schüttelte den Kopf. »Nun machen Sie aber mal einen Punkt! Sie denken doch wohl nicht im Ernst, daß ich Ihnen solchen Quatsch glaube? Bilden Sie sich ein, wir lassen uns von Ihnen in der Annahme, daß wir am anderen Ende einen Kontrollraum finden, in eine Kerkerzelle locken?«

»Es ist keine Zelle, nur ein Gang.« Nervös leckte Randolph sich über die Lippen. »Auf den ersten Blick sieht's wie eine Sackgasse aus, doch wenn man weiß, daß dort eine Pforte ist, kann man durch die Wand gehen. Aber man muß daran glauben, sonst läuft man gegen massiven Stein. Wahrscheinlich haben die Bewahrer es so eingerichtet, um den Kontrollraum gegen die Einheimischen zu tarnen.«

»Durch den Kerker?« sinnierte Picard halblaut. Dort unten wimmelte es zur Zeit von Soldaten. Solange die gesamte Wachmannschaft der Burg sich drunten aufhielt, war es unmöglich, durch das Kerkergewölbe in den Bewahrer-Kontrollraum zu gelangen. Also mußten die Soldaten vorher fortgelockt werden. Allerdings ließ sich nichts unternehmen, solange man auf diese zwei Gaunerfiguren aufpassen mußte.

Der Captain berührte Datas Kommunikator. »Picard an O'Brien.«

Diesmal war die Statik etwas schwächer. »Hier O'Brien, Sir.«

»Mr. O'Brien, sind Sie im Moment imstande, Personen an Bord zu beamen?«

»Aye, Sir. Ich habe einen provisorischen Gravitationskompensator installiert. Außerdem sind die Deflektoren des Raumschiffs inzwischen auf die Schwerkraftpulsationen der fremden Gravo-Waffensysteme justiert.

Leider kann ich an meiner Konsole Ihre Koordinaten nicht feststellen. Ich orte an Ihrer mutmaßlichen gegenwärtigen Position nur Mr. Data.«

»Können Sie zwei Personen an Bord transferieren?«

Ein paar Sekunden lang schwieg O'Brien. »Falls sie Kommunikatoren tragen, die ich anpeilen kann, Sir.«

Picard schmunzelte. »Dann beamen Sie mir bitte vier Kommunikatoren herunter.«

»Aye, Sir.«

Der Captain lächelte Kirsch zu, den ganz offensichtlich alles, was er hörte, sehr erstaunte, zumal er zweifellos absolut nichts begriff. Der Gelehrte fuhr zusammen, als plötzlich auf dem Fußboden vier Insignienkommunikatoren glänzten.

»Oho!« raunte er. »Zauberei.«

»Nicht ganz.« Picard bückte sich und hob die Geräte auf. Eines befestigte er an seiner Kleidung. Dann wandte er sich Randolph zu.

»Was haben Sie vor?« zeterte der Gauner.

»Ich lasse Sie und Ihren Kumpan auf die *Enterprise* beamen, damit Sie mir hier nicht in der Quere sind.« Er heftete Randolph, der sich noch immer in Datas Griff wand, einen Insignienkommunikator an.

»Aber sie wird jeden Moment explodieren!«

»Es ist doch nur fair, wenn Sie dann an Bord sind. *Sie* haben den Angriff ausgelöst. Nun können Sie auch gemeinsam mit der Besatzung die Folgen tragen.« Der Captain hängte einen weiteren Insignienkommunikator an Hagans schwarze Robe. »Falls Sie mir etwas mitzuteilen haben, wodurch das Raumschiff gerettet werden kann, ist jetzt der richtige Zeitpunkt.«

»Ich habe Ihnen doch gesagt, daß ich nicht weiß, wie ich die Gravo-Minen entschärfen kann!« Randolph war den Tränen nahe. »Picard, ich bitte Sie...! Lassen Sie das sein! Es wäre glatter Mord.«

»Nein, keineswegs«, widersprach Picard. »Es ist ein Akt ausgleichender Gerechtigkeit. Sollten mein Raumschiff und die Besatzung durch Ihr Verhalten ausgelöscht werden, ist es nur angemessen, daß Sie dabei ebenfalls den Tod finden. Also hoffen Sie, daß es irgendwie gelingt, den Angriff abzuwehren.« Er aktivierte den eigenen Insignienkommunikator. »Hören Sie mich, Mr. O'Brien?«

»Laut und beinahe deutlich, Captain.«

»Beamen Sie die beiden anderen aktivierten Kommunikatoren mitsamt den Trägern an Bord. Sie sind von Sicherheitswächtern in Gewahrsam zu nehmen und in Zellen zu sperren.«

»Aye, Sir. Transfer wird eingeleitet.«

Kaum war O'Briens Antwort verklungen, umflirrten plötzlich zwei Säulen aus Licht den in hysterisches Geschrei verfallenen Randolph und den beherrschteren Hagan. Kirsch stand der Mund offen, als das Gleißen erlosch und gleichzeitig beide Männer verschwanden.

»Sind sie ... tot?« erkundigte er sich in beklommener Ehrfürchtigkeit.

»Nein, Michael«, antwortete Picard in beschwichtigendem Tonfall. »Sie sind jetzt auf meinem Schiff. Sie haben hier einige schwere Verbrechen begangen, und für diese Verfehlungen sollen sie bestraft werden. Vorausgesetzt allerdings, das Schiff übersteht die von Randolph verursachte Attacke.«

In diesem Moment wurde das Portal des Burgsaals aufgestoßen. Etliche Soldaten stürmten mit blanken Schwertern herein. Aufgeregt starrten sie umher, ehe sie auf die drei Anwesenden zurannten. Innerhalb von Sekunden hielten zwei Soldaten Picard fest, und ein dritter setzte ihm die Schwertspitze an die Kehle.

»Sag an, Kerl, wo is Randolph?« fragte der Wortführer der Horde. »Eben is er hie gewest.«

»Er ist fort«, gab Picard Auskunft. »Er kehrt nicht mehr wieder.«

»Verdammnis!« Der Soldat spie auf den Fußboden. »So muß er wohl von des Herzogs Tod Wind bekom-

men han. Ohn Zweifel dank sein Schwarzer Magie.«
Einen Augenblick lang dachte er nach. »Ach was! Ermangeln wir der zween Schelmen, han wir doch hie gar der Häupter dreie, die wolln wir dem Burgvogt bringen.« Er nickte den anderen Männern zu. »Schlagt sie tot.«

21

Es konnte keinerlei Zweifel daran geben, daß diese Räumlichkeit von einem fremden Sternenvolk geschaffen worden sein mußte. Riker tat schon der Hals weh, so häufig drehte und verrenkte er ihn, um sich alles anzuschauen. Er und seine beiden Begleiterinnen hatten einen riesigen Raum betreten. Er sah aus, als hätten die Bewahrer sich unter der Kruste des Planeten eine gewaltige Höhle ausgesucht und für ihre Zwecke mit silberglänzendem Metall ausgesprüht.

Der Boden war vollkommen eben und erstreckte sich vom Eingang aus, wo der Commander, Deanna und Ro standen, mehrere Dutzend Meter weit nach allen Seiten. Von der Decke hingen Stalaktiten; jeder war tadellos geformt, aber statt aus Stein aus glitzerndem Metall.

Wärme und Licht erfüllten den Raum. In den meisten Höhlen, die Riker je betreten hatte, war es kühl und feucht gewesen, dazu beträchtlich muffig. Hier hingegen war einwandfreie Luft vorhanden. Geräusche irgendwelcher Maschinen waren nicht zu hören; aber Riker war sich darüber im klaren, daß irgendwo eine Luftreinigungsanlage aktiv sein mußte.

An den Wänden und in regelmäßigen Abständen auch auf dem Boden der Metallkaverne waren Reihen von Instrumenten verankert. Ihre Funktion konnte Riker nicht einmal erraten. Leuchtflächen blinkten und glommen an den Pulten.

Auf jedem Gerät sah man die fremdartige, spinnenhafte Bewahrer-Schrift. Wie jeder Abgänger der Starfleet-Akademie hatte Riker die *Miramanee*-Schriftproben bestimmt hundertmal gesehen. Diese Schrift hier war im gleichen Stil gehalten und genauso mysteriös. Als einziges hatte Riker noch in Erinnerung, daß diese Schrift irgendwie auf einem System von Musiktonarten beruhte.

Zu sehen, wie sich hier alle diese lautlosen Aktivitäten vollzogen, ohne daß sich ein lebendes Wesen blicken ließ, war ein gespenstischer Anblick. Welchen Sinn mochte das alles haben? Überwachten diese Apparate die Ereignisse auf der Planetenoberfläche und zeichneten sie für die Bewahrer auf? Standen sie mit ähnlichen Anlagen auf anderen Welten in Verbindung? War es möglich, daß die Bewahrer irgendwo alles beobachteten, was auf den sogenannten Bewahrer-Welten geschah?

Deanna strebte vorwärts. Ihr Gesicht widerspiegelte regelrechte Verzückung. Das Geräusch ihrer Schritte hallte durch die weiträumige Kathedrale der Wissenschaft. »Hier haben sie einmal gestanden«, sagte die Counselor leise. »Sie sind hier gewesen, und ein Teil von ihnen ist noch heute da.«

»Meinst du die Maschinen, die sie zurückgelassen haben?« fragte Riker mit gedämpfter Stimme. Er folgte der Counselor.

»Nein.« Mit sehnsüchtigem Blick sah Deanna ihn an. »Ich fühle, daß hier noch ein Teil ihrer selbst präsent ist. Ein Fragment ihres Geistes. Es wahrzunehmen, ist nicht einmal für mich leicht, Will ... Aber ich kann fast zu ihnen durchdringen. Es ist schwierig, ihre Beachtung zu erregen.« Sie schüttelte den Kopf. »Für sie sind wir wie Insekten. Sie sehen uns, aber sie können uns nicht richtig verstehen.«

Riker schauderte. »Geht es hier etwa *darum?*« erkundigte er sich erschrocken. »Ist ein ganzer Planet für sie nicht mehr als ein großer Ameisenhaufen? Haben die Menschen auf der Oberfläche für sie keine größere Bedeutung als Ameisen?«

»Nein, so ist es nicht«, stellte die Counselor klar. »Es verhält sich viel komplizierter.« Plötzlich rann ihr eine Träne aus dem Auge. »Ich kann es nicht genau begreifen. Ich kann keine...« Sie schauderte zusammen. »Will, wir dürften nicht hier sein. Diese Welt sollte ungestört bleiben. Deshalb ist sie in diesem Nebel versteckt worden... um sie vor uns zu schützen.«

»Die Bewahrer wissen über uns Bescheid?« fragte Riker betroffen.

»Nicht in der Weise, wie wir es verstehen. Sie wissen lediglich, daß das, was sie tun, sehr schwieriger, heikler Natur ist. Sie empfinden es weniger als wissenschaftliches Experiment, sondern mehr wie die Schaffung eines Kunstwerks. Ich habe stark den Eindruck, ihr Vorgehen hat deutlichere Ähnlichkeit mit dem Malen eines Gemäldes als mit experimenteller Forschung. Und wir verkörpern die falschen Farben. Durch uns könnte das Bild mißlingen.«

Ro runzelte die Stirn. »Wollen sie, daß wir gehen? Oder werden wir als Fehler ausradiert?«

Deanna schüttelte den Kopf. »Ich kann's nicht sagen. Sie befassen sich mit uns nur in einer Art von beiläufiger Kenntnisnahme. Sie denken nicht speziell über uns nach. Ich bemerke nur oberflächliche Betrachtung. Die Bewahrer sehen uns gar nicht als einzelne Geschöpfe. Uns gegenüber ähneln sie einem Gärtner, der auf einer wertvollen Pflanze einen Schimmelpilz wuchern sieht. Er unterscheidet nicht seine einzelnen Zellen, sondern erkennt nur den Befall selbst.«

»Das behagt mir überhaupt nicht«, meinte Ro zu Riker. »Es klingt, als wäre gleich eine Dosis Bekämpfungsmittel fällig.«

»Mir wird dabei auch ganz komisch zumute.« Riker faßte Deanna an den Schultern. »Deanna. *Imzadi*. Hör zu. Kannst du sie auf irgendeiner Ebene ansprechen? Bist du dazu in der Lage, ihnen etwas mitzuteilen?«

Es kostete die Counselor große Mühe, sich auf seine

Fragen zu konzentrieren. »Nein. Sie können mich nicht hören. Mein Geist ist zu winzig, gewissermaßen zu leise, um von ihnen gehört zu werden. Ich kann sie nur deshalb wahrnehmen, weil hier ein winziger Bruchteil ihrer Wesenheit zurückgeblieben ist. Wäre mehr da, hätte es auf mich eine überwältigende Wirkung. Durch diesen minimalen Rückstand ihrer Psychen fühle ich, was bei ihnen vor sich geht.«

»Haben sie die Absicht, irgend etwas gegen uns zu unternehmen?« wollte Riker erfahren. »Sind wir in Gefahr?«

»Gefahr?« Trois Stimme klang, als weilte ihr Gemüt in weiter Ferne. »Ja, ich spüre tatsächlich irgendwo Gefahr...« Da kehrte sie mit einem Ruck plötzlich in den vollen Wachzustand zurück. »Will, die Gefährdung betrifft die *Enterprise!* Gegen das Raumschiff findet auf irgendeine Weise ein Angriff statt!«

Unter Geordi LaForge zitterte das Deck, als säße er auf einem Hund, der sich wegen seiner Flöhe schüttelte. Sowohl am Navigationspult wie auch an der Operatorstation blinkten ausschließlich Rotlichter. Van Popering konnte sich nur noch unter äußerster Anstrengung an seinem Platz festklammern. Jenny Mancini hatte sich irgendwie an ihrem Posten Halt verschafft; trotz allem führte sie verläßlich die nötigen Kurskorrekturen aus, um dafür zu sorgen, daß die *Enterprise* den Gravo-Minen immer wieder auswich.

»Deflektorenleistung auf vierzig Prozent gesunken«, meldete Worf. Die Beine breit gespreizt, stand er wie unverrückbar an seinem Pult. »Vorderer Deflektionsprojektor Nummer vier defektbedroht.«

Geordi versuchte, diese schlechte Neuigkeit einfach zu ignorieren. »Kurskorrektur nach zwei eins vier Komma sieben«, rief er. »Halten Sie uns in Bewegung, Mancini!«

Erneut erbebte das Deck. Geordi hörte, wie das Material unter der Belastung knirschte. In seiner Beunruhigung hätte er gerne die technische Abteilung kontaktiert und sich darüber informieren lassen, wie die Abschirmfelder die Überbeanspruchung verkrafteten. Doch er war sich darüber im klaren, daß Meldungen aller Art für ihn jetzt nur eine störende Ablenkung wären.

Außerdem stand immerhin so viel fest: Entweder blieben die Abschirmfelder stabil, oder sie kollabierten. Selbst wenn er eine Vorwarnung eines Zusammenbruchs erhielte, könnte er dagegen nichts mehr tun. Er krallte sich an die Armlehnen des Kommandosessels und hoffte, daß sie alle die Schwerkraftfluktuationen überlebten, die an dem Raumschiff zerrten.

»Deflektorenleistung auf fünfunddreißig Prozent gesunken«, lautete Worfs nächste Meldung. »Bugdeflektor vier defekt. Vordere Deflektoren drei und fünf sind mit der Kompensation überfordert. Beide werden in fünfzehn Sekunden durch Kurzschluß ausfallen.«

Der Fortfall eines Deflektors war schlimm genug. Drei defekte Deflektoren bedeuteten den Verlust fast eines Fünftels der Schutzfelder. Die restlichen Deflektoren konnten unmöglich die gegen die polarisierten Gravitationswellen nötige physikalische Phasenkalibrierung beibehalten. Hilflos lauschte Geordi Worfs Stimme, die laut den Countdown bis zur Katastrophe mitzählte.

Und da...

»Wir sind durch!« schrie van Popering. Damit verstieß er gegen die Gepflogenheiten der Kommandobrücke, aber Geordi mochte es ihm in diesem Fall ausnahmsweise nicht verübeln. Das Beben der Decks verebbte.

»Deflektoren haben standgehalten«, meldete Worf. »Ein Reparaturteam muß unverzüglich den Schaden an Deflektor vier beseitigen.«

»Geht klar.« Geordis Hand fuhr zur Kommunikationskonsole. »LaForge an Maschinenraum. Wie ist die Situation bei Ihnen?«

»Seien Sie froh, daß Sie's nicht wissen«, ertönte eine respektlose Antwort. »Aber jedenfalls sind die Abschirmfelder stabil geblieben. Allerdings kann ich nicht garantieren, daß wir noch eine Attacke überstehen. Die Aggregate sind längst überhitzt. Fünf Techniker sind durch Verbrennungen und andere Verletzungen einsatzunfähig geworden.«

»Können Sie ein Reparaturteam zum Deflektionsprojektor vier schicken?« fragte Geordi.

»Ich kann hier keinen Mitarbeiter entbehren. Wir müßten hundert Reparaturen gleichzeitig erledigen, und es ist niemand verfügbar, um sie auszuführen.«

»Na gut. Tun Sie Ihr Bestes.« Geordi schaltete die interne Kommunikation ab. »Verdammt, es ist niemand für Reparaturen abkömmlich.«

»Ohne Deflektor vier werden Nummer drei und fünf zu stark belastet«, konstatierte Worf. »Im Falle eines weiteren Angriffs ist ihr Ausfall unvermeidlich.«

Soviel wußte Geordi selbst – sogar besser als jeder andere an Bord. Aber wenn keine Techniker einsetzbar waren, konnte er keine neuen Leute herbeizaubern. Was sollte er machen?

Barclay stöhnte, während er sich aufrichtete. Sein gebrochener Fußknöchel war in eine inzwischen erhärtete Stützmasse eingeschweißt worden, um die von Dr. Crusher vorgenommenen Heilungsmaßnahmen zu beschleunigen. Die Medo-Offizierin hatte ihm dringend nahegelegt, den Fuß zwei Tage lang nicht zu bewegen; sonst könnten beim Zusammenwachsen Komplikationen auftreten.

Dem Lieutenant war es unangenehm, die Anweisung der Bordärztin zu mißachten; aber wenn es weiter so wie jetzt lief, blieben der *Enterprise* keine zwei Stunden mehr, geschweige denn zwei Tage. Indem er tapfer den

Schmerz bezwang, humpelte er aus dem Krankensaal. Er hoffte, daß niemand es bemerkte. Zum gegenwärtigen Zeitpunkt befanden sich über fünfzig Patienten in der Krankenstation, so daß Dr. Crusher und ihr Personal wie Verrückte schuften mußten, um alle zu behandeln.

Natürlich hob die Bordärztin genau im richtigen Moment den Blick und sah ihn. »Reg!« rief sie gereizt. »Ich habe Ihnen doch gesagt, Sie sollen den Fuß schonen!«

»Ja, ich weiß, ich weiß«, erwiderte er. Vor Schmerzen knirschte er mit den Zähnen. »Aber ich habe wirklich gerade viel zuviel zu tun.«

Dr. Crusher beendete das Auftragen von Sprühverband bei der Technikerin, die auf der Diagnoseliege ruhte. Eitrige Blasen bedeckten die Verbrennungen, die die Frau beim Reparieren eines geborstenen Kühlrohrs erlitten hatte. »Ich diskutiere nicht darüber«, schnauzte Beverly Crusher.

»Dann lassen Sie's sein.« Barclay hinkte zu ihr. »Geordi ist auf der Kommandobrücke völlig überfordert. Niemand hat Zeit, um den vorderen Deflektionsprojektor Nummer vier zu reparieren. Wenn wir im Ernstfall darauf verzichten müssen, werden wir in Null Komma nichts atomisiert. Ich bin im Augenblick wahrscheinlich die einzige Person an Bord, die sich darum kümmern kann, also bin ich dazu verpflichtet. Ich komme wieder.«

Damit war er auch schon an der Medo-Offizierin vorbei und mit einer für seinen Zustand erstaunlichen Geschwindigkeit zur Krankenstation hinausgeeilt.

Leise schimpfte Beverly vor sich hin. Sie fühlte sich versucht, ihm nachzulaufen und ihm ein Sedativ zu verabreichen. Doch das Mädchen auf der Diagnoseliege brauchte ihre Hilfe. Und in einer Hinsicht hatte er tatsächlich recht: Wenn die Deflektoren versagten, hatte ohnehin alles keinen Zweck mehr.

»Heda! Haltet ein!«

Die Schwertspitze schwenkte von Picards Kehle ein wenig zur Seite. Er spürte ein schwaches Jucken, wo die Klinge seine Haut geritzt hatte; doch anscheinend blieb ihm zumindest die sofortige Exekution erspart.

Mit finster-zornigem Gesichtsausdruck kam der Burgvogt in den Saal gestapft. »Was treibt ihr hie?« fragte er die Soldaten.

Verunsichert blickte der enthauptungsfreudige oberste Maulheld der Soldaten ihm entgegen. »Just wollten die drei Haderlumpen wir ums Haupte kürzer machen, Herr …«

»Niemand befahl euch, jemands Gurgel durchzuschneiden!« raunzte Volker ihn an. »Ohn Verzug gebt ihr die Leut mir frei!«

Picard schüttelte die Fäuste der Soldaten ab und straffte sich zu voller Körpergröße. »Vielen Dank, Sir«, sagte er. »Ich weiß Ihren Anstand zu schätzen.«

»Mag sein, du singest gar zu früh, du seltner Vogel, als daß die Katze nit dich holt«, entgegnete Volker. »Und nun, zur Hölle, sprich geschwind und offenbare flugs mir, wer ihr seid, was ihr hie suchet, und wo Randolph ist verblieben.«

»Mein Name ist Lukas«, antwortete Picard. »Das ist Dieter, und das da Michael Kirsch, ein Gelehrter.«

Aufmerksam musterte der Burgvogt Kirsch. »Kirsch? Doch wohl nit der Scholar, welchselbigen der Herzog in die Sklaverei hat verbannt?« fragte er. »Mir ist, als könnt ich mich entsinnen, angeklagt der Ketzerei seid Ihr gewest.«

Kirsch rang sich ein verzerrtes Lächeln ab. »Ein wohlbewährt Gedächtnis habt Ihr, Vogt. Wisset dann und glaubet mir's, ein greulich Drache fiel auf dem Gang zu jenen Gruben den Zug der Sklaven grausam an. Da erretteten ohn Zaudern und ohn Zagen Lukas und Dieter mir das liebe Leben. Gleich ruhmbekränzten Helden han sie den Drachen totgeschlagn.«

»Was? Ei Wetter, so, einen Drachen gar!?« Ungläubig prustete Volker. »Dann sind sie wohl fürwahr weit kühnherzigere Mannen, denn sie mir den Eindruck machen. Das mutet wie ein tolles Stück mich an, Scholar. Sie sehn nit aus, als könnten sie ein Flieg erschlagn. Wie sollten sie daher einen leibhaftigen wütgen Drachen fälln?«

»Wahr ist's, mehr sind sie, als das Äußre Grund zu wähnen gibt«, versicherte ihm Kirsch. »Herr Lukas ist ein gewaltig machtvoll Zauberer, und Dieter sin Homunkulus.«

Volker warf sich in den Lehnstuhl des Herzogs und betrachtete Picard. »Bei dem Scholaren da genießt du, will's mich dünken, hohes Ansehn. Spricht aufs getreulichst er die Wahrheit?«

Jetzt steckte Picard in einer ernsten Klemme. Einerseits durfte er diesen Menschen die Tatsachen nicht enthüllen. Andererseits war völlig klar, man würde ihn, tischte er nun keine glaubwürdige Geschichte auf, kaltschnäuzig ermorden.

»Die Wahrheit?« wiederholte er erst einmal, um Zeit zu gewinnen. Da hatte er eine Idee. »Ich denke mir, auf gewisse Weise stimmt, was er sagt.«

Volker wirkte leicht erheitert. »Willst du dich wohl der Mühsal unterziehn und zeigtest hurtig mir ein putzig-lustig Zauberwerk, o Magus, auf daß ich Glaub dir schenke? Oder raunst dein Zaubersprüche du alleine nur für dich im stillen Kämmerlein?«

»Darf ich mich mal kurz mit meinem ... äh ... mit Dieter besprechen?« fragte Picard. Als Volker nickte, zog der Captain den Androiden ein paar Schritte weit beiseite. »Data«, erklärte Picard im Flüsterton, »ich glaube, ich weiß, wie wir uns aus der Patsche helfen, ohne gegen die Erste Direktive zu verstoßen. Die Menschen hier glauben tatsächlich an Zauberkräfte, nicht wahr?«

Data nickte. »Diese Überzeugung ist ein immanenter Bestandteil ihrer Kultur, Captain.«

»Also bleiben wir im Rahmen ihrer kulturellen Normen, wenn wir ihnen alles, was wir ihnen mitteilen, in magischen Begriffen darlegen?«

»Das ist anzunehmen, Captain.«

»Ich bin froh, daß Sie meiner Auffassung sind.« Picard wandte sich wieder an den Burgvogt. »Kirsch hat tatsächlich die Wahrheit über uns gesprochen, Sir«, sagte er. »Ich bin wirklich ein mächtiger Zauberer.«

»Und dennoch machtlos wider kalten Stahl, wollt ich wetten. Vor einem Weilchen hätt der Waffenknecht ums Haar dich abgestochen gleich einer Sauen.«

»Es sah bloß so aus, Vogt«, beteuerte Picard. »Aber wir sind ja vernünftige Männer, Sie und ich. Reden könnte ich den ganzen Tag lang, ohne daß dadurch etwas bewiesen würde. Statt dessen möchte ich Ihnen Beweise anbieten, anhand der sie sich mit eigenen Augen überzeugen können.«

»So kommen wir zur Sach, will ich meinen.« Volker lehnte sich in den Stuhl. Vermutlich fragte er sich, welcher Humbug den wortreichen Ankündigungen folgen mochte.

Picard drehte sich zu Data um. »Öffnen Sie Ihre Brustplatte«, befahl er dem Androiden.

Data wölbte die Brauen. Dann hob er die Hand und zog an seinem Wams. Das Vorderteil zerriß und entblößte seine goldgelbe Haut. Einige Waffenknechte schnappten nach Luft, aber blieben unerschrocken stehen. Anschließend entriegelte Data die Brustklappe und kippte sie herab. Schaltkreise, Hydraulik und Motoren wurden sichtbar.

Volker sprang auf und machte hastig das Kreuzzeichen. »Welch Hexenwerk ist da zu schaun?« stieß er in unterdrücktem Ton hervor.

»Wie Kirsch gesagt hat, ist mein Begleiter kein Mensch, sondern eine Art Homunkulus«, erläuterte Picard. »Sie sehen selbst, daß in seiner Brust kein menschliches Herz schlägt. Es ist meine Magie, die ihn belebt.«

Volker maß Data mit ziemlich argwöhnischem Blick. »Und hast du ihn in dein Gewalt, auf daß wir ohn Gefahr sein Gegenwart erdulden?«

»Er tut Ihnen nichts«, versprach Picard. »Es ist aber nicht empfehlenswert, ihm allzu nahe zu kommen. Die... ähm... Magie könnte eine nachteilige Wirkung ausüben. Sie erweckt das Leblose zum Leben, man kann sich allerdings nicht darauf verlassen, daß sie nicht dem Lebenden das Leben raubt.«

»Nun wohl...« Vorsichtig kehrte Volker im Rückwärtsgang zu dem Lehnstuhl um. »Fürs erste soll Eurem Wort geglaubet sein. Doch sprecht, zu welchem Behufe weilet Ihr hie? Und was habt Ihr getan mit Randolphen, dem schlimmen Schelm?«

»Ich bin extra zu dem Zweck angereist, um ihn und seine Kumpane ausfindig zu machen«, gab Picard Auskunft. »Sie haben gegen unsere Gesetze verstoßen und sich in das Leben Ihrer Stadt eingemischt, Korruption und Habgier gefördert und auf den Herzog einen schlechten Einfluß gehabt. Durch Magie habe ich sie an Bord meines Schiffs versetzt, das weit draußen auf See ankert. Wir kommen von... einem fernen Kontinent und müssen dorthin zurückkehren. Wir werden Randolph für das bestrafen, was er hier verbrochen hat.«

Vogt Volker durchdachte die Angaben des Captains. »Was Ihr da sprecht, übel find ich's nit; mir ist es recht, soll so gehandelt sein«, sagte er zu guter Letzt. »Verfahrt mit ihm, gleich wie es Euch beliebt, allein ihn nimmer laßt wiederkehrn.«

Offenbar war es dem Burgvogt egal, was aus dem Mann wurde, solange er die Verwirklichung seiner Pläne nicht behinderte. »Ich muß Euch sagn, daß unversehns dem Herzog sein Seele ist dem Leib entschlupft gen Himmel. An sein Stelle mich zu setzen, dünkt mich rätlich.«

»Ich spreche Ihnen für den schweren Verlust mein Beileid aus«, äußerte Picard in einem Anflug trockenen Humors. »Gleichzeitig gratuliere ich Ihnen zur Beförderung.«

»Seid freundlich bedankt, Magister.« Volker nahm wieder Platz. »Dieweil Ihr Euer Werk treulich vollbracht habet hie in unsrem Städtl, werdet Ihr nun gewißlich zu Rauch zerquellen und von hinnen wallen?«

»Ganz so schnell nicht, wenn Sie gestatten.«

Der neue Herzog schnitt eine etwas ungnädige Miene. »Ungern gestatt ich's Euch, doch seid Ihr wahrlich solcher Zauberkräfte mächtig, deren Ihr Euch rühmet, wird's mir wohl nit gelingen, Euch auszutreiben. Was also ist desweitren Euer Begehr?«

»Ehe ich mir Randolph greifen konnte«, antwortete Picard, »hat er einen Zauber benutzt und einen magischen Angriff auf mein Schiff befohlen. Diesen Zauberbann muß ich brechen, damit wir abreisen können. Er hat eine verzauberte Stätte unter dieser Burg erwähnt.«

Nun zog Volker eine Miene, als fiele bei ihm ein Groschen. »Aha, sieh an! Weit weiser machen Euer wissend Worte mich, Magister. Sodann verstehe ich ja mancherlei, dem heutgen Tags mein Aug zum Zeugen ward. Ihr und Euer Bundesgenossen, Ihr fechtet wohl ein Fehde unter Magiern aus, ist's so? Und andre Zaubrer eilten Euch voraus, ist's nit so gewest?«

»Sie sind hier?«

»Ich sah sie drunten im Verlies querwegs durch das Gemäuer gehn. Begleiten tat sie ein Sklavin mit Namen Rosalinde.«

»Und Ro ist auch dabei!« Picard freute sich immens. »Das ist ja hervorragend. Einen Moment bitte, ja?« Er tippte an seinen Insignienkommunikator. »Picard an Riker. Kommen, Will.«

»Captain! Wie schön, mal wieder was von Ihnen zu hören, Sir.«

Volker fuhr zusammen, als plötzlich mitten aus der

Luft Rikers Stimme erklang. Die erschrockenen Waffenknechte gingen auf Abstand. Sogar Kirsch wirkte ein wenig verängstigt.

»Ganz meinerseits, Nummer Eins. Wo sind Sie?«

Riker blickte umher. »Im Kontrollzentrum der Bewahrer«, antwortete er dem Captain. »Eine ganz erstaunliche Einrichtung, Sir. Deanna und Ro sind auch da.«

»Das dachte ich mir.« Picards Stimme verfiel in einen grimmigen Ton. »Ich habe mit Geordi gesprochen. Die *Enterprise* ist zur Zeit durch so etwas wie Gravo-Minen schwer gefährdet. Offenbar hat die Gaunerbande sie von dem Kontrollzentrum aus aktiviert, in dem Sie sich jetzt befinden, aber sich nie dafür interessiert, wie sie sich unschädlich machen lassen. Sind Sie der Ansicht, Sie können das nachholen?«

»Bei allem Respekt, Captain, aber daran zweifle ich ernsthaft. Die Anlagen hier unten sind vollkommen anders als alles, was ich je gesehen habe.«

»Das ist keine besonders gute Neuigkeit, Nummer Eins.«

»Tut mir leid, Captain, aber ich muß mich an die Fakten halten.«

Kurzes Schweigen folgte. »Verstanden«, brummte der Captain schließlich. »Schauen Sie sich auf alle Fälle um. Wir bleiben in Kontakt. Picard Ende.«

»Große Worte von oben«, murrte Ro. Sie trat vor den nächsten Instrumententisch. »Wir bräuchten Wochen, um bloß die Beschriftung zu deuten. Und wie lange es dauerte, bis wir irgendwelche Schaltungen vorzunehmen in der Lage sind, kann man überhaupt nicht vorhersagen.«

»Wir wissen ja nicht einmal, welche dieser Instrumente für die Steuerung der Gravo-Minen zuständig sind«, sagte Riker. »Tja, trotzdem... Sie haben gehört, was der Captain will. Also schauen wir uns eben um.«

»Aber wonach?« fragte Ro.

»Ich sage Ihnen Bescheid, sobald ich's weiß.« Riker machte sich daran, den Raum weiter zu inspizieren.

Auf der Kommandobrücke der *Enterprise* herrschten chaotische Zustände. Geordi LaForge schüttelte den Kopf. Der Captain würde sehr unzufrieden sein, wenn er zurückkehrte. Er legte an Bord seines Raumschiffs Wert auf Sauberkeit und Ordnung. Allerdings war es möglich, daß er darüber froh war, überhaupt noch ein Schiff zu haben. *Falls* er noch eines hatte, wenn er bereit war zur Rückkehr ...

»Sir!« Van Popering blickte von seiner Konsole hoch. Sein Gesicht war kalkweiß. »Ich habe Ortungsergebnisse vorliegen. Fünf weitere Gravo-Waffensysteme halten auf uns zu. Sie erreichen uns in schätzungsweise ... achtzehn Minuten.«

»Ach du verdammter ...!« Geordi betrachtete den großen Wandbildschirm, während der Bordcomputer die Positionen des Raumschiffs und der Gravo-Waffensysteme markierte. »Nun können wir endgültig unser Testament machen ...«

22

Die Rolle zu spielen, die das Schicksal ihm allem Anschein zuwies, gefiel Picard nicht sonderlich; doch ihm blieb kaum eine Wahl. Da diese Menschen nun einmal an Zauberei glaubten, mußte er ihnen ein paar kleine Zauberkunststückchen bieten. Zum Glück nahmen sie seine Gespräche mit Riker und Geordi als so etwas wie einen Austausch magischer Formeln hin, wie sie sie vermutlich von einem Magister der Magie und seinen Zauberlehrlingen erwarteten.

»Geordi«, erkundigte er sich, »wie ist oben bei Ihnen die Situation?«

»Ich zögere nicht, Sie als sehr ernst zu bezeichnen, Captain. Es fehlt uns an allen Voraussetzungen, um eine weitere Attacke zu überstehen. Und mit einem neuen Angriff ist in siebzehn Minuten zu rechnen.«

»Verstanden, Mr. LaForge. Ich werde sehen, was wir von hier aus unternehmen können.« Picard heftete den Blick auf den Androiden. »Mr. Data, glauben Sie, daß es Ihnen gelingt, wenn Sie zu Commander Riker stoßen, die Anlagen der Bewahrer abzuschalten?«

»Das ist sehr unwahrscheinlich, Sir«, gab Data zur Antwort. »Die Bewahrer-Sprache besteht aus Musiktönen und ihrer Wiedergabe in Symbolform. Es handelt sich um keine logisch aufgebaute Sprache. Ich habe mich über sämtliche vorhandenen Übertragungen von Bewahrer-Texten informiert. Das bekannte Vokabular umfaßt knapp dreihundert Wörter. Darunter sind nur wenige technische Begriffe.«

So etwas hatte Picard schon befürchtet. »Dann sollten wir vielleicht Randolph herunterbeamen und uns von ihm wenigstens die Instrumente zeigen lassen, die er benutzt hat, um die Attacke auszulösen. Unter Umständen schaffen Sie und Will es ja zusammen, sie abzuschalten.«

»Nit daß dein Wort ich schmälern wollt«, meinte Kirsch, »aber zu einem Schuft wie Randolph mag man doch nit Zutraun han. Er wollt gwiß über sein Zauberbann faustdicke Lügenmärn erzähln.«

»Ja, damit dürften Sie recht haben...« Und es gab keine Garantie, daß Data und Riker in den wenigen Minuten, die sie zur Verfügung hätten, nicht unbeabsichtigt alles verschlimmerten. Mit einem Seufzen wandte Picard sich wieder an seinen Androidenoffizier. »Leider komme ich nicht an der Schlußfolgerung vorbei, daß wir das Bewahrer-Kontrollzentrum vernichten müssen, um die Gravo-Minen zu stoppen.«

»Ich schließe mich Ihrer Lagebeurteilung an, Sir.«

»Aber wenn wir so vorgehen, könnten daraus negative Nachwirkungen für diesen Planeten resultieren?« fragte Picard. »Ist es denkbar, daß die Bewahrer die Blase in diesem Nebel erst geschaffen und dann den Planeten an diese interstellare Position versetzt haben?«

»Nein, Captain«, erwiderte Data. »Die Blase, wie Sie die hiesige Zone nennen, existiert in einem stabilen Bereich der Gaswolke. Ich bin sicher, daß die Vernichtung der Bewahrer-Maschinerie den Fortbestand dieses Planeten in keiner Weise gefährdet.«

»Trotzdem ist es mir zuwider«, brummelte Picard. »Es geht mir einfach gegen den Strich. Aber ich wüßte im Moment keine andere Option. Außer Sie gehen hinunter und versuchen die entsprechende Anlage zu desaktivieren.«

Data schüttelte den Kopf. »Ein Erfolg wäre hochgradig unwahrscheinlich, Sir. Commander Riker hat uns mitgeteilt, daß sich über einhundert verschiedene Apparaturen in dem Kontrollzentrum befinden. Nach meiner Schätzung bräuchte ich ungefähr eine Stunde und siebenunddreißig Minuten, um alle zu untersuchen. Dabei bestünde lediglich eine Wahrscheinlichkeit von circa fünfzehn Prozent, daß ich die richtige Schaltvorrichtung finde. Und wie ich schon erwähnt habe, kann ich nicht garantieren, daß es mir möglich ist, die Beschriftung zu entziffern.«

»Dann müssen wir wirklich auf den Versuch verzichten.« Angestrengt überlegte Picard. »Und wenn wir das Kontrollzentrum unter Phaserbeschuß nehmen?«

»Auch in diesem Fall sind die Erfolgsaussichten gering«, antwortete Data. »Aufgrund der eingeschränkten Funktionstüchtigkeit der Sensoren ist es höchst wahrscheinlich, daß wir einen Großteil der Stadt zerstören. Im Gegensatz dazu bleibt die Wahrscheinlichkeit hoch, daß wir das eigentliche Ziel völlig verfehlen.«

Picard stöhnte auf. »Das gleiche gilt für Photonentorpedos. Dann muß wohl eine Sprengung stattfinden, denke ich.«

»Ganz meine Meinung, Sir. Eine kleine Materie-Antimaterie-Bombe mit schwacher Sprengkraft dürfte genügen. Sie muß per Hand in das Kontrollzentrum gebracht werden.« Festen Blicks sah Data den Captain an. »Die Explosion wird diesem Bauwerk schweren Schaden zufügen, es vielleicht sogar vollständig zerstören.«

»Das habe ich leider schon befürchtet.« Picard berührte seinen Insignienkommunikator. »Mr. LaForge, ich brauche eine Sprengkapsel, um die Bewahrer-Anlagen hochzujagen. Mr. Data gibt Ihnen gleich die zu beachtenden technischen Daten durch.«

»Sie haben vor, die Bewahrer-Einrichtung zu vernichten?« Man hörte Geordis Stimme tiefe Enttäuschung an. »Captain, sehen Sie keinen anderen Weg?«

»Als ob ich mir nicht wünschte, wir könnten anders

vorgehen! Aber wollen wir die *Enterprise* retten, bleibt uns keine Wahl, Geordi.« Picard näherte sich Vogt Volkers Platz. »Bedauerlicherweise habe ich für Sie eine betrübliche Neuigkeit.«

»Ach? Wie nun, was dräut?« Volker forschte in seiner Miene. »Wird wohl ein Heuschreckenplag über uns kommen? Oder sollt's dann gar vom Himmel Nattern regnen?«

»Nichts dergleichen.« Verlegen lächelte Picard. »Randolphs hinterlistiger Zauberbann ist dermaßen gräßlicher Natur, daß ich die ganze Burg zerstören muß. Sie und Ihre Männer sowie das übrige Personal müssen sie unverzüglich verlassen. In fünfzehn Minuten wird der Bau in Feuer und Schwefel untergehen.«

»Ihr müßt toll sein«, rief Volker, indem er aus dem Stuhl aufsprang. »Just erst seit eim Weilchen nenn ich diese Burg mein eigen! Wähnt Ihr wahrlich, allein auf eines unberufnen Magiers Wort weich ich aus diesen Mauern?«

»Herr Vogt«, sagte Kirsch in beschwichtigendem Ton, »nimmer tät Lukas vor Euch Lügen schwatzen. Sehr wohl weiß er, Ihr straftet mit dem Tode ihn ohn Gnad, sollt er sich des erdreisten. Ich fleh Euch an, bedenket wohl der Geschichte Lots des Gerechten und der sündgen Städt Geschick, des Untergehns von Sodom und Gomorrah. Feuer und Schwefel verzehreten sie, verschonet blieben allein jene, die von dannen flohn.«

»Ich werd nit fliehn«, entgegnete Volker starrsinnig. »Mein eigen ist die Burg, mein eigen soll sie sein.«

Während er insgeheim das Besitzdenken und die Halsstarrigkeit des Burgvogts verfluchte, aktivierte Picard erneut seinen Insignienkommunikator. »Mr. Worf, *Sie* persönlich bringen uns die Bombe herunter auf den Planeten. Holen Sie sich bei Smolinske ein Kostüm ab und lassen Sie sich mit der Bombe so bald wie möglich an meinen Standort beamen.«

»Jawohl, Captain!« Worf konnte die Begeisterung aus seiner Stimme nicht verbannen. Anscheinend wartete er schon lange auf eine Gelegenheit zu einem Besuch auf diesem Planeten.

»Picard an Smolinske.«

»Hier, Captain.«

»Ich brauche schleunigst eine Kostümierung für Mr. Worf«, befahl Picard. »Praktisch sofort. Er wird in wenigen Minuten zu mir herabtransferiert.«

»*Worf?*« wiederholte Smolinske. »Das ist ein Scherz, oder, Captain?«

»Nicht im entferntesten, Smolinske«, widersprach Picard unwirsch. »Ich will, daß er hier als Dämon oder sonst irgendeine häßliche Höllengestalt mitsamt magischem Brimborium erscheint. Klar?«

»Verstanden, Captain.«

Picard wandte sich von neuem an Volker. »Ich verspreche, ich beweise Ihnen, daß alles wahr ist, was ich behauptet habe«, sagte er zu ihm. »Als Gegenleistung möchte ich, daß Sie schon einmal mit der Räumung der Burg anfangen. Befehlen Sie, alle Bewohner sollen ihre Zimmer verlassen und sich im Hof versammeln.«

Volker setzte eine grimmige Miene auf. »Nun wohl, sei's drum, Magister Lukas, zum Zeichen wohlgesonnenen Willens will ich's tun. Stellt der Beweis indes mich nit vollauf zufrieden, soll's Euch, macht Ihr mich solcherweis zum Narren, das liebe Leben kosten.«

»Das Risiko gehe ich ein.«

Volker nickte. »Allwie's beliebt. Wisset, Lukas, es kömmt darhin, daß ich Euch leiden tu als einen wackern Mann. Es mangelt Euch zumindest an Kühnheit nit.« Er stellte sich vor den Soldaten auf, um seine Anweisungen zu erteilen.

»Hört her, vernehmt min Worte und gehorcht geschwind! Ein jeder hie in selbger Burg soll im Zwinger sich flugs zeigen. *Ohn all Verzug* ein jeder folge euerm

Aufruf. Warnet alle, daß der Teufel jedweden holet, der träumt und säumt. Auf, *vorwärts!*«

Die Männer rannten wie der Blitz hinaus.

Picard gab den übriggebliebenen Insignienkommunikator Kirsch. »Michael, bitte heften Sie das Ding Miles an, wenn Sie im Hof sind. Nur dann kann er an Bord meines Schiffs zurückkehren.«

»Es soll geschehn«, sagte Kirsch zu. Er stand einen Moment lang still da, als wollte er etwas hinzufügen. Dann jedoch drehte er sich einfach um und eilte den schon hinausgestürzten Soldaten zum Ausgang nach.

Worf betrat die Requisite mit einem frohen Lächeln auf dem Gesicht. »Ich muß auf den Planeten hinabbeamen«, erklärte er mit lauter Dröhnstimme. »Liegt mein Kostüm bereit?«

Smolinske nickte. »Dort auf dem Tisch.«

Worf starrte den kleinen Stapel von Kleidungsstücken an und verzog betroffen die Miene. »Das muß doch wohl ein Irrtum sein, oder?« meinte er. »Ich dachte, ich trete als Krieger auf, als Ritter in eiserner Rüstung.«

»Was Sie denken, weiß ich nicht«, entgegnete Smolinske. »Aber ich weiß, welche Befehle ich erhalten habe. Das ist Ihr Kostüm. Wenn Sie glauben, daß Sie einen Grund zur Beschwerde haben, wenden Sie sich nicht an mich, sondern an den Captain.«

Worf war fassungslos. Seine Hoffnungen zerstoben. Nicht nur, daß er den Planeten keineswegs im Ritterkostüm aufsuchen durfte, man erwartete obendrein von ihm, daß er *so etwas* anzog...

Nein! Da mutete man dem Stolz eines Klingonen zuviel zu. Er bedachte Smolinske mit einem bösen Blick. »Ich bin mit Ihrer Auswahl außerordentlich unzufrieden. Wir unterhalten uns noch darüber, wenn ich meinen Auftrag erledigt habe, darauf können Sie sich verlassen.«

Riker konnte sein ehrfürchtiges Staunen über das Kontrollzentrum noch immer kaum bezähmen. Die Höhlenanlagen hatten etwas schlichtweg Überwältigendes an sich.

Auch Deanna wanderte wieder wie benommen umher. Ro suchte nach irgendeinem losen Gegenstand, den sie beim Verlassen des Kontrollzentrums mitnehmen könnte.

»Picard an Riker.«

Rasch aktivierte der Commander seinen Kommunikator und meldete sich. »Leider haben wir bisher nichts entdeckt, was auf Anhieb nach einem für die Steuerung der Gravo-Attacken zuständigen Computer aussieht, Sir«, gab er dem Captain durch.

»Schon gut, Will. Sie haben Ihr Bestes gegeben. Sie kehren jetzt alle drei aufs Schiff zurück.«

»Captain, aber wir...«

»Das ist ein Befehl, Mr. Riker.« Picards Stimme klang streng. »Beeilen Sie sich. Ich habe schon genug Probleme und will mir keine Sorgen darüber machen müssen, ob Sie's rechtzeitig schaffen.«

»Verstanden, Sir, zu Befehl.« Riker blickte Deanna an. Die Counselor befand sich noch in ihrem tranceähnlichen Zustand mentalen Forschens. Der Commander ging zu ihr und berührte sie sachte am Ärmel. »Wir müssen gehen.«

Damit schreckte er sie aus der Versunkenheit. Ihre Augen spiegelten schmerzlichen Verdruß, Tränen traten ihr in die Augen. »Nein«, rief sie. »Noch nicht...! Ich dringe durch, Will, ich weiß, daß ich es schaffe. Noch ein bißchen, und ich kann ihre Aufmerksamkeit auf uns ziehen.«

»Uns bleibt dafür keine Zeit mehr.« Riker schaute zu Ro hinüber und winkte sie heran. »Wir müssen sofort weg.«

»Soll mir recht sein, Sir.« Sie gesellte sich zu Riker und der Counselor. »Dieser Planet hängt mir jetzt gehörig zum Hals heraus. Und diese Klamotten auch.«

Riker aktivierte seinen Kommunikator und hielt Deannas Oberarm fest. Manchmal benahm sie sich unberechenbar, wenn die betazoidische Seite ihrer Natur die Oberhand gewann. »Mr. O'Brien, Transfer für drei Personen.«

»Aye, Sir.«

Jetzt rannen ungehemmt Tränen Deannas Wangen hinab. »Lebt wohl«, sagte sie leise. Ob sie dieser Art von geistiger Welt wohl jemals wieder begegnete? Die Vernichtung der Höhle konnte die psychischen Rückstände der Bewahrer nicht töten, weil sie keine Eigenschaften hatten, die mit Leben gleichzusetzen gewesen wären. Es handelte sich lediglich um ein Fragment, eine Ablagerung vielleicht, eines größeren Geistes, der woanders lebte und wirkte; um etwas möglicherweise, das die Menschen früher *Od* genannt hatten. Deanna wünschte nur, sie wüßte, wo dieser Geist heute seinen Wirkungskreis haben mochte.

Da umflirrte die Transporterenergie sie und beendete ihren Kontakt mit dem Bewahrer-Fragment.

Noch fünf Minuten... Mittlerweile grenzte Picards Anspannung ans Unerträgliche. Die Burgbewohner hatten inzwischen fast vollzählig das Bauwerk geräumt. Nur Volker, zwei Soldaten und Kirsch waren bei dem Captain und Data geblieben. Nachdem er Miles den Insignienkommunikator angeheftet hatte, war Kirsch zurückgekehrt. Unverzüglich hatte Picard befohlen, den verletzten Lieutenant direkt in die Krankenstation der *Enterprise* zu beamen.

Wo bummelte denn bloß Worf herum? Picard berührte seinen Insignienkommunikator. »Mr. Worf«, rief er barsch in das Gerät. »Wo stecken Sie?«

»Ich betrete gerade Transporterraum drei, Captain. Die Bombe habe ich bei mir.«

»Lassen Sie sich sofort herunterbeamen.«

»Aye, Sir.« Man hörte Worfs Stimme beträchtliche Verärgerung an. »Dafür bringe ich diese Person um«, brummelte er.

Picard hatte keinerlei Ahnung, was Worf so verstimmt haben könnte; aber momentan war es ihm auch völlig gleichgültig. »Ich werde nun vom Himmel den Geist herabrufen«, sagte er zu Volker, »der hier diesen Sitz des Bösen vernichten wird. Er ist ein sehr mächtiges Geschöpf, dessen Namen Sie niemals aussprechen und den Sie deshalb nicht kennen dürfen.« Dramatisch streckte er die Arme in die Höhe. »*›Ha!‹*« grölte er. »*›Mir juckt der Daumen schon, sicher naht ein Sündensohn!‹*«

Ruckartig hob Data die Brauen. »*Macbeth*, vierter Akt, erste Szene«, bemerkte er gedämpft. Man wußte an Bord der *Enterprise* über Captain Picards Faible für Shakespeare allgemein Bescheid. Doch hier auf dem Planeten war dieser Dichter natürlich unbekannt.

In der Luft wurde das gewohnte Flimmern der Transporterenergie sichtbar. Dann erschien die Gestalt des unübersehbar schlechtgelaunten Sicherheitsoffiziers. Sein Gesicht trug einen Ausdruck derartiger Wut, daß bei seinem Anblick Kirsch, Volker und die zwei Soldaten entsetzt aufschrien und zurückprallten. Zu Worfs Füßen stand ein kleines Behältnis.

»Welch toll und grauenvoll G'schöpf zeiget sich uns hie auf Erden?« schnaufte Volker.

Das frage ich mich auch, dachte Picard. Jetzt verstand er, weshalb Worf sich derartig ärgerte.

Befehlsgemäß hatte Smolinske ihm ein Kostüm zugeteilt, das Assoziationen zur Magie weckte. Er war als so etwas wie ein Flaschengeist verkleidet. Dazu gehörten eine lange, grüne Pluderhose, ein kurzes, dunkelgrünes Westchen am nackten Oberkörper sowie auf dem Kopf ein imposanter, leuchtend-gelber Turban. An den Füßen hatte er flaschengrüne Schnabelpantoffeln. Worf sah gleichzeitig eindrucksvoll und lächerlich aus.

Ausschließlich der bitterböse Blick, den Worf in die Runde warf, hielt Picard davon ab, sich ein Schmunzeln zu gestatten. Der Klingone wartete offensichtlich nur darauf, daß jemand zu lachen wagte, um ihm dann den Kopf abzureißen. Ausnahmsweise beneidete der Captain Data um seinen Mangel an Emotionen.

»Hinaus!« donnerte Worfs Stimme mit voller Lautstärke. Es fehlte wenig, und die Mauern der Burg hätten gewackelt. »Augenblicklich hinaus!«

Wie Picard vorausgesehen hatte, erhob Vogt Volker diesmal keine Einwände. Er, Kirsch und das letzte Paar Soldaten machten auf dem Absatz kehrt und rannten um ihr Leben, als wären sämtliche Teufel der Hölle ihnen auf den Fersen. Picard konnte es ihnen nicht verdenken.

»Ausgezeichnete Leistung, Mr. Worf«, sagte Picard, sobald die Einheimischen sich aus dem Saal geflüchtet hatten.

»Ich komme mir in diesem Aufzug völlig idiotisch vor, Sir«, nörgelte der Klingone.

»Unfug. Sie sehen ganz so aus, als ob ...« Picard hustete und tippte gegen seinen Insignienkommunikator. »Mr. O'Brien, beamen Sie Mr. Worf und die Bombe in das Bewahrer-Kontrollzentrum. Danach transferieren Sie ihn, Mr. Data und mich an Bord.«

Kurz zögerte der Transporterchef mit der Antwort. »Das ist etwas riskant, Sir«, antwortete er schließlich. »Es kann sein, daß ich ziemlich schnell arbeiten muß.«

»Tun Sie einfach Ihr Bestes«, befahl Picard.

Das altvertraute Vibrieren durchzitterte die Luft, während Worf und die Bombe flimmerten und verschwanden. Picard stand da und wartete. Eine Ewigkeit schien zu verstreichen, bis die Energie nochmals aufflackerte und er wieder, wie jedesmal, die leichte

Mulmigkeit im Magen verspürte. In der folgenden Sekunde standen er und Data in Transporterraum 3 auf der Transferplattform. Erleichtert lächelte O'Brien und rejustierte die Kontrollen.

Sofort nachdem Picard von der Transferplattform gestiegen war, materialisierte Worf darauf. Im nächsten Moment erbebte das Deck unter ihren Füßen. Der wuchtige Ruck warf die Männer aus dem Gleichgewicht und quer durch den Transporterraum.

»Da spüren Sie selbst das Problem, das ich gemeint habe«, erklärte O'Brien. »Die Gravo-Bomben kommen näher, und ihr Einfluß wird im ganzen Schiff immer nachteiliger bemerkbar.«

»Gut gemacht, Transporterchef«, sagte Picard. »Mir nach, Gentlemen!« Er eilte in den Korridor und zum nächsten Turbolift. Data und Worf folgten ihm dichtauf. Unterwegs gab der Captain sich alle Mühe, die überall erkennbaren Schäden kaum zu beachten. Schotten waren geborsten, Wandsegmente zusammengebrochen. Man sah Pfützen der verschiedensten Flüssigkeiten. »Kommandobrücke!« rief er, sobald er in der Transportkapsel stand. Beim Schließen jaulten die Türflügel laut.

Die Beförderung zur Kommandobrücke geschah geräuschvoll und ruckhaft, aber sie gelang. In derselben Sekunde, als sich die Lifttür öffnete, stürzten die drei, allen voran Picard, an ihre Posten. Riker, Deanna und Ro saßen, noch in ihre Kostüme gekleidet, schon an ihren Stationen. Die Counselor erregte den Eindruck, seelisch tief aufgewühlt zu sein. Allen anderen Personen auf der Kommandobrücke war ein grimmiger Ernst anzusehen.

Picard betrachtete die Computersimulationen auf dem Wandbildschirm, während er sich im Kommandosessel zurechtrückte. Sie waren viel zu spät an Bord gebeamt worden. Die Gravo-Minen waren da.

»Zehn Sekunden bis zur Zündung der Bombe«, rief

Worf. Neue Erschütterungen durchliefen die *Enterprise*. »Deflektorenleistung bei vierundzwanzig Prozent. Vorderer Deflektor Nummer vier noch defekt.«

Picard klammerte sich an die Armlehnen des Kommandosessels. Ohne diesen Deflektor war das Raumschiff zum Untergang verurteilt.

Barclay war es nicht leichtgefallen, sich in die Wartungskammer des defekten Deflektionsprojektors zu zwängen. Fast wäre er infolge der Schmerzen des Fußknöchels ohnmächtig geworden. Er mußte seine gesamte Willenskraft aufbieten, um bei Bewußtsein zu bleiben. Dann hatte er sich langsam, aber zielstrebig ans Austauschen der ausgebrannten Schaltkreise gemacht.

Rings um ihn wurde die Wartungskammer durchgerüttelt. Er hörte kaum, wie im Korridor das Warnsignal der Alarmstufe Rot gellte. Energisch stieß er das letzte Modul zwischen die Elektronikkomponenten. »Los, los, nun macht schon«, beschwor er die Apparaturen, während er zum Abschluß wieder die Schaltkontakte koppelte.

Der Maschinenraum glich einem Katastrophengebiet. Wandfächer waren zu Reparaturzwecken geöffnet worden. Überall hatte man improvisierte Kabelverbindungen zusammengestöpselt. Geordi sprang über so ein Provisorium hinweg. Er hoffte, daß das Geknister, das herausdrang, kein bevorstehendes Unheil ankündete. Endlich erreichte er die Hauptsteuerkonsole und verschaffte sich einen Gesamtüberblick über den technischen Status.

Die Reaktor-Abschirmfelder standen unmittelbar vor dem Zusammenbrechen. Während die neuen Gravo-Minen auf das Raumschiff zuflogen, erlitt eine weitere Kontrollkonsole einen Kurzschluß. Die Notstromversorgung griff ein, meldete aber unverzüglich die Gefahr baldigen Versagens. Die Hauptbeleuchtung flackerte im Takt mit den stakkatohaften Schwankungen des Reaktorkerns.

»Wir explodieren!« kreischte ein junger Techniker.

Geordi hieb auf seinen Insignienkommunikator. »Zusammenbruch der Abschirmfelder steht unmittelbar bevor«, meldete er der Kommandobrücke so ruhig, wie er konnte. Seine Finger flitzten über die Kontrolltasten. Verzweifelt versuchte er, zusätzliche Energiereserven einzusetzen – egal woher –, bevor die Abschirmfelder erloschen.

Ein Stoß erschütterte die Kommandobrücke. Die Beleuchtung erlosch. Augenblicklich ging die rote Notbeleuchtung in Betrieb – im Moment allerdings nicht mehr als ein schwaches Glimmen.

»Vorderer Deflektor Nummer vier wieder aktiv«, meldete Worf. »Deflektorenleistung auf einundvierzig Prozent gestiegen. Zusammenbruch der Reaktor-Abschirmfelder in acht Sekunden.« Mit dem nächsten Ausruf kam plötzlich in seiner Stimme satte Befriedigung zum Ausdruck. »Bombe zündet!«

Man spürte ein letztes Pulsen der Gravitationskompensatoren. Dann herrschte auf einmal Stille.

Gedehnt atmete Picard aus. Die Notbeleuchtung verglomm, schlagartig erstrahlte wieder die Hauptbeleuchtung. Der Wandbildschirm – auf dem es noch stark flimmerte – zeigte keine computervergrößerten Ziele mehr an.

»Die Gravo-Minen haben ihre Emissionen beendet«, meldete Data von der Operatorstation. »Normale Schwerkraftbelastung.«

»Hier Geordi«, ertönte die Stimme des Chefingenieurs, dem man die tiefe Erleichterung deutlich anhörte. »Abschirmfelder pendeln sich auf Standardstatus ein. Normaler Energiepegel und Bordbetrieb können innerhalb kurzer Zeit wiederhergestellt werden.«

»Wann läßt sich der Impulsantrieb starten?« erkundigte sich Picard.

»Das Impulstriebwerk? Captain, ehrlich gesagt, ich glaube nicht, daß jetzt der richtige Zeitpunkt ist, um einen Ausflug zu planen.«

»Leider steht uns keine andere Option offen, Geordi.« Trotz der allgemeinen Erleichterung, die sich rund um ihn ausbreitete, war der Captain noch in ernster Stimmung. »Da jetzt das Bewahrer-Kontrollzentrum keine Energie mehr liefert, wird nun die Station, die den Anti-Tachyonen-Tunnel durch die Gaswolke aufrechterhält, bald nicht mehr funktionieren.«

»Puh...« Dies Problem hatte Geordi offenbar vergessen. »Halbe Impulsantriebsleistung in etwa dreißig Sekunden, Captain.«

»Na gut.« Picard blickte hinüber zu Data. »Irgendwelche Messungen in bezug auf den Tunnel?«

»Nichts Genaues«, meldete Data. »Anscheinend ist die Generatorstation schon stillgelegt.«

»Fähnrich Ro«, erteilte der Captain Befehl, »geben Sie den Kurs zu dem Tunnel ein. Maximale Geschwindigkeit. Ich möchte hier nicht festsitzen; und noch im Tunnel zu sein, wenn er kollabiert, habe ich ebensowenig Lust.«

»Kurs programmiert«, rief Ro.

»Starten Sie, sobald der Impulsantrieb einsatzbereit ist.« Picard schaute Riker an. »Das wird wieder einmal fürchterlich knapp, Nummer Eins.«

»Wie üblich, Sir«, meinte der Commander.

Picard rang sich zu einem verhaltenen Lächeln durch und nickte. »Eigentlich gar keine so schlechte Angewohnheit, oder?«

»Impulsantrieb aktiviert«, sagte Ro. Man hörte das Aufheulen der Aggregate, als sie den Antrieb startete. Auf dem Wandbildschirm verschob sich die Wiedergabe des Planeten, während die *Enterprise* abdrehte.

»Bei der gegenwärtigen Geschwindigkeit beträgt die

Flugdauer zum Anti-Tachyonen-Tunnel zwei Minuten, Captain«, teilte Data mit.

»Schaffen wir's noch rechtzeitig?« fragte Picard in gespanntem Tonfall.

»Das kann man unmöglich mit Sicherheit vorhersagen«, lautete Datas Antwort. »Wir verfügen über keine Erfahrungen mit technischen Produkten einer so hochentwickelten Wissenschaft. Vielleicht ist der Tunnel schon geschlossen. Allerdings besteht eine realistische Wahrscheinlichkeit, daß er dank residualer Effekte des Generators noch offen ist. Die Sensoren vermitteln uns keinerlei Informationen.«

Voller Mißbehagen wand sich Riker in seinem Sitz. »Es könnte sein«, äußerte er leise, »wir sitzen unwiderruflich in der Falle.«

»Keineswegs, Nummer Eins«, erwiderte Picard mit mehr Zuversicht, als er tatsächlich empfand.

»Wir wollen's hoffen, Sir«, sagte Riker.

In höchster Anspannung beobachtete die Kommandobrückencrew die Vorgänge auf dem Wandbildschirm. Durch die Interferenzen auf der Bildfläche strudelten in zunehmender Größe die wunderschönen Farbwirbel des stellaren Nebels. Verzweifelt hoffte Picard, sie sich nicht das ganze restliche Leben lang ansehen zu müssen.

»Ich erhalte Sensordaten über den Anti-Tachyonen-Tunnel«, meldete Data schließlich. »Er ist noch vorhanden, zeigt jedoch eindeutige Merkmale einer Schwächung.«

»Steuern Sie uns hinein, Fähnrich«, befahl Picard.

»Aye, Sir.«

Data drehte sich halb um. »Captain, sollte der Tunnel kollabieren, während wir uns darin...«

»Ich weiß«, unterbrach Picard den Androiden auf brüske Weise. Dann würde das Raumschiff innerhalb eines Sekundenbruchteils annihiliert, durch die Tachyonenströme auseinandergerissen. Aber wenn sie es gar nicht erst versuchten, den Tunnel zu durchfliegen, blieben sie für immer Gefangene des Nebels.

Der Planet im Innern der Wolke bot ihnen eine gewisse Zuflucht. Data hatte versichert, daß dieser Welt durch die Vernichtung des Bewahrer-Kontrollzentrums keine Gefahr drohte. Sie schlug nun einen selbständigen Weg ein, schuf sich ein eigene Bestimmung. Picard hatte alles getan, was in seiner Macht stand, um die Erste Direktive zu beachten.

Noch hatten sie genug Zeit, um zu dem Planeten umzukehren, anstatt ein Risiko einzugehen. Durfte er bei diesem potentiell selbstmörderischen Flug das Leben der gesamten Besatzung aufs Spiel setzen?

Er wußte, daß ihm eigentlich gar keine andere Wahl blieb. Sämtliche Menschen an Bord hatten draußen in der übrigen Galaxis Familienangehörige, trugen dort Verantwortung. Kehrten sie zum Drachenplaneten zurück, mußten sie auf ihm ihr Leben beschließen – und zwar in völliger Isolation, weil die Erste Direktive es ihnen verwehrte, mit den Einheimischen in Interaktion zu treten. Ja, es war besser, das Risiko auf sich zu nehmen.

Im Innern des Anti-Tachyonen-Tunnels hatte Picard ständig das Gefühl, als kröche das Raumschiff lediglich dahin. Ungeheure Farbschlieren umwallten und umströmten es. Die Muster auf dem Wandbildschirm der Kommandobrücke übten eine nahezu hypnotische Wirkung aus. Grüntöne, Ockerfarben, Blauschattierungen, Magenta- und Scharlachrot in vielen Nuancen sowie vielfältige Abstufungen von Weiß pulsten und waberten rings um die *Enterprise.*

Picard hätte sich gerne entspannt und den Anblick genossen. Aber die Ungewißheit des Flugs und die dadurch verursachte Anspannung zerrten an jedem Nerv seines Körpers.

»Deflektorenleistung sinkt«, meldete Worf. »Der Impulsantrieb beansprucht im Verhältnis zum gegenwärtigen Substandard-Energiepegel eine zu hohe Energiezufuhr, Captain.«

»Kurs halten«, befahl Picard. »Data, was verraten die Sensoren über die Tachyonenstärke?«

»Momentan sind wir vor schädlichen Wirkungen noch sicher, Captain«, lautete die Antwort des Androidenoffiziers. »Allerdings zieht der Anti-Tachyonen-Tunnel sich eindeutig zusammen. Die Felder, die die Tachyonenstrahlung fernhalten, werden schwächer. Es ist nur eine Frage der Zeit, bis die residualen Effekte der Bewahrer-Installationen vollends verschwinden.«

»Wie lange wird es dauern?«

»Unbekannt, Captain.«

Obwohl er diese Antwort erwartet hatte, fühlte Picard sich enttäuscht. Nach allem, was sie bisher durchgestanden hatten, war die Gefahr noch nicht vorüber; nach wie vor konnte der Tunnel jeden Moment rings um die *Enterprise* zusammenbrechen und sie innerhalb von Nanosekunden annihilieren.

»Normalraum voraus«, ertönte Datas nächste Meldung. »Wir verlassen den Anti-Tachyonen-Tunnel in fünfzehn Sekunden.«

Es wurden die längsten fünfzehn Sekunden in Picards ganzem Leben. Das Raumschiff raste an den letzten, äußeren Leuchtphänomenen des Nebels vorüber. Es schien, als würden Farben in einen Abfluß rinnen.

»Protostellare Wolke liegt hinter uns«, gab Data bekannt. »Wir befinden uns wieder im normalen Weltraum.«

Picard schwang sich aus dem Kommandosessel. »Ich spreche allgemein meinen Glückwunsch aus«, sagte er laut. »Und nun wollen wir uns gleich daranmachen, auch an Bord dieses Raumschiffs wieder normale Verhältnisse herzustellen.«

»Verdammte finden eben keinen Frieden«, murmelte Ro. Sie hob den Blick zum Captain. Plötzlich bemerkte sie Worf und stutzte. »Als was sind *Sie* denn kostümiert?«

Finster schaute Worf sie an. »Ich personifiziere ein mystisch-magisches Wesen der Erde«, gab er knurrig Auskunft. »Stört Sie das etwa?«

Irgendwie gelang es Ro, eine ausdruckslose Miene beizubehalten. »Nein. Überhaupt nicht. Nicht im geringsten.«

»Um so besser.«

23

In Diesen standen Vogt Volker und Kirsch auf dem Markt und schauten in trauter Eintracht auf die Grube, an deren Stelle zuvor stolz die Burg emporgeragt war. Glut schwelte in der Tiefe. Der Untergang der Burg hatte eine Feuer- und Rauchsäule gen Himmel geschleudert, wie sie sie in dieser Gewaltigkeit noch nie erblickt hatten. Ein feiner Regen aus Asche rieselte herab auf die Stadt.

»Wahrlich, grad wie's Sodom und Gomorrah erging.« Volkers Brust entrang sich ein Aufstöhnen. »Dahin ist und verlorn uns jene trutzge Burg.«

»Des Himmels weiser Fügung lohendes Wahrzeichen, will ich meinen, solltet Ihr in diesem fürchterlich Geschehn erblicken«, riet ihm der Scholar. Vogt Volker jedoch machte dazu eine böse Miene.

»Ihr wißt, Herr, der selig Herzog war ein elendig Lump und Schuft und suhlte einer Sau gleich sich in Greueln«, rief Kirsch ihm ins Gedächtnis. »Feuer vom Himmel dienet ja uns Menschenkindern, daß wir erkennen einer ungerechten Herrschaft End. Führt Ihr nun fein gescheite Reden, wern Euch die Leut g'wiß um so williger als neuen Herzog feiern.«

Des Scholaren Darlegungen bewogen Volker zu gründlichem Grübeln. Ja, was der Gelehrte da sprach, hatte freilich einiges für sich. Solche Verderbtheit hatte die vergangene Herrschaft an den Tag gelegt, daß ein Blitzstrahl vom Himmel vonnöten gewesen war, um die Stadt von so viel Sünde zu erlösen. Und er, Vogt Volker, stand da als der vom Himmel auserkorene

Heilsbringer, dem es zufiel, die Zügel der Macht zu ergreifen und die Glocken einer neuen Zeit läuten zu lassen

»Höret her, Kirsch, mir schmecket wohl, was Euch durchs Haupte spukt. Erwäget nun, tät's Euch behagen, als mein Berater mir zu dienen? Wiewohl indes ich, merket auf, Euch mein Wort nit geb, zu folgen Euerm Rate.«

Kirsch empfand Grund zum Lächeln. »Weit mehr frommt's mir, denn als ein Sklave mich zu placken, Herr. Mit Freuden stell ich mich Euch mit Rat und Tat zur Seite.«

»Ei, das wird lustig sein. Alle Händ wern voll zu tun wir han.« Aber noch drängte es ihn offenkundig nicht zu Taten. »Ich wüßt gar gern, ob wahrlich und wahrhaftig sie gewest, als was sie sich benannten.«

»Längst macht darzu ich etliche Gedanken mir«, sprach Kirsch zum Vogt. »Ich habe *stets* zu allem allerlei eigne Gedanken.«

»Und wollt Ihr selbige mir anvertraun?«

Herzog Volkers frischgebackener Ratgeber hob die Schultern. »Es mag sein, Engel des Herrn sind sie gewest. Die Heilge Schrift vermeldet ja, Gott sandte Engel zu Lot, die warnten selbgen Gerechten; drum floh er und sein Sipp das sündge Sodom vor dem Untergang. Und der Apostel Paulus erzählt von Engeln, welchselbge alleweil, von Menschen unvermerkt, dennoch zu ihrem Wohl und Heile wirken.«

»Engel?« wiederholte Herzog Volker versonnen. »Nun je, das will mich nit undenklich dünken. Doch lautete ihr Wort, vom weltlich Erdenkreis zu stammen... Von einem fernen Erdenteile.« Er schabte sich am Kinn. »Und sollt es wahr gesprochen wohl gewest sein, acht ich's als rätlich, wir baun uns einge Schiffe, um zu erkunden uns und anzusehn den weiten Rest der Welt. Bewohnen solche Wesen gleich Lukas und Dieter grad wie wir sie, wollt ich zu gern erfahrn, in welchen Landen sie ihr

Heimat han. Stehn sie dann einstmals von neuem vor uns, so sind wir vorbereitet und beileibe nit ohn Wissen.«

Unter den Trümmern der Burg empfand das Bewahrer-Fragment Zufriedenheit. Die Enklave begann wieder Fortschritte zu machen. Es hatte eine kurze Zeitspanne gegeben – nicht einmal siebenhundert Jahre war sie lang gewesen –, während der das Experiment zu scheitern gedroht hatte. Die menschliche Kolonie hatte unter der ansässigen Reptilienspezies stark zu leiden gehabt.

Ursprünglich hatte man angenommen, die faktische Präsenz der Kreaturen, an deren Existenz die Menschen ohnedies glaubten – die Drachen ihrer Mythen –, müßte Entwicklung und Entfaltung der Kolonie stimulieren. Aber in diesem Fall war das Gegenteil eingetreten.

Jetzt zeichnete sich allem Anschein nach infolge des zufälligen Kontakts mit Menschen von außerhalb des Experimentalmilieus eine Phase wiederbelebten Fortschritts ab. Die Vernichtung der veralteten Installation konnte als geringer Preis für diese positive Wende eingestuft werden.

War die Komposition durch die äußere Einflußnahme beeinträchtigt worden? Diese Frage vermochte das Fragment nicht zu entscheiden, weil es mit der Bewahrer-Union in keinem Kontakt stand.

Inzwischen hatte der fremde Einfluß jedoch ein Ende genommen. Nun folgte das Experiment wieder der anfangs konzipierten Richtung. Das Fragment konnte nur beobachten und aufzeichnen, während es auf den Tag wartete, an dem die Union es erneut kontaktierte, um sich über Einzelheiten zu informieren.

Willig so lange zu warten bereit, wie es sein mußte, widmete das Fragment sich wieder seinen Aufgaben. Nun durfte es auf dieser Welt wenigstens einem unterhaltsamen Zeitalter der Entdeckungen und Abenteuer entgegenblicken.

Im Konferenzzimmer der *Enterprise* ließ Picard seinen Blick durch die Runde schweifen. Riker, Deanna, Geordi, Data, Beverly, Worf und Ro erwiderten seinen Blick. Trotz der schockierenden Liste von Schadensmeldungen, die inzwischen aufgestellt worden war, spürte er allgemein eine friedliche Stimmungslage. Sie befanden sich auf dem Flug zur Starbase 217, wo man ihnen bei den umfangreichen Reparaturarbeiten behilflich sein konnte. Das Raumschiff ›schlich‹ mit Warp drei durchs All, doch immerhin durfte man darauf bauen, daß der Antrieb zuverlässig funktionierte.

»Ich habe mit Randolph und Hagan gesprochen«, berichtete Riker. »Sie sind die einzigen Bandenmitglieder gewesen, die sich noch auf dem Planeten aufhielten. Offenbar war es immer ein kleines Gauner- und Schwindelunternehmen. Die beiden haben sich bereit erklärt, die Namen der übrigen Beteiligten auf der Erde zu nennen. Damit dürfte die Angelegenheit erledigt sein.«

»Und nach dem Ausheben der Bande werden auch keine falschen Antiquitäten mehr in Umlauf kommen«, ergänzte Data. »Bestimmt sind die zuständigen Föderationsbehörden mit unserer Aktion gegen die Bande zufrieden.«

»Und was ist mit den Menschen des Drachenplaneten?« fragte Beverly. »Wie geht es nun mit ihnen weiter?«

»Diese Frage ist schwer zu beantworten«, sagte Picard. »Aber da sie jetzt vollkommen isoliert sind, haben sie zumindest die Chance, eine eigenständige Entwicklung einzuschlagen.«

»Es ist eine verdammte Schande, daß wir die Bewahrer-Anlagen sprengen mußten...« Riker seufzte laut. »Nicht einmal die Sternenkarte mit den Bewahrer-Welten haben wir an uns bringen können. Randolph hat ausgesagt, daß sie in seiner Wohnung in der Burg geblieben ist.«

Picard konnte leicht nachvollziehen, welche Enttäuschung Riker verspüren mußte. Der Captain war selbst außerordentlich darauf gespannt gewesen, sich die Karte anzuschauen.

»Tja, da haben Sie recht. Aber wenigstens wissen wir jetzt, daß es noch mehr Welten *gibt,* auf denen die Bewahrer Zwangsansiedlung betrieben haben. Vielleicht findet sich auch auf dem nächsten Bewahrer-Planeten, der entdeckt wird, eine derartige Karte. Ich bin sicher, eines Tages begegnen wir den Bewahrern.«

»Ich könnte mit einer Anregung dienen, Sir«, äußerte Data. Picard nickte. »Die inzwischen leider beendete Existenz des Anti-Tachyonen-Tunnels durch den Nebel rechtfertigt die Annahme, daß die Bewahrer den Zugang zum Drachenplaneten bewußt offengehalten haben«, legte der Androide dar. »Deshalb ist es nicht unwahrscheinlich, daß sie zurückkehren. Wenn in der Nähe des Nebels eine Observationsstation positioniert wird, ist es vielleicht eines Tages möglich, ihr Erscheinen zu beobachten.«

»Ein ausgezeichneter Einfall, Mr. Data«, meinte Picard. »Ich werde ihn in meinen Bericht an Starfleet aufnehmen. Und während die Observationsstation auf die Bewahrer wartet, kann man sich einen gründlichen Eindruck von der Entwicklung der protostellaren Wolke verschaffen.« Der Captain stand auf. »Ich spreche sämtlichen Beteiligten, die zum erfolgreichen Abschluß der Drachenplanet-Aktion beigetragen haben, mein höchstes Lob aus«, fügte er hinzu. »Vielen Dank Ihnen allen.«

Während sich das Konferenzzimmer langsam leerte, kam Beverly zu Picard. »Wie fühlen Sie sich, Jean-Luc?« erkundigte sie sich. »Spüren Sie noch irgendwelche Nachwirkungen des Abenteuers auf dem Planeten?«

»Nur einen leichten Sonnenbrand«, beteuerte Picard. »Wie steht's um unsere Verletzten?«

»Alle sind auf dem Wege der Besserung.« Beverly lächelte. »Lieutenant Miles' Arm verheilt reibungslos. Reg Barclay beschwert sich schon bitterlich darüber, daß er noch das Bett hüten muß, obwohl so viel Arbeit bewältigt werden muß.«

»Ach, etwas wollte ich Sie noch fragen.« Gedämpft lachte Picard. »Ich habe auf der Krankenliste Smolinskes Namen gesehen. Es ist aber kein Vermerk über eine Verletzung eingetragen. Können Sie mir erklären, was das zu bedeuten hat?«

»Es ist ein Fall von präventiver Medizin«, erklärte Beverly Crusher. »Sie war der Ansicht, daß eine Woche Aufenthalt in meiner Quarantäneabteilung genügen könnte, um Mr. Worf Gelegenheit zu geben, sich zu beruhigen.«

in der Reihe
HEYNE SCIENCE FICTION & FANTASY

STAR TREK: CLASSIC SERIE
Vonda N. McIntyre, Star Trek II: Der Zorn des Khan · 06/3971
Vonda N. McIntyre, Der Entropie-Effekt · 06/3988
Robert E. Vardeman, Das Klingonen-Gambit · 06/4035
Lee Correy, Hort des Lebens · 06/4083
Vonda N. McIntyre, Star Trek III: Auf der Suche nach Mr. Spock · 06/4181
S. M. Murdock, Das Netz der Romulaner · 06/4209
Sonni Cooper, Schwarzes Feuer · 06/4270
Robert E. Vardeman, Meuterei auf der Enterprise · 06/4285
Howard Weinstein, Die Macht der Krone · 06/4342
Sondra Marshak & Myrna Culbreath, Das Prometheus-Projekt · 06/4379
Sondra Marshak & Myrna Culbreath, Tödliches Dreieck · 06/4411
A. C. Crispin, Sohn der Vergangenheit · 06/4431
Diane Duane, Der verwundete Himmel · 06/4458
David Dvorkin, Die Trellisane-Konfrontation · 06/4474
Vonda N. McIntyre, Star Trek IV: Zurück in die Gegenwart · 06/4486
Greg Bear, Corona · 06/4499
John M. Ford, Der letzte Schachzug · 06/4528
Diane Duane, Der Feind – mein Verbündeter · 06/4535
Melinda Snodgrass, Die Tränen der Sänger · 06/4551
Jean Lorrah, Mord an der Vulkan Akademie · 06/4568
Janet Kagan, Uhuras Lied · 06/4605
Laurence Yep, Herr der Schatten · 06/4627
Barbara Hambly, Ishmael · 06/4662
J. M. Dillard, Star Trek V: Am Rande des Universums · 06/4682
Della van Hise, Zeit zu töten · 06/4698
Margaret Wander Bonanno, Geiseln für den Frieden · 06/4724
Majliss Larson, Das Faustpfand der Klingonen · 06/4741
J. M. Dillard, Bewußtseinsschatten · 06/4762
Brad Ferguson, Krise auf Centaurus · 06/4776
Diane Carey, Das Schlachtschiff · 06/4804
J. M. Dillard, Dämonen · 06/4819
Diane Duane, Spocks Welt · 06/4830
Diane Carey, Der Verräter · 06/4848
Gene DeWeese, Zwischen den Fronten · 06/4862
J. M. Dillard, Die verlorenen Jahre · 06/4869

STAR TREK™

Howard Weinstein, Akkalla · 06/4879
Carmen Carter, McCoys Träume · 06/4898
Diane Duane & Peter Norwood, Die Romulaner · 06/4907
John M. Ford, Was kostet dieser Planet? · 06/4922
J. M. Dillard, Blutdurst · 06/4929
Gene Roddenberry, Star Trek (I): Der Film · 06/4942
J. M. Dillard, Star Trek VI: Das unentdeckte Land · 06/4943
David Dvorkin, Die Zeitfalle · 06/4996
Barbara Paul, Das Drei-Minuten-Universum · 06/5005
Judith & Garfield Reeves-Stevens, Das Zentralgehirn · 06/5015
Gene DeWeese, Nexus · 06/5019
D. C. Fontana, Vulkans Ruhm · 06/5043
Judith & Garfield Reeves-Stevens, Die erste Direktive · 06/5051
Michael Jan Friedman, Das Doppelgänger-Komplott · 06/5067
Judy Klass, Der Boacozwischenfall · 06/5086
Julia Ecklar, Kobayashi Maru · 06/5103
Peter Norwood, Angriff auf Dekkanar · 06/5147
Carolyn Clowes, Das Pandora-Prinzip · 06/5167
Diana Duane, Die Befehle des Doktors · 06/5247
V. E. Mitchell, Der unsichtbare Gegner · 06/5248
Dana Kramer-Rolls, Der Prüfstein ihrer Vergangenheit · 06/5273
Michael Jan Friedman, Schatten auf der Sonne · 06/5179
Barbara Hambly, Der Kampf ums nackte Überleben · 06/5334
Brad Ferguson, Eine Flagge voller Sterne · 06/5349
Gene DeWeese, Die Kolonie der Abtrünnigen · 06/5375
Michael Jan Friedman, Späte Rache · 06/5412
Peter David, Der Riß im Kontinuum · 06/5464
Michael Jan Friedman, Gesichter aus Feuer · 06/5465
Peter David/Michael Jan Friedman/Robert Greenberger, Die Enterbten · 06/5466
L. A. Graf, Die Eisfalle · 06/5467

STAR TREK: THE NEXT GENERATION
David Gerrold, Mission Farpoint · 06/4589
Gene DeWeese, Die Friedenswächter · 06/4646
Carmen Carter, Die Kinder von Hamlin · 06/4685
Jean Lorrah, Überlebende · 06/4705
Peter David, Planet der Waffen · 06/4733
Diane Carey, Gespensterschiff · 06/4757
Howard Weinstein, Macht Hunger · 06/4771

STAR TREK™

John Vornholt, Masken · 06/4787
David & Daniel Dvorkin, Die Ehre des Captain · 06/4793
Michael Jan Friedman, Ein Ruf in die Dunkelheit · 06/4814
Peter David, Eine Hölle namens Paradies · 06/4837
Jean Lorrah, Metamorphose · 06/4856
Keith Sharee, Gullivers Flüchtlinge · 06/4889
Carmen Carter u. a., Planet des Untergangs · 06/4899
A. C. Crispin, Die Augen der Betrachter · 06/4914
Howard Weinstein, Im Exil · 06/4937
Michael Jan Friedman, Das verschwundene Juwel · 06/4958
John Vornholt, Kontamination · 06/4986
Mel Gilden, Baldwins Entdeckungen · 06/5024
Peter David, Vendetta · 06/5057
Peter David, Eine Lektion in Liebe · 06/5077
Howard Weinstein, Die Macht der Former · 06/5096
Michael Jan Friedman, Wieder vereint · 06/5142
T. L. Mancour, Spartacus · 06/5158
Bill McCay/Eloise Flood, Ketten der Gewalt · 06/5242
V. E. Mitchell, Die Jarada · 06/5279
John Vornholt, Kriegstrommeln · 06/5312
Laurell K. Hamilton, Nacht über Oriana · 06/5342
David Bischoff, Die Epidemie · 06/5356
Diane Carey, Abstieg · 06/5416
Michael Jan Friedman, Relikte · 06/5419
Michael Jan Friedman, Die Verurteilung · 06/5444
Simon Hawke, Die Beute der Romulaner · 06/5413
Rebecca Neason, Der Kronprinz · 06/5414

STAR TREK: DIE ANFÄNGE
Vonda N. McIntyre, Die erste Mission · 06/4619
Margaret Wander Bonanno, Fremde vom Himmel · 06/4669
Diane Carey, Die letzte Grenze · 06/4714

STAR TREK: DEEP SPACE NINE
J. M. Dillard, Botschafter · 06/5115
Peter David, Die Belagerung · 06/5129
K. W. Jeter, Die Station der Cardassianer · 06/5130
Sandy Schofield, Das große Spiel · 06/5187
Lois Tilton, Verrat · 06/5323
Diane Carey, Die Suche · 06/5432

STAR TREK™

Esther Friesner, Kriegskind · 06/5430
Melissa Scott, Der Pirat · 06/5434
Nathan Archer, Walhalla · 06/5512

STAR TREK: STARFLEET KADETTEN
John Vornholt, Generationen · 06/6501
Peter David, Worfs erstes Abenteuer · 06/6502
Peter David, Mission auf Dantar · 06/6503
Peter David, Überleben · 06/6504
Brad Strickland, Das Sternengespenst · 06/6505
Brad Strickland, In den Wüsten von Bajor · 06/6506
John Peel, Freiheitskämpfer · 06/6507
Mel Gilden & Ted Pedersen, Das Schoßtierchen · 06/6508
John Vornholt, Erobert die Flagge! · 06/6509
V. E. Mitchell, Die Atlantis Station · 06/6510
Michael Jan Friedman, Die verschwundene Besatzung · 06/6511
Michael Jan Friedman, Das Echsenvolk · 06/6512

STAR TREK: VOYAGER
L. A. Graf, Der Beschützer · 06/5401
Peter David, Die Flucht · 06/5402
Nathan Archer, Ragnarök · 06/5403
Susan Wright, Verletzungen · 06/5404
John Betancourt, Der Arbuk-Zwischenfall · 06/5405

DAS STAR TREK-UNIVERSUM, 2 Bde.,
überarbeitete und aktualisierte Neuausgabe!
von *Ralph Sander* · 06/5150

DAS STAR TREK-UNIVERSUM, Ergänzungsband
von *Ralph Sander* · 06/5151

William Shatner/Chris Kreski, Star Trek Erinnerungen · 06/5188
William Shatner/Chris Kreski, Star Trek Erinnerungen: Die Filme ·
  06/5450

Phil Farrand, Cap'n Beckmessers Führer durch
STAR TREK – DIE NÄCHSTE GENERATION · 06/5199
Phil Farrand, Cap'n Beckmessers Führer durch
STAR TREK – DIE CLASSIC SERIE · 06/5451

Diese Liste ist eine Bibliographie erschienener Titel
KEIN VERZEICHNIS LIEFERBARER BÜCHER!

Das Comeback einer Legende

George Lucas ultimatives Weltraumabenteuer geht weiter!

Kevin J. Anderson
Flucht ins Ungewisse
1. Roman der Trilogie
»Die Akademie der Jedi Ritter«
01/9373

Kevin J. Anderson
Der Geist des Dunklen Lords
2. Roman der Trilogie
»Die Akademie der Jedi Ritter«
01/9375

Kevin J. Anderson
Die Meister der Macht
3. Roman der Trilogie
»Die Akademie der Jedi Ritter«
01/9376

Kathy Tyers
Der Pakt von Pakura
01/9372

Dave Wolverton
Entführung nach Dathomir
01/9374

Oliver Denker
STAR WARS – Die Filme
32/244
(Oktober '96)

01/9373

Heyne-Taschenbücher